ALAIN DUBOS

De famille landaise, Alain Dubos, pédiatre, a exercé la médecine humanitaire en Asie, au Moyen-Orient, en Afrique noire et en Amérique centrale. Il a été vice-président de l'organisation Médecins sans frontières. Écrivain, il témoigne de ses expériences dans *Les rizières des barbares* (Julliard, 1980), *La fin des Mandarins* (Julliard, 1982), *Tu franchiras la frontière* (Julliard, 1986) et *Sans frontières* (Presses de la Cité, 2001). Alain Dubos est également l'auteur de plusieurs romans, pour la plupart publiés aux Presses de la Cité, dans lesquels il s'attache à décrire ses terres landaises et le Sud-Ouest. (*Les seigneurs de la Haute Lande*, *La palombe noire*, *La sève et la cendre*, *Le secret du docteur Lescat*). En 2002 et 2003 ont paru les deux volumes d'un diptyque sur l'Acadie, province mythique du Nouveau Monde (*Acadie, Terre promise* et *Retour en Acadie*). Avec *La plantation de Bois-Joli* (2005) et *La baie des Maudits* (2006), Alain Dubos se penche sur le tumultueux passé américain. Dernièrement, il a publié *Constance et la ville d'hiver* (Presses de la Cité, 2007) et *Rouges rivières* (Timée Éditions, 2008).

LES AMANTS
DU SAINT-LAURENT

DU MÊME AUTEUR
CHEZ POCKET

Les seigneurs de la Haute Lande
La palombe noire
La sève et la cendre
Retour en Acadie
La plantation de Bois-Joli
Constance et la ville d'hiver
Les amants du Saint-Laurent

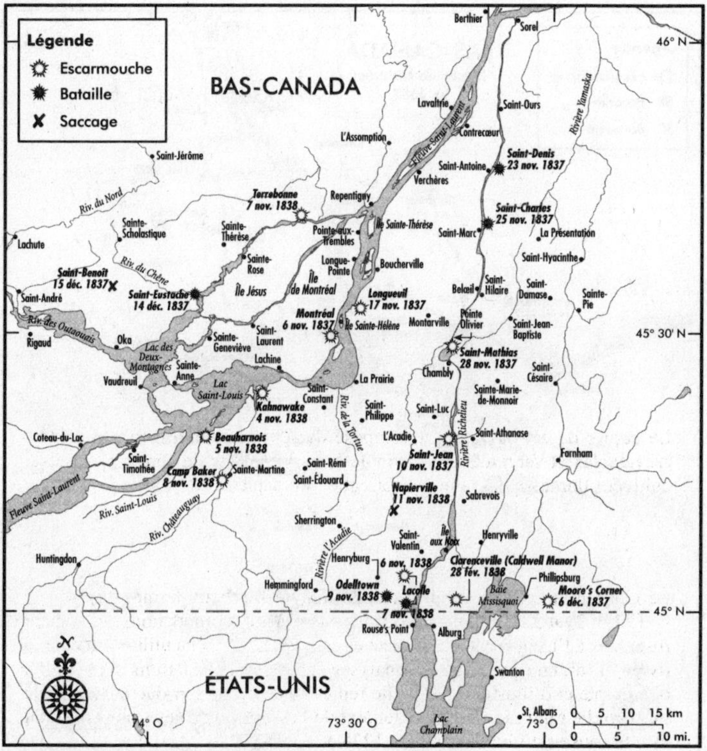

D'après G. Filteau

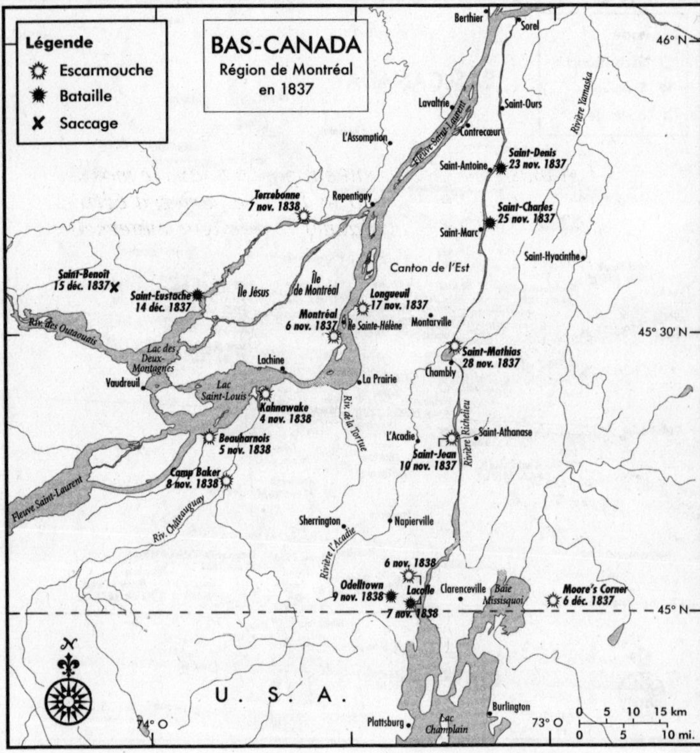
Légende
Escarmouche
Bataille
Saccage
BAS-CANADA
Région de Montréal
en 1837
Berthier
Sorel
46° N
Lavaltrie
Saint-Ours
Rivière Yamaska
Contrecœur
Fleuve Saint-Laurent
L'Assomption
Saint-Denis
23 nov. 1837
Saint-Antoine
Terrebonne
7 nov. 1838
Repentigny
Saint-Charles
25 nov. 1837
Saint-Marc
Saint-Hyacinthe
Canton de l'Est
Saint-Benoît
15 déc. 1837
Saint-Eustache
14 déc. 1837
Île Jésus
Île de Montréal
Longueuil
17 nov. 1837
Montréal
6 nov. 1837
Île Sainte-Hélène
Montarville
Riv. des Outaouais
45° 30' N
Lac des Deux-Montagnes
Saint-Mathias
28 nov. 1837
Lachine
Chambly
Vaudreuil
La Prairie
Lac Saint-Louis
Kahnawake
4 nov. 1838
Riv. de la Tortue
Rivière Richelieu
Saint-Athanase
L'Acadie
Beauharnois
5 nov. 1838
Saint-Jean
10 nov. 1837
Camp Baker
8 nov. 1838
Fleuve Saint-Laurent
Riv. Châteauguay
Sherrington
Napierville
Rivière l'Acadie
6 nov. 1838
Odelltown
9 nov. 1838
Lacolle
7 nov. 1838
Clarenceville
Baie Missisquoi
Moore's Corner
6 déc. 1837
45° N
U. S. A.
Burlington
74° O
Plattsburg
Lac Champlain
73° O
0 5 10 15 km
0 5 10 mi.

À tous ceux qui se battent, partout dans le monde,
pour le droit de parler, d'écrire,
et d'aimer leur langue maternelle

« On ne peut guère concevoir nationalité
plus dépourvue de tout ce qui peut vivifier
et élever un peuple que les descendants des Français
dans le Bas-Canada,
du fait qu'ils ont gardé leur langue
et leurs coutumes particulières.
C'est un peuple sans histoire et sans littérature. »

John George Lambton,
premier comte de Durham (1839)

Avertissement au lecteur

Ce livre est une fiction insérée dans les événements historiques qui ensanglantèrent le Canada entre les années 1830 et 1840. Les héros romanesques nés de mon imagination y côtoient ainsi des personnages bien réels, ayant existé, pensé, parlé et combattu pour une cause à laquelle ils crurent jusqu'au bout : défendre, sous une domination étrangère, leur droit, leur culture, leur passé, en fin de compte leur survie en tant que peuple.

L'histoire du Canada n'est pas vraiment un long fleuve tranquille. La brutale défaite des armées de Louis XV, entraînant avec elle l'abandon des Français du Canada à leur sort, est aujourd'hui encore suivie d'effets ; si, fort heureusement, les armes se sont tues au bord du Saint-Laurent, la tension entre les communautés n'a pas disparu pour autant. Elle s'est peu à peu déplacée vers d'autres terrains, dont celui, essentiel, de la langue.

Cela nous concerne et nous impliquera de plus en plus, ici, en France.

Le roman est un bon moyen de montrer que l'Histoire est un fil continu, même si ses soubresauts souvent violents semblent s'acharner à vouloir sans cesse le rompre. Il n'y a pas de hasard dans les grands mouvements dont nous sommes les spectateurs autant que les acteurs. N'étant pas historien, je m'engage donc, conscient du risque, sur la voie étroite qui serpente entre la vérité intangible des faits et les espaces sans limites de l'imaginaire. C'est un choix qu'il convient d'assumer avec le souci de ne pas trahir la première tout en explorant librement les seconds.

Le lecteur jugera. En France, il découvrira peut-être des événements plutôt méconnus le reliant aux cent cinquante années de notre présence au Canada et à leurs conséquences. De l'autre côté de l'Atlantique, où l'aventure des Patriotes fait partie de la mémoire collective, il évaluera la pertinence du propos et lui donnera, ou non, le droit d'entrée dans la demeure, intime, du souvenir. Je souhaite évidemment qu'il ouvre sa porte et son cœur à cet ouvrage.

Personnages

Romanesques :

Les familles Desrouets, Fonteneau, de Ligneries, Ferrières.
Le médecin Xavier Maurin.

Historiques :

Les chefs patriotes : Papineau, Girouard, Duvernay, Girod, Chénier, Bourdages, Nelson, Lorimier…
Le père Chartier, monseigneur Lartigue.
Les gouverneurs anglais, le général Colborne.

Quelques précisions…

En 1832, le Canada fédéral tel que nous le connaissons aujourd'hui n'existe pas encore. La colonie est divisée en deux provinces : le Haut-Canada, à majorité anglaise, capitale : Toronto. Le Bas-Canada, à majorité française (à part la ville de Montréal), capitale : Québec. Chaque province dispose de son gouvernement, de sa Chambre des députés, de son administration, autonomes.

Au Bas-Canada coexistent deux Conseils tout-puissants (législatif et exécutif), exclusivement anglais, et une Chambre d'assemblée à majorité française censée voter les lois mais sans réel pouvoir. Les conditions d'un affrontement sont ainsi réunies.

Les « Bureaucrates » sont les administrateurs anglais de la province. Face à eux, les Canadiens français, souvent appelés simplement « Canadiens », constituent la majorité de la population. Parmi eux, sur le plan politique, les Patriotes, avec leurs courants ultra et modéré, les Neutres, toutes classes confondues, les Loyaux (à la Couronne britannique), opposés aux mouvements d'émancipation, les Chouayens, enfin, collaborant ouvertement avec le pouvoir anglais.

Au moment où commence cette histoire, il y a, au Bas-Canada, deux fois plus de Français que de Britanniques.

1

Il faisait encore froid à Montréal, en ce vingt et unième jour du mois de mai 1832. Dans le quartier ouest de la ville, entre les rues Saint-Jacques, Notre-Dame et la place du Marché, la petite effervescence des premiers jours de l'élection avait peu à peu laissé place aux routines de la vie quotidienne. Au bout de vingt-trois jours de vote pour l'élection du député local à l'Assemblée du Bas-Canada, le temps commençait à durer et l'on attendait avec une certaine impatience que soient proclamées, haut et fort, la victoire du Canadien sur le Bureaucrate et celle, dans les âmes et les cœurs, du Français sur l'Anglais.

Elles seraient acquises de justesse, cela se savait. Les Anglais avaient eu beau faire donner les trompettes de leur domination politique, acheter quelques voix et promettre l'embellie à ceux qui choisiraient leur candidat, leur déconfiture s'annonçait, logique. Une voix de plus retentirait à la Chambre pour dénoncer le système colonial et ses Conseils aux ordres de Londres.

Alors l'événement avait attiré ce matin-là, jusqu'aux abords de la place d'Armes, une foule de citadins excités à l'idée d'entendre, de la bouche même des connétables, des agents du gouverneur et de quelques autres suceurs de taxes, l'aveu d'une défaite ardemment souhaitée. La justice allait sortir des urnes sous le frais soleil. Radieuse et vengeresse, elle tirerait la langue aux puissants, aux corrompus, aux créatures enfantées dans de lointains bureaux londoniens. Une fête se préparait, à laquelle ils étaient quelques centaines à vouloir participer.

Rue Saint-Jacques, à quelques dizaines de pas de la maison familiale, Frédéric Fonteneau avait retrouvé d'anciens condisciples du petit séminaire, heureux comme lui d'en terminer, cette année-là, avec leurs études. Beaucoup seraient notaires, comme leurs pères, d'autres, marchands ou armateurs. Tous maudiraient leur condition de Canadiens, ce carcan leur interdisant des carrières dans l'armée ou dans l'administration. Sujets britanniques mais de seconde catégorie, par avance suspects aux yeux du pouvoir ; leur rage était ancienne, qui brûlait au feu des vexations, du déni des droits les plus élémentaires. Et il n'était jusqu'aux religieux, leurs anciens maîtres au petit séminaire, qui ne fussent, par leur molle acceptation du pire, assimilés peu ou prou aux insolences de la classe dominante.

— Lartigue[1] va faire fondre des cierges pour que l'Anglais l'emporte, ricana Frédéric. « Le gouvernement sous lequel nous avons le bonheur de vivre » : vous vous rendez compte de ce qu'un prélat canadien peut finir par affirmer ! Il aura de l'ouvrage cette fois, le bougre. Comptant sur un miracle, je suppose. À genoux, la mitre entre les dents !

Les jeunes gens s'approchèrent du bâtiment où l'on recensait les voix. La demeure recelait ce jour-là tout ce que Montréal comptait de haïssable aux yeux des Canadiens, un nid de prévaricateurs, de tricheurs, de

1. Monseigneur Lartigue, évêque de Montréal.

népotiques et de mauvais perdants. À leur tête, un Canadien passé comme quelques autres à l'ennemi, Pierre-Edouard Leclère, commensal des polices royales. Imaginant les mines de ces jocrisses à l'annonce du résultat, la foule bruissait déjà, joyeuse.

— Tiens, là, mon fils et les futurs lauréats de l'an 32. Mâle compagnie, ma foi.

Le notaire Louis Fonteneau avait passé la matinée dans le quartier ouest, à scruter, observer, craindre. Une longue pratique des mœurs politiques du dominion lui avait appris que pour les Français devenus sujets du roi d'Angleterre trois quarts de siècle auparavant rien n'était ni ne serait jamais acquis sans lutte. On était face à un mur gardé par une armée coloniale, étayé par des factions civiles aussi haineuses que violentes. Au pied de la citadelle, une sourde colère montait de la masse française.

Tout pouvait arriver à Montréal, le meilleur de la démocratie comme le pire de l'intolérance ; le rang de ville enfin accordé à la cité laurentine cette année-là, « pour assurer le salut dans la concorde », au dire de la Couronne, comme le refus obstiné de celle-ci d'accéder aux suppliques répétées des Canadiens.

— Gardez-vous bien, jeunes gens, avertit le notaire. Le gouverneur Aylmer ne prise guère les élections perdues par les siens. Il a fait déplacer la troupe pour prétendument protéger son Bureaucrate. Des canons, vous imaginez, devant la cathédrale qui plus est. Pour la garder de ses fidèles, sans doute ! Quant aux civils anglais, ils sont là, tout autour, prêts à en découdre si nous l'emportons. J'ai repéré parmi eux quelques francs buveurs de Galles ou d'Écosse. Méfiez-vous.

Frédéric Fonteneau se mêla au public. Il y avait là de la bonne bourgeoisie en jabot, capée de noir, portant chapeau et canne-épée. Du populaire aussi, coiffé de bonnets bleus, chaussé de sabots, engoncé dans de longs manteaux de laine serrés à la taille par des cordelettes tressées ou des ceintures de tissu. Peuple moqueur et bavard, classes entremêlées : les occasions n'étaient pas si fréquentes de vibrer ensemble pour une bonne cause.

Il était trois heures de l'après-midi. Frédéric se dirigea vers le *poll*, le bureau de vote, entra dans le bâtiment au moment où se déclenchait une bagarre. Il y eut un mouvement de foule, comme des vagues parcourant les rangs des partisans. Députés et connétables se dépêchaient de quitter le lieu, couraient vers la place d'Armes où les soldats avaient pris position. Réfugié dans un angle de mur, Frédéric les vit qui fendaient la masse, hurlant à l'aide sous un déluge soudain de pierres et de crachats. Très vite, la troupe se mit à manœuvrer tandis que retentissaient un peu partout des appels au calme.

Dehors, le peuple se mit à gronder. Baïonnette au canon, les soldats vinrent à son contact, tâchant de le refouler hors de la place d'Armes, tandis qu'à l'intérieur du bureau de vote un connétable faisait lecture de l'acte d'émeute. Allait-on se battre ? Frédéric sentit son cœur s'emballer. Le vote n'était pas terminé, il fallait encore compter les bulletins du jour, ceux qui feraient la différence. L'atmosphère de violence encore contenue stupéfia le jeune homme. La dernière fois que l'on s'était tiré dessus, à Montréal, c'était lors de la prise de la ville par les Anglais, en 1760. De l'histoire déjà ancienne.

Frédéric sortit du bâtiment. La foule apparemment domptée se laissait pousser, maugréante, vers les rues adjacentes. La découpe à angle droit des rues de Montréal facilitait la manœuvre militaire. On voyait loin d'un point à un autre de la ville, l'avancée inégale des maisons ne gênait que fort peu la stratégie des officiers en vestes rouges.

Quelques prêtres s'étaient risqués hors de l'église Notre-Dame et tentaient de raisonner les gens.

L'endroit était familier à Frédéric. Attenant à l'église, dans l'ombre des deux hautes tours carrées prolongeant l'édifice vers le ciel, s'élevait le presbytère. Il y aurait là un refuge possible si les choses tournaient mal. Le jeune clerc demeura un moment face aux soldats, observant le calme ordonnancement de leurs rangs. Puis, voyant la place se vider, il tourna à son tour les talons et décida de rallier le bureau de vote.

Le silence revint, étrange. Sans doute se passerait-il encore des événements, mais pour cela il fallait attendre le résultat de l'élection.

— Trois voix de plus ! hurla quelqu'un. Tracey a gagné, le Bureaucrate a la tête dans le sac !

La nouvelle se répandit au coucher du soleil, comme une traînée de poudre, et de partout hommes et femmes affluèrent à nouveau vers la rue Saint-Jacques. On porta en triomphe le vainqueur, un mot de rigueur ce jour-là. L'homme possédait le journal *Le Vindicator*, pourfendait l'Anglais à longueur de colonnes et militait ouvertement pour l'indépendance de la province française. Un agitateur aux basques de qui s'accrochaient ultras et boutefeux, un dard bouillant enfoncé dans l'oligarchie régnante.

— Vive Tracey !

Mille poitrines reprirent ce cri de victoire. Une petite armée se mit aussitôt en marche, on allait ramener le journaliste chez lui comme on l'eût fait d'un conquérant romain. Frédéric et ses amis se mêlèrent à la foule en liesse. Il ne s'agissait là que d'une élection de quartier, que d'un seul siège à pourvoir, mais, au moment où s'exprimait le ressentiment des Canadiens envers leurs maîtres, l'affaire prenait des allures de plébiscite.

Il est heureux que le choléra ait épargné le gouverneur, pensa Frédéric, le sieur Aylmer aura ainsi le privilège de boire le revers des siens jusqu'à plus soif.

Une épidémie ravageait la province depuis plusieurs semaines. Des morts par centaines, enterrés à la va-vite, une angoisse morbide mâtinée de terreur accentuait la rogne canadienne. Temps étranges.

Il y eut soudain des cris différents. On se battait aux marges de la colonne. Les Anglais de Montréal n'étaient pas en reste, la joie française les piquait au cœur. Des bastonneurs avaient décidé de la rabattre, entre rues et ruelles. Tandis que l'on se dépêchait de mettre l'élu à l'abri, la foule ondulante, attaquée de plusieurs côtés, reflua une nouvelle fois vers la place d'Armes.

Frédéric se sentit plein d'un mélange d'allégresse et de peur. Jamais il n'avait vécu pareil moment, où les mots lancés de part et d'autre depuis des années comme des grenades se transformaient en actes, au soir d'une folle journée. On courait en tous sens, les femmes aux fenêtres criaient : « Ils sont rue Saint-Jacques ! », « Les soldats se rangent sur la place ! », « N'allez pas de ce côté ! » Au bout d'une dizaine de minutes de ce désordre, les gens finirent par se rassembler et, d'un lent mouvement, s'avancèrent vers les soldats.

Bonnets bleus et galures ronds, ici et là des hauts-de-forme bourgeois. Des poitrines nues, face à des fusils. Et des pierres, à nouveau, volant vers la troupe. Celle-ci tirerait sans doute à blanc, histoire d'effrayer la populace. Frédéric s'immobilisa. Comme dans un mauvais rêve, il vit les armes s'abaisser, entendit l'ordre donné puis répété, d'une seule voix, par les connétables affolés : « *Fire ! Fire !* »

Cinquante fusils crachèrent ensemble leur salive plombée, à hauteur d'homme, après quoi il y eut un silence troublé par les seuls gémissements des blessés.

Une vingtaine de corps gisaient à terre. Des hommes se précipitèrent, on réclama à grands cris des médecins. Il en accourut, dont Wolfred Nelson, un chirurgien militaire, parent du vainqueur de Trafalgar et acquis aux Patriotes. Des morts ; il y en avait trois, dans des mares de sang. Hébétée, la foule se dispersa lentement, emportant des corps pantelants.

La guerre, songea Frédéric.

La troupe impavide rechargea ses armes tandis que l'odeur de la poudre, portée par la brise du soir, se répandait dans la rue. On avait tiré sur des gens armés de cailloux. Frédéric sentit ses jambes se dérober sous lui. Agenouillé, il se palpa, cherchant du sang sur son torse, son ventre. D'autres lui avaient fait barrage de leurs corps. Il parvint enfin à se relever. Quelques braves, ou inconscients, se remettaient déjà en ligne, face aux soldats. Comme ivre, Frédéric se joignit à eux d'un pas chancelant.

— Tu n'as plus rien à faire ici ! lui cria son père.

Louis Fonteneau le tira par le col.

— À dix-neuf ans, tu peux encore espérer vivre !

D'autres s'interposaient déjà entre la troupe et les civils. Assez de sang pour la journée. Poings levés, les Canadiens refluèrent lentement. Pour la première fois depuis la lointaine bataille des plaines d'Abraham, soixante-douze ans plus tôt, les armes avaient parlé au Canada. Et de quelle manière !

24 mai 1832

— Languedoc, Billette, Chauvin… pauvres gens, fit Louis Fonteneau, lugubre.

Cinq mille personnes avaient assisté aux funérailles des tués de la place d'Armes. Des martyrs ; les premiers de ce qui s'annonçait comme une vraie résistance à l'oppression. Déjà l'on s'organisait entre chefs, l'on réclamait la punition des officiers responsables du massacre. Le vieux corps longtemps sommeillant du Canada français s'éveillait, la rue Saint-Jacques s'appellerait rue du Sang et l'on saurait bientôt qui, des corrompus de la colonie ou des Londoniens, détenait le pouvoir de réparer la faute.

— *Le Canadien* accepte mon article sur la tuerie, annonça Frédéric à son père.

À peine dégrisé, persuadé d'avoir été le témoin privilégié d'un moment historique, il avait fait, au fil d'une nuit de ferveur, de colère et de fièvre, le récit écrit de l'affaire et l'avais soumis à Étienne Parent, influent patron du journal québécois.

— Te voilà donc journaliste, le complimenta Louis avec une pointe de défiance. Le notariat me semble une voie un peu plus sûre. J'espère que tu ne lâcheras pas la proie pour l'ombre. Ta mère en serait navrée.

On s'en revenait du cimetière, encore abasourdis par l'enchaînement des faits. Les gens se reconnaissaient, tous conscients de vivre des instants uniques. Personne ne savait vraiment de quoi demain serait fait, sauf que la tuerie du 21 mai marquait le passage entre les époques, les mondes, les façons d'être et de penser.

Pour Frédéric Fonteneau ces heures-là furent celles de quelques révélations. La protection d'une famille aisée se révélait toute relative devant l'arbitraire et la violence. Le petit séminaire était un lieu clos, lui aussi, un havre de pacifique modération duquel on sortait avec l'idée d'une égalité des hommes devant Dieu plutôt lénifiante. Et par là trompeuse. Enfin, il existait de par la ville des hommes remarquables, que l'urgence du moment mettait en lumière. Il devait être gratifiant, pour un jeune homme prêt à se lancer dans la vie active, de faire un bout de chemin avec eux.

Frédéric avait pris sa décision.

— Je vais entrer au Parti patriote, père. Ces gens ont des choses à dire et à faire, je me sens des vôtres. J'écrirai votre histoire.

Et de citer les tribuns dont la voix portait de plus en plus loin dans le pays. L'avocat Papineau et le notaire Girouard, l'Acadien Bourdages, le médecin Nelson, le libraire Fabre et d'autres, par dizaines, tous désireux de voir les choses changer.

— Vos compagnons, père.

Louis Fonteneau s'arrêta de marcher. Salua au passage des amis, méditatif.

— Attention, mon petit, ceux d'en face ne lésinent pas sur les moyens de la répression. Tu as pu le vérifier en frôlant la mort sur la place d'Armes. Engage-toi, mais prends bien garde de ne pas te laisser entraîner par les boutefeux. Le pays n'en manque pas, qui en découdraient demain avec les Bureaucrates, s'ils le pouvaient. Où sont leurs armes ? Ont-ils des canons, des flottes de navires, des fusils par milliers ? Certes, il y a deux Français pour un Britannique au Canada, ce qui veut dire aussi, hélas, une fourche de paysan ou une vieille pétoire de chasse contre deux boulets de 82. N'oublie jamais ça, mon fils, préfère toujours la force de l'esprit à l'instinct de guerre.

Frédéric eut l'air d'acquiescer. Sa jeunesse le poussait ailleurs que dans les eaux modérées où son père naviguait depuis toujours. Il faudra pourtant agir, pensa-t-il.

— Je te parle sérieusement, dit Louis.

À cinquante-cinq ans, l'héritier de la charge Fonteneau conservait le visage aux traits épais, au poil noir comme les yeux de ses ancêtres vendéens, la carrure massive de sa race aussi. Quoiqu'un peu tassé, le dos raide de quelques rhumatismes entretenus par les hivers canadiens.

En 1812, lorsque les Américains avaient tenté de s'emparer du Canada par les armes, Louis Fonteneau s'était loyalement engagé aux côtés des Anglais. « Nous sommes tous des Canadiens ! » clamait-on à l'époque. Comme la plupart de ceux qui deviendraient ensuite les chefs patriotes, il avait mis sa vie en jeu pour ne pas devenir citoyen d'un État américain de plus. Les temps n'étaient pas si lointains où l'on avait ainsi combattu ensemble, où l'on s'était unis pour infliger aux envahisseurs des défaites aussi cuisantes que dissuasives.

Temps révolus. De cette embellie entre les deux peuples, il ne subsistait plus rien, vingt ans après. Corruption, népotisme, arbitraire avaient rejeté les Français dans une pénombre où les plus brillants d'entre eux végétaient, comme végétaient les paysans des campagnes. Et, dans les circonstances du moment, il n'était jusqu'à la fraternité d'armes qui ne se fût dissipée, comme gommée par l'obstination des gouvernants à ne rien entendre, à ne rien comprendre, à ne rien admettre.

Louis Fonteneau leva le doigt.

— Le vassal n'égale jamais le souverain, Frédéric. Mais il a droit à son respect, à sa terre, à sa langue, pour le prix de sa loyauté. Il est normal que les jeunes gens de ta classe réclament d'autant plus vivement leur dû. Encore une fois, gare. Une salve tirée par des soldats peut ruiner en un instant les efforts politiques de toute une génération.

— Vous avez raison, père, admit Frédéric.

2

Décembre 1833

Il s'était mis à tomber un grésil estompant l'horizon plat du marais. Étrange pays, où le ciel pouvait ainsi grisonner en moins de deux heures et lâcher, uniforme, sa soupe froide sur le sol gelé.

Stanfold, à mi-distance de Québec et de Montréal, loin dans les terres de l'Est, c'étaient, par centaines, les lieues carrées d'une steppe gorgée d'eau, boueuse, couverte par endroits de neige glacée, un cauchemar d'herbes folles, de fondrières, de faux chemins s'effaçant soudain, comme happés par une monstrueuse éponge.

— Il vaut mieux sortir de là avant la nuit ! cria le cocher.

Frédéric Fonteneau agréait le projet depuis quelques heures déjà. La journée avait pourtant bien commencé, sur des pistes sèches, face aux immensités, visibles de loin, de la plaine. Puis il y avait eu ces nuées descendant du nord, un coin brutal enfoncé bas par l'hiver. Poursuivre ou tourner bride ? On avait déjà pas mal avancé au milieu du marécage, et puis on était à la seule saison où la traversée du marais fût possible.

« Ça doit passer », avait supposé le cocher Ballerot.

L'homme en imposait, rassurant. Des épaules de lutteur, un cou puissant, des mains épaisses et larges. Passeur. Il avait pris livraison de son passager aux limites de la région dite des Bois-Francs, avec pour mission de le conduire aux fermes nouvelles des Canadiens. Une aventure qu'un attelage léger tiré par deux mules aguerries achèverait au crépuscule.

À défaut d'une carrure de bûcheron, Frédéric Fonteneau avait pour lui la vigueur de son âge, une musculature de sabreur et la ferme intention de montrer à son père qu'il pouvait, simple clerc, conclure tout aussi fermement que lui une affaire.

— Tabernak' de ciboure[1], jura Ballerot, j'crois ben qu'il va falloir se mettre à pied.

Frédéric s'était amusé quelque temps à écouter les blasphèmes de son guide. Chez les Fonteneau, mis à part le grand-père Joachim, on ne jurait que fort rarement et sans impliquer Dieu, ses serviteurs et leurs objets du culte. Avec ses tournures de langage, ses jets de salive brune et son accent à trancher au couteau, le passeur figurait non sans un certain talent l'archétype du vulgum pecus canadien. Divertissant, pour de bon.

L'heure n'était cependant plus à l'étude des parlers paysans. Frédéric se laissa glisser hors de son abri. Une mer étale, blanchâtre, piquée d'ajoncs, irisée de temps à autre par le vent, s'étendait de toutes parts, limitée au sud par un rideau d'arbres dépouillés. Une sorte de rivage, très loin.

— Le chemin est dret d'vant, affirma Ballerot. Vous devrez prendre garde à toujours le sentir sous vos

1. Tabernacle, ciboire, calice, baptême… : jurons populaires.

bottes. Ne lâchez point les rênes, si vous glissez la mule vous remontera.

À chacun sa bouée. Malgré le froid, Fonteneau se débarrassa de sa redingote et de son chapeau afin de manœuvrer plus aisément.

Le vent forcissant, encombré de grésil, lui griffait les joues. Ballerot avait gardé quant à lui sa grosse veste de cuir doublée de mouton. À se demander s'il la quittait pour dormir, tant la fusion de l'homme et de son vêtement dégageait une lourde et prenante senteur.

Frédéric ne croyait pas trop les histoires de coches engloutis par le marais. Eh, quoi ! Les colons les traversaient bien, ces espaces, sur leurs charrettes pleines à ras bord de planches, de foin, de meubles et d'enfants, même. Ces gens que la démographie galopante du Bas-Canada poussait loin de leurs bases n'avaient pas froid aux yeux. Pour eux, l'aventure, c'était chaque matin que Dieu faisait, aux prises avec une nature sans compassion. Et ils survivaient, les bougres.

— Tabarouette de carne, avance donc, gémit Ballerot.

Les mules avaient elles aussi besoin de s'affermir. Elles frémissaient des naseaux, les yeux tout ronds agrandis par la peur.

— Tenez ferme, monsieur le clerc !

On pouvait disparaître là, en effet, dans la vase jouxtant le chemin. À cette heure avancée du jour, une pénombre striée de gris tombait sur la désolation glaciaire du marais. À voir la mine très préoccupée du passeur, il était logique de penser que l'on s'était embarqué pour une aventure risquée.

Le chemin affleurait par endroits la surface, autorisant que l'on se détendît un peu. Ailleurs, les roues du coupé disparaissaient à demi dans la gangue. Un chaos de trous, meuble, large d'à peine trois mètres. Frédéric sentait la pluie neigeuse pénétrer sous la toile épaisse de sa chemise, ses bottes, alourdies, coller au sol comme des sangsues.

— Sangsues, murmura-t-il.

Il devait bien y en avoir, de ces bestioles nageant à l'aise dans le lac grossi par les pluies des derniers jours. Frédéric serra les dents. Des images lui vinrent à l'esprit, qu'il essaya en vain de chasser. Ses amis patriotes attablés devant des verres de rhum ou de cidre, chez Bonacina. Là, au cœur du quartier français de Montréal, se réunissaient les adversaires déclarés des Bureaucrates anglais, la faction des exclus en guerre contre le népotisme, la corruption, l'injustice accablant, génération après génération, les vaincus de 1760. Sur quelle lointaine planète se chauffait-on ainsi les orteils devant l'âtre ?

— Hardi ! hurla Ballerot. On avance ! Un quart de lieue et nous serons sur le dur. On d'vrait parvenir avant la noirceur.

« On avance, de peine et de misère, ça oui ! » maugréa le clerc pour lui-même. Tout ça pour visiter des bouseux perdus au bout de l'automne, de ces colons inquiets de devoir revendre à bas prix des terres cher payées aux commissaires de la Couronne. Ballerot, un Patriote lui aussi, avait accepté le voyage parce qu'il le considérait comme une mission au service des plus faibles, de surcroît possibles miliciens d'un éventuel conflit armé. Entre gens du même bord, on se comprenait, même si la randonnée tournait à l'aigre.

Les mules se cabrèrent brusquement, soulevèrent des gerbes d'eau brune éclaboussant les deux hommes. Frédéric tenta derechef de se rassurer. Il devait faire bon, devant la cheminée de Bonacina. L'Italien savait accueillir et restaurer ses hôtes, sa dévotion à la cause française était totale. Frédéric imagina des tourtes fumantes, des poutines à la viande, des côtelettes de veau dans une sauce au fromage. Et l'appétit de ses amis, féroce, tandis que l'on vilipendait le gouverneur Aylmer et ses complices des Conseils.

L'horizon des arbres finit lui aussi par se noyer une fois pour toutes dans la pénombre. Il n'était pourtant pas question de s'arrêter là. Tirant, jurant, arc-bouté, Ballerot avait tout de même réussi à donner un peu de rythme à l'épreuve, le plus difficile étant d'aider les chevaux à se désengluer. Ainsi occupé par ses propres ahanements, le passeur ne s'aperçut pas tout de suite que son compagnon n'était plus à ses côtés. Lorsque enfin il s'en rendit compte, Frédéric Fonteneau avait à moitié disparu dans ce qui devait, en temps normal, être le bas-côté de la piste.

Ballerot saisit son fouet, se précipita. Il ordonna à Frédéric d'entortiller la lanière autour de ses doigts, hala son passager, statue de boue et de neige, grelottante.

— Calisse d'hostie ! Remontez dans la carriole et remettez votre redingote !

Fonteneau ne se fit pas prier. Le ciel tout entier pouvait s'abattre sur Stanfold et les eaux monter jusqu'au poitrail des mules, il ne bougerait plus de là.

Les trembles s'enracinaient dans une terre ferme tachetée de blanc. Ajoncs et roseaux cernaient le chemin certes défoncé mais bien visible dans la lueur de la lanterne. Une telle savane, ça pouvait encore s'étendre bien au-delà de la nuit, jusqu'à Québec même.

— La ferme Desrouets est à une demi-lieue d'ici et nous sommes sur le dur maintenant, affirma Ballerot, rassurant.

Les hommes de sa race éprouvaient-ils des fatigues, des moments de découragement, de la colère contre le froid, la pluie, la souffrance ? Ce soir-là, le jeune clerc Fonteneau se sut convaincu du contraire. On avait traversé en près d'un jour des espaces qu'un oiseau eût survolés en moins d'une demi-heure. Les yeux fermés, claquant doucement des dents, Frédéric vécut la fin de la traversée comme une douloureuse délivrance. À la mi-nuit, la chandelle éclairant la maison des colons lui apparut enfin. C'était le signal falot d'un Dieu de fraternité, enfin attentif et, partant, forcément miséricordieux.

Ballerot était allé se coucher très vite dans la soupente à laquelle on accédait par une échelle de meunier. La demeure exhalait un parfum mêlé de bois neuf et de linge propre, la cheminée ronflait, répandant sa chaleur douce dans la pièce de vie. Une nichée dormait là, partageant deux grands lits, sous la surveillance d'une aînée, Adeline. Une jolie fille aux yeux gris, aux joues un peu creuses, dont l'unique fonction semblait être de seconder à chaque instant la maîtresse de maison.

Quel âge a-t-elle ? se demanda Frédéric. En ville, la question eût paru totalement saugrenue. Il se retint de la poser quoique l'on fût chez des paysans, observa du coin de l'œil les mouvements légers, presque gracieux, de son hôtesse. Vingt-trois ans, supposa-t-il.

La pipe à double courbe pendant au coin des lèvres, les jambes écartées devant sa chaise à bascule, Baptiste Desrouets contemplait la danse des flammes dans l'âtre.

— Monsieur le clerc se trouve-t-y un peu mieux malgré la boucane ? s'inquiéta-t-il, bonhomme.

Revêtu d'une couverture de laine épaisse, pieds nus, les cheveux en tête-de-loup, Frédéric se trouvait assez ridicule. Il avait longtemps envisagé une entrée chez ses hôtes empreinte d'une certaine solennité, au lieu de quoi on l'avait conduit, dégoulinant, transi, dans la chambre des parents, où il s'était longuement frictionné. Puis Joséphine Desrouets, une forte femme bardée de jupons froufroutants, lui avait servi une soupe de pois et de lard avec ordre de la déguster à proximité immédiate des flammes. Maintenant, c'était presque trop de touffeur ; Frédéric avait des fourmis jusqu'au bout des orteils. La faim le tenaillait, mais jamais il n'oserait demander qu'on le servît encore.

— Il en reste dans la marmite, constata opportunément le chef de famille. Si vous voulez être gaillard pour discuter demain, il vous faut finir tout ça.

Louis Fonteneau avait averti son fils. « Ces gens sont très simples, respectueux et modestes. Les Anglais disent d'eux qu'ils sont incultes et sans malice, mous de la cervelle, des bras aussi, plus ou moins. Traiter les autres de paresseux lorsque l'on est soi-même nanti dès le berceau par le seul fait d'être né du bon côté, voilà une manière de mépris très bureaucrate. Comme tu le sais, nos amis du pouvoir en place en ont autant à notre service, ce qui rapproche à leurs yeux ces paysans des savanes du citadin soi-disant civilisé que tu es. Tu te feras ton idée, je pense qu'elle sera à l'avantage de nos laboureurs. »

Frédéric se détendit. Il restait dans la marmite de quoi calmer sa faim. À mesure qu'il se restaurait, il se sentit plein d'un bien-être de petit enfant prêt à l'endormissement. Oubliées, les rigueurs d'un voyage aventureux. Cette ferme était une île où l'on accostait juste avant le naufrage. Les sabots, les bottes luisantes devant la porte, les bonnets, chapeaux et grosses vestes accrochés à une patère, les quelques meubles de bois brut et le crucifix au mur, dans le prolongement de la table, tout évoquait là le havre au milieu des tempêtes, le rythme lent des saisons, l'acceptation de destinées anonymes aux prises avec une nature sans la moindre complaisance.

Ses tâches ménagères terminées, Adeline Desrouets s'assit pour coudre, au coin de la cheminée, face à Frédéric. De temps à autre, elle jetait un bref regard un peu rêveur vers le visiteur. Les clercs de Montréal ne devaient pas se bousculer dans cette partie plutôt déshéritée du pays. Elle n'est donc pas mariée ? s'interrogea Frédéric. Les promis ne sont pas non plus légion, par ici. Les yeux gris, c'est joli mais c'est triste, peut-être une bonne raison pour ne pas trouver d'époux.

Elle avait ôté son tablier, gardait les jambes serrées sous son ouvrage de laine. Il remarqua l'arrondi de ses cuisses, la finesse de sa taille sous la robe noire ceinturée de rouge. La lueur changeante de l'âtre accusait les creux de son visage. Il la trouva soudain belle.

— Nous avons payé à leur juste prix les terres que nous cultivons, dit Baptiste Desrouets d'une voix égale. Le roi d'Angleterre paraît pourtant ben les avoir cédées à des messieurs qui prétendent maintenant nous en faire déguerpir. Et ça pou' l'prix d'un sac de grains. Déjà des fermiers de Stanfold et de Blandfold sont partis pour les États[1]. Vous avez vu comment on se rend ici. Eh ben, ces familles ont fait le ch'min à pied avec leurs meubles su' l'dos. Leurs enfants marchaient dans la vase. Sont-elles même parvenues là-bas ? En vérité,

1. Les États-Unis.

monsieur, c'est toute la région des Bois-Francs qui s'vide de cette manière-là.

Et de citer les noms des migrants. Frédéric avait appris la leçon depuis longtemps. Achetées à bas prix par le gouvernement ou par des compagnies privées, ces vastes étendues promises à une colonisation ordonnée devenaient, les documents à peine signés, la proie des spéculateurs. Impuissante, privée du moindre pouvoir de décision, l'Assemblée à majorité française du Bas-Canada voyait le Conseil exécutif nommé par la Couronne livrer, en augmentant les taxes, des domaines entiers à la finance anglaise et à ses prédateurs. Tout ça au bénéfice final des colons britanniques ainsi autorisés à s'installer sur de la terre défrichée, au mépris de toute morale.

— C'est par trop injuste, renchérit Joséphine. Voyez dans quel état nous sommes rendus. Le peu d'moisson qu'nous avons r'tiré d'la terre cette année nous sera enlevé par les maudites tenures[1] en même temps qu'la maison. Si encore nous avions des ch'mins pour accéder. Mais non, l'gouvernement nous laisse crever au bout du monde. Il a interdit de posséder des esclaves[2] il y a six mois, tout ça pour nous mettre à leur place et nous écraser tout pareil.

« Des chemins ! » De toute la province, des cantons de l'Est comme de ceux du Sud, montait ce cri. Comment prétendre cultiver en pataugeant ainsi dans des cloaques où, à certaines saisons, la mule la plus endurcie ne se risquerait pas ? Le moindre déplacement équivalait à un voyage ; quant aux bêtes de trait, le dos des hommes suffisait à en tenir lieu.

1. Taxes dues aux seigneurs.
2. L'abolition de l'esclavage au Canada date de juin 1833.

Frédéric acquiesça. Il avait désiré découvrir par lui-même la réalité de cette situation. Ce qu'il ressentait devant une telle géhenne allait bien au-delà de ce qu'il avait imaginé. Une détresse vaguement amendée par la douceur du feu, une sorte de nuit sans fin dans laquelle erraient ces gens.

— Nous savons tout cela, dit-il sur un ton affectant le calme. Je suis venu vous porter un message de compassion et de solidarité. Les Patriotes travaillent pour que les choses changent. C'est un combat difficile, contre des lois iniques. Nous changerons ces lois.

Il chercha l'assentiment de son hôte, un hochement de tête qui le conforta. Il tenait là un discours assez convenu, du genre de ceux que les candidats députés réservaient à leurs électeurs.

— Les Patriotes feraient bien de s'préparer à la guerre, au lieu d'respecter les lois ! fit une voix forte venue du pas de la porte.

Précédé par un chien courant, Jérôme Desrouets entra dans la pièce de vie. Il s'égoutta, posa sa lanterne, quitta ses sabots, son bonnet de laine bleu. Il était vêtu d'une chemise de grosse laine sous une veste de chasseur, d'un pantalon de toile crotté aux chevilles. Fusil en bandoulière, la large ceinture de tissu rouge alourdie par deux canards serrés au col.

Dans la pénombre, Frédéric croisa son regard, où ne brillait nulle lueur d'aménité. À vingt ans, le fils Desrouets en paraissait bien sept ou huit de plus. Noueux, les joues creusées par les carêmes ordinaires, les yeux brillants d'un mélange de colère et de fatigue. On chassait donc jusqu'à ces heures noires, dans les marais de Stanfold ?

— Monsieur Fonteneau est venu nous aider, plaida sa mère.

— C'est point la peine, tout ça c'est comme rien. Les discours d'Montréal n'changeront guère not' misâre.

Déchargé de son butin, il vint se poster devant l'âtre, baissa son pantalon jusqu'à mi-fesses, le bas-ventre masqué par les pans de sa chemise.

— Ça fait du bien, dit-il. J'avais l'cul en eau et elle est plutôt fredde à c't' heure.

Jérôme Desrouets était revenu de sa chasse avec assez de viande pour nourrir la famille pendant plusieurs jours. Un demi-sauvage, pensa Frédéric. Le garçon aurait fait un sacré bon coureur des bois, dans une autre vie, celle de l'aventure et de la conquête française ; dans un autre siècle, celui de la grande liberté d'aller chercher la fortune vêtu de castor où bon vous semblait.

À la vue de son hôte assis en tailleur, entortillé à ses pieds dans une couverture, Jérôme sourit et à cet instant son visage devint celui d'un garçon de son âge, à peine sorti de l'adolescence.

— Je suis ici sur recommandation de Louis-Joseph Papineau, dit Frédéric, espérant ainsi rétablir l'équilibre.

Papineau. Ce seul nom fédérait les espérances de tout un peuple. Tribun redouté, député montréalais pourfendeur de la vanité anglaise, il représentait une corporation de notaires habituellement avare de ses engagements publics, sauf au Canada, où elle menait une âpre lutte parlementaire contre la bureaucratie.

— P'têt' ben, fit Jérôme, évasif.

Sa sœur Adeline lui tendit un bol de soupe, qu'il saisit sans remercier. Servi par les femmes, face à un père muet accablé par une condition inhumaine et vieilli avant l'âge, il était le chef de famille. Parlant plus haut que les autres, plein de cette fierté paysanne volontiers assimilée par les citadins à de la balourdise hébétée. Un homme des bois, aussi endurant qu'un Iroquois ou qu'un Algonquin. Et une fieffée recrue possible pour les volontaires patriotes.

Las de se sentir en infériorité, Frédéric se leva. Entrouvrant sa couverture face au brasier, il se pencha vers le chasseur.

— Vous le derrière, moi le devant, et de la chaleur égale pour nous deux, lui dit-il, l'air sérieux. À vos ordres pour inverser le mouvement. Le reste, ma foi, on pourra, si vous êtes d'accord, attendre demain pour en parler.

Jérôme demeura coi quelques secondes. Il était de la même taille que son visiteur, pareillement dénudé. Frédéric le toisa, un petit sourire au coin des lèvres.

— Vous savez cuire le canard ? lui demanda le jeune fermier.

— J'ai vu faire ma mère.

— Ben alors, on verra ça aussi d'main. Si vous êtes d'accord.

Les parents avaient droit à une chambre séparée. Le reste de la famille se partageait la pièce de vie, l'aîné et ses cadets sur des matelas à même le sol, l'hôte installé devant les braises de l'âtre. Adeline occupait un espace privé protégé par un drap tendu verticalement sous une poutre, dans un angle de la pièce.

La chambrée avait très vite plongé dans un sommeil rythmé par les ronflements du passeur. Seul Frédéric tardait à s'endormir. Il se sentait courbatu, ses jambes énervées frottaient le drap du matelas, à la recherche d'une impossible détente. À quelques mètres de lui, derrière le drap, un halo jaunâtre indiquait la présence éveillée de la fille. Que pouvait-elle bien faire à cette heure avancée de la nuit ?

Frédéric se leva sans bruit, s'approcha du réduit, à la recherche de l'ouverture par laquelle il pourrait apercevoir Adeline. Le drap ne couvrant qu'un côté de l'espace, cela ne lui fut pas bien difficile et ce qu'il aperçut le remplit de confusion.

À genoux devant une petite glace, à demi dénudée, la jeune femme lissait sa longue chevelure noire. Cela lui descendait jusqu'aux reins, comme un rideau derrière les courbes de son corps. Elle procédait à gestes lents, presque minutieux, rejetant sa tête en arrière, et son buste se tendait brièvement à chacun de ses mouvements.

Frédéric fit un pas en arrière. À l'idée de se pencher à nouveau, il se mordit les lèvres, anxieux de voir l'un ou l'autre de ses compagnons se réveiller. Il pouvait donc y avoir de la grâce dans cette masure exhalant le bois brûlé et la sueur des hommes. Il demeura immobile, comme protégé par les ronflements de Ballerot. Puis, prudemment, il regagna sa couche et s'étendit, l'esprit aussi agacé que les jambes.

Il avait enfin trouvé le sommeil lorsque, à l'heure où les premières lueurs de l'aube laissaient pénétrer leur grisaille dans la maison, il fut pris d'une brusque envie d'uriner. On lui avait montré l'étable et sa rigole pour les nécessités du corps.

Le froid de la veille s'était accentué. Tout semblait sale, le ciel bas, la cour de ferme pavée de boue et de neige, l'air même, opaque comme le silence. Frédéric, soulagé, s'apprêtait à rentrer dans la maison lorsqu'il distingua, à trois pas de lui, une forme brune qui en sortait.

Adeline Desrouets s'était revêtue d'une cape de laine. Sans doute se trouvait-elle là pour les mêmes raisons que le voyageur. Frédéric se souvint tout à coup de rodomontades de taverne. De ces histoires de niaiseuses séduites le temps d'un séjour à la ferme. Des filles pas trop farouches, toujours contentes de se laisser prendre par quelque brillant sujet de la ville. C'étaient là de vieux privilèges de seigneurs accessibles désormais à la classe bourgeoise. Et puis, il y avait, sous le tissu de la chemise de nuit, deux jolis seins bien à la taille d'une paume d'honnête homme, patriote de surcroît.

— Hé, la fille.

Elle s'arrêta. Il était déjà contre elle, les mains plaquées sur les trésors entrevus. Elle parut abasourdie, ses yeux s'agrandirent tandis qu'il saisissait sa nuque et cherchait en vain ses lèvres.

— Tu es douce, lui murmura-t-il à l'oreille. Tu me plais, je t'ai vue tout à l'heure, devant ta glace.

Elle lui sourit, le repoussa lentement, comme pour mieux pouvoir le regarder. Puis, s'étant mise à bonne distance, à l'instant même où il pensait repartir à l'assaut, elle lui donna, de toute sa force, une gifle qui le mit cul par terre dans la boue. Après quoi, sans avoir dit un seul mot, tenant le bas de sa chemise dans sa main vengeresse, elle prit à son tour le chemin des commodités.

— Ainsi vous continuez vot' tournée, dit Baptiste Desrouets, son chapeau de laine bleue dans la main. Nous avons ben du réconfort à savoir que monsieur Papineau nous oublie point. Puisque vous êtes de ses amis, dites-lui ben qu'nous avons souci d'lui. C'est not' père à tous. Dieu le garde et vous aussi.

Frédéric serra la main du fermier. La famille s'était réunie sur le pas de la porte afin de saluer son hôte. Les petits, la morve au nez, badant l'étranger venu de la ville, les aînés, respectueux, avec cependant, au coin de l'œil, une petite lueur matoise de paysans français.

Ballerot avait attelé les mules. Le gel venant d'un coup durcir les chemins, la balade serait moins hasardeuse que la veille. On sortirait de ce terroir par la savane nord, à peine plus praticable que le reste, pour rejoindre, le long du Saint-Laurent, des contrées moins inhospitalières.

Adeline Desrouets se tenait à l'écart, près d'un poulailler où caquetait une volaille conviée à déjeuner. Frédéric marcha vers elle.

— Vous me ferez l'aumône de vos yeux si je vous dis au revoir ? lui demanda-t-il.

Du bras, elle débarrassa son front des mèches noires dépassant de sa coiffe. À table, devant le fricot de canard et de patates pilées[1], cachant sa joue de la main le plus souvent possible, Frédéric avait vainement cherché son regard. Elle le lui accorda enfin ; un mélange de noirceur et de vexation tempéré par une infime lueur de curiosité.

— Je me suis fort mal conduit et je vous en demande bien pardon, lui dit-il en ôtant son galure, un court haut-de-forme cabossé par le voyage.

Il se sentait sale, bouseux autant qu'on pouvait l'être dans ces régions de pauvre agriculture, et guère préparé à y séjourner. Le citadin dans toute sa splendeur, baptisé à l'eau croupie du marais.

— Je serais fort triste de vous savoir en rancune contre moi, ajouta-t-il, les bras écartés en signe de reddition.

1. Purée.

Lèvres serrées, elle ne répondit pas. Il se recoiffa, s'inclina.

— Si je reviens un jour vous répéter cela, me parlerez-vous, alors ?

Elle se détourna, empoigna dans son tablier du grain qu'elle lança aux poules, provoquant un beau désordre.

— Alors, je reviendrai et vous l'entendrez, autant qu'il le faudra, lui dit-il.

— Cette Adeline Desrouets, c'est une belle drôlesse, remarqua Ballerot. Mais sauvage, tabernacle ! Elles sont souvent comme ça, par ici. Vrai, leur vie n'est point trop facile et elles ne sont pas tous les soirs à la gigue. Les gens de Stanfold n'ont pas l'cœur à faire d'la musique. Vous avez vu leur grange, c'est pas du foin d'grève qu'y z-y ont rentré cette année, pas vrai ?

Il y avait, dans de très lointains cantons laurentins, sur l'estuaire, des prés salés soumis aux marées, donnant un foin ainsi nommé, épais et gras comme les bêtes par lui nourries. On appelait cette région la Côte-du-Sud, où les gens vivaient heureux. Nombreux étaient les habitants de contrées moins favorisées qui rêvaient d'y émigrer un jour.

— Quel âge peut-elle bien avoir ? demanda Frédéric, pour qui la qualité de l'herbe de Stanfold n'était pas, à cet instant, le souci majeur.

Il guetta la réponse, l'air de rien. Ballerot opéra un calcul mental assez prolongé.

— Vingt-cinq ou autour d'ça, j'crois ben.

— Et elle est encore fille.

— Ha ! Vous avez vu où elle vit ? En vérité, elle est restée là tout c'temps pour ses parents. Pour les petits aussi. Ces gens ont déjà changé d'cap, rapport à la misâre et au trop d'peuple sur les terres de l'Ouest. Y s'tiennent ben, solidaires pour point déchoir.

Frédéric considéra le ciel bas, les bois épars limitant des parcelles informes. Une règle française voulait que les propriétés fussent alignées sur trois ou quatre rangs, en rectangles bien ordonnés, perpendiculaires aux rivières. Rien de tel ici, où l'on retournait la terre un peu au hasard, au rythme des caprices du ciel et des fatigues des hommes.

Seul luxe de ces exilés de l'intérieur, des potagers où poussaient pois et haricots, patates et melons. Pour l'essentiel, on pratiquait là une agriculture de survie. C'était un bon terrain politique aussi, sur lequel on pouvait à loisir préparer l'assaut contre les oligarques des Conseils.

Ainsi Frédéric Fonteneau mesura-t-il à la fois l'état de faiblesse dans lequel la défaite de 1760 laissait encore les paysans français du Canada et la nécessité d'aller au bout du combat contre tant d'injustice. Les Anglais avaient bien raison, qui profitaient de leur victoire pour tenir les laboureurs canadiens dans cette position soumise. Pas de véritable route à part le chemin du Roy reliant Montréal à Québec, des cloaques en guise de voies partout ailleurs, notamment vers la frontière américaine. La nature laissée sans entretien, isolant les gens, servait bien leurs intérêts.

À mesure que l'attelage progressait entre les fondrières raidies par le froid, Frédéric se conforta dans la certitude qu'une vraie révolte relaierait un jour les discours des tribuns.

— Le temps des fusils. Vous pensez qu'il viendra, monsieur Ballerot ?

— Ça risque ben, ma foi. Pour les Anglais, les Desrouets et consorts sont des gens certes honnêtes, pieux et sans malice, mais inférieurs à tout sauf p't-être aux Indiens et aux bœufs. Encore que. Il faut vraiment qu'nos laboureurs soient poussés à la mort pour s'réfugier dans des endroits pareils.

— Ils sont d'un commerce fort agréable, reconnut Frédéric.

On ne lui avait pas menti. Même dans ses couches les plus humbles, la population canadienne recelait des trésors de sereine patience, de douceur et d'hospitalité. Pouvait-on imaginer ces braves gens capables de prendre les armes pour secouer le joug anglais ? À quoi Ballerot répondit :

— J'espère qu'on vivra ben assez vieux pour l'savoir.

3

Catherine Fonteneau avait longtemps joué Bach, Beethoven et Mozart. Les longs dimanches d'hiver, propices aux méditations entre les murs de neige noyant la ville, avaient été pour Frédéric l'occasion de connaître par cœur, comme s'il les jouait lui-même, les morceaux que sa sœur interprétait avec un talent certain.

Un jour cependant, quelque chose de nouveau avait résonné dans le salon de la rue Saint-Jacques. Dès les premières mesures, Frédéric s'était senti transporté, l'âme traversée par des élans incroyablement puissants. Cette musique naissait dans des ailleurs pavés de mélancolie, de révolte, de passions et de chagrins.

« Chopin, avait dit Catherine. Frédéric, comme toi mon cher. »

On lui avait prêté des partitions de ce compositeur polonais fils d'une domestique et d'un tuteur français, présentement réfugié à Paris. L'homme avait fui l'occupation de la Pologne par le tsar de Russie. Tout, dans sa musique, évoquait cette déchirure et la colère qui en sourdait. Ainsi pouvait-on, par le génie, exprimer ce que les autres avaient au fond du cœur sans trop savoir comment le dire. Mazurkas et valses, nocturnes et préludes, leurs harmonies avaient tourné, tel un bal, dans la tête de Frédéric.

« Je t'en prie, Catherine, joue encore. »

Elle s'exécutait de bonne grâce, déchiffrait vite.

« Quelles tristes harmonies, répétait Marie Fonteneau. L'hiver ne vous suffit donc pas pour vous mettre du gris à l'esprit ? »

Elle regardait par la fenêtre les poudrilles blanchir toute chose, le ciel couleur du charbon, la chape étalée sur la ville, menaçant de tout engloutir. Frédéric plaidait avec véhémence :

« Cet homme est un grand patriote, mère. Son art surpasse la répression qui accable son pays, il l'écrase comme on aplatit un ver, du talon. Écoutez-le donc. Tous les enchaînés du monde devraient pouvoir entendre ce miracle. À commencer par ceux d'ici. »

Il fermait les yeux, se laissait emmener loin de Montréal, du Canada et de ses maîtres. Catherine ressentait bien cette musique-là. Lorsqu'elle jouait, ses doigts étaient soudain cordages de navire et roues d'attelage, chevaux emballés, orages laissant derrière eux de grands ciels pleins de tristesse et d'espérance. Comme on se fait un guide d'un écrivain révolté, Frédéric avait choisi le Polonais de Paris pour les libres voyages de son humeur.

Il pensa ce jour-là, au retour de Stanfold, que cette compagnie lui conviendrait assez bien. La traversée de la savane lui laissait l'impression de connaître ces contrées malheureuses où baguenaudait l'âme de Chopin. De grandes solitudes, de l'ennui et des gens opprimés. En même temps, un feu s'était allumé en lui, doux, fascinant comme le corps d'une femme entraperçu dans la pâle lueur d'une chandelle.

— Ballade en *fa* mineur, annonça Catherine après l'avoir entraîné d'autorité au salon de musique. Je l'ai travaillée pendant que tu pêchais la mort en enfer.

— Ne t'arrête pas, je la préfère déjà à tout le reste.

Il se laissa aller, les yeux mi-clos, heureux de se retrouver dans un décor familier. Le petit salon de musique des Fonteneau recelait des trésors mobiliers hérités des temps anciens, où fauteuils et commodes de France étaient débarqués aux ports de Québec et de Montréal. Des pans entiers d'une histoire révolue reposaient là, plus ou moins gâtés par les années, par la froide humidité des nuits sans feu.

Las de devoir chèrement acheter des buffets en provenance des Vieux Pays[1], les Canadiens aisés se meublaient désormais à l'anglaise ou à l'américaine, nourrissant chez Louis Fonteneau des colères d'apoplectique. « Aujourd'hui leurs commodes, demain leur pudding, et leur langue pour terminer ! Je vous le dis, un de ces jours, nous serons obligés de tout leur acheter, jusqu'au droit de respirer l'air du fleuve ! »

Frédéric sourit, béat. Une chaleur se répandait dans son corps tandis que par une malice de sa mémoire les traits d'Adeline Desrouets se dérobaient à lui. Seul paraissait son regard, abîme faussement pacifié où brillait l'intelligence sans fatuité des âmes simples. Il se caressa la joue. La fille devait avoir de longs doigts ; il songea qu'il ne les avait pas regardés, pris qu'il était par le reste. Il se leva. On l'attendait à quelques pas de là.

Louis Fonteneau se tenait devant la fenêtre de son bureau, dans une attitude familière ; les mains croisées

1. L'Europe.

dans le dos, jambes écartées, le regard en apparence perdu entre les toits et les cheminées de la rue Saint-Jacques.

— Alors, monsieur mon clerc, demanda-t-il sans se retourner, as-tu bien compris comment défendre les intérêts de nos vaillants colons de Stanfold ?

— Autant que faire se peut, père. Décidément, vous reconnaissez toujours ma façon d'entrer dans votre sanctuaire.

— Un bon notaire se doit de veiller à toutes sortes de détails. Le pas d'un client à l'entrée de son office en fait partie. Ainsi peut-on sentir d'emblée les timides, les matamores, les fébriles, les matois. Et quelques autres encore, du genre humain. Comme son propre fils.

Il prit Frédéric contre lui, heureux de le savoir de retour.

— Chiffonné quelque peu, remarqua-t-il. Défraîchi, même. On dirait que tu as pris l'eau de ces contrées sauvages. Assieds-toi et raconte-moi un peu ton voyage, tu auras ensuite le droit d'aller te faire propre.

Il sourit, paterne. Frédéric lui offrit le récit de son équipée, omettant ses à-côtés nocturnes. Le dénuement confinant à la misère, le refus de l'injustice, la révolte dans les cœurs. Et ces taxes obligeant les propriétaires à se dessaisir de leur bien à peine acquis. Les grands féodaux des Vieux Pays avaient peut-être plus de cœur que les Bureaucrates du gouverneur Aylmer.

Frédéric serra les poings.

— Les paysans des cantons de l'Est savent ce qui se dit ici et sont prêts à rejoindre les Patriotes. Il suffira de les armer pour recevoir là un renfort décisif le jour venu.

Louis calma son fils d'un geste. Le parti avait assez de mal à contenir les boutefeux manœuvrant en son sein pour provoquer les Anglais de front. La ville résonnait des rixes de tavernes ; côté bourgeois, on se cherchait plus ou moins ouvertement, de part et d'autre, pour des affaires d'honneur à régler sur le pré.

— Les paysans doivent en vérité former une masse tenue en réserve, le temps d'aboutir dans nos démarches parlementaires, dit Louis d'une voix ferme. Nous sommes des civils, mon petit Frédéric, maintenus à dessein dans l'ignorance des choses militaires. Comme eux. Si tout se passe bien, le moment viendra où ces gens seront enfin établis dans leurs droits. Une fois pour toutes. De cela, même ton frère devra alors convenir.

L'aîné des Fonteneau, Julien, avait épousé une fille de Ligneries, des seigneurs établis à Beauharnois, à l'ouest de Montréal, depuis la fin des années 1600. Le domaine de ces hobereaux constituait une enclave neutraliste au cœur d'un territoire patriote. Frédéric soupira. Chez les Ligneries, on s'accommodait assez aisément de la puissance anglaise, pour la finance et la possession bien plus que pour les beaux yeux du roi d'Angleterre.

Julien le Loyal, songea Frédéric. « Le Loyal », ainsi nommait-on chacun des Canadiens soupçonnés de s'être en fait ralliés aux Bureaucrates. Des semi-traîtres que la situation politique forçait peu à peu à se découvrir. Bien des Montréalais y allaient de leur salive et à gros crachats, lorsque l'on parlait d'eux.

Frédéric vit le souci de son père. En s'alliant à des aristocrates, Julien Fonteneau avait rejoint un camp mouvant où la particule avait souvent cessé d'honorer les blasons. Ainsi ceux-là mêmes dont l'honneur eût été de défendre le nom français laissaient-ils aux bourgeois, aux ouvriers et aux paysans, le soin d'en découdre avec l'Anglais.

— Papineau s'exprime bientôt à la Chambre, dit Louis. On attend beaucoup de cette intervention, comme tu le sais. Les Bureaucrates sont de plus en plus coincés entre leur culture de vautours et leur obligation de négocier. Il ne faut surtout pas céder à la violence physique, comme le voudraient les parangons d'héroïsme tant admirés par ton grand-père. Laisser venir et contrer au bon moment. Papineau sait très bien faire ça. Tu y seras ?

— Et comment !

— Ah, tiens, pendant que tu pataugeais dans les marais, j'ai croisé Ferrières et nous avons discuté d'un certain projet. Je te signale à ce propos que Courtemanche a déjà commencé à tricoter de la layette. Elle s'y prend sans retard, on dirait.

Frédéric imagina la nounou de la progéniture Fonteneau dévidant des pelotes pour emmailloter un nourrisson. Orpheline engagée rue Saint-Jacques alors qu'elle avait à peine quinze ans, Courtemanche avait choisi de rester au service de cette famille-là. Elle avait vu naître la fratrie entière. Laideron originaire du comté d'Acadie, elle avait échappé au couvent grâce au désir de Marie Fonteneau d'être servie par une fille qui n'attirât pas trop les regards masculins. Souhait exaucé, pérenne. Avec ses membres courts, sa verrue mentonnière et sa trogne enluminée, la servante de la rue Saint-Jacques ne risquait guère de déchaîner les passions amoureuses.

— Tu te fiances toujours en février prochain, n'est-ce pas, mon cher clerc ? fit Louis avec une pointe d'ironie. La chose a son importance, même en période de troubles civils.

On allierait des notaires et des négociants. Les Ferrières étaient un bon parti, raisonnablement partisans des Patriotes et lecteurs, comme Louis, du *Canadien*.

Quant à leur fille, Louise, elle était charmante, discrète et attentionnée, le contraire, à dix-neuf ans, d'une Ligneries.

— Je suis encore un peu, comment dire, dans la savane, s'excusa Frédéric.

Il devait se toiletter puis passer au bureau montréalais du journal, après quoi il rejoindrait ses amis chez Bonacina. Au salon, il croisa sa mère, qui eut un peu de mal à le reconnaître.

— Fi ! Regardez ça, c'est bien mon fils, et crotté ! La belle gravure de mode que voilà ! Ne m'embrasse pas, tu sens la vase à dix pas !

Frédéric éclata de rire. Marie Fonteneau avait de ces emportements, spontanés, faussement chaleureux en fin de compte. Dans une société où les femmes vivaient en ombres portées des hommes, elle entretenait, à l'intérieur de sa maison, une atmosphère assez pesante assortie aux humeurs le plus souvent taciturnes de son époux, à son sérieux de notable engagé en politique.

— Vous êtes belle, quant à vous, dit-il en lui baisant la main.

Elle balaya le compliment d'un geste du menton. Le chignon à peine fileté de blanc, la taille encore mince prise dans une robe de lin bleu, les yeux clairs prolongés par des petites rides en pattes-d'oie, elle paraissait moins que ses quarante-huit ans. Une jeune mère de trois enfants devenus vite adultes, aimée et désirée par son mari comme aux premiers jours de leur union. Frédéric en était fier et ne se privait pas de le lui dirc.

— Les Ferrières seront contents de te savoir en vie, fit-elle, soulagée.

Elle avait une façon bien à elle de toujours tout ramener aux choses sérieuses. La mémoire de quelques désastres la tenait ainsi en éveil. Une partie de ses ancêtres avaient été massacrés par les Iroquois à Lachine, quand Montréal n'était qu'une bourgade cernée de quelques palissades. Les épidémies, les maladies pulmonaires apportées par l'hiver canadien avaient éclairci les générations suivantes, rien de bien original pour les familles de la colonie. Au fil des siècles, les gens avaient tiré de ces singularités une philosophie simple et définitive ; survivre au Nouveau Monde était essentiellement affaire de chance.

Frédéric s'esquiva. Sa future belle-famille attendrait. Il avait pas mal de choses à raconter à ses amis, l'envie longuement méditée de vider un verre de cidre en leur compagnie et, avant cela, une visite rituelle à rendre à un très vieil ami.

Au premier étage de la maison Fonteneau, au bout d'un long couloir sur lequel s'ouvrait une double rangée de chambres, résidait Joachim, le grand-père de Frédéric.

À quatre-vingt-dix ans passés, le vieillard demeurait confiné entre son lit et le fauteuil de cuir où, chaque jour que Dieu faisait, Courtemanche venait lui porter ses repas et lui prodiguer des soins de corps subis avec une grâce maugréante.

« Je me tiendrai là désormais, avait-il annoncé un jour. Inutile d'imposer au plus grand nombre le spectacle de ma déchéance. »

Aux yeux de Frédéric, le vieillard à demi paralysé rêvant de voir, avant de mourir, la bannière fleurdelisée flotter à nouveau sur Québec était bien autre chose qu'un simple aïeul ; un symbole encore vivant d'un bonheur ancien, un héros sorti tout droit d'une des estampes guerrières ornant le bureau de son fils Louis.

Trois quarts de siècle auparavant, Joachim Fonteneau s'était battu aux plaines d'Abraham, aux côtés de Montcalm. Tout jeune milicien, le fusil à la main, il avait quitté Montréal et les entrepôts de grains familiaux pour tenter, avec quelques milliers d'autres, de briser le siège impitoyable imposé aux Français par la flotte et les armées de George II.

— Un quart d'heure ! Cette bataille a duré quinze minutes et le sort du monde en a été changé ! Quand je suis né, sais-tu, on venait d'abattre les remparts de la ville sous prétexte que la paix régnait avec les Indiens. Et avec les Anglais, tu crois qu'on s'est posé la question ?

Après qu'il eut été accueilli par cette plainte rituelle, Frédéric baisa son front puis s'assit face à lui, à califourchon sur une chaise. La vue de ce Patriote d'un autre siècle le réjouissait. Joachim Fonteneau n'avait en fait jamais perdu cette guerre. Sous sa carcasse décharnée battait le cœur demeuré farouchement français d'un jeune homme avide de revanche.

— Alors, mon petit, cette armée de braves gens, elle se forme, oui ou non, tabernacle ?

Il pesta. D'être vieux, inutile et vaincu. De ne plus pouvoir se mêler au débat public avec l'Anglais en ligne de mire, comme aux plaines d'Abraham. Ah ! Être encore capable de haranguer les faibles, de conforter les vaillants, de stigmatiser la puissance dominante… Et d'affronter la mort, enfin, « cette garce qui refuse obstinément de me prendre ».

Frédéric le rassura.

— L'armée se forme, grand-père. La tâche n'est pas facile, même si les gens n'en peuvent plus d'être humiliés. Tu sais bien à quel point notre société canadienne est divisée, hésitante en majorité.

— C'est bien. Mais ciboure de calisse, Papineau ferait bien de remplacer ses discours à la Chambre par une distribution de fusils et de poudre ! On perd du temps.

À la Chambre du Bas-Canada majoritairement patriote, on avait voté moult fois des motions exigeant l'établissement d'une véritable équité entre Canadiens et Anglais. En pure perte. Les Conseils législatif et exécutif tenus par ceux que Joachim nommait « occupants » hachaient menu, avec une opiniâtreté de bûcheron, les velléités parlementaires des députés canadiens. Le patriarche vivait cela comme une torture. Cinq cent mille Canadiens allaient-ils encore longtemps se laisser bouffer par des dominants deux fois moins nombreux qu'eux ?

Frédéric objecta que les vagues d'immigrants écossais et gallois déferlant sur Montréal depuis la conquête changeaient peu à peu la donne, en ville en tout cas.

— Foutaises ! pesta Joachim de sa voix chevrotante. Ces ivrognes de naissance retourneront dans leurs bouges de Swansea ou d'Édimbourg. Toi et tes amis devez prendre la relève de nos députés phraseurs. Ou le gouverneur Aylmer, ce faux cul, accepte la volonté du peuple, ou il s'embarque pour la Tamise ! Avec un coup de pied aux fesses, si besoin en est ! Quand je pense à ces soudards qui voulaient nous déporter dans les bateaux du George, à la manière des Acadiens !

Il serra ses poings, fouetta l'air de son menton. Pour lui, gouvernement et Conseils n'étaient que ramassis de vieillards malfaisants, d'édentés furieux, une nuisance publique assez puante pour diffuser son odeur de charogne jusqu'à Westminster.

— Nous aurions dû laisser les Américains entrer au Canada, en 12. Ils nous en auraient débarrassés !

Et les Canadiens se seraient fondus dans la masse, peuplant un État parmi d'autres, songea Frédéric. Mieux valait encore la pourriture coloniale à l'ordre imposé par Washington. Une génération sous la bannière étoilée eût suffi pour que l'on perdît la langue, l'esprit, la mémoire même. Les quelques annexionnistes de Québec et de Montréal faisaient fausse route, Frédéric en était persuadé, comme l'immense majorité de ses compatriotes.

Il se leva, pressa l'épaule du vieil homme. Par la fenêtre, sa vue plongeait sur la rue Saint-Jacques, au milieu de laquelle la neige avait été déplacée à la pelle. Coulant vers elle, les petits canaux drainant les eaux sales des habitations dessinaient un quadrillage d'une couleur indéfinie. Au moins le froid en atténuait-il l'odeur, souvent pestilentielle.

Tandis qu'il écoutait, distrait, les litanies de son grand-père, il ne put s'empêcher de repenser à sa mission dans les marais de l'Est. Les doigts de la fille Desrouets avaient laissé leur brûlure sur sa peau, bien au-delà de son réveil. Survivait une sensation de cuisson adoucie, deux jours encore après qu'il eut quitté Stanfold.

Cristi ! Une donzelle de seize ans se fût enfuie à toutes jambes, ou se fût donnée sans résistance. Celle-là portait avec assurance ses vingt-quatre ans. Frédéric se frotta doucement la joue. La punition, cinglante, transformée en caresse attiédie. De quoi sourire, et se découvrir au fil des heures, surprenante, l'envie de retourner là-bas.

— Puisque te voilà revenu en ville, tu me liras le journal, ordonna Joachim. *La Minerve*, s'il te plaît, pas *Le Canadien*, ce charmant zéphyr dans lequel tu écris pour complaire à ton modéré de père.

Lorsque Louis n'était pas disponible, Frédéric se chargeait de cette routine. Les yeux de Joachim, brouillés par la cataracte, n'apercevaient plus que des ombres. Son ouïe fonctionnait en revanche à merveille, capable de distinguer entre les diatribes enflammées du quotidien ultranationaliste et les analyses pondérées de la feuille à laquelle Frédéric collaborait.

— *Le Canadien* reflète l'opinion du plus grand nombre, grand-père.

— Pour le moment, ciboire ! Ce n'est pas une raison pour le croire ! tonna le vieillard.

Bourdages. Frédéric admirait cet homme comme on le fait d'une statue, d'un fragment d'Histoire, d'un soldat vivant enraciné dans la terre qui le porte. Un visage austère, le regard insistant, lourd, d'un juge, les manières à la fois rudes et proches d'un militant ; à soixante-dix ans passés, l'homme inspirait suffisamment de respect pour être entré par avance, et aux pages enluminées, dans le grand livre de son temps.

Déportés d'Acadie, ses parents avaient été pillés par les Bostoniens puis dépouillés du peu qui leur restait par des Indiens. Bourdages était né de ce désastre, avec au cœur une soif de revanche que rien, ni sa jeunesse de marin au long cours ni sa maturité de politicien rompu aux exercices de la *res publica*, n'avait étanchée. Une parenthèse guerrière aux côtés de l'ennemi intime, pour repousser les Américains. Le reste ? Un combat de chaque jour, hélas vain, pour enfoncer dans la gorge anglaise le crime de 1755[1] et en recevoir quitus.

1. Année de la déportation des Acadiens par les Anglais.

— Cela fait maintenant près d'un siècle qu'ils nous prennent tout, jusqu'à la chemise. Regardez-vous, jeunes gens. En vous interdisant les carrières militaire et administrative, ils font en sorte de vous laisser dans les marigots de la société, là où s'ébattent les assujettis. Vous êtes les affidés d'un roi qui vous défend de le servir par les armes et par les édits. Et vous pensez pouvoir demeurer indéfiniment fidèles à de tels monarques, qui vous ferment à double tour les portes des magasins d'uniformes et les tiroirs des ministères ? On vous concède le petit commerce, la prêtrise et le notariat, le peuple que vous formez dans ces emplois civils est ainsi réputé calme, satisfait de son sort et peu désireux d'en changer. Des médecins et des épiciers. Allons donc ! Ce mépris n'a d'égal que celui des planteurs de Géorgie pour leurs esclaves.

Les jeunes gens attablés chez l'aubergiste Bonacina acquiescèrent, murmurants. La jeunesse patriote de Montréal se nourrissait de ces amers constats. Le député du district de Buckinghamshire, de Nicolet et de quelques autres endroits visait et touchait juste. Sa passion, son ardeur à convaincre débordaient largement l'aile modérée du parti et s'il ne prononçait pas les mots « rébellion armée », il les pensait assez fort pour que ceux d'« exaspération », de « coupe pleine », de « comptes à rendre » et de « liberté à conquérir » en fassent office.

Bien que proche, par son éducation, des Patriotes convaincus de la nécessité de négocier, Frédéric ressentait les diatribes du vieil homme comme un appel à la révolte physique. Certes, Papineau menait bien sa barque. De tous, il était le plus fin tacticien, sa rhétorique faisait mouche à tout coup et les Bureaucrates admettaient souvent, par leur silence penaud, la véracité de ses accusations. Mais Bourdages était d'une autre trempe. Les feux de l'Acadie perdue se consumaient en lui, son esprit en colère était la mémoire vive du naufrage de tout un peuple ; au fond de son âme survivait, intact, le désir unique, pérenne, obsédant, de la revanche.

— Alors, Fonteneau, vous allez transcrire le discours de Papineau dans *Le Canadien* ?

Bourdages considéra, souriant, le jeune clerc. Frédéric recherchait le plus souvent possible le plaisir de cheminer, seul à ses côtés, dans la rue. Un bon journaliste se devait de faire son miel de toutes les opinions. Celle-là lui importait plus que toutes les autres.

— On raconte qu'il réserve aux Anglais l'un de ses meilleurs coups, dit Frédéric.

— Nous avons bien avancé dans les résolutions, fit Bourdages, l'air satisfait. L'affaire se précise diablement. Quatre-vingt-douze, chiffre magique. L'an II des révolutionnaires français. Valmy ! Bon présage, Fonteneau, bon présage.

La jeunesse patriote de Montréal se gavait des idées nées en Europe quelques décennies auparavant. On se consumait d'amour pour les briseurs de monarchies, on communiait avec les Polonais, les Italiens, les barricadés parisiens de 1830, et tout ce qui venait conforter le désir de liberté au-delà des mers était accueilli comme le vent de tempêtes salvatrices.

Les anciens se souvenaient des quelques officiers français venus des États-Unis à la fin du siècle précédent pour organiser des réunions révolutionnaires au Canada. Un vent libertaire avait soufflé sur Montréal, affolant les autorités, galvanisant les esprits. La République, du Canada à Paris ! Brève et exaltante parenthèse. L'affaire n'avait pas eu de suite et le vent était retombé.

Trente années plus tard, inspirés par les meneurs des Vieux Pays, les Canadiens avaient cogité des mois durant pour accoucher d'un projet en quatre-vingt-douze points destiné à imposer l'égalité des statuts et des chances. Frédéric avait eu accès, sous le sceau du secret, à quelques pages de cette bible patriote. C'était là un exaltant fourre-tout dont il revenait à Papineau de défendre le contenu à la Chambre québécoise.

— Mon cœur bat plus vite ces jours-ci, avoua Bourdages. Dommage que votre grand-père ne puisse plus être des nôtres, cette séance à venir l'eût fait vibrer de plaisir.

Il n'avait plus ressenti pareille exaltation depuis le fameux banquet organisé quarante années plus tôt pour fêter la naissance officielle du Bas-Canada.

— C'était au café des Marchands, dans la basse-ville de Québec, se souvint-il. Nous avions la jeunesse, une province et une Constitution ! Rendez-vous compte. Les Anglais seraient les maîtres à Toronto et nous autres ici, quoique gouvernés par un des leurs. Nous y avons cru pourtant, et ce soir-là, mon ami, pas moins de trente-cinq toasts ont été portés !

Il se mit à rire, ce qui ne lui arrivait guère souvent. On avait commencé par honorer ladite Constitution, les souverains, les lords et les gouverneurs, l'armée.

— Il fallait vider les verres, comprenez-vous. N'en pas laisser une goutte, des Anglais nous avaient rejoints, manquer à la règle les eût blessés. Au douzième tour, nous avons bu de nouveau à la Constitution. Et aux bons vins !

Puis il y avait eu la santé et le commerce, la liberté de conscience, les navires, l'agriculture, dix autres raisons de trinquer. Cramoisi, le vieil homme leva les bras au ciel.

— La révolution en France et la reconnaissance à la mère patrie ont fait partie des derniers lots. L'hommage aux maudits Français après celui au roi d'Angleterre ! C'était le trentième toast ou à peu près, le cœur parlait à la place des cerveaux quelque peu embrumés. Quel beau désordre des idées. Et savez-vous à quoi nous bûmes pour en finir ?

— Ma foi non. Aux réveils difficiles, peut-être ?

— Aux jours d'aisance et aux nuits de plaisir avec la nouvelle Constitution. Textuellement. On savait vivre en poètes, à cette époque. Même les séminaristes ont arrosé ça, figurez-vous. Certes avec de l'eau, mais tout de même.

Le soir tombait. Il s'arrêta, demeura un long moment pensif, observant un allumeur penché, en haut d'une échelle, sur un brûleur à huile.

— Autrefois, nous devions tous porter une lanterne, la nuit, dit-il. Rien n'arrête le progrès, n'est-ce pas, ni l'hiver ni l'agitation des hommes. Il continue sa route, indifférent au reste.

Puis disert, soudain :

— Mon bon salut à votre grand-père et à vous revoir à Québec, mon ami, nous écrirons l'Histoire ensemble, pour lui.

Tout en marchant, entre deux murailles de neige, vers la boutique d'étoffes et d'habits de ses futurs beaux-parents, Frédéric fit mentalement le compte des réformes que son camp comptait faire accepter par le pouvoir. Il s'agissait avant tout, pour les descendants des Français, de mettre fin à la corruption, aux cumuls et au népotisme. On exigeait la restitution par les

Anglais des biens spoliés des jésuites, la fin du système féodal des tenures, la dévolution à la province des affaires de police, de poste, du contrôle des ressources naturelles, de la forêt. Un monde !

Les Canadiens devaient pouvoir entrer dans l'administration, commercer librement. Leur Parlement prétendait récupérer une partie des prérogatives des Conseils nommés par le souverain et retrouver les équilibres du droit civil français. Au sein d'une société que les dominants maintenaient massivement dans ses limbes analphabètes, l'éducation devenait un enjeu majeur, gratuite pour les pauvres, taxée pour les riches, hiérarchisée par des diplômes, délivrée dans la langue des ancêtres.

Les idées avaient jailli comme des sources chaudes de la terre. Une province devait naître de ce tumulte, loyale au souverain mais libre de décider l'essentiel pour elle-même. Après tout, bien qu'immigrant à flot continu et par milliers, les Britanniques étaient encore largement minoritaires dans la colonie. Ils entendraient raison.

Fort de cette certitude, Frédéric montra son visage empourpré par le vent à la porte de la boutique. Des femmes s'activaient à l'intérieur, une partie de sa future belle-famille et des employées, toutes occupées à déballer des colis d'étoffes arrivés de France à l'automne, par bateau. Chez les Ferrières, on tenait à ne pas se laisser distancer, en matière de mode, par les négociants de Québec. Une concurrence existait entre l'ancienne capitale de la colonie et sa cadette, l'orgueil aristocratique de l'une contre la turbulence politique de l'autre. À deux cents kilomètres de la capitale, Montréal affirmait aussi son existence, jusque dans la coquetterie de ses dames.

Armée de ciseaux, Louise Ferrières libérait le contenu de ballots de dentelles. Elle était petite et plutôt ronde de corps comme de visage. Accorte, disait Louis Fonteneau, et sans doute capable d'héberger entre ses hanches une progéniture suffisamment nombreuse. La voyant penchée, tranchant les cordelettes, Frédéric ne put s'empêcher de penser que les grossesses successives, dûment encouragées par le clergé, ne manqueraient pas d'alourdir sa silhouette, au point de la faire ressembler un jour aux ballots qu'elle éventrait avec vigueur.

Elle lui sourit. Était-elle désirable ? Frédéric avait fini par s'en persuader. Ils se connaissaient tous deux depuis longtemps, leurs familles étaient amies, un frère de Louise avait étudié avec lui au petit séminaire, avant de s'engager dans la marine civile. Ainsi Frédéric avait-il vu grandir et se transformer ce tendron aux humeurs égales, aux formes somme toute agréables et aux bonnes aptitudes ménagères.

« Elle est douce et patiente, renchérissait Marie Fonteneau. Une épouse exemplaire, cultivée de surcroît. Elle lit et montre des dons pour l'écriture, ce qui n'est pas donné à toutes les filles de la colonie. »

— Te rends-tu à Québec en fin de compte, Louise ? s'enquit Frédéric après avoir salué le gynécée.

Il était question qu'elle profitât de la réunion à la Chambre pour visiter sa famille à la capitale. Son père avait été formel, Frédéric Fonteneau serait pour cela un chevalier servant idéal : « Tu lui enseigneras les subtilités de la politique canadienne. Je crains qu'elle ne se passionne pas vraiment pour ces choses-là. »

— Je prendrai la diligence de la malle, dit la jeune fille. Ma sœur aînée m'accompagnera.

En hiver, le coche ordinaire mettait entre trois et quatre jours pour aller de Montréal à Québec. La perspective de devoir passer tout ce temps aux côtés de sa promise n'enchanta guère Frédéric. Il prétexta des articles à terminer, des gens à voir avant de prendre la route.

— J'irai avec la diligence « extra ». J'ai besoin de parler avec les députés.

Cet attelage rapide, aux chevaux disposés en flèche, était réservé aux édiles, aux hommes d'affaires et aux politiciens. Il ne mettait que deux jours pour rejoindre Québec. Louise sembla surprise, déçue, quelque peu. Le voyage par le chemin du Roy était une aventure, mais qui ne manquait pas d'intérêt. Les paysages hivernaux étaient splendides, entre fleuve et montagnes. On franchissait une vingtaine de cours d'eau, entre les étapes rituelles à Maskinongé, Trois-Rivières ou Lavaltrie. Du temps pour jaser, faire des connaissances, s'extraire du quotidien montréalais. Et se connaître mieux entre fiancés.

Frédéric se sentit mal à l'aise. Il fit mine de s'intéresser aux derniers modèles de robes arrivés de Paris avant le gel du fleuve. Il y en avait de toutes les couleurs, et des corsages aussi, parmi des étoles, des fanfreluches, des jupons et des dentelles, des ceintures de soie et des mousselines aux coquines transparences. Cela sentait le tissu neuf, froufroutait entre les mains des femmes.

Il laissa traîner ses doigts sur une capeline rouge taillée pour un buste long et fin. Soupira, les yeux mi-clos. La fille Desrouets serait assez à son avantage sous ce vêtement. Il songea soudain à ses seins entrevus, à sa peau blanche sur laquelle ruisselait sa longue chevelure. Une compagnie, évanescente, que les bruits de la ville étouffés par la neige, les paroles des uns et des autres, les gestes à faire et les pensées à ordonner diluaient, comme dans une brume laurentine.

— Eh bien, Frédéric, tu parais plutôt songeur. La mode parisienne te trouble donc à ce point ?

La mère de Louise passait près de lui, les bras chargés de linges. Elle avait réalisé son rêve, caser sa fille dans une famille de notables. Ces alliances ne pouvaient s'envisager que si l'on disposait de ressources financières équivalentes. Mais, comme disait Joachim Fonteneau : « Ne faisons pas trop les fiers, il y a encore un siècle beaucoup étaient coureurs des bois ou filles à acheter. »

— Je te la confie, dit-elle, faussement sévère, prends-en bien soin. Nos cousins de Québec sauront vous accueillir comme il faut. J'espère que tu ne conduiras pas ta promise dans l'une de ces tavernes à soldats…

Il acquiesça, l'esprit ailleurs. Dans la rue, des ouvriers pelletaient la neige afin de dégager les trottoirs. Il soupira. Le ciel était d'une pureté minérale, le voyage serait cette fois une aimable promenade. Par bonheur, il y aurait, à son terme et pour lui donner du sel, quelques journées fondatrices de la nation canadienne. De quoi faire supporter à Frédéric une compagnie dont le bouillant rédacteur du *Canadien* se fût sans doute passé.

Le voyage par la malle « extra » répondit à ses attentes et Frédéric ressentit comme un honneur le privilège d'accompagner des députés canadiens. « Vous serez des nôtres un jour, lui affirma-t-on, c'est logique, vous avez une excellente plume, des dispositions pour l'agressivité qu'elle soit offensive ou défensive, vous êtes doté d'un vrai cœur patriote. La députation vous attend, ami. »

Il eut du mal à s'imaginer siégeant aux côtés des Bourdages, Papineau et autres Girouard. Il se contenta d'écouter ceux qui tenaient entre leurs mains le sort d'une communauté tout entière. On allait frapper un grand coup. Tandis que défilaient, derrière la vitre du coche, les somptueux paysages de Neuville, de Cap-Santé, des îles de Berthier, il imagina l'Assemblée unie fêtant ses chefs, les Bureaucrates déconfits courbant la nuque, abasourdis par la révélation de la justice et de la vérité.

Chopin apprécierait. Par endroits, la vue plongeait à pic du chemin vers le fleuve, la lumière solaire réverbérée par la surface gelée devenait à peine supportable, tout se fondait dans une apothéose d'hiver et de ciel pur. Il sentit son cœur s'emballer à maintes reprises. Il vivait des moments historiques exaltant son désir de servir. Des aînés bienveillants, sûrs de leur droit et de leur force, l'accompagnaient vers sa destinée, au galop régulier des chevaux. Pour rien au monde il n'eût manqué ces heures intenses.

4

Québec, 21 février 1834

Louis-Joseph Papineau avait attendu que son ami Bédard en ait terminé avec le rappel des quatre-vingt-douze propositions pour intervenir. Il se leva, l'air pénétré par ce qu'il avait à dire.

— Tu vis des heures historiques, glissa Frédéric à l'oreille de sa compagne.

Louise Ferrières n'en parut pas tout à fait convaincue. À sa décharge de toute jeune bourgeoise montréalaise, les quatre heures d'exposé public à la Chambre du Bas-Canada avaient pris par moments des allures de pensum disciplinaire. Frédéric avait en revanche de la passion pour deux. Le spectacle des Bureaucrates et des Neutres subissant l'avalanche patriote l'avait mis en joie. À quelques pas de lui, bras croisés, yeux mi-clos, semblant sommeiller sur son banc, le vieux Bourdages devait jouir intérieurement de la même exquise manière.

— Papineau va éventer les manœuvres des coquins, susurra Frédéric.

Il y avait eu cinq jours de débats houleux. Les Anglais minoritaires et leurs quelques associés canadiens avaient tenté en vain, à plusieurs reprises, de faire ajourner le débat, soulevant des points de procédure balayés par la présidence. On irait au bout par un vote, quoi qu'il advînt.

Lorsque le chef se fut installé au pupitre, Frédéric sentit un long frisson le parcourir. Pour la première fois depuis qu'une vague Constitution, insuffisante et bafouée, avait été accordée aux Français du Canada, un vrai projet voyait officiellement le jour. Il avait fallu pour cela attendre près d'un demi-siècle et qu'une génération de lutteurs, de tribuns enflammés, de cœurs purs et désintéressés, grandisse et prenne enfin la parole. Une longue patience.

Dans le silence soudain tombé sur l'assemblée, Frédéric entendit son cœur en chamade scander le mot sacré, répéter sourdement ces syllabes magiques. Pa-tri-otes. Oui, pour de bon, c'était là un moment semblable à nul autre, de mémoire de Canadien.

— C'est Dieu qui parle, dit-il, écarlate.

Louise eut un sourire d'incompréhension. Les débats des hommes la concernaient moins que l'ordonnancement de la boutique familiale. Les histoires de tenures, de représentation, de Conseils, le malaise teinté d'hostilité grandissant entre les communautés, rien de tout cela n'affectait son humeur égale et le souci quasi exclusif qu'elle avait des affaires de son clan.

Fort de ce qui venait d'être longuement exigé, Papineau entreprit aussitôt la démolition en règle du système pervers régissant la colonie. Tout y passa ; le mépris affiché par le pouvoir, sa concussion, l'invraisemblable orgueil de la classe dominante, ses actes innombrables de faiblesse envers elle-même face à l'abêtissement voulu de la majorité du peuple. Brillant, mordant à belles dents la viande outragée offerte à ses appétits, menaçant à mots voilés de rompre le lien entre les Canadiens et la Couronne, Papineau enfonça jusqu'à la tête le clou dans la mauvaise conscience anglaise, avec la férocité tranquille d'un parfait homme du monde.

— Il les tient à sa merci, sans même recourir aux menaces de rébellion, murmura Frédéric. Et il fait passer en douceur l'idée de s'affranchir un jour. Quel talent !

La liberté dans l'égalité, pour les Français du Canada et par les moyens pacifiques de la démocratie ! Dans la bouche de Papineau, c'était une idée nouvelle, un risque envisageable. Certains, dans son propre parti, le lui reprocheraient sûrement. « Nous enrageons d'avoir raison », répétait-on à l'envi dans les cercles patriotes. Cette rage trouvait enfin son exutoire, sa légitimité. Frédéric sentit son cœur battre encore plus vite. Le débat montait d'un ton, comme le vermillon aux joues des Anglais et de leurs séides.

— Boutefeu !

Des grognements de colère, çà et là. Pour la minorité au pouvoir, Papineau et les siens rejoignaient le camp des ultras, où l'on attendait comme une délivrance le moment d'en découdre.

— Nous voterons, conclut le tribun, et cette Chambre devra être enfin entendue jusqu'à Londres. Nous avons confiance dans la sagesse des nations, dans leur désir de justice aussi. Nous avons confiance dans le jugement de notre souverain. Notre loyauté envers lui est à l'image du souci qu'il a de notre sort.

Un tonnerre d'applaudissements salua sa péroraison. Les minoritaires pourraient bien ratiociner encore un peu, tenter d'invalider le propos. On avait jeté sur la place publique la synthèse de soixante-quinze ans d'humiliation, pour en demander réparation.

— Historique, je te l'avais bien dit ! claironna Frédéric lorsque, comme une gifle administrée aux Bureaucrates, les quatre cinquièmes de la Chambre eurent voté en faveur des résolutions.

Il avait hâte de se mêler à la foule des députés et de leurs amis, en ces heures de triomphe. Louise désirait quant à elle retourner chez ses cousins. La journée avait été bien remplie, on pouvait penser à un repos bien mérité. Voyant le trouble de son promis, elle eut un sourire un peu triste. Frédéric ne s'empressait guère auprès d'elle.

— Ce n'est pas très loin, j'irai en traîneau, lui dit-elle. Tu m'y rejoindras si tu en as le temps. Je pense que ce genre de séjour est plutôt fait pour les hommes. Discussions, engagements, enthousiasmes, tel est votre lot. Nous n'en sommes pas jalouses, ne t'inquiète pas.

Il la regarda s'éloigner, tandis que les gens se congratulaient. Louise Ferrières ferait à coup sûr une épouse modèle. À l'ombre de son futur mari, elle résumerait à elle seule les qualités de patience et d'acceptation de ses contemporaines. Frédéric serra les lèvres. La perspective de vivre entre un magasin de tissus et une étude notariale l'enchantait fort peu, quant à l'intérêt très modéré que la jeune fille portait aux grandes affaires en cours, il augurait assez mal des discussions, des enthousiasmes et des engagements désirés.

Et puis, il y aurait le retour à Montréal, en compagnie de la donzelle et de sa sœur ; par la diligence ordinaire cette fois. Le temps avait l'air de vouloir se mettre de nouveau à la neige, le voyage risquait bien d'être long. Frédéric soupira. Il lui faudrait bien, à un moment ou à un autre, avouer à sa promise qu'il serait un époux plutôt peu attentionné, voire indifférent. Il devait y avoir moyen de présenter la chose avec assez de tact. N'ayant pas l'expérience de ces reptations sentimentales, il résolut de remettre l'épreuve à plus tard.

Beauharnois, avril 1834

C'était, à une lieue du manoir Ellice, une demeure en pierre des champs. Épaisse de murs, percée de larges fenêtres, elle était coiffée de tuiles et cernée par un domaine de quelques milliers d'acres où l'on faisait, moyennant tenure, pousser l'avoine et le blé d'Inde essentiellement.

Des dépendances nombreuses veillées par une tour-pigeonnier abritaient charrettes et bêtes de trait, vaches à lait et brebis, poulaillers, outils et semences. On avait construit, pour le personnel, des maisonnettes dotées de minuscules potagers, manière de montrer que la seigneurie rompait à sa façon avec les usages français, ou les adaptait pour le moins à sa vie au Nouveau Monde.

On appelait ça « manoir ». Pas grand-chose à voir avec les orgueilleuses forteresses d'Europe. Ici, la construction étalait de plain-pied ses fenêtres derrière lesquelles se disposaient salons, chambres et salle à manger. Des mansardes accueillaient la jeunesse et la domesticité. Seul signe d'une possible majesté, des arbres alignés sur deux rangées conduisaient cavaliers, attelages et marcheurs de la route villageoise à la maison.

Frédéric n'avait jamais eu ses quartiers à Maison-Rouge. Adolescent, il en avait fréquenté la jeune classe chez les sulpiciens ; des garçons plutôt suffisants, peu intéressés par les débats des fils de bourgeois. En fait, ces nantis de naissance considéraient la décision politique comme une affaire réservée à leur caste, la discussion préliminaire en étant laissée à ceux que nourrissaient les discours vains et les emportements sans suite.

Les choses avaient-elles changé en quelques années de débats supplémentaires ? À bien considérer la société au milieu de laquelle évoluait son aîné, il était clair pour Frédéric que non. Les Ligneries et leurs alliés s'ébattaient assez joyeusement dans des certitudes ancestrales et des perspectives d'avenir faites pour eux, garanties contre l'outrage du temps et contre celui des hommes.

— Eh bien, petit frère, tu viens à la campagne oublier les débordements de tes amis de la Chambre ? Les bruits de la ville, les rumeurs, les caquets de la volaille publique te fatiguent donc à ce point ?

Julien Fonteneau n'avait pas eu de mal à revêtir les habits seigneuriaux. Grand et glabre, mince de visage, froid de regard comme de façons, il avait épousé la geste en même temps que la fille et fait oublier, par son seul maintien, la mésalliance chuchotée çà et là. Ses opinions plus que modérées, sa prudence calculée face aux Bureaucrates, son art d'écouter sans se commettre lui valaient le respect que l'on accorde généralement aux sages, aux arbitres ou aux grands vieillards.

— Les bruits de la ville me conviennent parfaitement, surtout en ce moment, lui rétorqua son cadet. Quant à la volaille, comme tu l'appelles, elle caquette en effet, mais elle écrit beaucoup également, et fait passer au vote sa production.

Julien éluda. Il consentait au débat avec son frère lors des dîners en famille, rue Saint-Jacques, mais répugnait à s'y soumettre sur ses terres, avec les siens.

— Que nous vaut le plaisir immodéré de te voir ?

— Ça fait une secousse[1] qu'on ne s'est vus. Je voulais vérifier que la mode dandy t'allait toujours aussi bien.

— Alors ?

1. Un certain laps de temps.

— Alors, me voilà rassuré. Peau de taupe et piqué te siéent à merveille, j'avoue qu'à te copier je me rendrais passablement ridicule.

Dans sa redingote à collet de velours rouge, la taille prise dans une ceinture de flanelle, le hobereau avait belle allure, de quoi tempérer, peut-être, sa frustration d'être né sans particule.

— Sérieusement, Julien, je désirerais te parler des derniers développements à la Chambre, connaître ton sentiment et celui des tiens, jaser avec tes fermiers…

Julien se récria, le doigt levé :

— Jaser avec nos fermiers, là, c'est aller un peu loin ! Notre canton est calme, par tradition, dirait-on. Il en est d'autres où tes paroles recevront davantage d'écho. Saint-Charles, Saint-Denis, j'en passe. Tu y seras écouté au-delà de tes espérances. Ici, tu sais, nos gens n'ont pas la tête chaude et c'est tant mieux. Il me déplairait de savoir qu'on y allume des incendies.

Julien ne perdrait pas son temps à gloser sur les quatre-vingt-douze propositions des Patriotes. Il donna ses ordres. On ferait préparer une chambre pour le visiteur. Frédéric leva les mains en signe de paix.

— Bien, mon cher aîné. La gestion du domaine est sans doute plus importante pour toi que les grands débats du moment. Tu préfères prélever le droit de mouture sur tes censitaires et entretenir la chapelle et le moulin à blé pour eux plutôt que t'engager du côté des justes. Les chapons gras offerts par tes fermiers à la Saint-Martin t'intéressent davantage que le sort de tes compatriotes. Tu as raison, la seigneurie n'est pas un cadeau de nos anciens rois de France mais une lourde charge. Tu l'exerces plutôt bien, je dois dire. C'est ton talent, alors, je n'insiste pas.

Julien haussa les épaules. Ses beaux-frères préférant la chasse et le jeu aux contraintes de la gestion domaniale, il les avait déchargés du fardeau en occupant, de fait, un poste d'intendant. Il s'en trouvait libre, indépendant, indispensable et par là peu jalousé. À le voir ainsi confiné dans ce rôle, au service d'une famille d'un autre rang que la sienne, Frédéric éprouva un mélange de pitié et de colère. La société canadienne était ainsi faite ; sous peine de valider une mésalliance signalée par certains, Julien Fonteneau devait se hausser à l'altitude de ses hôtes. Cette rude besogne méritait le respect aux yeux de certains ; pas à ceux de Frédéric, cependant.

Des silhouettes féminines traversaient des couloirs, des enfants couraient d'une pièce à l'autre, des domestiques portaient linges et draps. On recevait à Maison-Rouge ce jour-là ; des pairs, quelques Anglais également. Esther de Ligneries avait la haute main sur ces séjours que les nombreux agréments du domaine et la réputation de sa cuisine prolongeaient souvent.

— Notre grand chroniqueur du *Canadien* ! s'exclama-t-elle tandis qu'il la rejoignait devant une armoire. Monsieur Parent t'envoie respirer l'air des seigneuries ? Attention, mon cher beau-frère, il y aura quelques Bureaucrates à dîner ce soir. Tâche de demeurer dans les convenances, sinon vous irez vous colleter les uns les autres dans quelque grange…

Elle plaisantait à moitié, considérait l'intrus d'un œil un peu inquiet. Frédéric la rassura. Il n'était pas venu à Maison-Rouge pour haranguer les foules, de toute façon le comté n'était pas complètement acquis aux Patriotes.

— *Le Canadien* est modéré, dit-il, comme son directeur.

Elle eut une moue de scepticisme.

— Je trouve étonnant que tu ne sois pas passé à *La Minerve*, et depuis longtemps. On te voit dans les pas de Papineau comme dans ceux des boutefeux. On te dit ami de Lorimier, de Cardinal, ces têtes chaudes.

— J'aime ce qui est français en nous, ma chère belle-sœur, persifla-t-il, l'air faussement navré. C'est mon drame personnel. Ah, comme j'aimerais me sentir neutre dans tout cela !

— Cesse donc, je suis aussi française et canadienne que toi ! Tu fricotes avec des gens dangereux, c'est tout. Méfie-toi, les affaires prennent un tour étrange en ce moment.

— Surtout depuis le vote parfaitement démocratique des quatre-vingt-douze résolutions.

— Bah ! Ce verbiage…

Elle avait des idées sur tout et sur tous. Bien qu'aucune loi ne lui interdît de voter aux élections, ce qu'elle ne manquait pas de faire, elle enrageait d'être, en tant que femme, laissée en marge du débat public. La position prudente des aristocrates bas-canadiens lui convenait, face aux élans désordonnés des bourgeois montréalais.

— Vous allez tout briser si vous continuez de cette manière, dit-elle, soudain sévère.

L'Anglais n'était pas un problème, ni ses lois, ses excès héréditaires, sa mauvaise foi. On s'arrangeait entre gens raisonnables, les uns sur leurs domaines, les autres dans leurs officines de pouvoir. Aux yeux d'Esther de Ligneries et des siens, Frédéric Fonteneau représentait une génération de trouble-fête manipulés par de vieux notaires aigris. Des rêveurs exaltés, aux utopies nourries par des nostalgiques de 1789, de la République et peut-être même de la Terreur.

— Tends les bras, ordonna-t-elle.

Il se retrouva chargé d'une pile de draps brodés aux armes de la famille. Esther lui sourit. Ils avaient le même âge et s'entendaient bien, malgré quelques différences notables d'opinions.

— J'aime ta demeure grâce à toi, Esther, dit-il en la suivant dans le couloir. Il y règne toujours comme un air de fête.

Il se souvint d'avoir été un peu amoureux de cette belle-sœur venue tout droit de sa seigneurie pour offrir sa lignée à une famille bourgeoise. Esther n'avait pas eu de mal à séduire les Fonteneau, cela sans forcer le moins du monde son talent. Une solide culture générale, des jugements tranchés, un charme acidulé ; elle possédait les bons atouts, qui faisaient les partis désirables.

Il se retint de lui demander ce qui avait bien pu la séduire en Julien. Après tout, le petit pincement à l'âme qu'il avait éprouvé autrefois s'était dissipé ; chacun était libre de ses goûts et c'était plutôt bien ainsi.

On savait vivre à Maison-Rouge, canton de Beauharnois. Les joueurs de cartes et de billard y avaient leur espace fleurant le tabac de Hollande ; les lecteurs, une bibliothèque aux murs couverts d'ouvrages ; les dames, un salon où des éclats de rire rompaient leurs litanies chuchotantes. Les Ligneries avaient débarqué en Nouvelle-France dans les pas de Champlain ; il n'était de noble famille canadienne qui ne fût leur alliée ou leur commensale. Leur table était ouverte, comme leur esprit, à condition toutefois que l'on se tînt correctement à la première et que l'on n'encombrât point le second de discours révolutionnaires.

Des ludions, songea Frédéric.

Autour de qui louvoyait une société hybride de Français et d'Anglais, un marais où l'on se comprenait à demi-mot, entre initiés. Ludions certes mais suffisamment intelligents pour ne pas compromettre leur statut privilégié. Seul au milieu de cette petite foule, surveillé de loin par son frère, Frédéric découvrit un sentiment nouveau ressemblant à de la haine. Sourd tumulte au fond de lui, envies d'en découdre, exaspération composaient ce désordre.

C'était là une saison contrastée, amoureuse à Stanfold, tourmentée à Maison-Rouge, fervente et politique à Montréal. La certitude de vivre des moments historiques tenait le jeune homme dans une impatience d'enfant. Quant au spectacle des nantis grenouillant d'un salon à l'autre, écoutant du clavecin et de la viole de gambe quand tant de paysans hurlaient misère à quelques lieues de là, il le trouvait presque amusant, à force de grotesque.

Il se dit qu'il lui faudrait s'imprégner, jusqu'au tréfonds, de cette ambiance de fin de règne, pour mieux en goûter, un jour prochain, la déconfiture. Nulle société au monde ne pouvait ainsi se survivre à elle-même dans de telles hypocrisies, de semblables bassesses. Un divorce s'opérait en lui, insidieux. D'avec ce pan de sa famille, où l'on prêchait au mieux la modération envers le pouvoir, au pire la collaboration avec l'ennemi. Car il s'agissait bien de cela, chaque jour un peu plus, faire face à un adversaire suffisamment hostile pour être devenu haïssable.

— Et ces fiançailles, mon cher ? La maison Fonteneau doit s'y préparer dans la fièvre.

Esther trempa ses lèvres carminées dans un verre de punch. Des donzelles lui tenaient compagnie, jolies et dotées. Frédéric en connaissait au moins deux, encore célibataires à vingt-cinq ans passés. Esther prenait du plaisir à susciter les rencontres dans son salon. Déplorant, cette fois, qu'un joli garçon comme son beau-frère se fût engagé en ville.

Frédéric se détendit.

Esther me verrait assez bien dans la situation de mon frère, songea-t-il. Pour un peu, elle me proposerait, enrubanné, à la loterie. Je crains cependant de n'être pas vraiment doué pour la gestion domaniale…

Les jeunes femmes étaient élégantes, vêtues à la dernière mode parisienne. Du grand salon à celui de musique, d'où l'on regardait tomber la neige en buvant des jus de fruits, ce n'étaient qu'organdi et corsages laissant paraître les épaules, gazes légères et mousselines transparentes, satins broché ou gourgouran. Le vieux Joachim Fonteneau était sévère pour cette jeunesse-là, qui savait s'apprêter et se rendre désirable.

— La vie a tout de même de bons côtés, glissa Esther à l'oreille de Frédéric.

Puis, plus fort :

— La causerie politique nous étant chichement comptée, nous danserons après souper, puisque nous ne sommes faites en fin de compte que pour cela. Mes amies, je vous livre ce promis en espérant que vous parviendrez à le dérider.

On en terminait avec une langue d'orignal, plat généralement servi dans les maisons huppées. Las d'écouter les exploits de chasse des Ligneries, Frédéric s'était tourné vers des voisins infiniment plus intéressants. Un Anglais notamment, de l'entourage immédiat du gouverneur Aylmer, qui avait cependant le bon goût de s'exprimer en français, presque sans accent. Frédéric lui demanda des nouvelles de son maître ; les échos d'une grande lassitude gouvernorale se colportaient en ville. Montréal ne manquait pas de bons médecins susceptibles d'utiliser les remèdes indiens pour redonner à Son Excellence verdeur et enthousiasme. Agacé par l'ironie du propos, l'Anglais pointa le doigt vers Frédéric.

— Vous travaillez pour un journal modéré, dit-il, vaguement menaçant. *Le Canadien* tempère les excès de certains, ce n'est pas le cas de toute la presse de Montréal.

— Vous voulez parler du *Herald*, où monsieur Thom déverse quotidiennement sa bile sur les Canadiens ? Où l'on évoque ouvertement l'extermination de la race française dans ce pays ? Vouloir rayer de la carte une famille qui ne pense pas comme vous serait donc un projet modéré ? Mais peut-être me jugez-vous insolent de vous dire cela ?

L'Anglais se fit apaisant. À Maison-Rouge, on ne recevait pas les ultras du parti tory et c'était une bonne chose. Il avait cru au désir du jeune clerc de le provoquer jusqu'à la sommation de se battre. On n'en était pas encore là, en ville comme dans les cercles privés, mais le regard du Bureaucrate laissait supposer que cela pouvait arriver à tout moment.

— Il convient de calmer vos amis les plus échauffés, dit-il, du ton du maître avertissant l'élève qu'il ne faut pas dépasser la limite autorisée.

Frédéric se pencha vers lui, à le toucher.

— Faites-en de même dans ce cas, monsieur. Certains clubs anglais de Montréal sont des poudrières très désireuses d'exploser, je ne vous apprends rien.

— Nous nous y efforçons, cher monsieur, croyez-le bien. Il faut espérer que les propositions de vos extrémistes ne viendront pas envenimer les choses. Combien déjà ? Quatre-vingt-douze. Peste, ce n'est pas rien.

— Elles n'ont rien d'extrême. Les avez-vous seulement lues ?

— Ma foi non. Il se peut cependant qu'on me les fasse passer un de ces jours.

Des mots. Frédéric haussa les épaules. Les convives attablés autour de lui le considéraient avec un mélange de morgue et de curiosité. Il en profita pour lancer une flèche :

— Ces quatre-vingt-douze propositions ont été élaborées par des modérés et votées par la Chambre. Enfin, quoi ! Lequel d'entre vous tolérerait que tout ce qu'il porte sur lui, chemise, chausses, pantalon et jusqu'au mouchoir, vienne statutairement de France par la grâce de marchands français ? Que tout ce qu'il produit, le bois et le grain, la toile, la fourrure, le fer, que sais-je encore, soit exporté exclusivement vers la France, par les mêmes marchands ? Qui, honnêtement, supporterait ce carcan ?

N'obtenant pas d'autre réponse que quelques haussements d'épaules, il poursuivit, un ton plus haut :

— Pourtant nous devons nous y résoudre, nous autres Canadiens. Le tissu de mon vêtement, le cuir de ma sellerie, le suaire qui enveloppe le corps des trépassés viennent de Londres, pour le plus grand bénéfice de vos négociants. En retour, le bois dont on fait les journaux, les castors qui peuplent nos eaux, le charbon et le métal qui gisent sous notre terre, tous ces biens voyagent vers l'Angleterre par les mêmes canaux. Quant à nous, vaincus de 1760, il nous est interdit de vendre ailleurs le peu que nous produisons. Quelqu'un peut-il me dire où est la justice, là-dedans ? Que ferait-on, à notre place ?

L'Anglais eut un petit rire.

— Ça, mon cher, c'est difficile à dire. Les lois sont faites pour être respectées, surtout celles du commerce. Les masses d'argent engagées là sont considérables.

— Certes, elles le sont. Trop sans doute pour concerner un peuple d'illettrés juste bon à gratter la terre avec ses ongles pour y faire pousser de la misère. N'est-ce pas vous qui vous enrichissez du bois que des bûcherons parlant français coupent pour des salaires de Nubiens ?

— Tout le monde peut trouver son compte dans ce système, affirma l'Anglais sur un ton sec. Il suffit de réfléchir un peu et surtout d'être raisonnable.

Puis, faussement sérieux :

— Il n'est nullement interdit de faire profession de *bell-man*. Informer le public n'est pas sans importance, qui plus est, l'emploi est plutôt bien payé.

Ainsi appelés parce qu'ils faisaient sonner des cloches pour ameuter les populations, ces crieurs, sortes de journaux ambulants, annonçaient de par la ville les arrivées de bateaux, les horaires de marché, les décrets officiels et autres règlements.

Frédéric pâlit subitement.

— Filer la quenouille pour chausser les pieds du gouverneur Aylmer n'est pas sans intérêt non plus, dit-il.

Il serra les dents. Son premier réflexe avait été de sauter à la gorge de l'Anglais, par-dessus la table. Réprimé, il laissait place dans son esprit à une sorte d'éclaircie mentale. Produire nous-mêmes, pensa-t-il, fabriquer les chemises, les jabots, les toques de fourrure, les meubles. Cesser de dépendre ainsi des profiteurs anglais et américains, de cette lie accourue de toutes parts pour saigner la grosse bête canadienne et s'engraisser à ses dépens.

— Vous avez mieux à proposer, monsieur Fonteneau ?

L'Anglais parut surpris de le voir sourire. Frédéric se détendit. Certes, il agréait, mais à sa propre idée. Les femmes du Bas-Canada coudraient et vendraient elles-mêmes à leurs frères de race les vestes de fourrure, les corsages, les bottes, les chapeaux. Les maréchaux-ferrants battraient le fer pour les cavaliers de leur peuple, les paysans débarrassés des taxes et des obligations de la tenure vendraient leur récolte à leur vrai prix à des citadins anglais obligés de l'accepter. À défaut d'une indépendance politique, la province pourrait ainsi s'offrir une autonomie économique, une entrée d'air sous la chape qui l'étouffait.

— Lumineux, dit Frédéric.

Il imagina son frère soulagé d'avoir à comptabiliser la dîme de ses fermiers. Julien Fonteneau, ses mains fines maniant la bêche et poussant le soc ; Esther de Ligneries préparant, seule dans la vaste cuisine, la soupe au chou avec autour d'elle une marmaille en haillons criant famine. Et la toiture de Maison-Rouge laissant couler la pluie du ciel jusqu'au milieu du salon, par des gouttières chaque jour plus larges.

— Vous parlez d'or, sir ! s'écria-t-il. D'or et d'argent, bien sûr, en bon sujet de Sa Majesté !

Puis il se mit à rire, de plus en plus fort, devant ses voisins stupéfaits. Hoquetant, le visage dans sa serviette, s'excusant, demandant même pardon, assurant qu'il ne visait personne et que tout cela, en fin de compte, n'avait guère d'importance.

— *What else, sir ?* conclut-il lorsqu'il eut repris son souffle.

Il se détourna. La morgue de ces nantis acoquinés entre eux pour le désespoir des dominés l'emplissait d'une rage froide. Des suceurs de sang occupés par leurs seules combinaisons de pouvoir et d'argent, cooptant leurs proches avec la bénédiction de Londres, profitant du moindre espace où glisser leurs mains avides. Comment Julien Fonteneau, élevé dans le mépris de cette classe parasite, avait-il pu se laisser entraîner dans une telle dérive ?

— Tu es bien sombre, lui souffla Esther en lui tendant un verre de rhum. Regarde donc autour de toi, la soirée ne manque pas d'agrément. Profites-en, au lieu de te fermer comme une huître.

Des musiciens s'étaient installés dans le salon. On jouerait des gavottes, des contredanses et même de ces valses arrivées récemment d'Europe. La fille Desrouets savait-elle seulement danser ? Tandis qu'il observait la charmante volaille de Maison-Rouge caquetant et battant des éventails face à la cavalerie des danseurs, Frédéric songea à la belle liane de Stanfold. Le visage d'Adeline surpassait en beauté tout ce qui s'exposait ce soir-là derrière les fards. Quant à son corps, le vêtement paysan offrait à l'esthète de passage le reste de ce que la mode bourgeoise s'essayait à dissimuler ; les hanches, les fesses, ces régions désormais interdites au regard des hommes.

Frédéric refusa de se laisser entraîner vers le parquet ciré sur lequel tournoyaient les couples. On n'était plus à Beauharnois, village du Bas-Canada, mais à Paris, aux Tuileries, chez un prince d'Orléans ou même chez l'une de ces cocottes dont le lustre et les frasques plus ou moins scandaleuses répandaient leur écho bien au-delà de l'Atlantique. Frédéric ferma les yeux. Il était meilleur bretteur que valseur. Autour de lui voltigeaient les queues-de-pie, les cravates, les jabots et les dentelles de vrais danseurs. Un spectacle en vérité charmant. Il en eut le vertige, décida d'aller prendre l'air dans le parc.

« Cette fille, cette fille », se murmura-t-il tandis qu'il marchait, seul, au milieu de l'allée de trembles. Comment pouvait-on être obsédé à ce point par une silhouette, par le souvenir de mèches noires s'échappant d'une coiffe paysanne, par l'envie furieuse de tenir tout cela entre ses doigts ? Être ailleurs, sur la même neige que les premières embellies printanières commençaient à faire fondre. Au fin fond du Canada, dans un de ces endroits oubliés des humains civilisés, où des gens obstinés croupissaient dans de vagues et tenaces espérances. « Stanfold. » Le néant, sauf elle dont il ne savait rien, sinon la grâce entraperçue.

Sa mission patriote à Beauharnois lui parut soudain privilège de nanti, escapade de clerc désireux de se frotter au peuple tout en couchant au manoir. Il poursuivit son chemin jusqu'à la lisière du parc. La nuit glacée lui offrait un moment béni de solitude. Il sut alors qu'il ne trouverait pas le repos avant d'être retourné à la ferme Desrouets.

5

« Un second voyage à Stanfold, quelle idée saugrenue ! Tu t'es entiché à ce point de cette savane, mon fils ? Enfin, si tu penses qu'il y a encore du travail pour notre parti dans ce bout du monde, ne te prive pas. Fais-le cependant avant la fonte des neiges, je crois me souvenir qu'ensuite l'affaire devient plutôt hasardeuse. »

La voix de Louis Fonteneau se perdait au fond des immensités herbeuses. De l'automne au printemps, rien n'avait changé, pas même les jurons du passeur. Les mêmes horizons désolés blanchis par endroits, la même boue glacée et le ciel comme englué, marié aux couleurs uniformes du marais.

— L'eau est la saison unique de ce pays, plaisanta Frédéric.

On refaisait un chemin devenu presque familier. Ballerot haussa les épaules. Il trouvait étrange le désir de son compagnon de visiter à nouveau les fermiers de cette région. Il y avait, du côté de Saint-Denis, de Saint-Ours ou de l'Acadie, de la bonne terre épargnée par de tels climats et des fermiers aptes eux aussi à recevoir la bonne parole.

« Bonne terre mais surpeuplée, avait plaidé le clerc. Ici, l'avenir est à ceux qui ont voulu tenter une belle aventure. Ils méritent tout particulièrement qu'on les aide. Les fratries privées d'espace partout ailleurs dans la province les rejoindront, nous leur donnerons un statut de paysans libres, ce sera déjà ça de moins à offrir à la voracité anglaise. »

Ballerot semblait plutôt sceptique. Rêver à un monde meilleur était dans la nature de la jeunesse, vouloir transformer la savane de Stanfold en paradis pour colons tenait de l'utopie révolutionnaire.

« Si vous le pensez vraiment, alors… »

Frédéric se sentait prêt à affronter les pièges du marécage. Une bonne fièvre le poussait d'une ornière à l'autre du chemin, après tout, c'était l'affaire de quelques heures seulement.

— Regardez ceux-là, dit soudain le passeur.

Un groupe d'adultes et d'enfants venait vers eux, précédés d'une mule et d'un bœuf. Les hommes portaient des sacs, des chaises ficelées entre elles ; les enfants, des ustensiles de cuisine, les femmes, des ballots de linge et de vêtements.

Ballerot ricana.

— Je vous parie qu'ils ne viennent pas s'installer. Fresnaux, c'est leur nom. Ils avaient déjà migré du nord.

On s'arrêta pour jaser, entre deux bancs de vase piqués d'ajoncs. Les colons quittaient leur résidence pour gueux avec en poche un pactole de quelques dizaines de livres. Des philanthropes pour chiens leur intimaient l'ordre de déguerpir sous peine de saisie pure et simple. Encore heureux que l'on ait attendu la fin de l'hiver pour procéder.

À voir l'abattement de ces gens, leur acceptation prostrée, leur misère ainsi étalée sous les nuées neigeuses d'avril, Frédéric éprouva une profonde pitié vite muée en colère. Les hommes étaient chaussés de sabots garnis de paille, vêtus de longues houppelandes serrées à la ceinture par une cordelette. Sous leurs bonnets de laine prolongés par des oreillettes, ils avaient l'air d'animaux bizarres transitant d'un marécage à l'autre. Muettes, les femmes avaient posé leur fardeau à même la fange, leurs plus petits contre elles tels des poussins.

— Où irez-vous ? demanda Frédéric.

— Baptême, on n'en sait rien, lui répondit le chef de famille, un courtaud bistre de teint, aux yeux rougis par la fatigue. On s'en va chercher de l'ouvrage sur la rivière Richelieu.

Où il n'y en a guère, songea Frédéric. Là-bas comme partout ailleurs, on étouffait sur des domaines devenus trop étroits. Les seigneurs n'avaient pas de ces désagréments, la tenure leur garantissait suffisamment de revenus. À bien y réfléchir, l'essentiel de la revendication patriote devait être la rupture radicale avec les régimes anciens. Ce qui avait été pertinent au siècle de Champlain ne l'était plus à celui de Papineau.

— On doit se remettre en chemin, dit l'homme. Je ne veux pas que la nuit nous prenne dans la savane.

Frédéric écarta les pans de son manteau de loutre, mit la main à sa poche. Son viatique valait ce jour-là le prix d'une ferme à Stanfold. Il en tendit la moitié au laboureur. Le gouverneur Aylmer aurait pu constater qu'à défaut d'histoire et de lettres les Canadiens possédaient de la fierté. Le fermier secoua la tête, recevoir l'obole n'était pas dans sa tradition familiale. Frédéric lui mit de force les billets dans la paume. Péremptoire.

— De la part des Patriotes de Montréal.

L'homme essuya une larme mais c'était peut-être le froid coupant qui lui mouillait ainsi la joue. Il demeura un long moment sans réagir, contemplant ses doigts épais. Puis il ferma le poing et sans un mot, ayant épaulé son sac de grains, il se remit en marche, suivi de sa troupe ahanante.

— La ville est loin d'ici, observa Ballerot. Ces pauvres bougres sont sans espérance. Mais baste, les Desrouets seront p'têt' ben encore là, quant à eux.

La neige en fondant laissait apparaître des plaques d'une terre brune, arasée. On pouvait légitimement se demander quel genre de tiges sortirait bientôt de ces plates étendues. La pipe à la bouche, vêtu du même uniforme paysan que ses voisins en migration, Baptiste Desrouets se tenait debout devant sa maison. Il s'attendait à la visite des spéculateurs, parut soulagé de revoir son hôte de l'automne.

— Nous avons voté les quatre-vingt-douze résolutions, lui annonça Frédéric en serrant sa main. À une écrasante majorité. L'abolition des tenures, le droit de rester à la terre en font partie. Je suis venu vous porter ces bonnes nouvelles.

— Faut qu'ça voyage, maintenant, fit Desrouets d'une voix sourde. L'Angleterre, c'est ben loin d'ici.

Son fils l'avait rejoint. Un coup de menton vers la maison.

— Manière, on s'laissera point chasser d'cet endroit, comme Fresnaux et les siens.

Frédéric lui sourit. Il s'efforça de masquer son impatience d'apercevoir ce pour quoi il avait en vérité traversé à nouveau la savane. La cheminée de la ferme fumait, on devait s'activer devant elle à cette heure de l'après-midi. Baptiste Desrouets sourit à son tour.

— On pourrait ben s'dire qu'vous étiez là hier encore, monsieur l'clerc.

Ballerot avait pris sans tarder ses quartiers à l'intérieur. Lorsqu'il vit Adeline paraître dans l'embrasure de la porte, un linge tordu entre les mains, Frédéric se sentit mieux. Le regard de la fille n'était plus le même. Surpris, avec une lueur de contentement. Manches retroussées, la chemise ouverte dévoilant sa peau très blanche jusqu'à la naissance des seins, coiffée de blanc, l'aînée Desrouets avait plutôt belle allure.

— Nous attraperons tous la mort si nous d'meurons icitte, dit-elle. Faut que vous entriez, à c't' heure. À moins que vous vouliez passer la nuit dehors.

Elle avait l'accent épais, traînant, des siens. Frédéric la suivit. La pénombre de la pièce de vie fut comme éclairée par cette simple présence. Une lumière, un éclat de jeunesse et de santé parmi les adultes accablés, les morveux aux vêtements ravaudés, le décor finalement assez sinistre de cette ferme au bord du néant.

— On a fait du pâté d'crêtes de coq, annonça Joséphine Desrouets en accueillant son hôte. Vous aimez ça, j'compte ben.

Il eut l'impression d'être de retour chez de vieux amis. Jérôme Desrouets le considéra avec un certain amusement. On voyait assez peu de clercs de notaire dans la région ; celui-là prisait sans doute le climat de la savane.

— Vous avez travaillé pour nous ? lui demanda le visiteur.

— J'vous dirai ça tantôt. Les veillées sont longues, icitte, comme vous savez. On aura ben l'temps. Venez, j'vais déneiger les poulets d'l'an dernier.

Il emmena son hôte vers les espaces imprécis du potager et du poulailler. Là, à l'ombre d'un muret de terre séchée, il se pencha vers une plaque de neige encore glacée qu'il attaqua au couteau. Sous la croûte, deux volatiles dûment plumés attendaient qu'on les tirât de leur hibernation.

— Ils sont beaux, ce sont les derniers, dit-il, rogue. Chez nous, vous voyez, le blé pousse maigre et le foin n'est guère joli, mais y en a qui arrivent tout d'même à souper à leur faim d'temps à autre.

Il exhiba sa prise, soupesa ; les poulets devaient faire dans les cinq livres chacun.

— Ça pis les vers, c'est ben tout c'qui s'engraisse de par chez nous.

Puis, regardant Frédéric droit dans les yeux :

— Ma sœur Adeline s'ra fort heureuse d'vous vouère. J'vous l'dis comme un s'cret et aussi qu'ce s'ra mieux pour vous de point trop jouer avec elle. Quand j'dis jouer… Mais bon, vous avez déjà vu qu'elle a d'la défense…

Ces paysans dormaient-ils de leurs deux yeux ? Pas celui-là, semblait-il, qui avait dû entendre le claquement sec de la gifle. Frédéric ne sut trop quoi répondre, il n'appartenait pas à un frère cadet de recevoir une déclaration formelle au nom de sa sœur. Jérôme vint à son secours, dans un haussement d'épaules :

— Elle a vingt-quatre ans, c'est mûr pour savoir quoi donc faire. Restez point là dans l'ombre, icitte, la mort te prend sans prévenir, si tu d'meures coi.

Il ajouta, tandis qu'ils retournaient vers la maison :

— On s'rait point trop nombreux pour vous r'joindre, guère plus d'quatre ou cinq. La savane, c'est du vide.

Le fils Desrouets avait pourtant bien travaillé pour la cause. Parlant à ceux de sa génération et aux autres, aux exaltés comme aux réticents, foulant l'épaisse neige de l'hiver pour de longues palabres devant les âtres. Le comté de Stanfold n'était guère peuplé, on le fuyait plus volontiers qu'on ne s'y installait. Jérôme fronça les sourcils.

— Mais s'il le fallait, calisse, on y trouverait ben assez de volontaires pour s'en aller crier la bonne parole sous les fenêtres anglaises. Moi, manière, j'veux aller à Montréal pour voir c'qui s'y fait et c'qui s'y dit. J'peux travailler pour les Patriotes dans d'autres endroits qu'icitte. Nous autres, on vient d'l'Ouest, j'ai grandi près d'la rivière des Outaouais, j'y connais des trâlées[1] d'monde, ben plus qu'dans cette savane où même le diable voudrait pas vivre.

— Je me souviens que vous ne parliez pas ainsi à l'automne.

— Maintenant, j'parle ainsi.

C'était tranché, comme du lard sur une planche. Il y avait cependant là les termes d'un échange.

— Je verrai ce qu'il est possible de faire, promit Frédéric.

Il se sentit soulagé. Le véritable objet de son voyage était là, tout près. La pauvre ferme Desrouets, avec son chaume, ses murs comblés de mortiers erratiques, son paysage de bout du monde, possédait soudain à ses yeux le charme des manoirs seigneuriaux.

Cette nuit-là fut courte. Frédéric ne parvenait pas à trouver le sommeil. Les lueurs de l'âtre laissaient entrevoir le drap derrière lequel Adeline s'était couchée. Le jeune homme sentait la présence de la fille, à quatre pas de lui, ce fut un supplice doucereux. Plusieurs fois, à table, leurs regards s'étaient croisés, s'attardant l'un vers l'autre. Dans la nuit silencieuse, la voix grave, économe de mots, d'Adeline, résonnait, murmurante, à l'esprit de Frédéric.

1. Tas.

Qu'avait-elle dit ? Des choses banales, avec son scandé par instants péremptoire de paysanne, son accent traînant du terroir. Lorsqu'elle souriait, ce qui n'était pas si fréquent, la fille Desrouets montrait ses dents bien rangées, blanches comme sa peau, épargnées par les taches et les salissures enlaidissant la plupart de ses semblables. Et ce corps, calisse ! Délié, aux hanches étroites, aux courbes douces sous la jupe de grosse laine. Il existait donc de ces trésors-là chez les pauvres laboureurs du Bas-Canada ?

Il n'y eut pas de lever nocturne, cette fois-là ; Frédéric attendit en vain le frôlement d'Adeline, son pas léger sur le plancher. Mais rien ne vint et, lassé d'attendre qu'elle se rendît dans le bois, il finit par s'endormir.

— Je voudrais que vous veniez à Montréal, lui dit-il tandis qu'elle s'asseyait sur un tabouret et se mettait à traire.

Sa vue plongeait sur le cou d'Adeline. Il réfréna une furieuse envie de se pencher pour y laisser traîner ses lèvres. La fille était aux aguets, cela se ressentait à ses brefs regards sur le côté. Il s'accroupit près d'elle, observa le mouvement de ses doigts, la grâce de gestes paysans pourtant bien ordinaires. Étonnante magie, qui semblait pouvoir dissiper jusqu'au puissant remugle baignant l'étable.

— Vous ne me répondez pas, mademoiselle ?

— Montréal, c'est loin et la besogne ne manque point icitte, dit-elle.

— Vous ne me comprenez pas. Je désire passer du temps avec vous, autant de temps que vous le voudrez vous-même. Après tout, c'est vrai, nous pourrions faire des promenades le long de la savane, contempler les roseaux et compter les colverts. Je ferais en sorte de ne pas avoir à subir vos colères, c'est juré. Mais il y a des roseaux et des colverts au bord du Saint-Laurent. Une ville, aussi. Et ce n'est pas si loin, quelques heures à peine par temps sec.

Elle sourit. Elle s'était rendue à Montréal avec son frère et sa mère, contrairement à d'autres qui passeraient le reste de leur vie à en rêver. La conversation prenait un tour badin. Il saisit la main d'Adeline, la tint fermement.

— Je suis revenu ici pour vous voir autant que pour parler de politique avec les gens du canton. S'il vous plaît de vous débarrasser de mes visites, dites-le-moi maintenant.

Elle demeura immobile, plus pâle et blanche que d'ordinaire, laissa sa main prisonnière. Soudain, elle rit, sembla vouloir s'excuser aussitôt. Il pointa le doigt vers elle.

— Je sais pourquoi vous riez. Vous vous moquez de moi. Vous m'imaginez traversant la savane à chaque saison ou presque, pour le plaisir de vous voir nourrir ou traire une vache. Eh bien, voilà, j'en serais capable, sachez-le. Que vous dire de plus ?

Il se releva vivement, pensa tourner les talons et rejoindre son passeur. Séduire une campagnarde était peut-être bien plus compliqué que conquérir une bourgeoise. Il se ravisa, s'accroupit à nouveau.

— Vous me croyez, Adeline ? Ou bien pensez-vous que je me moque à mon tour ? Que j'ai dans l'idée de vous faire engager comme servante dans une famille de notaires, comme tant de vos pareilles ? Alors vous vous trompez. Je désire bien autre chose et vous le savez. Maintenant, vous pouvez me chasser d'ici, un mot suffira et vous n'aurez nul besoin de me gifler, cette fois.

Elle leva son visage vers lui, secoua la tête, silencieuse. Il écarta les bras, l'air de se rendre à un adversaire plus fort. Puis, s'enhardissant, il caressa sa joue. Une certitude s'insinua dans son esprit ; le sentiment qui le poussait vers elle était bien autre chose qu'une simple curiosité, ou l'une de ces tocades payées de quelques mensonges. Les hasards de sa naissance au sein de la bourgeoisie montréalaise l'avaient mis à l'abri du besoin, de la misère, des primaires envies de bien de ses compatriotes. Un nanti, assez mollement installé dans les routines de l'argent. Cette fois, il éprouvait l'envie de posséder autre chose que des clients à l'étude notariale, un attelage d'été, une gentille fiancée choisie par des familles alliées.

— Un être de chair vibrante, murmura-t-il.

Elle se leva. Il l'aida, prit sa taille, l'amena doucement vers lui. Le risque de recevoir une gifle existait toujours. La fille se raidit, il pensa qu'elle allait rompre. Un léger coup de croupe de la vache, opportun, la plaqua contre lui. Il rit, relâcha un peu sa pression. Adeline ne bougeait plus. Il caressa à nouveau sa joue, baisa ses lèvres entrouvertes. Un frisson semblable à l'aura d'une fièvre hivernale le parcourut, délicieux.

— Je te veux, chuchota-t-il à son oreille.

Il sentit, comme mêlé au sien, un corps dru, souple et pourtant musculeux, une énergie de félin en alerte. Déjà, il aimait tout d'elle, les mèches légères dépassant de sa coiffe, la taille tenant toute ou presque entre ses mains, les yeux couleur de ciel d'automne, grands ouverts sur lui, avec leur petite lueur de défi.

Il se dit qu'il ne serait jamais sûr de posséder totalement un tel trésor, qu'il ferait des envieux et connaîtrait la brûlure lancinante de la jalousie. En même temps, il s'imagina avec cette femme à son bras dans les rues de Montréal. Qui donc, corseté par les conventions de la société, resterait insensible à un tel charme ? Il se jugea vaniteux mais en fut satisfait.

— Il nous faut encore un peu de temps ? l'interrogea-t-il. C'est ce que vous pensez ?

Elle fit oui de la tête.

— Alors, je reviendrai très vite à Stanfold. J'apprécie l'endroit.

Elle eut un sourire triste. Pas tant à l'idée de quitter un jour la ferme qu'à celle de devoir affronter la ville. Craignait-elle de n'y être qu'une fille de ferme aux manières brutes, au parler paysan ? On ne manquerait pas de le lui rappeler, au cas où elle l'oublierait.

— Vous régnerez, dit-il. Et je serai à vos pieds.

Ils se regardèrent, longuement, chacun jaugeant l'autre. « Qu'attends-tu de moi ? » fut leur commune pensée. Adeline posa son front sur l'épaule de Frédéric. Il songea à l'endroit de leur première étreinte ; une étable obscure où flottait un lourd et entêtant remugle, un lieu convenu pour des amours paysannes. Ainsi les jeunes laboureurs canadiens devaient-ils apprécier, en hiver, ce genre de cadre pour leurs déclarations.

Elle se redressa, remit ses boucles en ordre sous sa coiffe.

— Je suis amoureux de vos gestes, lui dit-il en baisant son cou. De votre manière d'être et de marcher, de la couleur de vos yeux, de vos lèvres. Vous m'accompagnez depuis des semaines, à chaque instant de ma vie. Je veux que tout cela devienne réalité.

Elle lui tendit le seau, eut une moue de commisération. Les contingences de la ferme n'étaient pas très poétiques. Au moment de quitter l'étable, elle se tourna vers lui pour lui poser, du regard, une question qui le troubla.

— Si je te mentais, fit-il, je me sentirais souillé pour le restant de mes jours. Je t'aime, voilà tout.

Le cheval de Ballerot malaxait doucement, du sabot, la boue neigeuse du chemin, une façon de la tâter avant de s'y enfoncer. Jérôme Desrouets marchait aux côtés de sa sœur, faisant avec Frédéric une escorte de promeneurs à la jeune fille.

— Nous lèverons une trâlée de gars si vous nous l'demandez, dit-il, les mains dans les poches de sa veste de laine, mais s'y doit s'passer des choses pour les Canadiens, ce s'ra point par icitte, mais dans les cantons peuplés. L'Acadie, Saint-Hyacinthe, Saint-Ours. Maintenant, y s'ra toujours possible de v'nir s'réfugier dans nos fermes en cas d'fâcherie.

Il guetta l'assentiment de son hôte. Frédéric le conforta dans cette idée toute simple. Si la Couronne ne répondait pas aux propositions des Patriotes, il y aurait un vaste mouvement à travers tout le pays. On se réunirait massivement pour presser le gouvernement, le forcer à se commettre avec la chiennerie française.

— Adeline va finir la route avec vous, m'sieur l'clerc, ajouta Jérôme, l'air sérieux. Not' maison sera la vôtre, sachez-le, et ce tant qu'on nous laissera l'droit d'y vivre en liberté.

— Liberté. Le plus joli mot de la langue française, fit Frédéric lorsque Jérôme se fut éloigné. Nous avons celle de décider de notre avenir, comme nation et comme individus. Je trouve que cette belle liberté te ressemble, ce matin.

Ils étaient en vue de la ferme, possédés l'un comme l'autre par la même envie de s'étreindre. Adeline s'approcha de Frédéric, à le toucher, pointa le doigt vers lui.

— À la ville, tu m'apprendras à écrire ? Et à lire, aussi ?

Il montra son étonnement. Lire et écrire ? Les femmes avaient en général d'autres soucis. Elle baissa la tête, piquée au vif.

— Ravauder, torcher les petits, préparer le fricot et passer la guenille[1]… Quoi donc encore, pour te plaire ?

— Je te demande pardon, dit-il précipitamment. Je ne voulais pas te blesser.

— Les garçons de la campagne ont de la chance, poursuivit-elle, rêveuse. Quand ils sont ben bons pour être instruits, les prêtres les envoient au séminaire. Si les filles comme moi vont à la ville, c'est pour travailler dans les cuisines des riches ou pour nettoyer leurs chaises percées. Ici, on n'a pas besoin d'ça. T'as vu comme on vit.

Il releva son menton.

— Tu es un être rare, Adeline Desrouets. Je sais au moins ça de toi. Alors je te promets de faire ce que tu me demanderas. Toujours. Tu me crois ?

Elle fit oui, de la tête. Reviendrait-il, seulement ? À la ferme, on avait bien remarqué ses regards vers elle, ses sourires, sa façon de se rapprocher d'elle dès qu'il le pouvait. Et puis, la plaidoirie pour les Patriotes avait bon dos. Les paysans, même les plus niaiseux, n'avaient pas besoin qu'on leur répétât indéfiniment les choses pour comprendre de quoi il retournait.

1. Serpillière.

6

Montréal, juillet 1834

Courtemanche servait le rôti de bœuf avec une certaine mauvaise grâce. De ses obligations de servante, celle-là lui semblait, à mesure qu'elle vieillissait, s'alourdissait et s'ankylosait, la moins digne de son rang.

C'était cependant une tradition du dimanche, nappe fleurie et verres en cristal, enjolivée ce jour-là par la présence à table de la progéniture Fonteneau au complet. Catherine avait réussi à traîner son comptable d'époux, le sieur Jean Champagne, à la table familiale. Le col blanc vite fatigué, aux trois quarts chauve, à peine moins gai qu'un brouillard sur le fleuve et peu désireux de se mêler au débat public, préférait de beaucoup l'austère compagnie de ses colonnes chiffrées à celle de sa belle-famille.

On avait parlé de choses et d'autres, du choléra et de ses cortèges de cadavres. On avait prié, rendu grâce à Dieu d'avoir été jusque-là épargnés. Puis la conversation avait obliqué vers le champ politique. Ainsi en allait-il de toute réunion au Bas-Canada, quelle que fût sa raison d'être.

Julien maîtrisait la discussion à sa manière, cherchait, par de brefs coups d'œil de côté, l'assentiment des convives. Cette façon d'asséner des vérités intangibles, de prétendre les imposer, exaspérait Frédéric. Las de s'entendre dire que le raidissement des positions patriotes conduisait tout droit au désastre, le jeune homme finit par perdre patience :

— S'il te plaît de recevoir la caresse des Anglais comme un chien espère celle de son maître, libre à toi, Julien, dit-il en repoussant son assiette. Mais n'espère pas que nous ressentions tous le besoin de nous courber pour qu'on nous flatte la croupe avant de nous donner le fouet.

Assis seul en bout de table, Louis Fonteneau eut un petit rire nerveux, aussitôt réprimé.

— Frédéric, je te prie ! grogna-t-il.

La fourchette à l'arrêt devant ses lèvres, Julien considéra son frère d'un air stupéfait. La passion politique conduisait ses esclaves à de regrettables extrémités. Le ton monta. Louis dut élever la voix pour ramener un peu de calme.

— J'en ai assez d'entendre les bons docteurs nous dire qu'il faut nous rendormir après avoir avalé l'ipéca ! s'emporta alors Frédéric. Assez de cette attitude qui consiste à peser sur la tête de celui qui se noie en lui chuchotant à l'oreille que tout va bien, que l'eau est tiède, propice à la baignade…

— Frédéric, ça suffit maintenant !

Louis roulait ses yeux de père en colère. Enfants, ses fils avaient appris à redouter son masque durci, au regard menaçant, et cette façon qu'il avait d'avancer le menton, bouche fermée. Julien hocha la tête, navré. Son cadet le décevait, incapable de faire le tri entre raison et aventure.

— Ça suffit, oui, père, gronda Frédéric, je suis bien d'accord avec vous. Il faut désormais que les Loyaux et autres assimilés à l'Anglais cessent de nous faire la leçon. Ils finiront par indisposer les plus neutres. N'est-ce pas, cher Jean Champagne ? Vous allez bien finir par trouver vous aussi insupportables ces manières de Bureaucrates à particules.

Julien s'apprêta à se lever. Le comptable haussa les épaules, sourit à sa femme. Catherine Fonteneau s'était coulée depuis ses noces dans l'humeur égale de son époux. On ne désirait d'ennuis avec quiconque, ce qui pouvait à l'occasion apaiser quelques conflits. On arbitrait même, aimablement, à l'occasion.

— Il faut raison garder, fit Champagne, platement.

— Que nenni, persifla Frédéric. On touche au cœur des choses. Et des gens.

Tandis que Courtemanche, alertée par l'éclat, s'employait à faire du bruit à la desserte, histoire de dévier l'attention, Julien, blême, pointa le doigt vers son frère.

— Toi, mon petit Frédéric, cela fait un moment que tu cherches à prendre des coups, dit-il d'une voix sourde. Nul doute que tu n'en reçoives avant longtemps si tu persistes dans tes errements. Je ne suis ni plus ni moins anglais que toi ou que n'importe qui à cette table. Simplement, je vois venir l'orage et je souhaite qu'il ne nous crève pas dessus. Tu fais partie de ce scrupule, sache-le. Maintenant, puisque nous en sommes aux amabilités, il serait grand temps que tu voyages un peu moins, ceci afin de consacrer un peu plus de ton énergie aux affaires familiales, ne serait-ce que pour soulager ton père. À tes fiançailles, aussi, et au bien-être de ta future épouse.

Les femmes étaient demeurées muettes. Frédéric croisa le sourire un peu crispé de sa mère. On venait là sur un sujet susceptible de détendre l'atmosphère. Marie Fonteneau commença une phrase tranchée net par Frédéric :

— Il n'y aura pas de fiançailles.

Il ne sut pas très bien s'il lui fallait regretter dans l'instant d'avoir parlé. Les mots avaient débordé sa pensée, peu nombreux mais avec la force d'un torrent. Ce fut au tour de Marie d'écarquiller les yeux.

— Que dis-tu, Frédéric ?

Le gynécée allait reprendre la situation en main. On abordait là les questions le concernant en principe, de la liste des invités aux couleurs des rubans nouant les chevelures enfantines. En principe seulement. Une coulée de vent tombant brutalement du Grand Nord ne l'eût pas à ce point sidéré. Frédéric affronta le regard incrédule de sa mère. Sa fermeté vacillait. Il parvint cependant à délivrer la fin de son message :

— Je n'ai plus l'intention de me fiancer avec Louise Ferrières, voilà tout.

Il y eut un silence de sépulcre en hiver. Puis des soupirs et le bruit de la sauce du rôti gouttant sur le parquet.

— Courtemanche, la saucière ! protesta Louis. Remets-toi donc, niaiseuse.

Puis, fataliste :

— Eh bien, voilà une nouvelle moins tragique que l'arrivée du choléra à Montréal. Il faudra tout de même que tu nous donnes quelque explication, mon cher fils.

De la contrariété encolérée à la curiosité soudaine en passant par le mépris amusé pour une foucade d'enfant capricieux, Frédéric eut soudain face à lui un éventail de réactions finalement assez cocasse. Il se leva, posa sa serviette avec douceur.

— Je vous prie de m'excuser, mère. J'aurais dû attendre un moment plus favorable pour vous dire ça.

Il quitta la pièce, suivi par ses parents. On se retrouva dans le couloir.

— S'il te plaît, Frédéric, commença Louis, tâche de ne pas fuir. Louise Ferrières est donc rangée dans le placard aux souvenirs. Peut-on savoir ce qui motive une telle décision ?

Fonteneau considéra son cadet avec une gravité teintée d'ironie. À son côté, hiératique statue des espérances déçues, son épouse dardait sur Frédéric la braise ranimée de son noir regard.

— C'est ainsi, dit Frédéric. Je ne me sens pas capable d'envisager le reste de mon existence à son bord. Louise est certes pleine de qualités…

— « À son bord », grinça Louis. Tu parles comme un morutier de Terre-Neuve. Eh bien, explique, tabernacle !

— Tu t'es engagé ! s'écria Marie, omettant pour une fois de stigmatiser le blasphème de son époux. Librement et depuis fort longtemps, me semble-t-il. Nos familles sont alliées de longue date, parentes même, par certains cousinages. Te rends-tu compte des conséquences d'une telle foucade ? Comment serons-nous jugés après ça ?

Frédéric éprouva quelque difficulté à avaler sa salive. C'était comme un vertige, la sensation de marcher au bord d'un précipice par fort vent de travers. Il avait vaguement imaginé cette scène inévitable, supposant qu'elle serait peut-être bien diserte ; qu'on y jaserait du temps qu'il ferait, parmi d'autres sujets sans grande importance. Sa certitude de pouvoir affronter sans risque la muraille familiale en prit subitement un coup.

En même temps, par un étrange effet, son désir de retrouver au plus vite Adeline s'en trouva grandi. Marie avait entrepris sans délai la description d'une horreur sociale propre à stigmatiser les Fonteneau pour plusieurs générations. On ne se conduisait pas de cette façon chez les notaires de Montréal. À mesure qu'elle laissait parler son cœur de mère outragée, Frédéric sentit revenir en lui la force de s'opposer. Cherchant le regard de son père, il encaissa la vague, l'accompagnant de temps à autre par des hochements de tête. Puis, estimant qu'il en avait suffisamment entendu, il dénoua ses doigts qu'il tenait dans son dos comme un enfant morigéné, fit son aveu :

— C'est une fille de Stanfold. Adeline Desrouets. Elle me retrouvera bientôt à Montréal et nous ferons notre vie ensemble.

— C'était donc ça, souffla Louis.

Les missions dans la savane quelle que fût la saison, le prétexte des voix à conquérir et des futures milices à lever, l'enthousiasme du voyageur revenant de nulle part, tout ça pour le cul supposé joli d'une paysanne. Un long silence succéda à l'annonce. L'espace d'un instant, Frédéric ressentit un profond chagrin à la vue de ses parents figés par la stupéfaction. Un état dont Louis fut le premier à sortir, fataliste, comme si les affaires de son fils ne le concernaient plus.

— Cristi, en voilà une histoire. Stanfold…

— Je suis désolé, mère, dit Frédéric.

— On le serait à moins, fit Louis.

— Des tas de gens meurent en ce moment du choléra, reprit son fils. On peut essayer de vivre au milieu de ce cauchemar. Nous sommes épargnés jusqu'à ce jour et je suis amoureux de cette jeune fille, depuis plusieurs mois maintenant.

Marie Fonteneau aurait du mal à se voir en belle-mère d'une trayeuse de vaches maigres. Frédéric la vit se fermer, occupée par une intense et froide colère. Les cercueils transitant par dizaines dans les rues, lourds de chair pourrie, les gens répandus en diarrhées, éteints en quelques jours, telles des chandelles, par les épidémies, toute cette mort puante était plus supportable que la mésalliance à venir. Marie admettrait peut-être, mais plus tard, que de telles histoires n'étaient pas exceptionnelles au Bas-Canada. Pour l'instant, elle n'était, face à la frivolité de son fils, qu'un bloc d'amertume et de refus.

Estimant en avoir suffisamment entendu, elle jeta à terre la serviette qu'émue elle avait emportée et gagna sa chambre, dont elle claqua la porte avec violence.

— Eh bien, nous allons maintenant devoir réparer les dommages, annonça Louis.

Frédéric l'avait rejoint dans son bureau. Espérant que, passé le choc, on en viendrait à une approche plus pratique des choses.

— Je verrai Louise Ferrières dès aujourd'hui.

— Ah, çà, je te le conseille et je n'irai pas à ta place. Frédéric, es-tu vraiment sûr de toi ?

— Je le suis, père.

Il se tenait droit devant Louis, les mains dans le dos. En vérité, il ne s'était jamais vraiment intéressé aux usages canadiens du mariage avant de travailler à l'étude. Ses aînés avaient convolé alors qu'il était au petit séminaire, on ne l'avait pas consulté à l'époque. Il lui avait semblé qu'Esther et Julien étaient sincèrement épris l'un de l'autre, la différence sociale ne jouant que fort peu dans l'affaire. Catherine en revanche s'était laissé choisir par un fils de bourgeois, sans grande résistance, sans grand élan non plus. On était entre soi, en milieu naturel ceint de conventions et de règles.

Louis semblait désemparé. Il avait pourtant enregistré, au fil de sa carrière, des alliances plus ou moins étranges de hobereaux et de servantes, de capitaines et de lingères, de bûcherons et de riches veuves, mais c'étaient là des exceptions. Les cloisons séparant les gens dans la société bas-canadienne étaient suffisamment étanches pour que l'on y soit peu ou prou condamnés à l'endogamie sociale, que l'on s'aimât ou pas.

Il alla à la fenêtre, qu'il ouvrit en grand. La chaleur faisait monter du fleuve une senteur un peu lourde mariée aux fragrances composites de la rue.

— Tu as vu la réaction de ta mère, soupira-t-il. Elle est fâchée noir. Il faudra un certain temps pour qu'elle accepte de te savoir ainsi parti à l'aventure. Son projet pour toi s'effondre. Je la connais, n'est-ce pas ? À mon avis, elle pense que cette fille va se servir de toi pour échapper à sa condition.

— Et vous ?

— Je n'en sais rien, à vrai dire. Stanfold est le trou du cul plutôt mal tenu du Bas-Canada. Je comprends que ses habitants éprouvent à l'occasion l'envie de s'en éloigner. Il y a manière et manière pour cela. Dans l'état actuel des choses, je te conseille donc, si tu persistes dans tes choix, de mettre de la distance entre nous. Un peu ? Beaucoup ? C'est à toi de voir ça.

Il s'exprimait d'une voix monocorde, comme s'il lisait tout haut un quelconque dossier. Frédéric sentit sa gorge se nouer. Il aurait sans doute d'autres occasions d'éprouver ce malaise. Le cocon au creux duquel tout lui avait longtemps paru facile, naturel, écrit d'avance, se rompait. Louis devait lire dans ses pensées. Il se tourna vers lui.

— Ton grand-père sera désespéré de ne plus te voir. Tu es son préféré, depuis toujours. Je ne lui imposerai pas ce chagrin, de ça nous avons quant à nous notre compte. Souviens-toi des moments de la journée que ta mère passe en dévotion et profites-en pour le visiter sans te faire remarquer. Tu peux te retirer, Frédéric, j'ai à faire.

Lorsqu'il monta les marches conduisant à la chambre de son grand-père, le jeune homme éprouva le sentiment vertigineux d'être, en quelques minutes, devenu étranger dans sa propre maison. Je fais peut-être fausse route, songea-t-il. Il eut chaud soudain, ouvrit sa veste, desserra le col de sa chemise. Le « petit taurillon » fonceur et intrépide de Marie Fonteneau avait perdu de son assurance. Le trouble qu'il venait de jeter rue Saint-Jacques était palpable jusque dans le silence tombé sur la maisonnée.

— Alors, mon petit, tu as semé un peu de vent dans l'honorable famille Fonteneau ? s'écria Joachim. Cette pie de Courtemanche n'a pu garder le secret, elle m'a tout raconté ou presque. Il faut dire que tu n'y es pas allé avec le dos de la cuillère. Des savanes à la ville, le chemin est beaucoup plus long qu'il n'y paraît. Dans la tête des gens, un siècle ne serait même plus suffisant pour le parcourir. Deux mondes, mon petit, deux univers qui se côtoient et ne se mélangent pas. Elle doit être jolie, la gueuse, pour que tu aies pris un tel raccourci !

L'aïeul considérait le clerc avec une évidente curiosité. Frédéric lui fit un bref récit de ses équipées dans les marécages de l'Est. Les choses allaient ainsi, celles du cœur en tout cas. Quant au vent de liberté soufflant sur le pays français, il justifiait que l'on bousculât à l'occasion les conventions.

— Certes, fit le vieil homme, les yeux ronds.

— Vous me jugez sévèrement, vous aussi, grand-père.

— Qu'en sais-tu ? La société a bien changé, elle oublie assez facilement l'histoire de ses propres origines. Moi, je me souviens d'époques encore aventureuses, quand le souverain se nommait Louis, quinzième du nom. Mon père était né sous le règne de son prédécesseur, voilà qui nous fait remonter bien loin, au temps où l'on avait fait venir de France des orphelines nobles et des filles des rues, dans le but avoué de peupler la colonie. Filles du roi et souillons, quel mélange ! Sur les mêmes navires ! Il y en eut pour tous les goûts et les célibataires de la Nouvelle-France purent enfin se répandre ailleurs que dans les tribus sauvages.

Il frappa le genou de Frédéric d'un revers de main, rit de bon cœur.

— T'es-tu posé la question de savoir combien de gens de ton âge ont du sang algonquin dans les veines ? Ceux que tu croises dans la rue, ceux avec qui tu partages tes amitiés, voire ceux qui vivent sous ce toit ou sous ceux d'en face, là, dans cette rue de Montréal ?

Il jubilait, heureux de pouvoir entrouvrir une porte cadenassée depuis plus d'un siècle.

— Vous voulez dire…

— Je dis. L'histoire de la Nouvelle-France est par bien des côtés un arrangement avec la morale, un contrat coquin couvert par l'Église, encouragé au besoin par elle. Croissez et multipliez-vous. La belle affaire ! Avec qui, si l'on reste entre hommes ? Ciboire ! Comment fais-tu, lorsque tu es au fond des bois et que la solitude te chatouille le ventre ? Vrai, tu rends visite au sauvage et tu lui demandes sa fille, sa nièce ou sa sœur. En mariage ! Si tu es bon trappeur et que tu as pris l'habitude de partager le butin avec lui, il accepte, de grand cœur. Et vogue la nation !

Le drap pudique de l'oubli avait été jeté plus ou moins volontairement sur ces épisodes fondateurs. Les vicissitudes du présent occultaient l'installation longtemps pérenne d'un véritable marché aux femmes, et si d'aucuns s'enorgueillissaient de posséder sur leur blason un grand nom de France, beaucoup préféraient taire leur filiation née sous les tentes indiennes ou prélevée dans le caniveau français.

— Alors, soupesa Joachim, une bonne paysanne de chez nous, solide de hanches et capable de te donner une progéniture nombreuse, pourquoi pas, calice ! Ha ! Voilà qui pourra rafraîchir un peu la mémoire de nos bourgeois. Dis donc, Frédéric, elle est solide des hanches, au moins ?

— Elle est belle de partout, grand-père.

— Je l'imagine décorsetée, comme elles sont aux champs. Les Conventionnels français nous avaient envoyé une mode féminine qui libérait joliment la chair ! Et voilà que les couturiers de Louis-Philippe remettent les femmes sous armure. Des boutonnières jusqu'au cou, des gantelets, les chevilles au secret. Pour quand les heaumes et le métal protégeant le sein ?

Assis face à l'ancêtre, Frédéric garda la tête basse, voyageur devenu gênant qu'un aubergiste outré aurait prié de bien vouloir vider les lieux.

— Je ne te vois pas trop bien, continua son grand-père, mais je sens ton désarroi. Allons ! Tu es jeune et plein de fougue, bien de ton temps et prêt à te jeter dans une bataille, une vraie, comme celle des plaines d'Abraham. Cela seul compte, le reste, ma foi, on s'en accommodera ici. Montre ton premier rejeton à ton père et tu verras fondre le roc comme une chandelle. Du côté de ta mère, je ne dis pas. Les femmes entre elles, tu sais à quel point c'est imprévisible.

Il sourit, comme d'une bonne plaisanterie. Puis, grave tout à coup :

— Alors, qui va me lire *La Minerve*, désormais ?

Le cœur serré, Frédéric s'en alla observer le spectacle de la rue. Il lui fallait se faire à l'idée qu'il ne verrait plus son vieil ami que de loin en loin.

— *Le Canadien* durcit le ton, dit-il. Étienne Parent avoue son exaspération face au silence officiel. Les points de vue se rapprochent.

Il entendit le soupir du vieillard.

— J'espère que tu t'arrangeras tout de même pour me montrer ta jument de Stanfold. La politique, c'est bien mais l'amour, cristi ! Ça compte au moins autant.

Puis, riant soudain de bon cœur :

— Je n'y vois plus grand-chose mais je sais ce que ta plumeuse de malards[1] va arranger sur toi…

— Ah ? Quoi donc ?

— Tes pantalons. Tu les as toujours à marée haute[2] !

1. Canards d'Amérique du Nord.
2. Trop courts.

7

La chemise largement ouverte sur son torse de lutteur, les manches retroussées, Ludger Duvernay se tenait appuyé contre un montant de sa table d'imprimerie. De loin comme de près, l'homme en imposait, par la masse de son corps, par son regard froidement scrutateur, par l'écho de ses colères maintes fois répercuté à travers la ville. Un père laboureur et menuisier, une mère de la noblesse, le mélange des genres plaisait à Frédéric, comme une sorte d'exemple à suivre sans honte.

— Fonteneau, fit l'imprimeur sans se retourner. On m'a prévenu de votre visite. Annoncez-moi que vous rejoignez *La Minerve*, la nouvelle me mettrait de bonne humeur.

L'idole vivante du vieux Joachim Fonteneau en avait ce matin-là après les silences du gouverneur Aylmer. À l'écouter, cela faisait maintenant plus de six mois que les résolutions avaient été embarquées pour l'Angleterre, et l'exécutif n'était pas même capable de dire si elles y avaient été livrées. À croire que le navire emportant les espérances canadiennes s'était égaré dans les brumes de la Tamise.

— Ou de Terre-Neuve, allez savoir !

Frédéric observa les deux ouvriers occupés à presser le papier sous le regard de leur patron. Duvernay avait acheté le journal sept ans auparavant, faisant de lui la bouche à feu des Patriotes, le brûlot jamais rassasié de crier au monde la revendication française. Les plus belles plumes du Parti patriote l'honoraient de leurs chroniques et de leurs libelles.

— On s'occupe en ce moment d'un joli spécimen de Bureaucrate, dit-il. Juge au tribunal le matin, assis au Conseil législatif l'après-midi. Même en Russie on ne réussit pas ce prodige consistant à faire la loi et à l'appliquer illico, soi-même. Nous vivons dans un pays vraiment extraordinaire.

Il relut un article, approuva. L'impunité totale des juges, le prix exorbitant payé par les plaideurs pour seulement les entendre sanctionner étaient l'un des scandales les plus voyants de la colonie.

— Eh bien, Fonteneau, que se passe-t-il ? Vous venez prendre la température du volcan de la part des curistes de Québec ? Mon ami Parent vous mande pour m'expliquer le pourquoi de ses modérations face au crime ?

Les journaux ressemblant à ceux qui les dirigent, la feuille québécoise se complaisait, aux yeux de Duvernay, dans une trop molle acceptation de la règle anglaise. Dosant ses critiques, poliçant les excès de certains tribuns, cherchant toujours, en fin de compte, l'angle conciliant les positions des uns et des autres. Perdant son temps.

— Je suis venu vous proposer mes services, dit Frédéric.

Duvernay se tourna entièrement vers lui, surpris d'abord, hilare presque aussitôt.

— Çà, par exemple ! Vous parlez sérieusement ?

— Le plus sérieusement du monde, monsieur.

— J'en connais un qui prendra ça du bon côté. Votre grand-père. Vous venez au bon moment, Fonteneau. Il faudra me dire les raisons pour lesquelles vous obliquez de cette manière vers les passions de la lutte. Elles sont dangereuses, vous le savez, n'est-ce pas. Ainsi vous seriez prêt à les assumer jusqu'au bout ?

Frédéric sentit sa gorge se serrer. Sa décision le rapprochait d'un coup des extrêmes, des boutefeux tant redoutés par son père.

— Vous vous sentez prêt à pourfendre les corrompus, les cumulards, les népotiques ? Vous vous disposez à abattre les rapaces qui nous becquettent ? Mais c'est une excellente nouvelle !

Duvernay avait autrefois fondé, au cours d'un banquet, la Société Saint-Jean-Baptiste, première émanation structurée de la revendication française. Depuis, il avait ardemment appuyé les doléances patriotes, mais sans croire exagérément qu'elles seraient suivies d'effet. Sa religion était faite depuis longtemps : un jour ou l'autre, il faudrait s'armer pour obtenir de la Couronne ce qu'elle s'obstinait à retarder, en vérité à refuser.

— Je désire sincèrement travailler pour vous, dit Frédéric avec un pâle sourire.

Il aurait un contrat, une paye, la liberté de penser et d'écrire.

— J'apprécie votre plume, lui avoua Duvernay, elle est rigoureuse et fervente. Nous allons tout de suite la mettre en œuvre sur un sujet facile, le silence assourdissant de Londres sur les quatre-vingt-douze propositions. Quant à la complicité d'Aylmer dans cette affaire, je vous laisse le soin de la stigmatiser à votre convenance.

Frédéric fourmillait d'idées. Se battre, oui, sur des points incontestables, l'état pitoyable des routes et des chemins confinant la paysannerie dans un mortel isolement, la médiocrité des terres faute d'outils pour les cultiver, l'ignorance soigneusement entretenue par les gouvernants, sans parler des taxes assassinant les laboureurs, de l'anglicisation menaçante et de cent autres sujets aussi brûlants que ceux-là…

Duvernay leva le doigt.

— N'oublions pas la dilution du Bas-Canada dans son voisin ontarien, la digestion projetée de la majorité des gens de ce pays par une minorité de mauvais maîtres. Je suis convaincu de la nécessité de s'affranchir au plus vite de l'Angleterre pour éviter une telle tragédie.

Il pressa l'épaule de sa recrue. S'affranchir, cela voulait dire déclarer un jour ou l'autre l'indépendance de la province. On se comprenait.

— Il faut pourtant essayer de croire aux espérances des modérés de notre parti. Papineau est un grand homme, le peuple le suit aveuglément. Toute autre voie que la sienne serait pour le moment incongrue. Ce qui n'empêche nullement la véhémence de nos discours.

Il s'inquiéta :

— Où logez-vous, Frédéric ? Tout se sachant à Montréal, je ne puis ignorer ce qu'il advient en ce moment de vous.

Lorsque le clerc l'eut informé de ses difficultés, il eut une moue aussitôt chassée par un large sourire. Il était né d'un mélange des classes encore vaguement toléré à la fin du siècle précédent. Pour lui, le peuple était un, quelles que fussent ses différences intimes.

— Je connais une maison libre en assez bon état, à la Pointe-à-Callière, dit-il. Le quartier est ce qu'il est, mais la jeunesse ne doit pas craindre de s'y mélanger aux petites gens. Vous y emménagerez dès que possible. Je vous avance les trois premiers termes sans retenue sur votre salaire. Nous verrons bien comment je rentrerai ensuite dans mes fonds. La journée commence. Voulez-vous la poursuivre dans ces murs ?

Frédéric ôta son manteau. Il lui tardait déjà d'écrire, de livrer sa prose au typographe, de voir enfin l'encre de sa colère noircir les doigts des lecteurs. Duvernay lui tendit des feuillets.

— J'ai trouvé ceci chez Fabre, c'est assez amusant, vous verrez. Ça date d'il y a dix ans. « Appel au Parlement impérial et aux habitants des colonies anglaises, dans l'Amérique du Nord, sur les prétentions exorbitantes du gouvernement exécutif et du Conseil législatif de la province du Bas-Canada. » Exorbitantes, c'est peu dire !

Il roula des yeux, les doigts fléchis en griffes de rapace.

— Reprenez donc le propos, mon cher. Et ne cessez jamais de pourfendre l'union des Canadas prônée par nos amis d'en face. L'union, c'est la mort des Canadiens français !

— Le petit serpent anglais essayant d'avaler la bonne grosse vache gauloise, dit Frédéric.

— C'est cela même, l'image me convient ! Écrivez. Ha ! Ce serpent-là devra ouvrir une sacrée gueule pour nous gober !

Il eut un rire torrentueux, communicatif. Frédéric avait d'emblée trouvé son premier titre d'article : « Les mêmes mots qu'en 1824, la colère en plus. » Il abaissa sa plume vers la feuille blanche, impatient, déjà, d'arriver au bout de sa rédaction.

Au confluent du Saint-Laurent et de la petite rivière Saint-Pierre s'étendait un quartier d'entrepôts, de maisons basses et de cabanes nommé Pointe-à-Callière.

Un gouverneur avait autrefois résidé là, sur les restes de campements indiens, aux premiers temps de la colonie.

À quelques dizaines de pas de la place Royale, marins et armateurs avaient fait de l'endroit où Montréal était née le débarcadère de navires venus des confins de l'estuaire, une ville dans la ville dévolue aux empilements de caisses et de ballots, un quartier aux venelles boueuses où s'imprimait, pérenne, la trace des chevaux et des hommes.

Des fondrières couraient, tels des sillons, d'un bâtiment à l'autre, creusant un chaos de terre éternellement détrempé, ménageant aux passants affairés des chemins aléatoires dont seuls les initiés connaissaient la cartographie. C'est dans ce bout du monde où grouillait le peuple des porteurs, des courtiers et des filles à prendre que Frédéric Fonteneau accepta d'abriter ses amours.

La demeure que Ludger Duvernay lui avait proposée était une bicoque sise entre des granges et des montagnes de grumes et de palplanches, une sorte de repère pour navigateurs fluviaux, un havre. Derrière la levée au relief inégal et à l'efficacité aléatoire, de courts pilotis la mettaient à l'abri très relatif des crues de printemps, quand la fonte de la glace poussait les eaux du Saint-Laurent jusque dans les rues de Montréal.

C'est en ce lieu indéfini qu'il conduisit Adeline Desrouets, un soir du mois de mai 1834. La montée du fleuve ne dépaysa guère la jeune femme, il y avait même, émergeant de la crue, suffisamment d'ajoncs, d'herbes et de roseaux à l'horizon pour que l'illusion d'être toujours à Stanfold fût quasi parfaite.

— Ce n'est pas vraiment royal, s'excusa le maître des lieux.

De la savane à la ville, le temps d'une expédition hasardeuse, il lui avait parlé de sa situation ; sans doute n'imaginait-elle pas qu'un fils de famille pût vivre ainsi, à si peu de distance des siens. « Tout va bien, ma jolie, tu verras. »

Elle vit et n'en parut pas plus émue que cela. Frédéric comptait sur elle pour donner à la demeure un semblant de normalité. Il lui montra les objets du culte domestique, de quoi dresser une table, se mettre en cuisine et se coucher entre des draps propres. L'inventaire ne prit pas trop de temps, le rangement du trousseau d'Adeline guère plus.

Lorsque ce court intermède fut terminé, il la pria de lui accorder quelques instants, la prit dans ses bras.

— Tu t'attendais à autre chose. Notre histoire n'est pas ordinaire. Elle est, c'est l'essentiel.

Elle le regarda longuement, sans parler. Ils étaient tous deux pareils à des passagers débarquant d'un navire au bout d'une longue traversée et retrouvant, avec la terre ferme, le monde réel. Il sut alors que la femme qu'il s'était choisie serait silencieuse, souvent. Elle caressa son visage, s'abandonna.

— Je ferai tout pour que tu sois heureuse, murmura-t-il.

Il fut saisi d'un de ces vertiges devenus familiers depuis qu'il avait quitté la rue Saint-Jacques. Il défiait avec la fougue de sa jeunesse l'ordre établi autour de lui. Je dois brûler quelque peu les étapes, songea-t-il, frissonnant.

Adeline se détacha de lui. Il lui fallait prendre possession de l'espace. Frédéric la regarda faire. Décida :

— Nous irons souper à l'auberge Bonacina, fille Desrouets. Les garde-manger de notre palais sonnent le creux et mon estomac aussi.

Auparavant, on se décrotterait. Le voyage n'avait pas épargné chausses et bas de vêtements. Frédéric entreprit de se débotter.

— La vie commence et j'aime assez son allure, dit-il.

— Je me souviens de la manière dont tu dénoues tes cheveux. Je me souviens de ta peau blanche sous cette noire crinière. Je me souviens de tout, pourtant je ne sais rien de toi, sinon que tu fais battre mon cœur.

Elle avait extrait de son modeste bagage une chemise de nuit, l'avait enfilée hors de la vue de Frédéric. Puis, tandis qu'il s'allongeait, à demi nu, sur le lit, elle était venue s'agenouiller face à lui.

Il demeura un long moment sans oser la toucher. Tout cela était-il bien réel ? Cette présence dans la pénombre, assez forte pour faire oublier la précarité des lieux, ces gestes de femme, lents et méthodiques ; tant de grâce et ce regard posé sur lui comme une énigme à déchiffrer. Il se redressa, la saisit par le cou pour l'attirer lentement vers lui.

— Tu seras doux, murmura-t-elle.

Elle le craignait, soudain. Il remonta sa chemise avec douceur, aperçut la blancheur de son ventre et de ses hanches.

— Oui, promit-il.

Les garçons de la colonie se déniaisaient en général contre des femmes légères plus ou moins attendries par leur inexpérience. La douceur devait s'apprendre ailleurs.

— Tu es belle, je te désire, dit-il dans un souffle.

Elle s'allongea sur lui. Il ferma les yeux, sentit la pesée ondoyante du corps d'Adeline, sa souplesse. Un instant, elle cessa de bouger, chercha son regard tandis qu'il entrait en elle. Il prit son visage entre ses mains, baisa ses lèvres entrouvertes. Il serait doux, comme elle le voulait. Et puissant, comme l'exigeait la force juvénile de ses reins.

Lorsque, s'étant arraché aux bras de sa maîtresse, il quittait son nid de fortune pour rejoindre l'imprimerie de Duvernay, Frédéric longeait les possessions commerciales de l'un des plus riches négociants de Montréal. Grandeur et dénuement. C'était une impression vraiment étrange, le rejeton d'un pair devenu en quelques semaines l'ombre portée d'un quelconque commis au déchargement des bateaux.

À mesure qu'il marchait vers les rues animées de la cité, Frédéric ressentait comme un vertige sa condition nouvelle, mais pour rien au monde il n'eût échangé son séjour au limes de la ville contre le velours et la soie de la rue Saint-Jacques.

« C'est à cause de moi que tu vis mal », lui disait Adeline.

Elle percevait, par intuition, ses moments de désarroi, les doutes qui le tourmentaient derrière ses airs de jeune homme sûr de sa force. Il scellait d'un doigt ses lèvres, baisait ses paupières.

« C'est grâce à toi que je vis. »

La maison avait servi de havre à toutes sortes de gens, courtiers de passage, débardeurs, manœuvres employés dans les entrepôts. Plus sommaire qu'une ferme du Bas-Canada et meublée à l'identique, elle avait cependant été assez bien construite ; ses murs de planches ne laissaient pas passer l'air, sa cheminée tirait avec vaillance, on y trouvait même, le long d'un étroit couloir, deux chambres munies de fenêtres donnant par chance sur le fleuve.

« Ainsi le soleil levant éclaire-t-il tes travaux d'écolière », triomphait le maître du lieu.

La rapidité avec laquelle Adeline apprenait à lire et à écrire le stupéfiait. C'était comme si la fille avait réservé depuis toujours une place dans son esprit pour cet enseignement-là. Il la complimentait sans cesse.

« Un jour, tu corrigeras mes fautes, je te le dis, ma jolie. »

Il la contemplait à la tâche, la tête légèrement inclinée sur le côté, tenant fermement la plume. Elle avait, en ville, découvert la honte de ses mains, qu'elle trouvait calleuses, épaissies par les travaux des champs. Frédéric haussait les épaules. L'écriture déliait comme par enchantement les doigts d'Adeline.

« Tu tiendras nos comptes pour commencer avec les chiffres, lui avait-il annoncé. La besogne te sera d'une grande facilité, nous n'avons quasiment rien. Nous verrons ensuite comment compliquer un peu l'exercice. »

Des amis du petit séminaire et du Parti patriote, intrigués par les choix de vie de leur condisciple, avaient fourni un ameublement de base, quelques chaises, un fauteuil pour le locataire. Le trousseau des amants venait de Stanfold, seul endroit du pays où l'aventure d'Adeline fût encore considérée comme presque naturelle. Ainsi le drame bourgeois prenait-il par instants des allures de soirée potache.

« Voyons si tu es bien à ton ouvrage », chuchotait-il à l'oreille de sa maîtresse.

Tandis qu'elle dessinait avec application ses pleins et ses déliés, il caressait sa nuque, son dos, glissait sa main dans l'échancrure de sa chemise de toile.

« Laisse-moi tranquille, veux-tu ? »

Dans l'espace assez pauvre qu'elle aménageait jour après jour pour lui, entre rideaux d'épais tissu et fleurs empotées, il s'évadait de son quotidien si incertain, oubliait le murmure insistant du jugement porté sur lui en ville. Le fils Fonteneau entiché d'une demi-sauvage des savanes, étrangeté payée d'un exil au bord du fleuve. Comment pouvait-on vivre dans ce quartier réservé aux portefaix, aux charretiers et à leurs ébats nocturnes ?

Lorsque, enfin, elle laissait en suspens la plume d'oie et frémissait, les yeux mi-clos, la gorge offerte à sa bouche, il savait que la leçon prenait fin. Une vague de désir le parcourait ; rue Saint-Jacques, on devait assimiler ces élans charnels à un caprice de clerc, espérer même qu'une fois éteinte cette brève passion laisserait Frédéric sur la rive, confus et repentant, des odeurs d'étable plein ses vêtements. Prêt à réintégrer le bercail.

Il faudrait aux Fonteneau attendre quelque temps pour cela. Lorsque, ayant séjourné à loisir sur le lit, les bras d'Adeline autour de son corps, son ventre contre le sien à s'y fondre, la trace de ses ongles imprimée dans sa peau, Frédéric reprenait ses esprits, c'était l'envie d'écrire qui lui venait. Un dîner, frugal, une tartine de sirop d'érable cuit dans un chaudron, à même la cheminée, par la maîtresse de maison ; puis il se mettait à son tour à la tâche pour noircir des feuilles qu'il laissait tomber au sol l'une après l'autre, comme à l'automne d'une colère jamais rassasiée.

« Encore du sirop, fille, ordonnait-il. C'est mon péché mignon, saucer mon pain là-dedans m'expédie tout dret en enfer. Tu le mitonnes aussi bien que les Indiens des temps anciens. Sais-tu que cette douceur détient des vertus médicinales étonnantes ? Il faudra que j'écrive là-dessus. »

Tandis qu'elle cousait ou se fatiguait les yeux à déchiffrer livres et journaux, Adeline l'entendait grogner. Elle s'amusait, silencieuse, de ces bruits vite devenus familiers. Par moments, il la fixait sans paraître la voir, se mordait les lèvres, cherchant un mot, une image, un trait d'archer propre à transpercer. Elle lui souriait, attendait qu'il eût enfin trouvé.

D'autres fois, il se levait pour lui faire la lecture, se mettait à marcher de long en large dans la lueur jaunâtre des chandelles. Tu es beau, pensait-elle. Un soldat montant à l'assaut d'une colline, pointant son fusil vers d'invisibles ennemis, criant presque sa rage, son envie d'en découdre. Un enfant aux gestes et à la voix d'homme, plein de vie. Pourtant, il arrivait à Adeline de douter. Que feras-tu de moi ? songeait-elle.

Bien qu'autorisées à voter au même titre que les hommes, les Canadiennes n'avaient guère leur mot à dire dans les affaires de la cité, quant aux hommes de la bonne société, on les savait parfaits chrétiens, capables en même temps de roueries extraconjugales plus ou moins clandestines. Frédéric venait tout droit de ce monde, où les rôles étaient distribués de cette manière depuis les temps anciens, quand les épouses avaient posé le fusil des pionnières pour manier la quenouille et le rouet, et lessiver les linges des marmots.

Elle chassait ces grises pensées, détaillait à loisir celui qu'elle peinait encore à considérer comme sa conquête. Les cuisses et le bas-ventre moulés dans un pantalon de peau, les bras aux muscles saillants sous les manches retroussées de sa chemise, le buste droit et puissant, Frédéric était éminemment désirable. Tandis qu'il lui récitait son œuvre du jour, elle imaginait les mains de son amant posées sur elle, l'odeur musquée de sa peau mêlée à la sienne, la force de ses reins poussant son désir jusqu'au plus profond de ses entrailles.

« La vie est chaleur, je tiens pour la nuit ce dont j'ai eu envie tout le jour. Je ne te libérerai avant que tu ne m'aies assouvie. » Penchée sur lui, couverte encore de leur commune sueur, elle le regardait sans mot dire, guettait le moment où le sommeil le prendrait. Et si tout cela n'était vraiment qu'un caprice de jeune nanti, une foucade bientôt rangée dans les armoires à mauvais souvenirs d'une famille exemplaire ? Elle soupirait, posait la tête sur la poitrine de Frédéric, écoutait le cœur de son amant calmer son emballement. Priant pour que la nuit prolongeât ces instants uniques, si brefs.

Elle s'éveillait avant lui, faisait quelques prières face au crucifix cloué au-dessus du lit, une brève toilette sur le pas de la porte. Puis elle allait s'activer devant la cheminée, ranimait le feu sur quoi elle posait un fond de soupe, du lait, de l'eau pour cuire des légumes. Ces tâches lui étaient assez familières, dans un décor qui ne la dépaysait que fort peu.

Un entrepôt masquait une partie de l'horizon fluvial, comme la grange de Stanfold barrait celui du marais ; elle en apercevait la porte grande ouverte dès l'aube. Des ouvriers y travaillaient déjà, semblables aux laboureurs venant aider son père à moissonner ; elle observait leurs gestes répétitifs, se souvenait. Le fleuve ralenti peu à peu par la glaciation, blanchi au fil des jours, lui rappelait la prise de la savane par l'hiver. Les mêmes couleurs fondues avec le gris du ciel, la même solitude et cette vague angoisse quand, venant du nord, les vents arctiques se répandaient sur la nature pétrifiée.

Lorsque Frédéric s'éveillait à son tour, elle s'inquiétait, soudain. Un mot de lui et elle serait congédiée comme une servante, sans autre recours qu'un piteux retour au pays de nulle part. Il s'asseyait au bord du lit, fouillait ses cheveux, qu'il avait assez longs, bouclés. Peut-être de mauvaise humeur. Il la considérait d'un œil neutre avant de se mettre sur pied, nu, et de s'étirer longuement.

« J'ai faim. Canneberges et sucre d'érable pour le déjeuner, avec du beurre de Kamouraska, c'est le meilleur du monde, tabernacle de ciboire ! »

Il la rejoignait, la prenait dans ses bras, la caressait avec des murmures d'enfant devant de la confiture. Il la désirait à nouveau, la nuit n'avait donc pas suffi à assouvir son envie d'elle ? Elle se cabrait un peu, résistait.

« Je t'aime, si on jouait aux fesses ?

— C'est mal parler, ça.

— Pas du tout, on s'en sacre[1], de toute façon.

— Ça aussi, c'est mal parler.

— Qui est le maître d'école, icitte ? »

Elle s'asseyait sur ses genoux, le caressait à son tour. Sans doute déjeunerait-on plus tard, après avoir fait l'amour à même la chaise. À table, il lui racontait des histoires abominables, « la fille de Baie-Saint-Paul avait tant menti sur sa virginité qu'une fois répudiée elle en vint à s'ôter la vie. On laissa son cercueil ouvert sur ordre du curé. Plusieurs semaines ! Pour l'édification des pucelles locales ». Elle écoutait, bouche bée. « La pratique est toujours de règle mais seulement à Montréal et pour les couples non mariés. » Son air atterré le mettait en joie.

« Balivernes, ma jolie ! C'est au ciel que les comptes nous seront demandés. Ici, nous sommes déjà jugés,

1. « On s'en moque ».

condamnés, grillés en place publique. Nous ne risquons plus rien. »

Pour la détendre, il lui décrivait des agonies de pendus mal ficelés, des meurtres adultérins, des naufrages sur le fleuve. Elle demandait une grâce qu'il finissait par lui accorder :

« Demain, les incendies qui ravagèrent cette ville ! »

Et il riait de plus belle, comme un enfant satisfait d'une bonne farce.

« C'est le plus bel endroit du monde », disait-il.

Les pieds nus offerts à la caresse de l'âtre, il laissait la quiétude du lieu entrer en lui. Apaisé, les yeux à demi fermés, il s'amusait à deviner les gestes de sa maîtresse, écoutait le murmure de ses jupons, imaginait son corps dénudé, sa longue chevelure en liberté jusque sur ses reins. Et ses propres mains en balade sur ce continent de chair, de frisson, de luxure.

Il y avait du temps pour tout. Lui qui n'avait jamais apprécié à sa juste valeur la cuisine pourtant fameuse de la servante Courtemanche, se découvrait des plaisirs de gastronome, des envies de festin, de l'appétit pour la peau blanche d'Adeline, pour cet endroit du ventre qu'elle jouait à lui refuser avant de l'en laisser maître.

« Doux, doux », chuchotait-elle.

Elle lui apprit la petite patience des amants, la manière de laisser monter lentement le désir, la fusion. D'où tenait-elle cette science ? La question brûlait les lèvres de Frédéric.

« Toi seul comptes, à jamais. »

Il se contenterait de cette réponse de femme intuitive. Et la croirait. Lorsqu'elle quittait son tablier, sa coiffe, ses attributs ménagers qui la rendaient pareille à mille autres, Adeline se transfigurait, comme devant sa glace à la ferme Desrouets. C'était un moment de grâce, le nordet pouvait siffler des heures durant, la neige monter à l'assaut des fenêtres, la nuit engloutir gens et choses dans sa noire épaisseur, plus rien ne pouvait arriver, sauf l'essentiel, aimer.

Parce qu'elle n'avait pas l'intention ni même l'envie de ressembler un jour aux jeunes bourgeoises croisées dans les rues de Montréal, Adeline se fondit dans le peuple anonyme, semblablement modeste, des échoppes, des marchés, des petits métiers. C'était au long des ruelles, sur les places animées par les baladins et les jongleurs, aux abords industrieux du fleuve.

De tous ces endroits, celui qu'elle préférait était le marché à foin. Elle y retrouvait les odeurs de son enfance, au milieu des gerbes de paille, des ballots d'avoine, des charrettes à haridelles, des chevaux. Une âcre senteur se dégageait de cet espace, montait à l'assaut des façades, se répandait, de l'autre côté, vers le fleuve. Le peuple qui besognait là était un mélange de ce que la ville renfermait de plus rustique. Portefaix et petits marchands, palefreniers, maquignons, bouviers. Et ces quétaines, porteurs d'eau, migrants prêts à s'employer pour une misère et dont il se disait qu'ils possédaient des pouvoirs maléfiques.

Elle trouvait vivant ce cœur paysan de la cité déclaré d'utilité publique. La rude condition des siens dans les campagnes canadiennes trouvait là sa raison d'être, bien plus que sur les étals où se vendaient la viande et les légumes, les chausses et le sirop d'érable.

« Cela sent plutôt mauvais par ici, grognait Frédéric. Mais après tout, on peut être vêtu à la dernière mode et puer de l'âme. Je te montrerai ça. »

savane avait changé ; en se faisant des ennemis, il était entré à son tour dans la cage aux fauves.

Adeline se disait que tous ces gens rencontrés avaient, les uns comme les autres, des raisons d'être là, vivant des existences différentes dans un pays déchiré depuis près d'un siècle. Frédéric avait du mal à accepter les leçons de l'Histoire. Initiée par lui, bonne élève écoutant sans faiblir un maître volubile, Adeline savait bien qu'elle ne recevait là qu'une version de la vérité. Sa curiosité, dissimulée sous des apparences dociles et peu causantes, l'incitait à vouloir comprendre le reste.

On ne choisit pas son destin, pensait-elle. Pourquoi naissait-on ou devenait-on loyal, chouayen, patriote ? Pourquoi restait-on neutre toute sa vie, comme sans doute la plupart des gens ? Balançant entre les courants d'opinion, influencés par les uns ou par les autres, craignant l'avenir sans savoir vraiment pourquoi.

Il y avait là de profonds mystères. Mais jamais elle n'évoquerait cette interrogation. Les injustices dénoncées par Frédéric à longueur de colonnes, la ferveur de ses amis, leur engagement sans détour et les risques encourus par eux suffiraient pour qu'à l'image des femmes canadiennes elle se tînt dans la réserve qu'imposait son état.

Elle serrait son bras, cherchait en souriant son regard, une façon de l'apaiser.

« On s'en va prendre une marche[1] et écouter le fleuve craquer. »

De ses découvertes, celle-ci l'impressionnait plus que tout. C'était au bas de la place Royale, le long de

1. « On va se promener ».

quais nouvellement construits donnant enfin à Montréal un véritable statut portuaire. Adeline s'approchait le plus possible du géant au réveil, dormeur encroûté, pourtant capable, par sa simple mutation, de terrifier le promeneur.

Il fallait, pour que le charme lui parût suffisant, un ciel plombé, immobile, à la lourdeur menaçante. Ou de la brume, assez pour masquer le décor éloigné. Des vents à peine adoucis parcouraient le Saint-Laurent, caressaient sa surface, libérant par endroits des volutes blanchâtres qui fuyaient vers les nuages. Tout était sombre, c'était de la nuit en plein jour pour héberger la musique des glaces.

Elle se serrait contre son amant ; on n'était rien devant la force de la nature, juste deux frêles présences à l'écoute d'une puissance capable de disloquer la croûte épaisse du fleuve ; en intenses et lugubres craquements, en un orage aux éclairs enfouis dans les profondeurs gelées.

« J'aime ça », soupirait-elle.

Le manteau de glace se craquelait, dessinait des continents gris que le courant commençait à entraîner lentement vers l'aval. Entre ces monstres à la dérive, l'eau du fleuve paraissait, épaisse et noire comme une menace capable d'engloutir barques, gens, la ville même. Tout se transmutait dans une ouate silencieuse trouée de temps à autre par un ténébreux et funèbre concert.

Adeline humait l'air coupant, les yeux mi-clos, envoûtée par ce que d'autres jugeaient sinistre, à fuir. À ses côtés, Frédéric imaginait le fleuve redevenu français fonçant vers l'Atlantique sous des bannières amies. Certes, on ne serait plus la Belle Province rattachée à la mère patrie, comme en rêvait encore le vieux Joachim Fonteneau, mais quelque chose d'autre, un vrai pays, une nation libre de décider pour elle-même.

Bientôt, la vie fluviale reprendrait son cours d'une île à l'autre et vers l'aval. On aurait profité de l'hiver pour calfater, réparer, augmenter la flotte. Dans les entrepôts, sous les abris, des mains cousaient des voiles, tressaient des cordages, peignaient le bois et le métal. Tandis qu'Adeline se laissait pénétrer par le spectacle du Saint-Laurent brisant ses chaînes, Frédéric songeait au précaire statut des Canadiens. La dure loi du commerce britannique les tenait dans un état d'infériorité de moins en moins supportable. Transporteurs à bon marché de la richesse anglaise, voilà ce qu'étaient les gens des navires, quand ils devaient se satisfaire d'emplois de commis ou de portefaix.

« J'enrage, ma jolie. »

Ainsi la bruyante fragmentation des glaces provoquait-elle ces tumultes, mélange d'impatience et de colère, jusqu'au fond de son âme. « Il est grand temps d'effacer la race française de l'Amérique du Nord », clamait le journaliste Adam Thom, et ses partisans reprenaient en chœur l'antienne. Se pourrait-il alors qu'un jour les restes de cette engeance maudite, dérivant vers l'est avec les glaçons du fleuve, se diluent dans la mer, comme les pauvres spectres acadiens, quatre-vingts ans plus tôt ?

« Tu te tourmentes, lui disait-elle. Fais comme moi, laisse-toi prendre par tout ça, le ciel, la rivière, le gel. C'est une bonne médecine.

— Leur couleur est assortie à tes yeux. En vérité, tu es peut-être faite pour l'hiver, pour les bras d'un homme dans la chaleur d'un lit. »

Elle souriait de ses maladresses verbales. Les femmes à la maison et les hommes aux affaires. On pouvait accepter ça sans se soumettre.

« Pour l'écriture à tes côtés, tout pareil », corrigeait-elle.

Et, pour elle-même : Pour d'autres choses aussi, mais plus tard.

« À quoi penses-tu donc ?

— Tu le sauras en temps. »

Elle écoutait avec attention ce qu'il lui racontait au fil des soirs. Frédéric était dans l'action, affronté à des événements dont il devait suivre la constante accélération. Il fallait pour cela un souci de chaque instant ; ne rien omettre, connaître tout le monde, savoir ce qui se pensait avant même d'avoir été dit. C'était un travail épuisant pour l'esprit, à peine amendé par le plaisir de l'écriture. Apaisé cependant par celui du récit.

Frédéric lui donnait les dernières nouvelles de la coterie patriote et celles des autres aussi. De temps à autre, il lui demandait son avis. Esther le lui eût donné à sa manière abrupte, Catherine avec le détachement presque frivole des femmes sans influence sur la politique. « Tu fais bien », répétait Adeline, ce qu'il jugeait un peu insuffisant. Les filles de la campagne avaient tout de même un franc-parler, un vocabulaire et des opinions. Les mots semblaient glisser sur celle-ci. À peine relevait-elle de temps à autre une flagrante injustice, une dérobade des gouvernants. Frédéric la taquinait :

« On dirait que tu sais ça depuis toujours.

— On apprend vite, dans des lieux comme Stanfold. »

Il croisait son regard, comprenait à quel point les habitants de ces contrées sans autre horizon que la digne misère paysanne avaient fait, depuis beau temps, le tour de ces questions. Eux ne déversaient pas leur ressentiment à longueur de pages de journaux. Ils subissaient, comme Baptiste Desrouets et des milliers d'autres, et s'ils n'en pensaient pas moins, ils étaient, par nature, prêts à accepter le pire.

« Nous empêcherons ça, ma jolie. »

Elle acquiesçait. La ferme de ses parents était soumise à des contraintes climatiques qui valaient bien la malice souvent cruelle des hommes. Des poudreries[1] à n'en plus pouvoir distinguer l'horizon durant des semaines, des vents du nord balayant le désespoir blanchâtre des marécages, capables de geler un cheval debout, des océans de vase et de fange. Un monde ignoré des gens civilisés.

Les remous citadins lui paraissaient plus difficiles à interpréter que la couleur des nuages, la force des vents, la sueur sur la peau, épaisse, annonçant l'orage. Un jour, alors qu'il lui parlait des velléités guerrières de Duvernay et de quelques autres, elle le regarda, souriant avec un peu d'ironie.

— S'ils doivent se lancer dans une bataille, un jour, ils auront d'abord envoyé les paysans goûter à la mitraille, dit-elle.

— Pantoute[2] ! Ils seront à l'avant, pour les conduire ! s'insurgea-t-il.

Avait-on vu, sur les champs de bataille d'Europe et d'Amérique, les officiers s'abriter derrière leurs hommes ?

— Les officiers, vrai. Ils sont payés pour ça. Les notaires, les docteurs, les marchands de grain, je ne sais pas, ma foi. La guerre est un métier, monsieur Fonteneau.

1. Neige fine soulevée par le vent.
2. « Pas du tout ».

Il en était demeuré coi. Si guerre il y avait, elle serait la continuation des débats à la Chambre, des insultes lancées par les journaux. Pareil élan serait unanime. Adeline s'était levée, prétextant qu'elle avait à surveiller un fricot.

— Tu romps ?

— Je peux continuer à t'entendre. Je suis comme les femmes canadiennes, sais-tu, attentive au maître.

— Cesse de me considérer comme ton maître, je te prie. Nous sommes égaux en droits, l'ennui c'est que nous n'en avons aucun ou presque.

Il ne la convaincrait jamais totalement. De son côté, elle garderait pour elle ses doutes, ses craintes. Frédéric en était assez malheureux. Les épouses des Patriotes, leurs maîtresses aussi à l'occasion, les confortaient dans leurs opinions, leurs choix, leurs actes. Celle-ci dérogeait à la règle. « Tu fais bien… » Elle mentait un peu.

Tout cela s'amendait sur l'oreiller et c'était là le miracle. Il pouvait neiger jusqu'au toit, le fleuve pouvait gonfler au dégel et inonder la ville, les partis s'invectiver à Québec et à Montréal, au risque de déclencher un jour une véritable guerre civile, les étreintes des deux amants n'étaient que paix ardente, fusion, oubli du monde et de ses contingences.

« Nous inventons la médecine qui guérit l'inquiétude, se plaisait-il à lui dire. Peut-être le feu qui brûle pour moi dans ton corps vaut-il celui qui me tourmente l'âme lorsque je pense à notre pauvre peuple canadien. Un incendie pour un autre. Baste ! Les dieux de la passion charnelle feront le tri dans tout cela. »

8

— Il faut que vous vous lanciez plus avant dans la politique, lui dit un jour son employeur. Quelques vieilles barbes s'accrochent à leur siège de député, ces vénérables ancêtres ne manqueront pas de lâcher prise à quelque élection prochaine.

— Représentant d'un quartier de Montréal ? La concurrence y est rude.

— Eh bien, allez dans la campagne au sortir de l'hiver, retournez dans ces endroits que vous avez appris à connaître. Les savanes, les bois profonds, les arpents de joli grain le long de la rivière Richelieu, et les confins des États-Unis, même. Le parti recherche des cervelles en bon état, vous en êtes une quoi qu'on dise. Et puis nous sommes là pour vous aider.

Frédéric ne tenait pas trop à s'éloigner de Montréal. Tout ce qui l'intéressait se passait dans cette ville, le brassage des idées, la lente montée des colères, les conflits du travail et les faits de société sur lesquels Duvernay lui avait demandé de se pencher.

— À moins que vous ne vous mettiez en grève à votre tour pour salaire insuffisant ?

— Tout va bien pour moi, monsieur, je ne déserterai pas.

Frédéric s'estimait bien payé, hors d'un paternalisme domestique jusque-là prédominant au Bas-Canada. Il y avait eu des mouvements de contestation au sein du monde ouvrier. On exigeait de réduire les onze heures de travail quotidien d'une unité, un monde ! Forgerons et tailleurs, pilotes du Saint-Laurent et scieurs de long, imprimeurs, même, avaient cessé le travail pour obtenir cette grâce.

Une entraide naissait entre des corps de métier ballottés jusque-là au gré des saisons, des pénuries et des humeurs magistrales. Les longs et durs hivers canadiens plongeaient ce peuple de l'ombre dans une nuit encore plus opaque. Il fallait secourir d'une manière ou d'une autre les chômeurs, les malades et les blessés, jusqu'aux déserteurs des fabriques abandonnés à eux-mêmes.

Le monde change, songea Frédéric. En vérité, la société canadienne commençait à craquer, comme les glaces du Saint-Laurent au printemps, et se mettait à dériver en larges plaques, dégageant des vapeurs noires, de la misère et du chagrin.

Frédéric fit son apprentissage de la société canadienne. Ses années chez les sulpiciens l'avaient confiné dans un monde où les échos de l'extérieur parvenaient tamisés, comme filtrés par le zèle apaisant des maîtres. On était là pour apprendre à diffuser la bonne parole des serviteurs de Dieu et non pour se laisser distraire par celle des tribuns, des ouvriers ou des capitaines. Puis l'étude de la rue Saint-Jacques avait capté son énergie, sa soif de savoir comment s'articulaient les éléments du patrimoine, des unions et des successions. L'ordinaire notarial lui avait imposé une retenue aussi sévère que l'était la discipline des sulpiciens.

Puis il y avait eu la terrible journée du 21 mai 1832, la parole, longtemps étouffée sous la chape du discours religieux, libérée puis coupée net par les fusils. Et cette haine, au fond du cœur, pour tout ce qui ressemblait de près ou de loin à de l'anglais, mots, habit, nourriture ou n'importe quoi d'autre. Des hommes étaient les porte-bannières de ce dégoût. Bourdages, Chénier, Girouard, Duvernay. Quand d'autres s'acharnaient à négocier, ceux-là s'étaient fait leur religion.

Ainsi son âme fut-elle traversée maintes fois par des flèches brûlantes dont il lui fallut cautériser les traces sans se plaindre. Parce que ce n'était pas encore le moment, parce que des aînés rodés aux jeux de la politique prenaient les affaires en main, parce que, enfin, il convenait à un jeune clerc de la rue Saint-Jacques de faire d'abord ses preuves dans la société avant de prétendre la changer.

Il ne tarda pas à prendre des habitudes nouvelles. Le sort des petites mains de la société canadienne lui importa autant que celui de la révolte à venir. Ses convictions s'affermirent, l'écriture malaxa tout cela à longueur de pages.

— C'est trop, le tança aimablement Duvernay. Vous avez l'étoffe d'un romancier, Frédéric, mais pour ce qui est du journalisme, vous devez apprendre à raccourcir un peu. Comme un boucher tranche le gras d'une viande.

Il apprit. L'application d'Adeline à dessiner des pleins et des déliés, à leur table de travail commune, lui enseigna avec douceur la modestie. Pour le reste, les rencontres répétées avec les bûcherons, les marins, les employés du port lui ouvrirent les portes d'un univers jusque-là aperçu de loin. Ce fut comme au théâtre. Un rideau s'effaçait, un décor apparaissait, humain, ce qui ressemblait à des meubles s'animait, pensait, exprimait des sentiments, des colères, des désirs.

— De la misère, beaucoup.

La misère. Triomphante sous les soleils glacés du plein hiver, quand l'ouvrage se faisait rare et que la neige amoncelée dans les rues léchait les toits des maisons. Adeline avait ouvert la sienne à ceux que la faim et le dénuement poussaient à la mendicité. Des ouvriers pour la plupart ; déserteurs des fabriques ou chassés par les maîtres, ils erraient d'un abri à un autre, dormaient dans des bouges ou dans les soupentes des Sœurs grises, où on leur offrait le gîte.

« On sait cuire la soupe, à Stanfold, répétait-elle.

— Nous serons aubergistes à Stanfold si le sort nous y garroche[1] un jour, renchérissait Frédéric. Tu seras aux marmites, les enfants au ménage et moi aux approvisionnements. »

L'effervescence politique couvrait la revendication ouvrière. Il en va toujours ainsi aux époques de grande ferveur populaire, les destinées des individus, comme les humeurs des groupes, se fondent dans l'émotion collective. Pour un peu, on en oublierait qu'on est pauvre, malade ou sans emploi, et c'est le grand talent des tribuns que de fédérer alors les divergences, les oppositions, les rancunes, dans le creuset du devoir de mission collectif.

Frédéric n'omettait pourtant pas de signaler au public les manquements des maîtres sanctionnés par les grèves et les désertions. En même temps, les mouvements d'humeur des ouvriers étaient la juste mesure de la température du peuple. Les aigris ne manquaient pas, en ville comme à la campagne. Ces gens pouvaient se

1. Garrocher : jeter.

ranger sous la bannière patriote et y trouver un réconfort, une raison d'espérer et de lutter.

« La révolution, c'est simplement les maîtres qui ne sont plus les mêmes, lui objectait-on souvent. Pour nous, il n'y aura pas de différence. »

Il apparut à Frédéric que l'appel aux armes contre l'oppression, s'il devait retentir un jour au Canada, serait loin d'être entendu par tout le monde. Les pauvres ne se précipiteraient pas au secours de ceux qu'ils considéraient de plus en plus comme des employeurs et de moins en moins comme de bons pères de famille attentifs à leurs besoins essentiels.

« Le monde change. »

Frédéric songea aux avertissements de Louis Fonteneau. Peut-être valait-il mieux compter sur l'usure du pouvoir, ce fruit pourri qui tomberait de lui-même de l'arbre. L'hiver neutralisait tout, angoisses, espérances, illusions. Tout s'arrêtait, comme le fleuve pris par la glace, sur laquelle les gens s'amusaient à glisser, les jours de grand soleil. Frédéric en vint à souhaiter, parfois, que cet engourdissement durât indéfiniment, avec ses longues nuits propices à l'amour, à la rêverie, à l'écriture dans la lueur des bougies. L'hiver comme un refuge pour le temps lui-même.

Il visita les bouges, séjourna dans les tavernes où se vautrait le peuple des inactifs, des chômeurs, de tous ceux que la précarité poussait vers les cheminées. On regarda ensemble la neige monter dans la rue comme fleuve en crue. Frédéric sonda les âmes, mesura les envies de révolte. La détestation de l'Anglais, consensuelle, n'impliquait pas pour autant que l'on se jetât sur ses baïonnettes pour s'en délivrer. L'entraide ouvrière n'était pas un vain mot. On se serrait les coudes grâce à des tontines, un système naissait, que les politiques feraient bien de s'approprier avant qu'il ne leur échappe. Et ce système-là n'épouserait pas forcément la cause des bourgeois.

Il confia ses doutes à Adeline :

— Les paysans sont livrés à eux-mêmes, rien ne les unit pas même leur commune misère. Eux se dresseront pourtant contre l'injustice, et les journaliers les accompagneront. Est-ce que la ville suivra ? Rien n'est moins sûr.

Elle avait son idée sur la question.

— Les paysans et les journaliers du Canada sont de braves gens. Ils n'ont point de malice. Ceux de France ou d'Angleterre doivent leur ressembler. On en fait de bons soldats qui courent aux canons. Quand ils sont à terre, ils disent que c'est la faute de leurs chefs, qu'ils ont été trahis. Je sais cela. Les gens des villes sont roués, ceux-là calculent leur intérêt.

— C'est ce que disait ton père ?

— Oui. Mais Jérôme ne le croyait point. Il pense encore que tout le monde a le même courage. Et toi, je trouve que tu te plais assez dans les cabarets. Il y a plein de femmes légères qui se donnent pour quelques piastres.

Il lui prit la taille, la hissa au-dessus de lui pour la faire glisser lentement contre son corps, jusqu'au sol.

— J'ai la plus belle sous mon toit, pourquoi irais-je courir en ville ?

Il voulait tout ressentir d'elle, son ventre, son buste, la pulsation de la vie brûlant en elle comme les rayons d'un astre ; comme s'il s'immergeait, à gestes comptés, dans un bain bouillant. Tu règnes, pensa-t-il. Et il trouva cette sujétion convenable.

On frappait à la porte. Adeline posa l'écharpe de laine qu'elle tricotait pour Frédéric, alla ouvrir. Elle s'attendait à la venue de l'un ou l'autre des jeunes Patriotes habitués, au fil des semaines, à rendre visite à toute heure du jour, à « Callière et ses riches », comme ils disaient.

— Je suis Catherine Champagne, la sœur de Frédéric. Mon frère vous a parlé de moi, je suppose.

Adeline plissa les paupières. Dans la lumière de midi, elle distingua le visage vaguement souriant d'une femme de haute taille aux allures bourgeoises, en large robe et paletot bleus, le buste serré dans un corsage blanc, la tête couverte d'un chapeau à fleurs. Catherine s'abritait du soleil sous une ombrelle qu'elle plia avec lenteur, attendant qu'on la priât d'entrer.

— Puis-je m'avancer ? finit-elle par demander.

Adeline s'effaça, le cœur soudain ravagé par un flot de tristesse. Elle avait fini par penser que le monde s'arrêtait aux limites de ce quartier où les dames de Montréal ne se risquaient guère. Catherine avait d'ailleurs pris la précaution de s'y rendre en attelage.

— Je ne vous veux aucun mal, mademoiselle, assura la visiteuse. C'est que, voyez-vous, je tiens à mon frère, suffisamment pour désirer savoir ce que devient sa vie.

Elle tentait de cacher sa curiosité, un effort difficile au vu du lieu et de son étrangeté ; tout y était propre et bien rangé, fleuri, gai, pour un peu. Assorti à sa locataire, laquelle, toujours silencieuse, précéda Catherine à la table.

— Eh bien, voici où il vit, dit-elle enfin.

Elle ne fut pas dupe du regard que sa visiteuse posait sur elle. Bien qu'elle s'en défendît, Catherine la considérait, avec ses yeux de bourgeoise montréalaise, comme une paysanne de Stanfold. La curiosité en plus, ce qu'elle n'eût pas accordé à une servante, à une lingère ou à une marchande de la place Royale.

— Vous vous êtes donc accoutumés à ce quartier. Vous allez sourire, mais sachez que c'est bien la première fois que je m'y rends, c'est étrange, n'est-ce pas, de vivre dans une ville dont on ne connaît que ce que l'on veut bien.

Adeline répondit par un léger haussement d'épaules. Il y avait entre elle et l'épouse de comptable qui la découvrait, un rien étonnée, un évident problème de vocabulaire, de langage, voire de civilisation. Catherine n'avait pas tardé à apercevoir la calligraphie de son hôtesse, les mots étalés sur du papier, formant des phrases qu'elle ne pouvait cependant, de l'autre bout de la table, déchiffrer. Adeline posa un plateau d'osier sur sa besogne, s'inquiéta :

— Vous n'êtes pas allée voir votre frère à son office ? Il y est pourtant chaque jour.

— Certes, je l'ai vu.

Catherine se mordit la lèvre, consciente d'avouer ainsi qu'elle était là par simple désir d'en savoir un peu plus sur la maîtresse de Frédéric. Adeline lui proposa du lait au chocolat, manière d'éluder. Elle quitta sa chaise, gagna l'âtre, où l'on cuisinait à la façon des anciens. Elle se savait observée, se trouva satisfaite en fin de compte d'avoir poussé quelqu'un à vérifier qu'elle existait pour de bon. À cette pensée, elle se détendit et son bref chagrin s'effaça.

Catherine avait tout de même un peu de mal à admettre que cette masure pût être la demeure de son frère. Il y avait là un mystère relevé par la présence de cette femme au buste droit, aux attaches fines, créature hiératique au visage empreint d'une sereine maturité. Belle qui plus était, dans sa robe toute simple de paysanne. Catherine dut se rendre à une évidence ; dans n'importe quelle maison de la ville, la fausse servante choisie par Frédéric Fonteneau eût fait chavirer le regard des hommes.

Elle sourit, benoîte, masquant difficilement sa surprise. Adeline avait décidé de l'attendre, la guettant à son tour, dans un de ces échanges où les femmes savent tout se dire en quelques secondes sans même avoir à se parler. On s'apprécia, avec la distance convenable et sans l'agressivité rentrée qui clôt bien souvent la passe d'armes.

— Frédéric a encore des choses à lui rue Saint-Jacques, fit Catherine entre deux gorgées de chocolat. Je crois que son grand-père serait heureux de le voir à cette occasion.

— Je le lui dirai. Il parle souvent de son ancêtre. Il écrit aussi sur lui, monsieur Fonteneau a connu la colonie au temps de la France. Ils ne sont pas ben beaucoup à en savoir autant là-dessus.

Catherine esquissa un sourire. Sa possible future belle-sœur avait encore de l'ouvrage devant elle pour oublier ses tournures de langage et son accent traînant, plus épais par moments qu'un brouillard laurentin.

— J'ai pris l'habitude de lire les articles de mon frère, avoua-t-elle. Ce n'est pas toujours facile : *La Minerve* ne pénètre que fort rarement chez moi.

Dans la famille, elle était même la seule avec Joachim qui adhérât, de cœur, aux élans de plus en plus fougueux de Frédéric. Julien ne voulait même pas en entendre parler ; quant à Louis, le pressentiment que l'on courait ainsi au désastre assombrissait jour après jour son humeur.

Il y avait du reproche dans la description que Catherine faisait ainsi, de manière indirecte, du clan Fonteneau. On souffrait du coup de sang du cadet, mais Catherine s'arrangea pour présenter la chose sous le seul jour politique. Adeline hocha la tête, l'air de dire qu'elle ne pouvait en aucune façon freiner les ardeurs patriotes de son compagnon.

— Il est heureux dans son emploi chez monsieur Duvernay, dit-elle.

— Je suis bien certaine qu'il est heureux, tout bonnement.

Il y eut soudain de la tristesse dans la voix de Catherine. L'agencement fleuri de la pièce, la beauté simple et sensuelle d'Adeline, la lumière, même, autour d'elle, tout, jusqu'aux ouvrages d'écriture annotés de la main de Frédéric, était d'une amante.

Elle entrevit le lit, par la porte ouverte de la chambre. Son quotidien amoureux tenait plus du devoir conjugal que de la passion charnelle, ainsi les mariages socialement présentables se doublaient-ils souvent d'une routine assez vite installée.

Elle se leva. Une servante se fût empressée. Adeline se contenta de lui tendre son ombrelle, le regard planté dans le sien. Au moment où elle tournait les talons, Catherine vit entrer un jeune homme grossièrement vêtu d'une veste en laine, d'une chemise et d'un pantalon de toile, coiffé d'un galure cabossé, les pieds dans des souliers de peau.

Adeline fit les présentations :

— C'est mon frère Jérôme. Il vient de Stanfold, de la savane.

Le garçon ôta son chapeau, inclina brièvement la tête. Catherine eut du mal à cacher sa surprise. Elle n'avait guère l'habitude de voisiner ainsi avec un campagnard, sauf au marché, où les paysans venaient vendre leurs poules, leurs saucisses ou leurs fruits. Celui-là faisait en quelque sorte partie de la famille, y seulement penser était aussi une étrangeté. Ainsi Frédéric l'introduisait-elle auprès de sa nouvelle tribu, à distance respectueuse et à sa libre manière.

— J'espère que nous nous reverrons, dit-elle en dépliant son ombrelle. À un souper, peut-être.

Adeline ne répondit pas. Qu'aurait-on à se raconter autour d'un civet ou d'une pièce d'orignal ? Si cela devait se faire, ce serait ailleurs que chez elle.

Jérôme avait des choses à dire. Adeline l'interrompit. Son frère baguenaudait en ville avec la bénédiction de Frédéric.

— C'est du temps que tu ne passes pas auprès des parents.

— Calisse ! J'fais comme toi, lâche-moé donc la paix avec ça. C'est la mère qui trait à c't' heure et l'vieux qui mont'ra l'foin au grenier. Vrai. Mais y a des choses importantes qui s'passent ici, tu l'sais bien, ne fais pas ta fière. J'irai là-bas, te tourmente donc point. Ils m'auront pour les travaux d'été. Qu'est-ce que tu veux qu'on fasse d'une terre pareille, le reste du temps ? Les Anglais nous l'achèteront pour le prix d'un œuf et nous devrons déguerpir. Alors, moi, j'préfère essayer d'les en empêcher, et c'est point de Stanfold que j'y arriverai.

Elle dut se rendre à ses arguments. Jérôme traduisait à sa manière directe le discours politique du moment. En vérité, les tribuns patriotes ne disaient pas autre chose, à longueur de débats. Et Frédéric pareillement, par l'écriture. Tout le monde était d'accord, Frédéric appelait ça « contrat » ; entre la ville et la campagne, les analphabètes et les lettrés, les têtes pensantes et les bras armés. Un monde, qu'elle peinait à concevoir, tant le désordre fougueux de la contestation lui semblait grand.

— Soit, dit-elle. Mais je veux point que t'ailles dans les tavernes.

— On y a d'la bonne jasette !

— On y boit, surtout. T'as beau mâcher des herbes quand tu viens ici, ça s'sent à cinq pas, mon p'tit vlimeux[1] ! J'veux point qu'tu te maganes[2] avec le vin !

Il éclata de rire. Un jour, tout irait bien ; on aurait des terres, des vraies, avec du bétail bien gras sur des prairies couleur de l'espérance. Il fallait gagner tout ça.

— Eh, ma sœur ! s'amusa-t-il, l'œil brillant. V'là-t-y point qu'tu r'trouves ton parler des campagnes quand j'suis là ?

Venant après l'ironie à peine masquée de Catherine, la remarque la blessa. Elle pensait complaire à Frédéric en se débarrassant de ses tournures et de son accent originels. Pour cela, elle faisait des efforts. Sans doute devrait-elle travailler encore le sujet.

Elle décida de rompre :

— Ben, tu m'comprendras mieux comme ça, voilà tout !

1. Coquin.
2. Se maganer : se détruire.

9

Janvier 1835

— Bourdages est mort, annonça Duvernay.

Frédéric reçut la nouvelle comme un coup de poing. On savait le vieil homme malade, le cœur affaibli, aux prises avec des difficultés à respirer. Chacun espérait qu'il passerait néanmoins cet hiver-là. La destinée de Louis Bourdages n'était-elle pas faite de maints coups du sort ? L'Acadien n'en était pas à sa première épreuve et pourtant, la maladie avait fini par avoir raison de lui.

— Nous sommes orphelins, dit Duvernay, sombre.

Il y avait de cela, en effet. Bourdages était à lui seul une mémoire, un combat, une bannière, ses adversaires eux-mêmes le respectaient. La dimension du personnage, son rayonnement sur les esprits, la justesse de ses engagements comme de ses paroles, tout en lui était aspiration à la simple justice, exigence.

— Au plus mauvais moment, ajouta Duvernay.

On publierait un long article. Tous les journaux canadiens feraient de même, y compris ceux pour qui le lutteur représentait le désordre et l'aventure. Tous, sauf le *Herald*, qui gloserait sur ces Français inutiles et se féliciterait que le plus emblématique d'entre eux ait été retiré du jeu. Ah ! Si le typhus ou le choléra voulaient bien éclaircir les rangs patriotes, faucher les Papineau, les Viger et autres Duvernay !

Frédéric se rendit à la librairie Fabre, rue Notre-Dame. Une petite foule s'y était réunie, silencieuse et grave. On irait à Saint-Denis, au bord de la rivière Richelieu, accompagner le défunt au cimetière. Les gens étaient désemparés, tristes.

— Nous avons des chefs pour continuer l'œuvre, dit Frédéric.

Certes. Celui-là en valait plusieurs, qui avait poussé le service de la colonie jusqu'à se battre pour elle contre les Américains. Le descendant des déportés acadiens avait pris le fusil aux côtés des bourreaux de ses ancêtres. Quel exemple ! Et quelle haute idée du patriotisme canadien, également. La liberté avant tout, même si l'on redoutait avec raison qu'elle fût ensuite accaparée par la minorité. Repousser l'envahisseur d'abord ; le reste était affaire intérieure, on s'en arrangerait sans avoir été obligés de devenir américains.

L'Histoire a des humeurs changeantes, songea Frédéric. Bourdages s'effaçait du décor quelques semaines à peine après que les élections à la Chambre du Bas-Canada avaient porté au pouvoir une écrasante majorité de Patriotes. L'impatience grandissante des gens face à l'inertie de la Couronne était devenue un événement aussi important que la disparition d'un phare de la société.

Duvernay fut catégorique :

— Nous avons en quelque sorte infligé un triomphe, le nôtre, à Aylmer et à ses ombres portées. Bourdages est parti sachant cela, une embellie pour ses derniers moments. Nous devons désormais pousser notre avantage. Tout ce qui pourra imposer notre force devra être fait par voie démocratique. Ainsi cessera-t-on de nous considérer comme des boutefeux. Enfin, jusqu'à un certain point. Vous le savez, je ne me fais guère d'illusions sur la capacité des Anglais à respecter notre voix, ni même à l'entendre.

L'adoption des résolutions, suivie six mois plus tard par le raz-de-marée électoral, donnait aux Canadiens un élan considérable et des moyens de pression nouveaux. Les modérés pourraient arguer de cette victoire pour légitimer leur prudence.

Duvernay prit Frédéric à part :

— Nous allons désormais piquer en permanence le cul de nos chers amis bureaucrates. Nous devons les énerver autant qu'ils nous mettent en fureur.

Frédéric s'étonna :

— Ce n'est donc pas ce à quoi nous nous efforçons ?

— Pas assez. La majorité élue par le peuple nous donne quitus pour l'aider à imposer ses idées. Point ne sera besoin de recourir à l'insulte ou au dithyrambe pour les enfoncer dans les crânes britanniques. La vérité des faits, mon ami, elle seule ; c'est là notre alliée la plus sûre.

Juillet 1835

Joachim Fonteneau sommeillait, assis dans son fauteuil, la tête inclinée sur l'épaule. À la vue de sa bouche grande ouverte sur des gencives déshabitées, de ses joues creuses au cuir vaguement jaunâtre, Frédéric songea au masque mortuaire que l'on poserait un jour prochain sur le visage de son grand-père. Il n'y aurait sans doute pas grande différence entre ce sommeil de sieste, ronronnant d'une profonde et intense fatigue, et celui du trépas.

Frédéric observa longuement le vieillard. En vérité, Joachim n'avait plus d'âge, comme la poignée d'anciens avec qui il concourait pour le titre honorifique de doyen de la ville. Ces hommes avaient survécu aux guerres, aux disettes, aux Indiens, aux épidémies de typhus, de choléra et de petite vérole. Des hasards plutôt fantasques les avaient maintenus en vie quand des milliers d'autres trépassaient dans la force de leur pleine jeunesse. C'est que la colonie n'était pas, loin s'en fallait, la terre d'heureuse aventure rêvée par les Européens. On y mourait le plus souvent fort jeune, et cette injustice sublimée par les prêtres était, pour Frédéric, un mystère aussi grand que celui de la divinité du Christ.

Frédéric allait se lever de sa chaise lorsque Joachim s'éveilla, tardant à reconnaître le jeune homme qui lui souriait et lui tenait la main.

— Baptême, c'est toi, mon petit, fit-il d'une voix faible. Ah, voilà qui me fait plaisir. Depuis combien de temps on ne s'est vus ?

— Quelques mois, grand-père.

Le cœur de Frédéric se serra. Joachim avait fait quelques pas de plus sur le quai des grands départs. Quelque chose d'essentiel lâchait, au plus profond de lui. C'était visible, palpable dans ses doigts griffant de leurs ongles la paume de Frédéric. Le jeune homme se pencha vers lui pour chuchoter à son oreille :

— Vous savez que je travaille pour Duvernay à c't' heure ? On vous l'a dit, j'espère. J'écris dans *La Minerve*.

— Oui, oui, je le sais. Ton père n'est pas content du tout, il y a ça pour lui, et ton Anthomine pour ta mère. Tu ne les ménages pas.

— Adeline, grand-père, pas Anthomine.

— C'est ça. Ils t'ont laissé entrer ici ?

— J'ai profité de leur absence pour vous rendre visite.

— Cristi, ils sont malheureux mais fiers, aussi. Ça changera, tu peux me croire. Elle est belle, m'a-t-on dit, un soleil des champs.

Il voulut rire, fut pris d'une quinte qui le laissa le souffle court, pâle soudain.

— Reposez-vous, lui dit Frédéric.

— Calouette, je ne fais que ça et plutôt deux fois qu'une avec *Le Canadien* pour lecture.

Courtemanche entra dans la chambre. Il lui fallait vider le pot. Surprise de voir là Frédéric.

— Cristi, d'où tu sors, toi ? Monsieur Louis vient de revenir de sa partie de billard et je ne lui trouve pas bonne mine. Il est allé s'aliter, ce n'est pas son habitude, comme tu sais.

Elle se dandinait sur place, indécise.

— Tu crois que je peux lui rendre visite ?

— Oui, je crois. Je t'en prie, même.

Elle était inquiète. Frédéric baisa le front du vieillard, précéda la servante dans l'escalier jusqu'à la chambre de ses parents. C'était là un lieu qu'enfant il n'avait guère fréquenté, un carré de pénombre riche en tentures, meublé assez sommairement de bois canadien, donnant sur le jardin par une étroite porte-fenêtre.

Couché, encore botté, en chien de fusil, Louis Fonteneau gémissait, la main contre son ventre. Frédéric s'approcha. Il n'avait pas revu son père depuis son emménagement à la Pointe-à-Callière. Il s'assit, se pencha vers la face grimaçante du notaire. Louis souffrait de violents spasmes, sa mâchoire tremblait.

— Me voilà en beau joual vert[1], dit-il, grinçant, j'ai des tranchées dans les boyaux. À me faire dessus.

1. Être en joual vert : être en colère.

Courtemanche alla chercher une chaise percée qu'elle disposa au pied du lit, tandis que Frédéric aidait son père à se dévêtir. Une des vertus des grandes douleurs physiques étant d'effacer les humeurs ordinaires, Louis se laissa faire, à peine étonné de se savoir secouru par le proscrit.

— Vous avez dû manger quelque chose de mauvais… dit Frédéric.

— Non, c'est pire. Laissez-moi sur la chaise. Je vous appellerai.

Frédéric ordonna à Courtemanche d'aller quérir sans tarder le docteur Nelson. Bien que surchargé de travail, le brillant praticien accepterait sans doute de se rendre au chevet d'un vieil ami. Tandis que la servante s'apprêtait, Frédéric revint à la porte de la chambre, écouta la longue plainte de son père.

Une odeur fade se répandait dans le couloir. Il entra, vit Louis affalé sur la chaise percée, bras ballants. Un mot lui vint à l'esprit, terrible. Choléra. Ainsi certains malades commençaient-ils à se vider dès les premières heures de la maladie. Il se précipita, couvrit le lit de linges. Puis il prit Louis sous les aisselles, l'aida à se lever, l'allongea, à demi nu, sur sa couche.

Il fallait évacuer la chaise, la vider dans l'herbe du jardin, laver le meuble à grande eau. Au moment où, veste et chemise souillées, il réintégrait la maison, il vit entrer sa mère.

— Frédéric ? Qu'est-ce que tu fais ici ?

— Père n'est pas bien. Courtemanche est allée quérir le docteur Nelson.

Oubliant aussitôt sa contrariété, Marie Fonteneau se hâta à son tour vers la chambre, manqua défaillir à la vue de son époux étalé de tout son long sur le lit. À peine soulagé de sa douleur, Louis était lucide, respirait fort. Déjà, il réclamait à nouveau la chaise, sur quoi on l'assit, dodelinant, en proie à une nausée dont il se libéra brusquement par un vomissement en jet.

La soudaineté des symptômes, leur caractère rapidement répétitif étaient proprement stupéfiants. Lorsque Nelson, dérangé en pleine consultation, arriva enfin, Louis Fonteneau paraissait déjà amaigri. Le médecin ne mit pas longtemps à établir son diagnostic. La maladie n'était pas en phase d'épidémie cette année-là, cependant elle rôdait en saison chaude, frappant au hasard. Nelson grogna. La bile tachant les draps, la diarrhée incolore semblable à de l'eau de riz, tout indiquait une forme aiguë de choléra.

Marie était de la couleur des suaires. Il fallait tenter de faire boire le malade, car seule la compensation de ses pertes pouvait donner un espoir de le sauver.

— Lui donner à boire, mais quoi ? interrogea-t-elle, désemparée.

Nelson la morigéna :

— Eh bien, toutes sortes de liquides, tisane, bouillon, que sais-je ? De l'eau, tout bonnement. Nous y mettrons l'opium. S'il rejette, attendez quelques minutes et essayez à nouveau. Faites également laver les sols de votre maison au chlore, et assurez-vous qu'il ne traîne pas quelque immondice autour de chez vous.

Frédéric observa le médecin. Au fil des mois, Robert Nelson et son frère Wolfred prenaient de l'envergure dans le combat politique des Patriotes. Tous deux députés, ils étaient de l'entourage immédiat de Papineau. Des chefs. De plus, Robert présidait le cercle des Amis de la liberté de la presse et, à ce titre, Frédéric avait eu plusieurs fois l'occasion de le rencontrer.

— C'est grave, n'est-ce pas, monsieur ?

Les femmes étaient sorties de la chambre. Nelson caressa sa barbe, qu'il avait courte et drue.

— Plutôt, dit-il. Votre père se vide à grande vitesse, il se cyanose. Ces situations sont quasi impossibles à amender, malheureusement. Je vais néanmoins lui appliquer un traitement récemment expérimenté en Écosse et en France. Il me faut du gros sel et de l'eau claire à la température du corps…

Frédéric rattrapa Courtemanche dans le couloir tandis que le médecin sortait de sa sacoche une grosse seringue en métal prolongée par un trocart. Lorsque les ingrédients eurent été réunis, Nelson en emplit le clystère, puis il fouilla le coude de Louis Fonteneau de la pointe du trocart.

— Il convient de pénétrer dans la veine. Pas facile, elles éclatent volontiers.

Un grognement annonça le succès de l'opération. Lentement, le médecin poussa sur le piston. Frédéric se détourna, les larmes aux yeux. Sa famille subissait un nouveau coup du sort. Le raidissement des uns, le jeu consistant de la part des autres à attendre que l'on fît le premier pas vers eux, la certitude équitablement partagée d'avoir raison, tout se résumait soudain à un gâchis, à une terrible perte de temps. Parler eût été tellement plus simple ; personne nc s'y était contraint, par orgueil, par convention. Maintenant, il était bien tard pour arranger cela.

Frédéric soupira.

— Il nous reste à prier. Sans trop compter sur les indulgences de monseigneur Lartigue, je le crains. Notre évêque sera bien trop satisfait de voir s'effacer un tenant de nos libertés civiles.

Nelson en avait terminé avec son injection. Il le regarda, amusé.

— Vous allez un peu loin, mon ami. Mais il y a au fond du vrai dans ce que vous dites. Mitrés ou non, nos prélats prient pour que nous nous taisions. D'une manière ou d'une autre.

Louis s'était réinstallé sur la chaise percée, outre pitoyable répandue à jet continu dans le pot. À ce spectacle, Frédéric se sentit pâlir. Voir son père ainsi réduit à une telle misère l'humiliait. Combien de temps durerait cette vidange ? En général, les malades les plus touchés mouraient de cachexie en deux ou trois jours.

La suite était prévisible. Si le traitement écossais échouait, Louis entrerait en agonie et trépasserait, inconscient, privé de son eau, de ses forces, de sa chair même. La question de savoir s'il entraînerait avec lui, par contagion, un ou plusieurs de ses proches se poserait assez vite. Les familles touchées connaissaient bien ces angoisses, face à quoi elles ne savaient trop que faire. Ici ou là on préconisait des herbes protectrices, des onguents, des poudres. Certains prétendaient même que le lavage des mains après s'en être allé du corps suffisait à prévenir la maladie. Pourquoi pas ? Les frères Nelson travaillaient sur le sujet depuis la grande épidémie de 1832. Sans grand résultat, apparemment.

— Essayez de lui faire avaler ça par petites quantités, dit le médecin. C'est une sorte de chaux qui s'oppose aux diarrhées. Et ceci également, du calomel.

Frédéric serra les sachets dans sa main. Il eut l'impression de sortir d'une scène de comédie pour entrer de plain-pied dans un drame. Marie entra, porteuse d'une infusion. Tandis que l'on ramenait Louis Fonteneau sur son lit, Frédéric songea à ces mourants dont on perçait le matelas afin qu'ils se répandent plus facilement. Une horreur. Il croisa le regard de sa mère. On était bien au-delà d'une querelle sur le choix d'une épouse, cependant la maîtresse de maison conservait à l'égard de son fils une distance que Frédéric trouva déplacée.

— Je suis fini, murmura Louis.

Marie s'empressa tandis que le docteur Nelson refermait lentement sa sacoche. Il y aurait comme de la honte à révéler le mal qui frappait rue Saint-Jacques. On craindrait le regard des autres, leur défiance instinctive. Le choléra n'éveillait guère les solidarités entre les gens, c'était chacun pour soi sous le regard d'un Dieu de mauvaise humeur.

— Je vous mets en péril, gémit Louis. Laissez-moi crever dans cette chambre, fuyez la maison et revenez pour m'enterrer.

Nelson pressa l'épaule de son ami.

— Je serai là cette nuit pour une seconde injection, promit-il.

Courtemanche se signa, plusieurs fois. Personne ne fuirait. Louis avala quelques gorgées de tisane, fit la grimace. Le liquide ne passait pas, refoulé par la nausée. Puis le notaire demanda qu'on le laissât seul avec son fils.

— Les autres vont venir, il y aura du monde et peu de temps pour parler entre nous, lui dit-il d'une voix sourde lorsque la porte se fut refermée. Les forces m'abandonnent, je le sens, tout va très vite. Il faut que tu m'entendes, mon petit. Pas au sujet de tes amours, pour ça, tu t'arrangeras avec nos femmes, fille, bru et quelques autres.

Il prit la main de Frédéric, la serra. Son regard trahissait une intense fatigue, de l'angoisse aussi.

— L'avenir de notre pauvre peuple, mon petit, cela seul compte. Tu t'engages, c'est bien mais…

Un rictus déforma son visage. Son ventre se mit à gargouiller, une nouvelle débâcle s'y préparait. Frédéric se pencha vers lui.

— Je sais ce que vous pensez, comment vous me jugez, père.

— Alors prends garde. Tu embarques avec des rameurs inexpérimentés, sur une pirogue lancée vers des sauts terrifiants. Aucun d'entre vous n'est capable de fixer un cap. Vous êtes tous des rêveurs, même Papineau, qui se verra débordé par les ultras de son propre parti. Je connais tous ces gens, du plus humble au plus glorieux, je sais leur belle honnêteté, leur désir de servir, mais aussi leur naïveté. Ceux d'en face sont des tueurs froids, ils ont gagné la guerre, Frédéric, cela leur suffira encore dans deux siècles pour nous rabattre. Ils ont l'orgueil immense des vainqueurs, seraient-ils mille contre un million, ils bomberaient pareillement le torse, exigeant que l'on admette la supériorité de leurs armées, de leur négoce, de leur langue. Ah, Seigneur, laisse-moi encore le temps d'empêcher tes pauvres enfants de courir au massacre.

Il se mit subitement à vomir, s'étouffa à moitié, reprit, par ce biais morbide, un peu de couleur. Frédéric essuya ses lèvres. Il peinait à croire que l'on pût ainsi être dans une telle agonie quelques heures à peine après être rentré chez soi.

— Nous allons vous sortir de là, affirma-t-il.

Il arrivait que la maladie effleurât simplement les gens, comme une mauvaise digestion après des agapes. Louis eut un geste d'agacement.

— Reviens vers les modérés, dit-il, ayant repris son souffle. Moi aussi, je voudrais me colleter avec les corrompus, moi aussi j'aimerais les tenir par la peau des fesses pour qu'ils demandent grâce et nous remboursent nos humiliations. Parfois, j'ai envie de les truffer de plomb. Nous savons tous éprouver cela. C'est facile. Mais perdu d'avance.

Il se hissa à hauteur de son fils, les yeux agrandis par l'importance de ce qu'il disait.

— Crois-moi, mon petit, il n'y a d'autre issue que la politique. Papineau ne prendra jamais les armes, il cherchera jusqu'au bout à négocier et il aura raison. Nous avons gagné les élections en octobre dernier, que crois-tu que font les Anglais depuis ? Ils évaluent les concessions qu'ils seront obligés de nous faire.

Il agrippa le bras de Frédéric.

— Patientez encore, le plus longtemps possible. Résistez à la tentation de la violence. On ne lance pas des paysans armés de fourches contre une armée aguerrie, bien payée et par-dessus tout aussi patriote que toi et moi. Vous serez balayés. Mieux vaudra, pour vous, attendre que le pouvoir colonial achève de se dissoudre dans son jus fétide. Il est semblable à la diarrhée qui me tue mais lui, il finira par se tarir, j'en ai la certitude.

Il retomba en arrière, implora :

— La chaise, cristi, la foutue chaise.

Frédéric appela à l'aide, les femmes réintégrèrent la chambre, s'activant aussitôt près du malade. Catherine avait été prévenue. La vue de son père vautré sur du linge souillé lui arracha un cri. Elle se précipita vers lui, caressa son front, prit ses mains, qu'elle serra avec effusion. Les filles savaient ces gestes ignorés des garçons ; les pères en éprouvaient pour elles d'immenses tendresses.

À ce spectacle, Frédéric ressentit du chagrin. Il ne pouvait détacher son regard du masque sculpté par la mort galopante sur le visage de Louis Fonteneau. Je n'ai pas assez entendu de lui, je ne lui ai pas suffisamment parlé, se dit-il. Ainsi allaient les existences, tout occupées d'elles-mêmes, traçant leur chemin sans se soucier des autres.

Je ne peux pourtant vous donner raison, père, pensa-t-il. Les esprits les plus modérés du Canada épuisaient peu à peu leurs réserves de patience, pousser encore au compromis prenait des allures de faiblesse, voire de trahison. La mort d'un sage ne changerait rien à cette réalité.

Le notaire Fonteneau s'éteignit aux petites heures, dans la touffeur moite d'une aube de juillet. L'injection saline lui avait offert un court répit avant qu'il entrât dans le coma. Il s'était confessé avant de recevoir les derniers sacrements.

— Il faudra l'inhumer sans tarder, déclara le docteur Nelson.

— Alors il manquera du temps pour les visites, s'alarma Courtemanche.

Il était de tradition de laisser le défunt reposer dans la chambre mortuaire puis de ne clouer le cercueil qu'à l'extérieur de la maison. Les femmes disposèrent cependant la vasque d'eau bénite et la petite branche de sapin avec laquelle la coutume voulait que l'on aspergeât le corps. Les gens ne tarderaient pas à venir rendre leur hommage à leur ami, on ferait vite, le choléra répandrait en quelques heures son flot de défiance et de terreur.

Frédéric retourna à la Pointe-à-Callière. Il était épuisé, abasourdi par la rapidité avec laquelle la maladie avait emporté Louis. Adeline l'attendait, inquiète.

— Seigneur, je me suis fait tant de souci pour toi. Mais où étais-tu donc ? Il ne t'est rien arrivé de mal, au moins ?

Il s'aperçut qu'il n'avait guère pensé à la faire prévenir. Lorsqu'elle eut été mise au courant des événements de la nuit, Adeline se sentit coupable d'être présente à cette heure de deuil, dans la vie d'une famille étrangère. Frédéric l'apaisa d'un geste.

— Tu n'as rien à voir là-dedans. Le mal frappe au hasard, cela aurait pu être moi.

Elle vit son désarroi, sa solitude d'enfant abandonné. Même s'il ne partageait pas systématiquement ses points de vue, Frédéric parlait toujours de son père avec un mélange d'admiration et de respect. Il tendit la main vers elle, appuya son front contre sa hanche, dans un geste qui leur devenait familier. Cette fois, il parut vouloir s'y enfouir et elle sentit fort les soubresauts de son chagrin.

Elle caressa sa nuque, ses cheveux, demeura silencieuse tandis qu'il sanglotait. Heureux les paysans épargnés par les épidémies. Ils vivaient loin des lieux où s'agitaient les idées mais la nature, parfois bonne fille, avait pour eux des bontés chichement concédées aux citadins.

— Tu dois dîner un peu maintenant, dit-elle, ces nuits-là sont cruelles.

Il était sans forces, dut faire un effort pour se reprendre. Comment Jérôme Desrouets aurait-il vécu pareil instant ? À voir Adeline vaquer devant la cheminée, Frédéric se dit que ces gens avaient une manière bien à eux de cacher leurs émotions. Il s'en voulut d'avoir cédé à la sienne, se leva.

— Tu viendras à l'enterrement, dit-il.

Elle protesta :

— Certainement pas. Les couples mariés ont droit d'assister les morts, pas les autres. Les prêtres n'aiment pas le blasphème, je le sais.

Il sourit, accepta d'un haussement d'épaules. Élevé par ses parents puis par les sulpiciens dans la stricte orthodoxie catholique, parfait servant de la messe et priant avec la conviction sans faille d'un croyant, il avait par la suite, comme pas mal d'autres, connu et entretenu le doute. À cela, une raison tangible, l'incapacité des religieux à s'engager fermement aux côtés des Patriotes, leur tiédeur et par-dessus tout l'allégeance à l'Anglais évoquée à longueur de sermons par leurs élites, évêques en tête.

— Bien, si tu penses que c'est mieux, je ne t'obligerai pas. Sache que je me sacre de l'opinion des prêtres canadiens comme de mes premières chausses.

— Ne m'en veux pas, mon bel amant, je n'ai rien à faire au milieu des tiens.

Elle fit non de la tête, obstinée ; une statue difficile à déplacer. Après tout, elle avait sans doute raison. Louis ne l'avait jamais vue ; Frédéric avait eu pourtant maintes fois l'envie d'aller la lui montrer rue Saint-Jacques, mais le temps avait passé et le temps, c'est bien connu, ne s'arrête pas à ces détails-là.

Elle débarrassa la table des feuilles de papier qui l'encombraient, lui servit une assiette de soupe.

— Il faut que tu retournes bien vite parmi eux. Tu leur manqueras, si tu restes ici.

Elle aurait pu lui dire ça avec la petite pointe d'amertume des femmes quelque peu jalouses. Rien de tel chez sa belle maîtresse.

Il en fut émerveillé.

10

Y aurait-il une épidémie cette année-là ? Et si oui, serait-elle de typhus, de choléra, ou des deux accouplés par le diable pour le désespoir des Canadiens ? À la crainte des autorités répondit, comme dans un miroir déformant, la terreur de la population. Sans que l'on sût pourquoi, le mal lécha la ville avec des paresses de serpent ; partout l'on se mit à prier pour qu'il décide de mettre à la voile vers d'autres ports d'Amérique, puisqu'il apparaissait que les foyers morbides naissaient de façon régulière sur les quais, dans les entrepôts et les bouges, pour se répandre ensuite, aléatoires.

Il faisait une de ces radieuses journées d'été canadien lorsque Louis Fonteneau fut porté en terre au cimetière Saint-Antoine. L'endroit se trouvait hors des murs, dans une campagne verdoyante caressée par le vent tiède. Ainsi en avait-on décidé au début du siècle, pour des raisons d'hygiène et de place. Et les familles avaient suivi en cortèges le déplacement des cercueils exhumés pour la circonstance.

Comme aux funérailles de Bourdages en janvier, les Patriotes s'étaient rassemblés, nombreux. La disparition de l'un de leurs plus anciens compagnons soudait leurs rangs, comme s'il fallait se compter entre survivants pour se donner le courage et la force de continuer la lutte.

Un prêtre quelque peu gêné prononça une courte homélie, face à des croyants plus ou moins ébranlés dans leurs certitudes. Les jeunes ricanaient, les autres acquiesçaient, l'esprit ailleurs. La référence au roi arracha ici et là un sourire. Les rois touchaient à la rigueur les écrouelles, en France de surcroît, de là à pouvoir quoi que ce soit pour les trépassés, il y avait une marge. République, pensa Frédéric tandis que le cercueil s'enfonçait en terre.

— République, murmura-t-il sous le regard aigu de son frère.

On allait se séparer. Les gens considéraient avec une certaine curiosité cette famille réunie par le deuil autant que par le souci des apparences. Crâneur, Frédéric eut un mouvement de menton à l'adresse de Julien.

— Et alors, mon cher aîné. Nous irons tous au repas de famille ?

Julien eut une moue de commisération. Lasse de répondre aux condoléances, Marie Fonteneau s'éventait aux bras d'Esther et de Catherine. Il la rejoignit, laissant Frédéric aux prises avec un malaise grandissant.

— Nous nous verrons bientôt, monsieur Fonteneau.

Frédéric sursauta. Le notaire Chevalier de Lorimier se tenait près de lui, son chapeau à la main.

— Votre père m'avait confié ses affaires il y a peu, dit le chef patriote. Nous aurons à régler pas mal de choses à mon étude, c'est une succession délicate. Mais nous devrions trouver les bonnes solutions.

Frédéric fut rasséréné par la calme attitude de Lorimier. Il ressentit comme un honneur le fait d'être pris en charge, avec les siens, par l'un des Patriotes les plus respectés. Lorimier eut un sourire complice.

— Il ne s'agira pas cette fois de répondre à vos questions pour l'ami Duvernay. Nous reprendrons ces dialogues-là plus tard. Il y aura à dire et à écrire, je pense.

Il se recoiffa, s'éloigna de son pas tranquille, un rien altier. Puis ce fut aux autres de présenter leurs regrets à la famille. Julien s'était placé volontairement loin de son cadet. On savait l'aîné proche des Loyaux, faisant même partie, par bien des côtés, de leur clan. Julien affectait une distance crispée, souriait peu, s'inclinait brièvement face à ceux qu'il considérait comme de dangereux agitateurs.

Les présents se nommaient Viger, Cardinal, Girouard, tous lieutenants de Papineau, écrivant à l'occasion dans *La Minerve*. Le libraire Fabre était là, lui aussi, et des jeunes gens habitués de son antre. Frédéric put ainsi faire le compte de ce qu'il lui restait d'amis. Il fallait la passion politique pour dissiper le parfum de scandale qui entourait sa liaison avec la paysanne de Stanfold. En vérité, pas mal de ses condisciples s'étaient écartés de lui. Il en demeurait tout de même quelques-uns pour lui parler encore comme si de rien n'était. Cette proximité avec son clan le rasséréna. Il faut donc le pouvoir de la mort pour que les gens se tiennent ensemble en silence, songea-t-il.

Il trouva l'instant assez étrange, qui mêlait les différences d'opinions et d'engagements autour d'une tombe. Louis Fonteneau eût apprécié. Ces circonstances-là, rares et pénétrées de gravité, permettaient parfois que l'on se parlât sans s'insulter. Frédéric observa son frère, statue rigide affectant avec infiniment de difficulté d'apprécier l'hommage rendu au défunt. Julien eût sans doute préféré le recevoir d'autres lèvres que celles, par trop vociférantes à son goût, de la coterie patriote. Mais les choses allaient ainsi, et les faits, avec leur face triviale masquée par les politesses d'usage. Il y avait là de l'amusant, hormis la tristesse ambiante.

Épuisées tant par la chaleur que par le chagrin, les femmes avaient réintégré la maison Fonteneau, laissant Frédéric sur le pas de la porte. Un bref salut de Marie, « Je suis sans forces, et j'ai besoin de me reposer sans souci supplémentaire », un même sourire contrit de Catherine et d'Esther conforté par une tape amicale du comptable Champagne sur l'épaule de Frédéric ; on se séparait, avant de se revoir sous peu chez le notaire. Julien avait quant à lui à faire en ville avant de revenir rue Saint-Jacques.

Son haut-de-forme entre les doigts, Frédéric se sentit inutile. Et plein d'une sourde colère. Le silence mortuaire baignait aussi les affaires des vivants. Il fallait donc le rompre, mais certainement pas le jour où l'on enterrait le chef de famille. Il y avait pourtant à dire, sur l'aventurisme de l'un comme sur la réserve des autres, sur la convention sociale, ce carcan ignoré des pionniers de la colonie et resserré un peu plus chaque jour par leurs descendants.

— Tu vas rejoindre tes amis dans quelque officine de la république, je suppose, lui lança Julien en passant près de lui. Tu sais ce que père pensait de tout cela.

— Eh bien, parlons-en. Entre la raison et la justice, son choix aurait été clair. Je suis sûr…

— … qu'il aurait choisi la raison.

— Non.

Julien se hissa sur la banquette de son coupé. Les arguments de son frère, son entêtement semblaient l'irriter comme l'eût fait une guêpe tournant autour de lui. Il eut un geste d'agacement. Au point où en étaient les choses, on n'avait plus rien ou presque à se dire, à part peut-être les formules de courtoisie en usage entre gentilshommes.

Frédéric dut lever la tête pour l'apercevoir. À contre-jour, le visage ceint de lumière, Julien Fonteneau avait des allures d'apparition pour gravures pieuses. Il ne manquait plus au tableau que les rayons divins transperçant les nuages pour s'étaler autour de lui et l'isoler un peu plus encore des misérables réalités de l'existence.

— Tout se joue, dit Julien d'une voix lasse. Nous sommes quelques-uns à tenter de calmer les excités, mais je crains que personne n'entende plus grand-chose à nos exhortations. On dirait que même les modérés subissent la chaleur mortifère des discours à la Papineau. Pauvres imbéciles. Ils lèveront leurs fourches devant les canons anglais, comme le hérisson se met en boule au moment d'être écrasé par la roue du carrosse. Quant à toi, mon pauvre Frédéric, tu as fait le choix du pire. Tes fréquentations bouseuses y sont, je pense, pour beaucoup. Liberté, que de stupidités on commet en ton nom !

Dominant son cadet, il installait un coussin sous ses fesses tout en parlant. Disert, un brin amusé, sage retenant son dépit pour faire la leçon au cadet fantasque et immature. Frédéric se hissa à son tour sur le marchepied.

— Je crains d'avoir mal entendu, Julien.

— Autrement dit, alors. Les familles sont volontiers détruites par des gens qui n'en ont pas. Ou plus. Comme par une espèce de souci revanchard.

Il s'apitoyait. Mêlait les reproches ressassés par les siens. Épargné par les maladies, conforté dans sa fonction de régisseur par la molle indifférence de ses beaux-frères, il triomphait sous la protection des fusils de Sa Majesté. Propre sur lui, le col impeccablement empesé, le pantalon à peine empoussiéré, les bottes crottées aux semelles et aux talons mais luisantes aux tarses et aux chevilles. Frédéric l'empoigna par le jabot, l'attira vers lui, un exercice que leur différence d'âge lui avait depuis toujours interdit.

— Les bouseux revanchards te souhaitent la bienvenue chez les Patriotes, dit-il, presque jovial.

Faire passer son aîné par-dessus la banquette lui fut facile. Il suffisait pour cela de tirer fermement sur la prise. Julien bascula vers le sol, freiné par la poigne de Frédéric. Une fondrière engluée lui ayant proposé ses douceurs, il se retrouva le dos lové dans la fange, les quatre fers en l'air.

— Au bain ! s'esclaffa Frédéric, ajoutant : Et puis, là, je n'aime guère tes allures de frais chié[1].

Puis, grinçant, tenant toujours son frère par le col :

— Pardonne-moi, Julien, mais il en va ainsi des familles, aujourd'hui. Il y a ceux qui pataugent dans la boue et ceux qui les regardent se débattre de haut. Renversons les rôles pour quelques instants, je dois dire que cela génère quelque jouissance d'esthète. Vrai, j'aimerais bien être ordinairement à ta place, comme tu sais maintenant ce que l'on ressent à la mienne.

Julien avait cessé de se débattre. Frédéric s'agenouilla à son côté, les genoux dans le cloaque.

— Les familles sont détruites par les nécessités de l'honneur, dit-il. Le reste, les histoires d'amour et de rang social, ce n'est que pauvres humeurs et faux-semblants. Du fatras inutile. Nous verrons bientôt ce que valent

1. Personne méprisante.

vraiment les familles de ce pays. Quand tout sera fini, nous ferons le point sur cette question-là.

Il se releva avec lenteur, aida son frère à faire de même. Julien avait l'air hébété du promeneur percuté par un cheval. Frédéric l'épousseta gentiment. Au petit séminaire, trois classes d'âge les séparaient, assez pour qu'ils évoluassent depuis le début dans deux mondes différents. On se parlait rarement entre grands et marmots, jamais par ailleurs l'aîné ne s'était posé en protecteur du cadet, ainsi étaient allées les choses, d'où le détachement l'un de l'autre, au fil des années.

— Ce sont là de vilaines manières, dit Julien d'une voix blanche.

— On fait comme on peut. Et l'on ne se bat pas en duel entre frères. Vois. Personne dans la rue, notre maison de famille doit faire peur. L'affaire restera donc entre nous.

Julien regagna son siège, passa la main sur sa joue encroûtée de boue.

— Nous nous verrons chez le notaire, Frédéric, et ce sera la dernière fois, sache-le. Maison-Rouge te sera désormais fermée comme à un trafiquant de fourrures. Mets-y seulement le pied, je te ferai rosser par mes gens.

— Ce serait la moindre des choses.

Frédéric claqua violemment la croupe du cheval. Il regarda l'attelage disparaître au galop à l'angle de la rue, coiffa son haut-de-forme. Il fallait aller au bout des choses. Il trouva le prix à payer pour ça bien lourd.

Thomas Chevalier de Lorimier écarta les bras en signe de bienvenue. Puis il fit en souriant le compte des présents, tous héritiers de premier rang de Louis Fonteneau.

— D'après le droit français, releva-t-il avec une pointe de solennité. Il nous reste en effet cela des anciens temps, comme vous le savez sans doute. Nos maîtres bien-aimés s'en contentant et n'ayant pas encore décidé d'abattre cet anachronisme à la hache, profitons-en.

Il scruta Julien avec intensité, comme s'il découvrait un Loyal pour la première fois. Ajoutant, dans un soupir :

— Ces règles remontent aux temps heureux où nos rois se prénommaient Louis. À ce propos, comment se porte votre grand-père, messieurs ?

— Il s'affaiblit, dit Julien. Les femmes de la maison prennent soin de lui ; il est à craindre cependant qu'il ne tarde pas à suivre notre pauvre père.

Il jeta un regard en coin vers son frère. Ses mots étaient assénés telles des bûches sur un crâne nu. Honte aux absents, aux futiles, aux inconséquents. Les gens sérieux se serraient les coudes pour assurer le minimum et sauver l'honneur d'une famille outragée.

Frédéric n'avait pas revu Julien depuis l'enterrement. Les bouffées d'une haineuse colère l'avaient longtemps oppressé ; il avait fini par s'en débarrasser, retrouvant du même coup le sommeil. À ce mal-être succédait une vague exaspération, le désir d'en terminer le plus vite possible avec les formalités notariales.

Apaisante, la présence de Lorimier agissait cependant telle une bonne médecine. On était les hôtes d'un vrai Patriote, d'un chef, d'un compagnon de lutte. Frédéric était assez fier de cela pour ravaler l'envie qui le tenaillait de se jeter à nouveau sur son frère.

Le notaire ouvrit une mince chemise contenant quelques feuillets couverts d'une écriture fine. Frédéric sourit. Les lignes de Louis montaient à mesure qu'elles se succédaient, si bien qu'à la fin des pages elles étaient presque verticales.

— Mon confrère a donc laissé un court testament, dont je vais vous donner lecture.

C'était simple, en effet. Tout, maison et mobilier, attelages et chevaux, revenait à Marie, charge à elle de distribuer à sa guise les espèces mises au coffre. Ou de les garder pour elle.

Lorimier leva vers Frédéric un regard neutre. Et poursuivit sa lecture :

— « Je souhaite vivement que mon fils cadet poursuive mon ouvrage à l'étude Fonteneau. Si tel n'est pas le cas, il conviendra que soit vendu le fonds des affaires en cours et de la clientèle, au bénéfice de ma veuve. Au cas où mon fils cadet me succéderait, une soulte serait versée à mes autres enfants, compensant ainsi l'avantage qu'il en retirerait. » Qu'en pensez-vous, monsieur le clerc ?

On n'était plus en furieuse diatribe chez Bonacina ou à la librairie Fabre. Lorimier, le passionné, le boutefeu redouté par beaucoup, s'exprimait à voix presque basse. Disposé à favoriser la discussion, la négociation et les arrangements en découlant. Deux hommes coexistaient en lui, le sabreur capable de mener une foule au combat et le confident au doux timbre de conseiller.

— Monsieur Fonteneau ?

Il s'amusait peut-être bien de la situation. Frédéric le regarda sans paraître le voir. L'instant était d'importance. Un mot et il devenait le maître, rue Saint-Jacques. Personne ne contesterait la dernière volonté de son père, son dernier désir plus précisément. Un mot et sa position dans la cité reprendrait aussitôt de la hauteur. Avec vue directe sur la politique, les élections, la possible carrière d'un Bourdages, d'un Duvernay ou d'un Papineau. Un mot enfin et il imposerait Adeline à tous, autant qu'il lui imposerait l'hostilité des siens.

Il sentit les regards posés sur lui. Lorimier attendait, immobile, patient ; on entendait voler les mouches, compagnes bourdonnantes des étés montréalais.

— Non, lâcha Frédéric dans un souffle. Je ne reprendrai pas la charge de mon père.

— Quel orgueil, murmura Marie.

Il devina le brusque mouvement de tête de sa mère. Catherine et Julien soupirèrent, quant au notaire, il parut tout de même un peu étonné.

— Vous êtes sûr de cela, Frédéric ? Enfin, monsieur Fonteneau ?

— Certain, maître.

— Bien, bien, rectifia Lorimier, comme s'il s'excusait de sa soudaine familiarité.

— Eh bien, voilà, maugréa Julien, le travail d'une vie entière réduit à néant. Il y a bien de l'insolence dans tout cela et de l'accablement en supplément pour notre mère. Elle n'avait franchement pas besoin d'un tel mépris.

Frédéric était déjà debout, cramponné aux accoudoirs de son fauteuil. Lorimier éleva la voix, on ne se colletait pas chez lui :

— Le coup dont vous parlez, monsieur Fonteneau l'aîné, peut être paré.

Il expliqua. Les familles ne manquaient pas qui recherchaient une charge pour un rejeton. Avocat, médecin, notaire, boutiquier. On trouverait, avant la dispersion des clients vers les autres études de la ville. Il importait simplement de ne pas perdre de temps en vains bavardages.

— Votre mère pourra ainsi disposer d'une rente.

— Rente ou pas, ma mère ne manquera évidemment de rien, protesta Julien. Nous sommes entre gens civilisés.

On n'avait pas jusque-là entendu Catherine, laquelle se rangea aussitôt à l'avis de son frère aîné. Frédéric aperçut cependant sa contrariété. Le comptable Champagne gagnait correctement sa vie, sans plus. Un peu d'argent frais mettrait de l'huile dans les rouages assez poussifs de son train de vie.

Frédéric se pencha vers sa sœur. La solution était d'une grande simplicité. Champagne ferait acte de candidature pour un diplôme notarial ; on ne refuserait pas ce petit service au gendre de Louis Fonteneau, parfait gestionnaire de surcroît. Lorimier approuva, tança du doigt son ami.

— Brillante manière de vous mettre en danger, ma foi. Mais c'est là votre liberté. Et puis, il est peut-être dans l'air du temps de prendre ainsi quelques risques. Attention, cependant ; le notaire que je suis vous prie de réfléchir encore. Je faillirais à mes devoirs si je ne vous faisais cette recommandation.

— C'est tout réfléchi, dit Frédéric.

Il ne fut pas certain d'avoir réagi par orgueil, encore que son père lui eût à l'occasion reproché ce défaut. Il éprouva surtout un réel soulagement d'échapper ainsi à la serre familiale. Adolescent longtemps soumis, collégien sans histoire, réputé bon camarade, il avait subi l'ascendant de son aîné, comprenant sur le tard que Julien s'engageait dans la mauvaise voie politique. Et se détachant alors définitivement de lui.

— Voici donc une affaire réglée, fit Julien dans un soupir. Il y a des titres à répartir, des parts de sociétés. Mon père avait mis de l'argent dans des compagnies fluviales et dans une minoterie.

Lorimier le tranquillisa d'un geste. Il n'en avait pas terminé. Saisissant un feuillet :

— Un peu avant de mourir, Louis Fonteneau a rédigé un rectificatif à ce testament. L'écriture en est celle d'un homme affaibli mais son texte est cohérent. Et simple : « Au cas où mon fils Frédéric choisirait l'aventure du journalisme, ce que par avance je déplore, je désire qu'une somme de deux mille dollars lui soit versée, représentant une part de la valeur de l'étude, le reste, ainsi que les titres dont mon notaire possède la liste, étant partagé entre mon aîné et sa sœur. Cette décision sera bien sûr caduque si mon fils Frédéric choisit de reprendre à son compte l'étude. En ce cas, les titres seront à partager entre mes deux autres enfants. »

Frédéric eut l'impression de recevoir un coup sur la nuque. En lui léguant une soulte, son père lui pardonnait à sa manière ce qu'il considérait en fin de compte comme une sorte de trahison. Il y avait là un message ; avec cet argent, il choisirait peut-être une voie plus raisonnable que l'impasse dans laquelle il s'était engagé. Deux mille dollars, une somme, certes moins importante qu'une part du fonds notarial mais suffisante pour changer d'habitation, de quartier. De vie, pourquoi pas ?

Lorimier se tourna vers lui.

— Rien n'est signé. Vous pouvez encore changer d'avis. L'étude Fonteneau est solidement assise dans cette ville.

— Mon beau-frère Champagne saura la pérenniser, trancha Frédéric. Je me contenterai de la soulte.

Tandis que Lorimier préparait les documents pour les signatures, Frédéric songea à l'affranchissement qu'il s'offrait ainsi, par une succession d'oppositions et de conflits. Lorsque son tour vint d'apposer son paraphe au bas de l'acte, il guetta l'assentiment muet du notaire, mais Lorimier ne broncha pas. « Je te trouve là orgueilleux, quelque peu, mon cher fils », eût jugé Louis Fonteneau.

— Ainsi vous dépossédez-vous, tel un prophète prêt à courir le désert, fit Lorimier, non sans ironie. Belle mise à nu, Frédéric. Cela étant, vous récupérez un viatique suffisant pour vous donner un peu de confort. Votre père était un modéré, un roc de raison face à la tempête annoncée. Je le soupçonne d'avoir voulu vous acheter une conduite semblable à la sienne. Il ne serait pas allé au bout de nos élans actuels. La violence le révulsait. Je comprends cela, mais hélas celle que nous subissons depuis près d'un siècle appelle une réponse adaptée. Proportionnée, dirons-nous. Ou l'Anglais cède par la voie démocratique, ou nous l'obligeons à le faire par celle des armes.

Il rendait une dizaine d'années à son hôte. Le prestige dont il jouissait, notamment auprès des jeunes, lui donnait un air encore plus mature. Un aîné, plein de fougue, d'enthousiasme et d'une fraîcheur d'esprit propre à attirer d'emblée la sympathie.

Il prit son hôte par le bras. Les deux hommes se mirent à marcher tranquillement dans la rue Notre-Dame, sous le chaud soleil de juillet.

— Je ne me fais pas trop de souci pour vous, dit-il. Duvernay sait choisir ses compagnons. Il vous aidera dans ce qui semble bien devoir être une carrière.

Frédéric lui avoua qu'il écrivait beaucoup, pour le journal certes mais aussi pour lui-même.

— Je note tout, ce qui se fait comme ce qui se dit et se pense. Je pourrais déjà publier un volume sur la montée des énergies patriotes. Sur les Loyaux également, j'ai de bonnes sources à l'intérieur de ma famille. Mon frère est un parangon des vertus anglophiles. J'avoue ne pas bien le comprendre, il a fait un mariage français quand d'autres s'alliaient carrément aux Bureaucrates.

— C'est bien là le drame de nos seigneurs, Frédéric. Ils redoutent une république qui les mettrait en marge et les pillerait. Souvenir de 1789 ! Comme si nous avions une pareille intention ! Qu'ils en rabattent sur leurs dîmes, voilà qui suffira bien.

— Une république, murmura Frédéric.

— On a le droit de rêver, n'est-ce pas ? Les Américains se sont bien affranchis de la tutelle anglaise pour en créer une.

Tous les Patriotes ne partageaient pas un tel espoir. Beaucoup d'entre eux, à commencer par leur chef, contestaient moins la soumission à la Couronne que les injustices couvertes par elle. Lorimier avait dépassé ce débat. Il désirait affranchir le peuple canadien, lui donner vie comme nation par l'indépendance.

— Alors, nous ferons un peu plus de chemin ensemble, ami ? Les petits arrangements de la vie sociale sont peu de chose, comparés à ces enjeux-là, non ?

Frédéric se sentit ragaillardi. Il avait quitté l'étude Lorimier avec un sentiment de gâchis, sous le regard froid de sa mère. Peu de chose, en vérité. L'avenir appartenait aux vivants, à ceux-là mêmes dont la trajectoire sur cette terre durait à peine plus de quarante années. Une moyenne pour gens pressés, une fulgurance à laquelle il convenait de donner les couleurs de la justice et de l'espérance.

Lorimier balaya la place Royale d'un large geste de la main.

— Regardez ça, Fonteneau, n'est-ce pas là la réalité d'un peuple industrieux, travailleur, plein de ressources ? Le produit de la terre et celui des fabriques.

Nous avons tout, résumé sur cet espace finalement réduit, le linge cousu par les femmes et le fer né dans les forges de Saint-Maurice, la nourriture et son train de vaisselle, le bois pour garder tout ça dans des meubles de cuisine. Fourrure et pommes à cidre, la bière d'épinette pour la soif et les chevaux pour le voyage. Et nous voici dépendants quand la bonté divine nous donne l'essentiel de ce qui fait vivre les nations. Comment tolérer ça plus longtemps ? Comment continuer à vivre sous le joug, à voir tant d'énergie détournée et nos Canadiens réduits à mendier la liberté de vivre à leur guise sur leur terre ? Car c'est bien leur terre, n'est-ce pas, où gît leur ascendance, où palpite leur matrice. Cartier, Champlain, Talon, Frontenac ! Seigneur ! Que penseraient de nous ces hommes s'ils revenaient au monde ?

La chaleur de midi écrasait la place, donnait des envies d'ombre et de soir. Les deux hommes allèrent ainsi jusqu'au fleuve où d'immenses trains de bois transitaient vers l'aval. Le Saint-Laurent comme une artère vitale, une route aux dimensions d'un continent.

— Rivière française, dit Frédéric.

— Le grand rêve éteint de votre grand-père, s'amusa Lorimier. La Francc, ma foi…

— Comment lui redonner des envies d'Amérique ?

— Peine perdue, mon cher. Papineau pense que c'est possible, lui aussi rêve. La France a jeté un voile noir sur ses anciennes colonies. Elle regarde désormais vers le sud, l'Afrique. Elle a conquis l'Algérie, pousse ses pions vers les pays nègres. Nous sommes trop loin d'elle, je me demande si de toute façon elle n'éprouve pas une sorte de honte historique à avoir préféré le sucre de la Caraïbe à nos castors et à nos bois d'œuvre.

Frédéric demeura songeur. Ses articles reflétaient fidèlement le souci des Patriotes ; on partageait les mêmes frustrations, le même désir de justice, une égale soif de convaincre et d'entraîner. Et lorsque l'on parlait de la France, c'était avec un mélange de nostalgie, d'amertume et d'espérance, pourtant.

— Bourdages nous manque beaucoup, dit Lorimier. Il était acadien et comme les gens de sa race, il gardait le cœur farouchement français, malgré la déportation, l'errance, la tragédie des familles désunies. On ne remplace pas facilement des hommes de sa trempe. Il aura cependant vu la fumée des bateaux à vapeur sur le fleuve et cru à la modernité, lui qui venait du tréfonds de la misère acadienne. Connaissez-vous l'histoire de la supplique de Longueuil, Frédéric ?

— Je pense que non.

— Au début du siècle, des habitants de cette ville écrivirent à Bonaparte pour lui dire que la paix ne se ferait pas ici tant qu'ils n'auraient pas repris le nom chéri de Français canadiens. Ils attendaient la Grande Armée et se tenaient prêts à s'y engager.

— Mais Bonaparte avait d'autres soucis que la reconquête du Canada.

— Il revenait d'Austerlitz après avoir perdu sa flotte à Trafalgar ! Nos amis anglais l'appelaient déjà l'Antéchrist et pour exorciser leur angoisse, ils élevèrent la statue de Nelson qui domine aujourd'hui encore notre jolie place Cartier. L'Histoire ne manque pas d'ironies de toutes sortes.

Il se tourna vers son compagnon.

— L'Histoire. Comment sera-t-elle disposée à notre endroit, cette garce ? Nous devons la provoquer, n'est-ce pas ? Faire en sorte qu'elle réagisse et nous considère pour ce que nous sommes.

Il se persuadait, cherchait l'assentiment de Frédéric. Souriant, il lui tendit la main.

— Les gros dormeurs font des vieillards sans passé, Fonteneau. Nous autres sommes jeunes et n'avons pas sommeil.

11

Frédéric et Adeline s'installèrent au rez-de-chaussée d'une maison de la rue Bonsecours. L'édifice ne payait pas de mine, sa façade déjà ancienne exhibait autant de moisissure que de colombages mais au moins était-on au cœur de la ville, à proximité des lieux de rencontres et de débats, l'auberge Bonacina, la librairie Fabre et, bien sûr, l'atelier de *La Minerve*.

Adeline s'était accoutumée sans le moindre grief à la précaire austérité de son logis à la Pointe-à-Callière. Elle avait fait du lieu un espace limpide et simple, qui lui ressemblait, dans le grand silence des entrepôts. Là, elle devait composer avec la pénombre baignant les pièces, avec la senteur de pierre humide sourdant des murs, avec le bruit de la cité.

Louis-Joseph Papineau habitait à l'autre bout de la rue, dans des conditions quelque peu meilleures.

« Nous sommes exactement où s'écrit l'Histoire », claironnait Frédéric.

Il fallait brûler souvent du bois pour chasser le remugle, assécher l'air.

« Tu regrettes le climat des rives, ma jolie ? Le grand sud baigné de chaleur de cette métropole fluviale ? plaisantait-il. Allons ! Te voilà loin du cloaque ; à portée des boutiques où se coud la mode. Profites-en, je te sais habile de tes doigts, copie donc les modèles et revêts-t'en. »

Il comptait sur ce séjour nouveau pour qu'Adeline consentît à quitter son habit de paysanne, ses robes noires trop strictes à son goût, ses coiffes semblables à celles des femmes d'ouvriers et des servantes. C'était la petite vanité pérenne de Frédéric Fonteneau, paraître au bras d'une beauté surpassant toutes les autres, guetter les regards dardés sur elle, jouir de ce plaisir, en esthète possesseur d'un chef-d'œuvre.

« Tu voudras bien, belle trayeuse ? »

Elle baissait les yeux, une moue au coin des lèvres. Puis elle se jetait sur lui, le forçait à lutter. Elle avait pris quelques bonnes leçons de son frère et du muscle aussi, à travailler la terre ingrate de Stanfold.

« Ne m'appelle pas "trayeuse". Je n'aime pas ça.

— Il en faut, se défendait-il en desserrant l'étau. Hé ! Tu te fais ronde. »

Il sentait contre lui le ventre tendu de sa maîtresse. Ça bougeait, dedans, depuis quelque temps. Si Dieu le voulait, l'enfant naîtrait dans un Canada débarrassé de ses injustices. La mission à venir serait remplie pour lui, pour qu'il pût être fier de parler sa langue, d'honorer ses ancêtres et de décider librement pour lui-même. Frédéric en éprouvait une ferveur chaque jour grandissante.

— Nous allons nous marier, lui dit-il un jour. Tu as raison. Il faut que je prenne le temps pour ça.

Elle le tannait suffisamment avec cette idée-là. Profondément déçu par l'attitude du clergé, Frédéric avait perdu ses repères religieux. Les menaces d'excommunication, voilées par le discours lénifiant des prélats et de leur chef, ne l'inquiétaient guère. Et puis, l'ardeur révolutionnaire mâtinée des espoirs d'une république supposait que l'on mît un jour la hiérarchie catholique à sa place d'auxiliaire.

Adeline conservait quant à elle le vieux fond observant des siens. L'idée d'être mère sans avoir été mariée auparavant la tourmentait. Ainsi manquait-il quelque chose à son bonheur de vivre.

— Nous irons voir le curé Chartier, à Saint-Benoît, concéda-t-il. Il est des nôtres, de cœur comme de parole, un vrai Patriote. Ces gens-là ne courent pas les sacristies, il doit même être le seul qui ait pris jusqu'ici position. Sa bénédiction n'en aura que plus de prix. Pour le reste, Lorimier rédigera un acte de plus.

La pièce de vie était plongée dans une semi-obscurité, la lumière de deux chandelles et de l'âtre l'éclairait avec douceur. Ainsi Frédéric souhaitait-il le retour chez lui. Depuis quelque temps, il souffrait de maux de tête et appréciait cette ambiance reposante, au bout d'une journée d'écriture ou de rencontres.

D'ordinaire, Adeline se tenait à cette heure-là devant le fourneau, occupée à mitonner le souper. Cette fois, il la vit penchée sur ce qu'il crut d'abord être un mannequin de couture. Mais qui remuait et parlait. Il y avait même, derrière une chandelle, une seconde silhouette de même gabarit. Des enfants.

— Eh, ils ne sont pas à moi, ceux-là. D'où les tiens-tu ?

Les mioches s'appliquaient à la plume, sur du papier parcheminé. Un garçon et une fille de dix ans tout au plus, aux vêtements troués par endroits, comme leurs souliers bâillant devant leurs orteils.

Adeline se tourna vers Frédéric, avec dans le regard assez de fierté et de contentement pour que le maître de maison en fût bouleversé. Puis elle baissa soudain la tête, comme si elle regrettait aussitôt d'avoir paru vaniteuse.

Le garçon, cheveux en paillons désordonnés, morve au nez, reniflait fort. Frédéric lui tendit son mouchoir.

— Crache là-dedans, lui ordonna-t-il. Tu sais faire ? Non. Alors ferme le bec et souffle fort avec ton nez.

Puis, s'adressant à Adeline :

— Tu les élèves, je les mouche, à chacun sa vocation.

Il laissa le garçon aux prises avec le carré de tissu, releva le menton d'Adeline. Inquisiteur.

— C'était donc ça… J'enseigne une visitandine qui à son tour dégrossit la marmaille montréalaise. C'est une surprise que tu me fais, deux petits traîne-misère pour m'accueillir chez moi. Pourquoi ne m'en as-tu pas parlé avant ?

Elle dodelina de la tête, chercha une explication. Il la prit contre lui tandis que l'élève, ayant enfin compris le mécanisme du mouchage, en gratifiait l'étoffe à jet continu.

— Ce que tu fais est très bien, murmura-t-il à l'oreille d'Adeline, entre deux baisers. C'est même plus que bien.

— Ces petits sont si misérables, Frédéric. Lui travaille avec son père au déchargement des navires, elle n'a que sa mère malade et traîne dans la rue toute la journée. J'ai vu ces gens, je leur ai parlé. Je leur ai dit que ces innocents avaient la capacité d'apprendre. Il y en a tant comme ça, mon cœur se serre à les voir trimer quand ils n'ont même pas onze ans.

— Je te félicite. Tu es comme ces institutrices laïques qui commencent à créer leurs propres écoles à Montréal. Je te les ferai connaître, vous vous ressemblez.

Il s'esclaffa.

— Tu ne vas tout de même pas en recevoir plus de vingt à la fois !

Puis, sérieux :

— C'est bien, je te le répète. Ils sauront lire et écrire le français, c'est une arme comme une autre, efficace pour qu'ils soient un jour libres, capables de se défendre au lieu de courber le dos comme tant d'autres ici. Tu fais bien, oui, ma jolie, je t'admire sincèrement pour ça.

Il avait longtemps pensé qu'elle s'initiait elle-même à ces bases dans le projet très personnel de paraître en société, ressemblant par là aux bourgeoises de sa génération. Possédant le principal, elle le mettait au service de plus petit qu'elle. Un jour, ses élèves corrigeraient à leur tour ses fautes, elle saurait alors qu'elle n'aurait pas œuvré en vain.

— Les gens comme ma chère sœur feraient bien de prendre exemple, dit-il. Ces dames ont bien trop à faire devant leurs glaces pour s'intéresser à la misère ambiante. Elles se bouchent le nez en passant devant elle, pressées de respirer des senteurs plus harmonieuses.

Les enfants dégageaient une odeur de crasse, aigre, tenace. Allait-on devoir les laver avant de les renvoyer chez eux ? Bien qu'il agréât le souci d'Adeline, Frédéric ne put s'empêcher d'éprouver une gêne. Les Britanniques savaient se montrer tout aussi négligents envers la pauvreté, la morgue et le mépris en plus. Ils avaient cependant, pour certains d'entre eux en tout cas, le vrai désir et la manière de l'amender. Cela s'organisait par des réseaux compatissants, des dames d'œuvres, d'authentiques bienfaiteurs. Face à cela, les Canadiens, autrefois si solidaires et attentifs aux souffrances des plus faibles, laissaient trop volontiers les religieuses et l'entraide ouvrière prendre en charge le rebut de leur société. « Les nantis catholiques peinent de plus en plus à observer les préceptes de leur religion », disait Louis Fonteneau.

Frédéric fut soudain illuminé par cette chose toute simple, la place qu'Adeline prenait dans la société par la vertu de l'enseignement. Ainsi en remontrait-elle à ceux qui ne voyaient dans les paysans et les ouvriers canadiens rien d'autre qu'une classe abêtie, soumise, gentille au sens le plus terrible de ce mot.

Les Anglais avaient fait de ce jugement leur sommaire et cruelle religion. Nombreux étaient aussi, parmi les Canadiens, les contempteurs de cette engeance défavorisée. On était au fond d'accord, la différence tenait dans les remèdes proposés, l'assimilation forcée à l'anglais pour les uns, l'éducation dans la clarté des Lumières pour les autres.

Adeline était une source dans le morne avenir de ces enfants, tout tracé. Avec un peu de chance, ils deviendraient ce qu'autrefois l'on appelait des « médiocres » ; une classe intermédiaire entre élite et misère, ni paysanne ni ouvrière pourtant, un mélange de soldatesque, d'artisans, de domestiques, tout juste capable de se perpétuer, intact, d'une génération à l'autre.

— « Tu m'apprendras à lire et à écrire », dit-il à l'oreille d'Adeline. Eh, beauté, je me souviens de ton adieu à Stanfold, après que tu m'eus corrigé à ta manière. Tu avais ta petite idée dans la tête. C'est donc pour cela que tu m'as suivi. Ô fatale déconvenue ! Il me semblait alors que c'était seulement pour moi.

— Bien sûr. Le reste, enfin, toi surtout, ne compte guère. Tu le vois bien.

Il la serra à nouveau dans ses bras, la sentit heureuse. Cette femme n'était décidément pas d'un modèle courant au bord du Saint-Laurent ; dévouée comme une Sœur grise, mais avec les ongles d'une féline pour lacérer le dos de son amant. Doux et ardent mélange.

— Père Chartier, il fallait que ce soit vous et personne d'autre.

Le prêtre hocha la tête ; souriant. La situation des promis à son sacrement n'était pas vraiment banale, mais, en ces temps d'incertitude, la stricte observance des préceptes chrétiens pouvait subir quelques assauts. Il n'y avait là rien de dévastateur ni d'insolent. Simplement, le désir de ces deux jeunes gens de sortir de l'équivoque était sincère, suffisant pour ranger les dogmes dans un placard.

Élevé dans une famille hautement patriote, Étienne Chartier avait labouré la terre dans son enfance. Comme beaucoup de ses pareils distingués pour leurs capacités à apprendre, le petit séminaire l'avait formé à la prêtrise, mais l'homme ne s'était pas contenté de cela. Journaliste engagé, administrateur scolaire, il militait activement dans les rangs canadiens, régnait par l'esprit sur la paroisse de Saint-Benoît, acquise en grande majorité à Papineau et à ses idées. La décision de monseigneur Lartigue d'affecter un aussi bouillant prélat au cœur d'une région nationaliste avait eu à cet égard un côté presque farfelu.

— Ce sera une cérémonie plutôt simple, dit-il. Je vous fournirai les témoins, puisque vous êtes venus seuls.

Il était lecteur fidèle de *La Minerve*, appréciait la plume de Frédéric, la justesse de ses analyses. *Le Vindicator* lui semblait cependant plus révolutionnaire, quoique écrit en anglais.

— C’est une jolie revanche sur le sort qui nous met à la merci de maîtres indignes. La dénonciation de leurs turpitudes, dans leur langue !

Comme Chénier, Girod, Lorimier et pas mal d’autres, il ne croyait pas une seule seconde à la sincérité des Anglais. Londres laissait traîner les choses, différait sa réponse, par plaisir peut-être bien, par calcul sûrement. Comment cette capitale orgueilleuse, tout entière tournée vers ses intérêts commerciaux, accepterait-elle d’en partager une partie avec des culs-terreux vaincus militairement, abandonnés par la mère patrie et à peine capables d’écrire leur nom ?

— Aucune chance. Il faudra leur arracher ça de force.

Frédéric se sentit conforté par les certitudes du prêtre. Il ne se mariait pas n’importe où. Comme Saint-Denis, Saint-Ours, Saint-Hyacinthe et cent autres lieux, Saint-Benoît était un fief peuplé de résistants, un de ces lieux sacrés dignes d’être défendus, surmontés un jour par autre chose que le drapeau abhorré de l’ennemi.

— Voilà une bien charmante fiancée, complimenta l’abbé.

Adeline avait revêtu une ample cape de laine bleue cachant ses formes. Frédéric arborait quant à lui un large jabot sur une chemise parfaitement repassée, ce qui n’était pas toujours dans ses habitudes. « On ne se marie pas tous les jours », l’avait sermonné Adeline.

Il fournit les documents indispensables. Il fallait observer la forme, rédiger et signer. Seule à pouvoir marier les gens au Canada, l’Église disposait là d’un privilège séculaire. On trouva sans difficulté les témoins, un courtier en grains et un aubergiste porteur d’une bouteille de vin français.

« Je le veux », répondirent les promis après avoir confessé, en secret, des broutilles impropres à les conduire en enfer. Quelques femmes en prière figuraient le public marmonnant de cet événement considérable.

Au moment de signer le registre, Frédéric sortit de sa poche un lorgnon qu'il ajusta sur son nez. Surprise, Adeline éclata de rire.

— Le bigleux ! Tu ne m'avais rien dit.

— C'est pour ça que j'ai des maux de tête.

Il s'excusa auprès du prêtre.

— Sauf votre respect, mon père, je me suis regardé dans une glace et me suis trouvé une ressemblance avec Robespierre.

Le père Chartier hocha la tête, sourit, matois.

— Certes, mon fils. Je dirais plutôt Lamennais ou Montalembert[1], quant à moi. Quoique ne sachant s'ils portent lunettes. Maintenant, signez, je vous prie. Au bon endroit, donc.

— Madame Fonteneau… Tabernacle, que vas-tu faire de cette gloire ?

— On ne jure pas à la sortie de l'église, surtout quand on s'y est fait marier.

La tournure amusa Frédéric. Il était donc l'heureux élu d'une fille de colons de Stanfold. Après tout, pourquoi pas. Adeline l'avait choisi après une gifle d'avertissement suivie d'une période acceptable de réflexion. Il fallait alors simplement qu'il revînt dans la savane et il était revenu. Désigné. Maintenant, il était libre de passer la nuit chez l'aubergiste de Saint-Benoît sans laisser accroire qu'il y conduisait une fille des rues.

1. Catholiques libéraux français.

Ils souperaient en compagnie du curé, chez le notaire Girouard, un autre de ces héros canadiens adulés par les foules. C'était pour Frédéric un grand honneur. On tairait l'étrangeté de sa situation, mais les gens occupés par de vrais soucis n'avaient pas grand-chose à faire de ces avatars-là. Quoi qu'il en fût, Frédéric appréciait le regard de ceux qui découvraient sa conquête ; il tenait là une clef précieuse pour entrer chez les gens et les séduire. Par sa seule présence, Adeline tenait son rang à ses côtés.

— Je te conduis auparavant à la chambre nuptiale, lui dit-il.

Il la désirait, soudain. La grossesse durcissait et arrondissait son buste ; aimer une statue vivante et vibrante, une femme dont le mystère était bien autre chose qu'une supposée simplicité paysanne ; il était à cette heure le plus chanceux des hommes.

Un jour, il arriva ce qui devait arriver ; à l'angle de la place d'Armes et de la rue Notre-Dame. Adeline était venue chercher Frédéric à la porte du journal. Elle lui faisait parfois cette surprise, sachant qu'il appréciait de la voir ainsi sortir de chez elle. Au bras l'un de l'autre, ils quittaient lc centre de la ville pour de longues marches au bord du fleuve. Elle lui demandait alors pardon.

— Je t'empêche de retrouver tes amis à l'auberge du Piémontais.

— Je les vois suffisamment. Il ne sort pas grand-chose de nos discussions en ce moment. Nous attendons la réponse des Anglais pour les semaines à venir. Ça débarquera d'un quelconque navire comme la troupe, un jour ou l'autre, expédiée d'Angleterre pour nous faire taire.

Ils s'engageaient dans la rue Notre-Dame lorsque Frédéric se figea. Face à lui se tenait sa mère ; elle sortait d'une boutique de modes, en compagnie de Catherine. Le regard de Marie Fonteneau se porta immédiatement sur Adeline, le reste, ville, bruits et gens, n'exista plus pour elle, soudain.

— C'est Adeline Desrouets, mère, dit Frédéric d'une voix qui se voulait assurée.

— Je vois, lâcha-t-elle, glaciale.

Catherine demeura immobile, aux côtés de Marie. Il était des frontières que l'on ne franchissait pas en public. Adeline ne baissa pas les yeux. Scrutée, elle affronta sans sourciller l'assaut muet que lui donnait la femme censée être sa belle-mère.

— Comment allez-vous ? s'inquiéta Frédéric.

— Je vais, je vais, comme tu le vois.

Catherine fit diversion, enfin :

— Mon époux se plaît à l'étude. Il a repris les dossiers de père et s'en sort plutôt bien.

— À la bonne heure. Vous reconnaîtrez que mon idée était bonne.

Le ventre d'Adeline arrondissait légèrement sa cape ; Marie sembla trouver cela plus intéressant que le visage de sa bru. Un bref coup d'œil, qui en disait long. Que pensait-elle, en vérité ? Le bavardage de Catherine lui était indifférent. Frédéric connaissait bien la crispation de ses lèvres traduisant sa contrariété, et le léger tremblement du menton qui l'accompagnait. Il guetta quelque chose, un éclair de sollicitude, un petit rien, sur ce mur glacé, en vain. Il n'y aurait de la part de sa mère ni compassion ni grâce, quelle que fût, au fond d'elle-même, l'affection qu'elle portait encore à son fils.

Granit breton, ça durcit avec l'âge, pensa-t-il. Puis, s'inclinant :

— Je suis heureux de vous voir en bonne santé, mère.

Plus tard, lorsqu'ils eurent repris leur marche :

— Je suis désolé, dit-il à Adeline.

Elle eut un mouvement de tête, charmant, l'air de dire « ça ne fait rien ». L'après-midi touchait à sa fin, radieuse, née du ciel limpide pour le simple plaisir de la promenade.

— Tu n'as point à l'être, répondit-elle.

Il comprit qu'elle n'attachait guère d'importance à cette rencontre. Son monde ne se construisait pas entre les belles maisons de Montréal, pas davantage à la table des bourgeois de la ville. Frédéric se colla contre elle tout en continuant à marcher.

— Je me sens fort, à te toucher ainsi. Explique-moi un peu ça, veux-tu.

Elle ne savait pas, sourit. Il y avait seulement du plaisir à se sentir ainsi l'un à l'autre. Les rencontres fortuites, comme celles qui l'étaient moins, les amis salués au passage ou avec qui l'on échangeait les dernières nouvelles, les chuchotis engraissant les rumeurs dessinaient et peuplaient un décor apprivoisé, dominé. Il y avait des choses bien plus importantes que ces détails infimes de la vie sociale.

— Tu te défends d'être triste, lui dit-elle.

— Possible. Diablesse, comment fais-tu pour déchiffrer aussi aisément en moi ?

Elle eut un air de défi.

— N'est-ce pas toi qui m'apprends à lire et depuis beau temps maintenant ?

12

Jérôme Desrouets avait fait vite. Et bien. Réussissant l'exploit de faire voyager sa mère par le marais à l'heure où celui-ci, gavé des pluies de fin d'été, n'était du nord au sud et d'est en ouest qu'un monstrueux cloaque, les chemins, des lacs de boue bordant des océans d'eau grise, la végétation, un haut tapis d'ajoncs peuplés d'oiseaux criards et de crapauds amoureux.

Joséphine Desrouets se remettait mal du départ de sa fille et l'engagement de Jérôme aux côtés des Patriotes n'amendait en rien ses angoisses. Si de plus elle ne pouvait seconder Adeline quand son enfant allait naître, la vie au bout du monde ne valait plus la peine d'être vécue.

« Je la conduirai auprès d'elle », avait affirmé Jérôme.

Baptiste Desrouets avait, bien à contrecœur, laissé partir sa femme. Ce serait pour lui une longue solitude, mais la maigre moisson était en sacs sous la grange, attendant d'être portée au moulin. Le soin des quelques bêtes n'occuperait guère plus d'une personne. Il n'y avait pas grand-chose à faire à Stanfold, en août.

Adeline fut heureuse de revoir sa mère. La maison où elle vivait était un pendant urbain assez réussi de celle où sa famille avait échoué. Avec, pourtant, quelque chose, à l'intérieur, d'harmonieux, de pacifié. Ainsi la demeure devait-elle ressembler à ses pensionnaires.

Frédéric accueillit ses hôtes comme s'ils avaient l'habitude ancienne de hanter le lieu. Joséphine dormirait dans un lit, sous la fenêtre de la pièce de vie. Jérôme, devant la cheminée éteinte.

« À mon tour de te proposer cette place princière », l'avait raillé Frédéric en l'hébergeant pour la première fois.

Il voyait bien que le jeune fermier se détachait peu à peu de son quai paysan. Comme un navire tout neuf quittant son ancrage et découvrant le grand large. Pour Jérôme, ces espaces censés donner sur la liberté absolue des marins étaient enclos dans la ville, peuplés de bruits et de rumeurs, de lumières, de gens. D'abord timide, n'osant participer aux discussions, le cadet d'Adeline s'attablait désormais en compagnie de déracinés lui ressemblant, se frottait à eux par la parole, captait leur attention et finissait par leur en imposer.

Un chef, à sa rude manière, ignorant les roueries, les manœuvres, les arrangements des tribuns. D'un bloc ; contre l'anglais quelle que fût sa forme, orale, écrite, chantée ou hurlée, contre les gens qui s'en réclamaient, contre tout ce qui maintenait le Bas-Canada dans son marasme.

La haine sourdait de ses pensées mêmes, serrait ses poings, crispait son visage. On en vint à lui confier des missions entre les deux fleuves, manière d'utiliser ses trop-pleins d'énergie au profit de la cause. Ainsi prit-il l'habitude de déserter Stanfold pour les rivages plus riants du Saint-Laurent et de la rivière Richelieu, accompagnant Frédéric ou des chefs patriotes à la rencontre des fermiers.

— Cette fois, nous allons assister à une naissance, le prévint Frédéric. Nous parlerons à voix basse, nous viderons nos esprits de ce qui les encombre, nous veillerons cette femme promise aux souffrances de l'enfantement. Elle mérite toute notre attention.

Il observa Joséphine dans ses préparatifs. Un docteur viendrait dès que les douleurs se feraient pressantes et répétées. Frédéric avait préféré cela aux propositions des matrones ; même si la compétence des médecins en matière d'accouchement n'empêchait pas une effroyable mortalité de sévir. Ces moments redoutés par tous étaient une loterie souvent cruelle, nombreuses étaient les mères emportées par des hémorragies ou des fièvres foudroyantes.

Les gestes de Joséphine Desrouets, ses attitudes, son souci permanent étaient ceux de toutes les mères du monde. Ou presque. Frédéric lui laissa le contrôle de la situation. Il ne tenait pas en place ; éprouva le besoin d'aller faire vingt fois le tour de la maison, exigeant de Jérôme qu'il l'accompagnât jusqu'au bord du fleuve d'où il fallait revenir sans traîner.

— Imagine que ça se passe tandis que nous sommes là…

— C'est à deux cents pas ! Et puis, on ne naît pas comme ça, en une minute.

On n'en savait rien. La survenue de Catherine, qu'il n'attendait pas, calma à peine le futur père.

— Tu viens voir les sauvages du bout du monde, les Iroquois cherchant à vendre leurs peaux ? Des fois que ça se passerait mal ? Dois-je préparer un article que tu feras lire à notre chère mère ? Naissance chez les pauvres de la rue Bonsecours en serait le titre.

Elle le tança sans ménagement. Pour qui se prenait-il ? La pauvreté ? Calisse ! Il y avait plus malheureux qu'eux. Il dut en rabattre un peu, s'excusa. Catherine venait assister sa belle-sœur, cela suffisait bien. Belle-sœur. Le mot détendit Frédéric. On était tout de même une famille.

Elle se rendit au chevet d'Adeline. Il y avait désormais suffisamment de femmes autour de la parturiente, d'autant qu'alertée à son tour par de mystérieux réseaux Courtemanche fit son apparition, portant des linges.

— Je ne savais pas que tu étais pelle-à-feu[1] à tes moments perdus, lui lança Frédéric en guise de salut.

— Niaiseux ! Laisse-nous donc faire et va apprendre à écrire le français comme il faut.

Frédéric imagina sa mère attendant qu'on lui racontât cette journée. Que pensait-elle, au fond ? Jusqu'à quel point pouvait-elle jouer les indifférentes ? Elle n'avait jamais manifesté beaucoup de tendresse pour ses enfants. Bien les éduquer, leur donner toutes les chances de réussir leur vie lui avait toujours paru suffisant. Pour le reste, c'était froideur, distance et impartialité. Savoir la passion que vivait Frédéric devait entretenir en elle des sentiments contrastés.

— Tu veux qu'on retourne au fleuve ? On l'a p'têt' point assez r'gardé couler.

Jérôme s'amusa de voir Frédéric ainsi bouleversé.

— Tu as tort de t'tourner les sangs. Ta femme est d'bonne race.

On naissait bien chez les Desrouets, la gent paysanne assimilée par les Bureaucrates à du bétail amélioré en possédait sans doute les qualités de robustesse et de résistance. C'était plutôt du côté des bourgeois décatis par leur séjour en ville qu'il fallait s'inquiéter.

1. Sage-femme.

— Tu as raison, Jérôme. Voir le fleuve me détendra. Et ce foutu docteur, crois-tu qu'il va enfin pointer son nez ?

C'était un grand jeune homme pâle, aux cheveux bouclés, aux traits accusés d'ascète. Ses yeux immenses et ronds lui donnaient des allures d'ange aux aguets, d'inquisiteur impatient, même, par éclairs. Serré dans une chemise au jabot défraîchi, il portait un pantalon de toile trop large dans lequel ses jambes maigres flottaient. Frédéric ne put s'empêcher de toiser cette apparition supposée porter le titre de médecin.

L'homme se révéla bavard. D'emblée.

— Je m'appelle Xavier Maurin. Je viens des cantons de l'Est et je m'installe ici sur les conseils de quelques augustes confrères. Nelson en particulier. En fait, il me plaît assez de commencer ma carrière à Montréal, au moment où la rupture avec la Couronne paraît inéluctable. C'est dans cette ville que s'écrit l'Histoire, vous en savez quelque chose, monsieur Fonteneau. Je suis votre lecteur fidèle. Et fervent ! *La Minerve* est ma bible, mon rêve, je vous l'avoue, est de pouvoir y écrire un jour. Les médecins ont aussi des choses à dire sur les affaires politiques, ne sont-ils pas fort nombreux chez les Patriotes ?

Il parlait à son hôte avec un débit de camelot et une familiarité qui surprirent Frédéric.

— Vous voulez peut-être voir votre patiente à c't' heure, monsieur le médecin ?

— Ah oui, tiens, je suis venu pour ça. Eh bien, conduisez-moi.

Frédéric se dit que le bougre devait être un peu fou, à l'image de son long corps dégingandé. Maurin demanda à se laver les mains puis se rendit au chevet d'Adeline, où il constata d'emblée que le travail se déroulait de manière convenable.

— Ne t'occupe pas de ça, ordonna Courtemanche à Frédéric. Retourne-t'en plutôt prendre l'air, on est assez nombreux ici.

Lorsqu'il entendit les plaintes rapprochées de sa femme, puis ses cris, Frédéric prit peur. Les récits ne manquaient pas de ces accouchées abandonnées à la mort sous prétexte de sauver l'enfant. C'était la règle, édictée par des religieux interdits de paternité.

— C'est la mère qui doit vivre, tu m'entends, dit-il à Jérôme, je compte sur toi pour m'aider à imposer ce choix au besoin.

De loin, il aperçut le médecin penché entre les genoux fléchis d'Adeline, les femmes pareillement attentives, semblant retenir leur souffle. Que se passait-il dans la chambre ?

— Assieds-toi, fit calmement Jérôme. Et bois ça.

Un verre de rhum, plein à déborder.

— Ça fait l'sang pur, à c'qui s'dit. J'crois ben qu'c'est vrai. Bois, c'est l'docteur qui l'ordonne. Ou alors on r'tourne jaser près du fleuve, c'est à ta guise.

Adeline saignait assez abondamment.

— Il faudra la délivrer sans trop tarder, annonça Maurin.

Frédéric se leva d'un bond. Il n'aimait pas ces mots, « saigner », « tarder ». Il posa une question à laquelle Maurin répondit d'un grognement, but d'un trait sa ration de rhum. Il n'en pouvait plus.

Il se mit à tourner en rond dans la pièce de vie. Le silence prolongé du médecin lui laissa supposer que l'affaire tournait mal, mais sans doute se trompait-il. Que penser, calisse, que penser ? Jérôme avait renoncé à le calmer. Il lui servit un second verre d'alcool, englouti plus vite encore que le premier.

— Alors ? hurla soudain Frédéric.

— Ça sort, tais-toi donc ! lui lança Courtemanche sur le même ton.

Un garçon. Il devait peser dans les sept livres, criait fort, au centre d'un cercle de femmes attendries. Frédéric se précipita. Adeline avait trempé ses linges ; ruisselante, livide, elle cherchait son enfant du regard tandis que Joséphine et Courtemanche procédaient à la première toilette du nouveau-né.

— Joachim, dit Frédéric.

À peine sorti du ventre de sa mère, l'enfant hérita d'un prénom sacré, celui de Baptiste Desrouets lui étant accolé pour faire bon poids. Frédéric se pencha vers la femme épuisée qui lui faisait ce jour-là le plus beau cadeau du monde.

— Tu es brave, lui dit-il, une vraie Patriote.

— Elle est comme les autres, rectifia Courtemanche avec un haussement d'épaules. Mais plus belle, ça, Vierge Marie, oui, y a qu'à la regarder !

Tandis que le médecin délivrait la parturiente, la servante des Fonteneau s'approcha de Frédéric, lui mit d'autorité l'enfant emmailloté dans les bras.

— J'espère que ça farcira d'un peu de plomb ta cervelle. Te voilà avec charge d'âme, à c't' heure. Tout de même, vivre icitte avec la trâlée de marmots qui s'ensuivra, c'est se complaire en misérable.

On verrait. Il n'était pas dans les projets de Frédéric de fabriquer des enfants par sixaines, même si cette multiplication encouragée par l'Église pourrait un jour équilibrer le flot des immigrants britanniques. Le corps adorable d'Adeline risquait bien d'en souffrir et, à tout prendre, Frédéric préférait la passion charnelle d'une femme désirable aux ineffables plaisirs de ses grossesses répétées.

Il manque quelqu'un, songea-t-il, tout gauche, son rejeton entre les mains. Courtemanche avait dû lire dans ses pensées :

— On racontera ça à madame ta mère, elle n'est pas loin de ton palais, dit-elle avec du regret dans la voix.

— Elle viendra, tu crois ?

— Oh, ça, baptême, c'est une autre histoire. Maintenant, rends-moi le petit et va-t'en de là. C'est affaire de femmes, à c't' heure.

Il se retira, soulagé. Tout s'était bien passé. Maurin ne tarda pas à le rejoindre. Frédéric le remercia avec chaleur.

— Avez-vous autre chose à faire ce soir, monsieur le médecin ?

— Ma foi non, sauf si l'on me requiert pour une autre naissance.

— Soyez des nôtres, dans ce cas. Ma charmante femme m'a dévoilé les secrets des grandes recettes culinaires de Stanfold. Connaissez-vous Stanfold, cher monsieur ?

— De nom. On évite soigneusement d'y passer lorsque l'on vient de l'estuaire par la Côte-du-Sud[1].

— Alors, je vous retiens à souper. Vous saurez tout sur la savane avant d'avoir quitté cette maison !

Il y aurait un repas pour ceux qui accepteraient de prolonger ces instants uniques. Après avoir déploré l'absence chez Frédéric d'un poêle à deux ponts en fonte et d'un cabinet d'aisances, « tout de même, un

1. Rive sud du Saint-Laurent.

Fonteneau encore assis sur un pot de chambre pour aller du corps ! », Courtemanche se résolut à cuisiner sur le foyer ouvert. On ferait avec les moyens du bord rapidement inventoriés. Un fricot de poule dans sa graisse, des patates, Frédéric la remercia :

— Voilà qui me fait bien plaisir, tu peux me croire.

Il put même se persuader que sa famille se reconstituait bon an mal an autour de l'innocent venu au monde dans un rez-de-chaussée humide de la rue Bonsecours. Après tout, c'était bien la vie, courte et hasardeuse, qui se manifestait là. Le reste, rancœurs, chuchotis et ragots, devenait secondaire.

Il éprouva pour le docteur Maurin la sympathie immédiate dans laquelle s'épanouissent les bonnes amitiés. Parce que la société canadienne se fragmentait au fil des mois en courants d'opinions divers sinon contraires, son engagement politique le coupait peu à peu d'une bonne partie de ses anciens amis. Certes, on se parlait à l'occasion, mais les arrière-pensées prenaient souvent le dessus sur le simple plaisir de se rencontrer.

Maurin sembla heureux de se trouver là. Nous avons tous un modèle quelque part dans le monde, songea Frédéric. Le lecteur de *La Minerve* brûlait de connaître un jour l'auteur d'une prose nécessaire, l'auteur en question se consumait d'admiration pour les députés patriotes. Dieu devait être le sommet absolu de cette pyramide.

Le repas fut étrange et gai. Tandis qu'Adeline sommeillait, gémissante par instants, on se raconta des histoires de naissances, de voyages, de moissons et d'hivers. Les classes se mélangèrent à la table, la servante devenue citadine et le médecin, la paysanne flétrie par les fatigues et la bourgeoise venue là comme mère plutôt que comme belle-sœur. Jérôme Desrouets parut à son aise au milieu de cette société couvée par le regard apaisé de Frédéric. Les temps n'étaient pas ordinaires.

À la fin du souper, Frédéric s'était fait un ami. Xavier Maurin serait un jour tribun, député de son canton. « Mais vous aussi, monsieur Fonteneau, sans aucun doute ! » On verrait. Maurin s'enfiévrait, parlait haut comme face à une foule. À ses yeux, le monde se divisait en deux, les Patriotes, enfants compris, blancs chevaliers de la vérité, et le reste, composite et plutôt suspect, hors les malades et les accouchées. « Ceux-là sont en terrain neutre et ne peuvent se défendre. »

Lorsque l'on eut, comme il convenait, fêté une dernière fois au cidre la venue au monde de l'héritier Fonteneau, on se sépara. Frédéric embrassa sa sœur avec affection.

— Je reviendrai avec Courtemanche, promit Catherine.

— Vois, pour mère…

— Oh, mon bon, ce n'est pas gagné d'avance. La mort de père après tes décisions, et maintenant cette naissance, voilà qui fait beaucoup de choses en fort peu de temps. J'essaierai, mais tu la connais, on ne la persuade pas facilement.

Il tiqua.

— La mort de père après mes décisions ? Je ne vois pas là de relation de cause à effet. Le choléra non plus, je suppose.

La rumeur. Catherine vit le désarroi subit de son frère. Elle caressa sa joue, murmura :

— Il n'y a que la fatalité, ne te soucie pas. Profite bien de ta petite famille, l'enfant est aussi beau que la mère.

Il s'assit près d'Adeline, dans la lumière falote d'une chandelle. Songeur. « Quelle splendeur », se murmura-t-il. Les événements se bousculaient, il fallait tenter de les ralentir, mais de quelle manière ? En contemplant une femme endormie près de son enfant nouveau-né, peut-être. Écouter la musique silencieuse du temps qui passait, la nuit sur la ville, le souffle mêlé de la mère et du petit.

Ainsi y eut-il un de ces moments de grâce où la vie des gens sembla suspendue dans le temps. La jeunesse épousait le bonheur et lui faisait un enfant, l'avenir écrit en pointillé restait neutre, pour un peu favorable. Les temps étaient incertains, comme le reste ; qu'adviendrait-il de ceux qui venaient ainsi au monde dans le bouillonnement des idées, les prises de risques, les tentations d'aventure ?

Comme beaucoup de ses amis, Frédéric ne manquait pas de se poser ces questions-là. Ce qui ne l'empêcha pas de vivre pleinement les premières semaines de son fils. Père attentif, amant autant que mari, il ressentit une grande plénitude, un plaisir de vivre différent, comme enrichi et apaisé, jusque-là inconnu.

Il finit par se dire qu'il coulait les meilleurs jours de sa vie, les plus denses. On ne vivait pas très vieux dans le Canada de 1836. Les hommes de cinquante ans étaient rares, au-delà, ça tenait du miracle. Ceux que les épidémies laissaient en vie se consumaient de phtisie ou de fièvres palustres. Quant aux femmes, la mise au monde des générations suivantes de paysans en fauchait par dizaines, lorsqu'elle n'en faisait pas des vieilles avant l'âge.

Frédéric prit le temps de contempler Adeline, et le prodige de la vie s'opéra devant ses yeux. Le ventre à peine arrondi, les seins gonflés de lait, la peau blanchie, si cela était encore possible, par l'hémorragie, la jeune mère triomphait, spectrale, de ses souffrances de parturiente. Ceux qui eurent la chance de la voir ainsi en furent abasourdis. Une telle beauté ! Frédéric en tira de la fierté ; le regard des femmes sur sa compagne ne mentait pas, admiratif, jaloux un peu, stupéfait toujours, plus encore qu'au temps de l'arrivée d'Adeline Desrouets à Montréal.

Il observa son fils appliqué à téter, transcrivit ses émois à le découvrir ainsi, vorace, faisant ses petits bruits de bouche et d'autres moins poétiques, s'endormant dans l'odeur suave, un peu sucrée, de sa mère. Libre, déjà, de refuser qu'elle le mît d'autorité à table, choisissant ses heures au gré de ses humeurs.

« Il n'est pas régulier, se plaignait-elle.

— Laisse donc. On ne lui en impose pas, c'est tout. Comme à son père et peut-être même à toi, ma jolie. »

Il la taquinait, prétendait être seul à jouir du droit divin de mordre ainsi les bouts ambrés de ses seins. Qui était ce petit drôle, à s'interposer de cette manière ? Le reste lui appartenait-il aussi ? Et quand se disposerait-il à laisser enfin la place à son père dans son giron plus chaud qu'un âtre ?

Frédéric s'agenouilla près d'Adeline, guetta ses gestes, songea au trésor qu'il possédait là. Il aurait voulu retenir le temps, fermer les yeux juste assez d'années pour que rien ne changeât. Le charme serait immortel, comme la musique de Chopin dans sa mémoire, comme toutes ces choses rares ou banales qui définissaient le bonheur. Mais le charme passa, emporté par les heures, les fatigues, les aubes grises. Ah, oui, l'hiver, de nouveau ! Comme un linceul sous lequel se blottir. L'hiver pour se perdre en songeries, pour mûrir aussi, à confronter ses impatiences au court ordonnancement des journées.

À son tour Adeline contempla Frédéric hivernant et trouva qu'il changeait. C'était peut-être la paternité, cette chaîne au pied de certains hommes ; ou, plus sûrement, la lente montée des dangers à travers les mots des uns, des autres, et la réflexion que cela imposait. Les humeurs de Frédéric perdaient de leurs aspérités des premiers mois. L'inaction forcée des temps de gel, au lieu de le faire bouillir, parut lui offrir une sorte de repos de l'esprit. Et si sa plume conserva sa verdeur, ses élans vengeurs, ses excès, il sembla à Adeline que sa manière de penser s'arrondissait quelque peu.

Au dégel, il décida d'aller de nouveau courir la campagne, à la rencontre des chefs patriotes et de leurs compagnons. Il avait besoin de savoir ce qui se pensait et se disait à distance de Montréal. L'arrivée du printemps de 1836 lui offrit le spectacle désolant des chemins défoncés, des pistes égarées entre ruisseaux en crue et terres détrempées.

Il trouva cependant la nature superbe à l'ouest de la ville. C'était bien autre chose que le cloaque de Stanfold ; des champs bien ordonnés au gré de collines déjà verdoyantes, des fermes d'où le bétail se répandrait bientôt vers les prairies, des gens tirés d'un long sommeil redécouvrant le soleil, le bruit de l'eau vive, le plaisir de se fondre dans la vie recommencée.

« Je vais voir le médecin Chénier, à Saint-Eustache, avait-il annoncé à Adeline. Il y a eu une assemblée à Saint-Benoît, où il s'est dit des choses importantes. »

Reprenant les anciennes menaces de *La Minerve*, Chénier avait ouvertement évoqué la nécessité pour les

Canadiens de cesser le commerce avec les Anglais. « Nous ouvrirons nos propres manufactures, nationales, nous fabriquerons notre propre drap, canadien, nous nous passerons désormais des produits étrangers. Qui donc prétendra que nous sommes incapables, nous autres majoritaires dans ce pays, de faire aussi bien que la minorité dont nous subissons l'oppression ? »

Tandis qu'il chevauchait, entre les portages, vers le lac des Deux-Montagnes, Frédéric se souvint de l'attitude de sa femme. Adeline n'avait manifesté ni enthousiasme ni hostilité envers cette courte escapade. Que pensait-elle, en vérité ? Bien qu'elle n'eût jamais émis d'autre jugement sur ses écrits que son rituel « tu fais bien, mon beau », il avait perçu sa réserve, masquée par des recommandations plutôt anodines de grande sœur, « prends garde au froid, noue ton écharpe, tu as ben de la croûte à manger[1] », des choses comme ça, une manière de l'encourager.

Il eût apprécié l'engagement fervent d'une femme canadienne auprès de son militant d'époux. Il lui fallait sans doute attendre encore un peu pour cela. Adeline consacrait une bonne part de son énergie à l'enseignement de ses petits pouilleux. C'était sa façon à elle de participer à la bonne cause française. Pour le reste, elle laissait à Frédéric son entière liberté d'agir.

Chacun à sa place et la justice pour tracer la route, les cartes étaient distribuées avec équité. Il convenait donc de ne pas être plus royaliste que le roi.

Le regard couleur marron, comme son costume ordinaire, le poil noir et fourni, jusqu'aux épais favoris

1. « Du chemin à faire ».

couvrant une bonne moitié de son visage, Jean-Olivier Chénier toisa son hôte d'un œil glacial. Bien que la médecine dans son comté de Saint-Eustache l'ait accoutumé depuis longtemps aux longues lectures ainsi qu'à la rédaction d'ordonnances et de recommandations, il avait tendance à considérer les plumitifs de la presse et du roman comme d'aimables comparses.

— Je vous lis, Fonteneau. Vous avez du talent, c'est incontestable. Maintenant, on peut ainsi se payer de mots sans désemparer pendant que d'autres envisagent de mettre tout bonnement leur vie au bout de leurs idées.

Il jaugea son hôte comme un maquignon une bête aux qualités incertaines. Frédéric n'en fut pas plus impressionné pour autant ; il commençait à prendre la mesure de ces civils en passe de devenir chefs de guerre. Celui-là affichait une présence physique de capitaine, son être tout entier dégageait une aura de force et de détermination. Un buffle à peine trentenaire, aux lèvres pincées par des années de colère ; mais encore suffisamment raisonnable pour ne pas céder tout à fait aux sirènes des boutefeux qui l'entouraient.

À ses côtés se tenait, dans la pénombre du cabinet médical, le porte-voix des jusqu'au-boutistes, Girod, un Suisse débarqué de son Europe natale cinq ans plus tôt, introduit depuis dans les cercles les plus radicaux du Parti patriote, au point d'en être devenu une sorte de chef local. Une grande gueule sans amis, un matamore pressé d'en découdre, naviguant d'un groupe à l'autre avec des grâces de courtisan florentin, morigénant et donnant la leçon à tout propos, cherchant à tout bout de champ des querelles qu'il laissait à d'autres le soin de conclure.

— Il faut que *La Minerve* s'engage beaucoup plus, déclara le Suisse en préambule. Ce n'est pas faute d'avoir tanné Duvernay pour cela, mais le bougre semble décidément rétif. On verse de l'eau tiède sur le thé de ces ciboires d'Anglais, quand il faudrait les arroser de poix bouillante.

Chénier eut un geste d'apaisement. À voir deux hommes aussi dissemblables faire cause commune, Frédéric ressentit un malaise. Girod était bien tel qu'on le lui avait décrit ; sanguin et s'emportant vite, irrespectueux, avec en prime une morgue de contremaître congédiant un portefaix. Une diatribe s'ensuivit, mêlant le mépris pour les pleutres de Montréal à une haine viscérale pour le gouverneur, ses hommes et son troupeau de bâtards anglais :

— Nous savons bien qu'il va falloir prendre les armes. Le plus tôt sera le mieux. Organiser les passages entre nous et les États, consolider les milices, exercer la troupe au maniement des fusils, telle doit être la philosophie d'un Patriote, qu'il soit fermier ou propriétaire d'un journal. Je ne comprends pas que l'on tergiverse encore à ce sujet.

Frédéric acquiesça. Il ne lui servait à rien de prendre de front un homme d'une telle nature. Chénier opinait, l'air grave. Frédéric eut la certitude que cet homme pourtant doué d'un physique de lutteur subissait l'ascendant de son compagnon de lutte. Girod maniait bien le verbe d'un discours propre à enflammer les âmes simples ; pénétrer sur le champ de bataille tel un proconsul romain semblait être son seul souhait de général en civil. Un rêve.

— Ah ! Certes ! Je vois que vous réfléchissez, Fonteneau, dit-il, narquois, presque méprisant. Passer de la plume légère au plomb des balles n'est pas une mince affaire. Pourtant, il faudra que vous fassiez ce chemin si vous voulez nous accompagner jusqu'au bout.

Ce disant, il guetta l'assentiment de Chénier, lequel, tête baissée, parut s'être plongé dans un abîme de réflexion.

— Je vous écoute, monsieur Girod, répondit Frédéric d'une voix calme. Je me dis en même temps que les résolutions n'ayant pas encore reçu de réponse…

— Quoi ! Vous attendez quelque chose de ce côté-là ? Mon pauvre ami, votre naïveté me désole. Ah ! Si l'on m'écoutait auprès de Papineau et des Montréalais, nous serions déjà dans les casernes anglaises à désarmer les tueurs en vestes rouges ! On y viendra, je vous le dis, on y viendra et plus tôt que vous ne le pensez !

Venu prendre le pouls des Patriotes de l'Ouest, Frédéric en avait pour son voyage. Chénier se fit apaisant. Girod avait le sang chaud, ce n'était pas le moindre de ses défauts. Mais le temps passant, il convenait en effet de doubler les paroles officielles par une véritable stratégie militaire.

— Nous manquons cependant de généraux, remarqua-t-il.

Qu'à cela ne tînt. Girod se proposait pour conduire une armée de volontaires. Il tenait déjà une troupe de va-t-en-guerre à la disposition des futurs rebelles. Ceux-là, Frédéric les connaissait, il y en avait quelques dizaines à Montréal, prêts à tirer sur tout ce qui ressemblait de près ou de loin à de l'Anglais. Il ne put s'empêcher de frissonner. On irait à la bataille sous le commandement de civils certes courageux mais très ignorants de l'art guerrier.

Girod était sûr de lui :

— Les Parisiens de 1830 qui ont fait fuir le dernier Bourbon n'avaient pas de maréchaux dans leurs rangs. Ce qui est certain en revanche, c'est qu'ils avaient face à eux des régiments réguliers. Cela ne les a pas empêchés de vaincre.

Chénier modéra le propos :

— Le roi était suffisamment haï par les Français pour que tout le monde souhaitât son départ. Nous ne sommes pas vraiment dans la même situation. L'opinion canadienne est morcelée, la révolte, une idée encore floue pour une masse de gens.

Puis, se tournant vers Frédéric :

— Dans votre article, vous ferez état de notre impatience, de la dure situation des paysans de nos comtés, de l'exode qui pousse des familles entières à émigrer et s'accélère, de la misère qui est la nôtre, en somme. Il faut persuader les Bureaucrates que la colère ne cesse de monter dans les campagnes…

— Ils s'en moquent comme d'une guigne ! rugit le Suisse.

Chénier trancha le débat :

— Nous attendrons, quoi qu'il en soit, les ordres de Papineau. Il est hors de question qu'une région déclenche le mouvement sans l'aval de nos pairs.

Le Suisse s'en était allé vomir sa bile auprès de ses affidés. Chénier prit Frédéric par le bras, l'emmena faire quelques pas devant l'église de Saint-Eustache.

— Vous savez, lui dit-il, Girod traduit à sa manière le sentiment des gens d'ici. Pour eux, une guerre a déjà commencé. Certes, ils attendront, pour la faire, qu'on leur en donne l'ordre. Mais leurs esprits y sont prêts. La colère, Fonteneau, la sainte colère des opprimés, ils la possèdent jusqu'au fond de leur âme. Regardez ces villages appauvris, ces campagnes surpeuplées, ces paysans que les prêtres maintiennent dans leur état. Nous sommes tous bons chrétiens, n'est-ce pas ? Cela fait d'autant plus mal de suivre les reptations de nos évêques, leur manque de courage quand nous aurions tant besoin d'eux pour faire avancer nos projets.

Frédéric sentit l'inquiétude de son hôte. Chénier jugeait avec pertinence la mollesse des prélats, leur réserve instinctive face aux justes revendications de leurs ouailles. Mais c'était là une solide tradition canadienne, qui donnait au clergé un rôle ambigu, entre l'enclume française et le marteau britannique. Chénier déplorait cette faille profonde.

— Le peuple grogne et cependant il les suit dans sa grande majorité. C'est regrettable mais c'est ainsi. Pour une parole de Papineau propre à enflammer les cœurs, dix murmures de confessionnal qui les refroidissent.

Frédéric savait cela. Au journal comme chez Bonacina ou à la librairie Fabre, on ne se privait pas de fustiger le manque de courage des oblats et de leur hiérarchie.

— Ils sont puissants, reconnut-il.

— Lartigue est un Chouayen en soutane, renchérit Chénier.

Puis, soudain presque disert :

— Quand je pense qu'il est cousin de Papineau… Et qu'il recommande d'obéir en tout aux tyrans. Les familles, voilà qui est étrange, n'est-ce pas, mon ami ?

Étranges familles, en vérité. La mort de Louis aurait pu ressouder celle des Fonteneau. Certes, un cousinage de très longue date en faisait une des plus larges de la ville, mais le petit noyau de la rue Saint-Jacques semblait s'être brisé pour de bon. Les recommandations du chef ne portaient guère plus loin que la chambre où il s'était éteint. Ainsi allaient les âmes, oublieuses de leur misère devant celle des autres jusqu'à s'anéantir dans le chagrin, phénix bouffis d'orgueil dès que s'effaçait un peu leur douleur.

Lorsqu'il contemplait Adeline, endormie à son côté ou vaquant en silence dans la maison, Frédéric songeait aux raisons qui le poussaient à demeurer en marge des siens. Le notariat lui était promis par simple succession. Là comme dans la médecine ou le droit, point n'était besoin de longues études. Un collège issu de la corporation désignait ceux qui lui semblaient le plus à même d'exercer. Frédéric n'en éprouvait aucune envie ; à la rédaction des actes de mariage et d'héritage il préférait la fiévreuse besogne qui l'occupait des nuits durant. Rendre compte et s'engager. Comme pas mal de gens capables de réfléchir aux conséquences possibles de leurs actes, il ne manquait cependant pas d'éprouver par instants le vertige des soldats attendant la bataille, l'angoisse des marins face à l'horizon noir d'orages. C'était le sentiment, confus, de la fuite du temps, comme un murmure peuplant la pénombre.

« Tu es tourmenté, mon beau. Il ne faut pas. Je suis sûre que tu fais bien et je t'accompagne. »

Elle nouait ses bras autour de son cou, promenait ses lèvres sur sa tempe, son oreille, sa joue ; délicieuses manières d'amante. Adeline lisait ses pensées, mieux certainement que les pages arides soumises à son apprentissage. Il cessait sa songerie, revenait aux choses de la vie, aux êtres séparés par des conflits inutiles. Le vide laissé par son père lui semblait immense.

Adeline ne soufflait pas sur ces braises-là. Quand d'autres eussent fouillé les plaies pour le simple plaisir de regarder couler des humeurs étrangères, elle s'abstenait de tout jugement, se gardait de la moindre remarque.

« Toi seul m'importes. Près de moi, toujours, par la pensée si tu es loin. Je ne veux pas que la guerre nous touche, la vie est trop bonne sans elle. »

Il la débarrassait de sa coiffe, libérait ses cheveux, jouait avec eux. Il y aurait toujours, pour l'apaiser, le souvenir de ce noir torrent aperçu à la ferme Desrouets, dans la pâle clarté d'une bougie. Elle s'asseyait sur ses genoux, caressait son visage. Il ressentait sa force, devinait un univers intérieur qu'il connaissait mal. On lui avait promis la découverte de la vacuité paysanne, la lassitude, l'ennui, le rejet, enfin, inéluctable. Il se donnerait au contraire le temps de pénétrer à son tour les pensées de sa maîtresse, comme par un jeu subtil permis seulement par l'amour véritable ; loin des froides conventions du mariage et de son cruel manque de fantaisie.

Elle disait des choses simples : « On ne peut laisser les miséreux mourir de faim devant notre porte et puis, s'il y a un jour une guerre, ils souffriront encore plus. » Elle laissait la géhenne entrer chez elle comme elle eût accueilli une amie de longue date.

Frédéric voyait de la colère dans ses yeux, de la rage bien maîtrisée cependant. Les gens s'asseyaient sans poser de questions, attendaient d'être servis. Un bol de soupe, qu'ils tenaient entre leurs genoux. Les ouvriers avaient appris à s'entraider en attendant de trouver une embauche ; ceux-là n'émargeaient nulle part. Portefaix au dos rompu, claudicants à peine capables de pousser une brouette, saisonniers malades dont les fermiers ne voulaient plus, ils traînaient leur fin de vie dans les rues de la cité, entre fleuve, granges et hospices. Rebuts.

Frédéric la regardait faire. Moqueur :

« Si tu portais une cornette à la place de ta coiffe, si tu revêtais la toile épaisse de la robe grise au lieu de ton lin gracieux, je ne saurais même pas à quel point tu es désirable. Je t'interdis à jamais d'entrer au couvent. »

Elle haussait les épaules. Elle le savait impatient de la déshabiller dès que les visiteurs seraient partis. Il exigerait qu'elle fît de même, par souci d'égalité. Procédait-on ainsi dans les lits bourgeois ?

« Pas plus que dans ceux des fermiers, affirmait-il. La luxure, c'est péché. »

L'argument religieux sur la réserve des bonnes épouses la laissait de marbre. À Stanfold, il n'y avait ni église ni curé. On priait devant des crucifix en se disant que lorsqu'on était à ce point démunis de sacrements la damnation était promise à tous. Mais la damnation était déjà de ce monde chez Frédéric Fonteneau, bien installée, compagne de chaque jour ou presque. Les amants de la rue Bonsecours s'inventaient une passion de clandestins, des élans du genre adultérin à en perdre le souffle, la voix, la notion du temps. Délicieusement damnés. Les foudres divines n'ajouteraient pas grand-chose à l'enfer qui leur était promis.

13

1836

Il ne se passait rien, ou presque. Désespérément. La glose sur les quatre-vingt-douze propositions faisait long feu. On se battait bien en duel de temps à autre, pour un mot, un regard, une rumeur. Mais les grandes fièvres consécutives au vote de la Chambre s'étaient dissipées dans les apparences d'une vie urbaine quasiment ordinaire.

Adeline s'en trouva plutôt bien. Frédéric éprouvait, à la retrouver au retour de ses voyages en province, un plaisir suffisamment intense pour qu'elle en fût satisfaite. Du temps pour le travail, du temps pour l'amour et le reste pour regarder grandir l'enfant, ainsi menait-on, rue Bonsecours, une existence somme toute enviable, indifférente au jugement des autres.

Frédéric n'avait pas grand-chose à faire de ce jugement-là. Sa position de journaliste engagé aux côtés des ultras le protégeait d'une certaine manière, comme si elle pouvait faire peur à l'occasion.

« On s'en calisse[1], grognait-il. À un moment donné,

1. « On s'en moque ».

il faut choisir son parti. Moi, j'en ai un pour le jour et un autre pour la nuit. »

Il se disait aimé par la plus belle femme de Montréal, constatait, dans les regards portés sur elle, qu'il n'était pas loin de la vérité. Il savait aussi la facilité avec laquelle Adeline s'imprégnait de ce qu'elle entendait ou lisait. Les mauvaises langues diraient que la vacuité paysanne permettait ces sortes de remplissages. C'était bien différent ; cette femme silencieuse était capable de réfléchir bien au-delà des conventions de la société dans laquelle elle vivait.

— Tu en sais autant que moi sur la politique, ma jolie. Je me demande si tu ne pourrais pas bientôt écrire quelques articles à ma place.

Il s'abstint cependant de lui révéler à quel point le projet d'une rébellion ouverte traçait son chemin dans les esprits les plus chauds. Le discours patriote était encore officiellement allusif, mais, derrière lui, les franges extrêmes, déjà armées mentalement, rêvaient tout haut d'en découdre.

Adeline percevait ce désordre des idées et en avait peur. La fougue des rédacteurs de *La Minerve* la troublait. Frédéric tenta d'apaiser le malaise qu'il ressentait chez sa femme. Il se mit en même temps à l'observer, anxieux de découvrir chez elle cette neutralité du plus grand nombre contre laquelle il se battait à longueur de pages.

— Pour mener une bonne guerre, mes chers compagnons, il convient d'avoir en face de soi un bon ennemi, déclara Lorimier. Je dois dire que sur ce point nous sommes servis au-delà de nos espérances. Le Doric Club résume à lui seul notre malheur d'être sujets britanniques.

Les Patriotes réunis à la librairie Fabre acquiescèrent. Pour les besoins de la cause anglaise, le journaliste britannique Adam Thom avait ressuscité la confrérie des jeunes tories. Le mouvement hébergeait en son sein tout ce que la province comptait de Loyalistes, d'ultras, de tenants plus ou moins forcenés de la suprématie anglaise. « Nous rayerons la race française de la carte du Canada », proclamait Thom.

— C'est une devise qui en vaut d'autres, estima Lorimier. La différence, cependant, est qu'elle nous met désormais devant la nécessité de nous défendre autrement que par des mots. Lorsque des gens, vos concitoyens, vos voisins même, se mettent à l'esprit un devoir de ce genre, il n'est plus temps d'en discuter avec eux dans un Parlement. Ce club est ni plus ni moins qu'une milice, déjà armée sans aucun doute et dont nos adversaires des Conseils et autres Byzances sauront se servir à l'occasion.

Thom et ses amis considéraient la possible naissance d'une république canadienne française par la voie démocratique comme un véritable cauchemar. Ainsi le manifeste du Doric Club évoquait-il ouvertement le recours à la force armée pour s'en préserver.

Le regard matois cerné de lourdes paupières et de poches épaisses, le visage carré, la lippe gourmande, Adam Thom propulsait son corps en forme de barrique avec des grâces d'hippopotame. Doté par la nature d'une voix de stentor et d'une plume acerbe, il tenait un discours massif, autoritaire et dévastateur correspondant assez précisément à son physique.

Thom d'un côté, Duvernay de l'autre. Des diatribes du *Herald* aux anathèmes de *La Minerve*, la violence du conflit entre les races était en entier et sans détour écrite, colportée, lue et, comme il se doit de toute interprétation des textes, déformée à volonté.

Duvernay s'était fait de cet homme haï par les Canadiens l'adversaire le plus commode et le plus viscéral qui se pût imaginer. « Il veut éradiquer la race française de la terre canadienne ; parfait. En voilà au moins un qui met les mots au bout de ses idées. Nous aurons à lui montrer que la chose n'est pas des plus aisées. Je verrais sans déplaisir sa grosse bedaine percée au sabre dévider dans le caniveau de quoi nourrir quelques cochons de nos cantons. »

Sa bonne connaissance de l'anglais permettait à Frédéric de comprendre, au-delà des excès et des virulences, ce qui se disait entre les lignes de l'ennemi. Excessif en tout, Thom se savait craint, donc surveillé, par le pouvoir bureaucrate. Il lui fallait flatter les puissants, les caresser dans le sens du poil, les amener peu à peu à sa stratégie d'assimilation des Canadiens, car c'était bien de cela qu'il s'agissait ; angliciser une bonne fois pour toutes cette masse imbécile et soumise.

Il y avait ainsi encore, paradoxalement, du côté anglais, un espace pour accéder aux demandes de la majorité. Frédéric avait compris cela. Il tenta de l'expliquer à Duvernay mais le fougueux éditeur, ressemblant en cela à bien des chefs patriotes, manquait de recul et se remettait rarement en question. Balayant les objections de son commis.

— Les Belges ont constitué, il y a peu, une nation dans l'Europe, les Polonais s'apprêtent à le faire. Nous procéderons de même dans notre Amérique.

— L'indépendance du Canada…

— Et pourquoi pas ! Beaucoup y pensent, Frédéric, sans oser encore le dire.

Comme un masque de théâtre hantant les rêves d'un dormeur, la face livide de Louis Fonteneau s'imposait à Frédéric. « Pas de guerre civile. Vous seriez écrasés ! » Duvernay fonçait dans le piège que lui tendait Thom. Lorsque la provocation aurait atteint son paroxysme, les gens prendraient les armes et courraient sus aux baïonnettes de Sa Majesté. Pour s'y empaler. Duvernay n'avait que faire de cette hypothèse d'école.

— Nous allons crever cette répugnante sangsue, Frédéric ! La réponse de Londres aux quatre-vingt-douze propositions ne saurait tarder maintenant. Deux ans ou presque ! Faut-il que nous soyons doués de patience. Thom sera confondu par les siens, ramené à sa place d'aboyeur. On lui lancera des saucisses et il rentrera dans sa niche.

Septembre 1836

Au mois de mai de cette année-là, le gouvernement de la colonie, lassé de subir les assauts de la presse et de la Chambre, avait décidé la non-reconduite de la loi garantissant à la majorité canadienne le droit et les moyens d'éduquer ses enfants dans des écoles françaises. Des dizaines d'établissements se trouvèrent ainsi, d'un trait de plume, condamnés à la fermeture. Frédéric en fut, comme beaucoup, scandalisé.

— Eh bien, ma jolie, dit-il à sa femme, tu vas devoir pousser les murs pour accueillir de nouveaux élèves. La manœuvre des Conseils est transparente. Quelques milliers d'enfants vont être forcés d'aller s'angliciser chez les bouffeurs de porridge.

Il avait fallu à la Chambre des trésors de patience pour faire passer au fil des ans ces lois garantissant le peu de libertés qui restait aux parents. Des décennies de combat trouvaient là leur épilogue.

— Ce n'est plus possible, Adeline. Cela veut dire qu'un jour prochain, notre fils aura honte de nous parler dans sa langue. Te rends-tu compte de cela ?

Elle acquiesça. L'arbitraire des gouvernants n'avait donc pas de limites ?

— Les vaches excitées par les mouches donnent de ces coups de pied subits, qui font très mal, dit-elle.

— Merci pour les mouches, dame Fonteneau.

Elle rougit.

— J'agrée ta comparaison, la rassura Frédéric, c'est vrai, cela fait des années que nous bourdonnons autour de la bête anglaise. On lui pique le cul, elle commence par trouver ça presque amusant, mais au bout d'un moment, elle s'offre une ruade, histoire de montrer qu'elle a tout de même du nerf.

Adeline reconnut que l'on ne pouvait admettre une chose pareille. Elle savait tout des raisons pour lesquelles son mari se battait ; parmi celles-ci, l'assimilation progressive ou forcée des Canadiens à la langue anglaise ne lui avait jamais semblé réellement menaçante.

— Eh bien, te voilà édifiée, maintenant. Tout est calme en ville, dormez bien, citoyens, votre gouvernement sage et lucide s'occupe de l'essentiel. Mais bon, ne t'inquiète pas, nous ne prendrons pas les fusils pour si peu. Je dois aller à Québec pour la session de la Chambre d'assemblée, accompagne-moi.

Elle n'en avait pas vraiment envie. Et puis ses élèves la retenaient à Montréal. On était de plus en septembre. Il pleuvait, le voyage par le chemin du Roy devenait aléatoire. Elle esquiva :

— Joachim risque fort de s'y trouver ennuyeux[1].

— À défaut d'avoir le cœur patriote, Québec est la ville des élégances, plaida Frédéric. Ses boutiques regorgent d'étoffes, de cuirs, d'objets.

1. « S'y ennuyer ».

Il avait depuis toujours un peu de mal à admettre la modestie d'Adeline, son désir de ne pas se mêler aux modes de la cité. Même s'il les comprenait.

— Tu désires que je paraisse, je sais que je te déçois, lui dit-elle en guise d'excuse.

— Regarde-toi, ciboire de calice ! Es-tu à ce point hideuse que je n'aie l'envie de marcher à ton bras sous les fenêtres du gouverneur et de ses vassaux ? Ces gens se prennent pour le peuple élu mais que je sache, c'est bien Papineau qui a fait voter et accepter l'égalité des droits pour les Juifs. Les autres la leur refusaient depuis la traversée de la mer Rouge par Moise !

Il mélangeait un peu tout, se voulait persuasif. Elle se fit câline :

— Si tu trouves de la peau pour des pantalons, du lin pour les chemises, tu n'auras qu'à en faire emplettes. Tu sais que je suis bonne couseuse. Regarde-toi un peu à ton tour, tu vis dans des habits d'un autre temps, comme Maurin.

— Eh bien, c'est peut-être pour ça que nous sommes amis.

Il lui vanta vainement les charmes du voyage. À cette saison douce, la forêt canadienne flamboyait ; c'était comme un gigantesque et paisible incendie, un embrasement propre à soulever l'âme la plus endurcie. Il n'insista pas. S'éloigner pour éprouver, jour après jour, le désir de revenir ; Adeline savait aussi jouer à cela. Il lui cita quelques noms de tavernes québécoises plus ou moins bien famées, histoire de l'inquiéter, ajoutant :

— Pour y pousser la queue de billard avec les députés.

Elle haussa les épaules ; son ardeur d'amante, la fougue avec laquelle Frédéric la prenait, le besoin qu'il avait d'elle dans leur complicité charnelle et le plaisir ronronnant qu'ils éprouvaient à s'endormir enlacés étaient les meilleures parades à la tromperie.

— Les filles des tavernes ? fit-elle, hautaine. Mon pauvre amour, tu en auras la falle si basse[1] que tu me reviendras avant la fin des discours.

Québec, septembre 1836

La grande salle se vidait de ses occupants. La séance de la Chambre avait été une fois de plus houleuse, la minorité anglaise résistant à sa manière aux pressions des députés canadiens. Comme à chaque fois ou presque, Frédéric sortit de là tendu, ulcéré par la mauvaise foi et les manœuvres dilatoires des hommes de l'opposition.

« Nos discours et nos discussions ne mènent pas à grand-chose car nous n'avons aucun pouvoir, mais nous les poursuivrons jusqu'à ce que leur écho fracasse les murailles au milieu de quoi le gouvernement s'enferme ! » avait martelé Papineau.

C'était rituel. Les tribuns patriotes étaient revenus l'un après l'autre sur leurs revendications comme la vague sur le rivage. Élire l'exécutif et le mettre sous le contrôle de la Chambre, ouvrir les terres de la Couronne à une libre colonisation, libéraliser le commerce en abattant les barrières entre lesquelles les Canadiens étouffaient.

Face à eux, fermés telles des huîtres, bien au chaud derrière l'inutilité finale des débats, Bureaucrates et Loyaux avaient affronté le flot sans broncher. C'était

1. « Tu en seras si piteux ».

un jeu déjà ancien dont tous, d'un bord comme de l'autre, semblaient accepter encore les règles.

Frédéric fulmina :

— Cette comédie est profondément exaspérante. Ils n'auraient qu'un seul député, ce serait la même chose, pire même peut-être bien.

Maurin avait assisté à la séance. Un jour, il serait sûrement élu à son tour, il possédait pour ça suffisamment d'entregent, d'enthousiasme et de talent oratoire.

— Les armes, Frédéric, il n'y a pas d'autre solution. Je sais que tu hésites encore mais tu verras, ils nous obligeront à les prendre. Je les observe avec soin. Ils ont la tête de ceux qui se préparent au pire.

« Ils nous pousseront à la faute, retarderont le plus possible le moment d'agir mais en fin de compte, ils attendront que nous nous élancions pour mieux nous briser… » Frédéric songea à ces paroles de son père, aux mots simples d'Adeline : « Je ne veux pas que la guerre nous touche. » Louis Fonteneau connaissait bien l'adversaire, lui aussi l'avait observé de près, des années durant.

— Regarde qui est là ce matin, dit Maurin.

Adam Thom, entouré de quelques amis. L'homme ne se montrait guère à la Chambre, pour lui cette basse-cour où caquetait la volaille française n'avait aucune raison d'être. Frédéric le vit qui sortait à son tour de la salle. Sans qu'il sût pourquoi, il en éprouva un subit accès de rage, comme s'il suivait, Barbare vaincu, le triomphe d'un empereur romain. Maurin devait ressentir la même violente émotion. Sans s'être concertés, les deux hommes marchèrent du même pas vers le groupe.

— La race française n'est pas facile à rayer de la carte, s'exclama Frédéric. Vous persistez dans ce projet, monsieur Thom ?

L'homme se tourna vers lui. Il en imposait par une masse physique de lutteur, par un regard froid, aigu, de juge. On lui parlait dans une langue inconnue. Faisant mine de ne pas comprendre, il eut une mimique d'interrogation.

— Vous avez parfaitement entendu, lui lança Maurin.

Thom marmonna quelque chose. Ses compagnons s'étaient rapprochés de lui. L'un d'eux s'avança, toisa les jeunes gens. Puis il lâcha un « *Speak white*[1] » dédaigneux, comme un goéland sa fiente sur un quai. Maurin bondit, cherchant le collet de l'Anglais. Des cannes se levèrent, moulinantes, l'une d'elles hébergeait une lame. Déjà, l'on s'interposait, des huissiers, des députés, dans un désordre criard.

Thom considéra l'empoignade d'un œil détaché. Exhortant ses amis au calme, il parvint à les rassembler autour de lui.

— Que faites-vous ici, vous qui haïssez les hommes qui s'y épuisent ? lui jeta, dans sa langue, un député canadien. Vous n'avez rien à gagner dans ce lieu. Retournez à vos encres, à vos tampons, à votre bile méchante. Et dites à vos lecteurs que nous autres sommes toujours en vie. Canadiens et Français, autant qu'on peut l'être !

On s'était lancé des citations à se battre devant témoins. La chose devenait ordinaire au sortir de la Chambre comme à celui des tavernes ou des auberges. Quelques-uns des deux bords y avaient laissé de leur sang.

Frédéric reprit ses esprits tandis que les gens du *Herald* s'éloignaient, tendant leurs cannes au bout de

1. « Parlez blanc ».

leurs poings. Maurin était confus. Il n'appartenait pas à un non-élu de tancer ainsi les gens à proximité de la Chambre.

— Attendez d'y être, lui dit en passant Lorimier.

Duvernay était là, lui aussi. Ce genre d'incident pouvait dégénérer un jour ou l'autre. Mais à provoquer ainsi la majorité démocratique de la colonie, on s'exposait à en subir la colère. Frédéric s'épousseta, ramassa son chapeau tombé à terre.

Duvernay parut plutôt amusé.

— Thom aura de quoi déverser quelques tombereaux d'ordures sur nous. En tout cas, ses amis vous ont repéré, mon cher Fonteneau. Vous êtes bretteur ?

— Je le fus. Depuis que je travaille pour vous, j'ai un peu perdu la main.

— La plume pour remplacer l'épée, j'en connais qui ne perdent pas au change. Messieurs, à vous revoir à Montréal, où se passe, il faut bien le dire, l'essentiel des choses importantes. Je vous y invite à dîner, chez Bonacina. Nous affûterons quelques traits à l'adresse de cette outre anglaise et de ses grotesques.

Frédéric faisait grise mine. Duvernay le prit par le bras.

— J'ai une mission pour vous, mon ami. Quelque chose qui vous réconciliera momentanément avec votre âme d'enfant. Une jolie promenade à la campagne.

— Ah ?

— Le premier train à vapeur s'élancera dans quelques jours de La Prairie, direction Saint-Jean-sur-Richelieu. C'est un événement considérable, quelque chose comme un pas de géant pour le progrès. Vous monterez à bord de cet obus lancé à travers la modernité. Ainsi pourrez-vous écrire quelques lignes divertissantes, au milieu des tumultes. La vie civile nous offre parfois de ces embellies.

Il rit de bon cœur.

— J'ai un libelle à terminer, ajouta-t-il.

Octobre 1836

Le libelle en question fut jugé si assassin par l'autorité publique que Ludger Duvernay, tout patron de presse qu'il était, fut interpellé devant sa porte, jugé pour outrage à la Couronne et dûment conduit en prison pour un mois.

— Ce n'est jamais que la troisième fois, dit-il, philosophe, tandis qu'une cohorte d'amis l'escortait à sa demeure provisoire. Tous les quatre ans, la bureaucratie se rappelle ainsi à mon bon souvenir. Serais-je devenu une sorte de Patriote bissextile ?

Le journal continuerait sans lui. C'était là une provocation parmi d'autres, un jeu plus ou moins désinvolte, assurément dangereux, avec l'autorité.

— Il convient de ne pas décevoir le lecteur, messieurs, je vous laisse la maison, conclut-il, levant haut sa canne.

Maurin avait de l'énergie pour dix. La médecine ne suffisant pas à entamer ce capital en perpétuel mouvement, il s'était lancé dans la politique, où il excellait. Beau parleur, persuasif, obstiné à convaincre, il s'était vite fait remarquer par les chefs patriotes qui le missionnaient désormais volontiers auprès des électeurs.

Frédéric le discret avait trouvé en cet ami de fraîche date l'exact pendant de sa nature. L'un, solitaire, porté à la réflexion, au travail d'écriture, aux longues soirées devant les feuilles à noircir et au dialogue feutré avec les chefs, l'autre, débattant en permanence, imposant sa fougue, nageant dans les eaux profondes du peuple comme un poisson dans le Saint-Laurent.

Frédéric le conforta dans ses choix :

— Tu réussis à merveille ce qui commence à me lasser un peu. Courir la campagne m'a amusé un temps, temps perdu pour rédiger.

Maurin lui désigna son hôtesse.

— La campagne, allons ! Tu en es revenu paré tel un prince. Heureux homme, je cherche toujours en vain une femme aussi radieuse qu'Adeline Fonteneau. Il est des êtres qui vous réchauffent le cœur, à les avoir seulement rencontrés.

— Xavier te fait la cour, ma jolie.

Elle haussa les épaules. Avec son visage en lame de couteau, sa maigreur, ses yeux globuleux, Maurin manquait singulièrement de charme. Le souci d'Adeline n'était pas de subir ses amabilités mais plutôt de voir l'influence qu'il exerçait sur Frédéric. Les quelques réserves de son mari envers les excès oratoires de ses compagnons fondaient face aux arguments du bouillant médecin. Frédéric doutait-il des capacités des Patriotes à assumer un jour une révolte armée ? Maurin balayait les objections : « Des soldats ne peuvent rien contre un peuple tout entier dressé », imaginant alors des foules en colère courant sus à l'ennemi et le fouillant de la fourche comme il le ferait d'une botte de paille.

— Il est si sûr de lui, constata Adeline lorsque, ayant soupé rue Bonsecours, Maurin s'en fut retourné chez lui.

— Il faut aussi des gens comme ce lutteur, dis-toi bien ça. Le pays ne manque pas de phraseurs prêts à négocier avec le pouvoir.

Elle s'exerçait avec conscience à lire la presse qu'il rapportait à la maison. Les discours modérés de Parent et des siens lui paraissaient recevables.

— Tu penses que tes pareils et les députés qui écrivent dans *Le Canadien* sont des phraseurs ? Ils disent pourtant la même chose que toi. Moins fort, sans doute.

— Il y en a. Le clergé en est quant à lui particulièrement riche. L'encensoir français brûle de se faire parfumer à la fragrance anglaise, ces jocrisses en soutane sont d'étranges personnages.

Elle tenta de tempérer son anticléricalisme, devinant le blasphème au bord de ses lèvres, comme souvent. Frédéric eut une moue d'agacement. Adeline conservait, intact, le vieux fond de croyance des paysans canadiens. On ne persuadait pas facilement ce troupeau-là de prendre du recul par rapport à ses bergers.

— Je ne parle pas de Dieu mais de ses supposés serviteurs. Et puis c'est un fait ! Pour un Chartier, vingt Lartigues. L'arithmétique est une chose simple. Il faut être sourd et aveugle pour y faire encore des erreurs.

Novembre 1836

Une brume épaisse recouvrait la ville, étouffant les bruits, on n'y voyait pas à cinq mètres. Des attelages traversaient les rues au ralenti, le froid humide et pénétrant pressait la marche des rares passants. C'était un de ces soirs de mi-automne annonçant la neige, une invite à rentrer chez soi sans perdre de temps.

À *La Minerve*, on avait réfléchi au ton à donner aux prochaines éditions. Un troisième hiver allait passer sans que la réponse aux quatre-vingt-douze propositions patriotes ait été donnée. À quoi cela servait-il de posséder à la Chambre une majorité écrasante de députés pour se faire ainsi rouler dans la farine ?

L'arrivée prochaine des grands froids confinerait les gens chez eux, à ruminer des aigreurs déjà anciennes. Attendre, que faire d'autre ? « Les grandes révolutions se font aux saisons sèches », avait remarqué quelqu'un. On n'était guère plus avancés.

« Nous sommes des rêveurs, avait conclu Duvernay. Eh bien, allons nous mettre au lit pour trois mois. Chaufferettes, sirop d'érable et tourtes à la viande. Un gentil souverain nous chante une berceuse sans paroles, le ciel de plomb descend doucement sur la ville, la banque anglaise compte ses piastres et le fleuve va cesser de couler. Le Canada, mes amis, le Canada ! »

Frédéric songeait à l'amertume rageuse de son patron lorsqu'il parvint à la porte de sa maison. Il y avait là une encoignure derrière laquelle un escalier donnait accès à l'étage de la demeure voisine. Au moment où il tournait la poignée, il crut entendre un bruit au bas des marches, comme un frôlement. À peine avait-il passé la tête de l'autre côté du mur qu'il reçut, de plein fouet, un coup de bâton qui le projeta à terre.

Tout alla vite. Sans qu'il pût esquisser le moindre geste, il se vit frappé à coups de poing et de pied, entendit des jurons anglais. On les vouait au diable, lui et sa prose, avec pour mission de faire passer le message à sa coterie. Il se recroquevilla, la main devant son visage, perdit conscience, saoulé de coups.

Jérôme se tenait assis près de lui, l'air inquiet. Frédéric reprit connaissance, le crâne empli d'un infernal vacarme. Il avait mal aux côtes, respirait avec difficulté. Il balbutia quelques mots, vit Adeline se pencher sur lui, un linge mouillé entre les doigts.

— Calme-toi, dit-elle à voix basse.

Il ne se souvenait de rien, voulait se lever. Jérôme le maintint fermement sur le lit. Il rentrait d'une réunion agitée lorsqu'il avait découvert son beau-frère gisant au sol, le visage ensanglanté. En vérité, Frédéric souffrait d'une belle plaie au cuir chevelu, un genre de blessure capable de vider un homme de son sang en moins d'une heure. Jérôme avait donné aussitôt l'alerte.

— Maurin viendra te coudre, il en termine avec une mise au monde.

Frédéric rassembla avec peine ses idées. Les provocations d'un bord à l'autre ne manquaient pas, y compris en duel. En règle générale, il ne faisait pas bon s'égarer en terre adverse, quelques-uns, des deux partis, en avaient eu la désagréable expérience. Un pas était maintenant franchi, une frontière par la même occasion. Il faudrait s'habituer à mener et à subir des expéditions punitives de chaque côté de la société coloniale.

Adeline lui tint la main tandis que le médecin, une longue aiguille entre les doigts, le suturait au fil de lin tressé.

— On peut pratiquer avec des fourmis géantes, dans certains pays, expliqua le praticien. On leur laisse la liberté de pincer la plaie puis on les décapite ainsi amarrées à la peau. Mais trouver de tels insectes à Montréal n'est pas chose aisée. Au Brésil, à l'équateur, cela pourrait se faire.

L'image le divertit plus que son patient. Frédéric griffait le drap, malaxait les doigts d'Adeline, serrait les dents pour ne pas hurler.

— Les choses vont aller de mal en pis, prédit Maurin.

— Tu parles de moi ? gémit le patient.

— Non. Tu guériras plus vite que le Bas-Canada, lequel me paraît désormais bien abandonné. Ces violences ne font que commencer, à force d'en dénoncer la menace, te voilà directement impliqué. Et moi aussi, enfin, nous tous à c't'heure.

— Achève, monsieur le docteur, je t'en prie, implora Frédéric.

La présence d'Adeline, son sourire, sa manière douce de désirer partager sa souffrance le rassérénèrent quelque peu. Mais il y avait ces intrusions de l'aiguille, sa traversée des chairs, long chemin de douleur prolongé par le passage du fil et le nœud, enfin, fait avec des précautions de brodeuse.

— On ne s'accoutume pas à ça, dit-il, épuisé.

De temps à autre, il devait pencher la tête hors du lit pour un lavage de la blessure à l'eau claire. À peine soulagé de constater que cela saignait de moins en moins. Ayant demandé grâce à la dixième couture, il fut autorisé à boire quelques cuillerées de soupe avant la reprise de l'ouvrage.

— Je veux bien être ton garde du corps pour tes prochains retours chez toi, lui confia le médecin lorsqu'il en eut enfin terminé. Comme tu sais, je ne déteste pas me colleter avec la bureaucratie de cette fabuleuse colonie.

— Ce ne sont pas des bureaucrates qui m'ont bastonné.

— Certes. L'affaire sent fort son cocher gallois ou son bosco écossais sortant de quelque taverne, mais ces gens sont sous les ordres de nos vieux amis. Soyons justes cependant, nous en avons autant à leur service, et ce sera bientôt à leur tour de goûter du bâton.

Frédéric grimaça. Tout se mêlait dans sa tête, la douleur et l'envie de dormir, la rage et la stupéfaction d'avoir, pour la première fois de sa vie, reçu des coups susceptibles de l'expédier ad patres. Il voulut se lever, demeura bouche ouverte, foudroyé par un douloureux éclair à travers son crâne. Adeline se précipita tandis qu'il retombait lentement sur l'oreiller.

— Un peu tôt pour raconter ça dans ton journal, constata Maurin.

Le blessé avait besoin de réconfort, sa tête bourdonnait toujours. Jérôme s'assit près de lui.

— J'vais t'donner des nouvelles qui vont t'réjouir, dit-il, hilare. J'étais à Beauharnois la semaine passée, on a fait un beau charivari sous les f'nêtres de ton frère, et au manoir Ellice tout pareil.

Frédéric prisait moyennement cette pratique consistant à s'en aller assiéger les propriétaires et les agents du gouvernement pour les étourdir de cris, de vociférations, de vacarme. On ne lésinait pas sur les moyens, tambours, trompes, bassines et poêlons sur lesquels on tapait à tour de bras. Quelques centaines de personnes ainsi armées suffisaient pour transformer en enfer une paisible soirée familiale.

— Vous avez cerné Maison-Rouge ?

— Cerné, c'est un grand mot. Les laquais ont essayé d'nous interdire l'entrée au domaine. T'aurais vu ça ! Et entendu la musique !

— Vous n'avez rien détruit, au moins ?

— J'ai t'nu les gens en ordre, on n'a bourrassé[1] quiconque.

1. Tabassé.

Il y avait eu ici et là des excès. On avait retrouvé des bêtes mortes dans les fossés, des bottes de paille avaient brûlé, des gens avaient été bousculés sur le pas de leur porte.

Frédéric remarqua une large estafilade violette sur la joue de Jérôme.

— Tu as pris une ronce ? Elle était de taille.

Jérôme eut un sourire mauvais. Quelqu'un l'avait cravaché au sang à l'entrée de Maison-Rouge. Un seigneur ou quelqu'un de semblable.

— Long et plutôt taiseux, l'œil bleu ?

Le jeune fermier baissa la tête. Julien Fonteneau maniait fort la badine, ses chevaux en savaient long là-dessus.

— On voulait lui dire notre façon de penser.

— C'est réussi, constata Frédéric.

— Eh bien, s'écria Maurin, c'est dans la logique des choses ! Il faut savoir ce que l'on veut, après tout. Si ces ladres se barricadent chez eux pour réfléchir à leurs mauvaises actions, il convient de les en faire sortir. Le charivari est une excellente méthode pour les amener à composition. N'est-ce pas, chère madame Fonteneau ?

Adeline fronça les sourcils. Son frère avait été roué, son mari venait d'être sauvagement attaqué et l'on parlait déjà d'autres violences. Le fait que les gens ne soient armés que de bouts de bois et de chaudrons ne la consolait guère.

— Raison d'plus pour point s'laisser faire, dit Jérôme. Ceux qu'ont fendu la caboche de Frédéric se sont point tourmentés d'questions. Au lieu d'casseroles, ils avaient des gourdins et des lames, c'est pas tout pareil. J'crois ben qu'nous irons leur donner une bonne leçon, dès c'te nuit.

— Tu n'en feras rien ! se récria Adeline, véhémente.

— Elle a raison, dit Frédéric dans un souffle. C'est aussi inutile que d'aller perdre son sang dans un duel à la place d'Armes ou au bord du fleuve. La politique n'a pas dit son dernier mot, laissons-la édifier encore l'opinion publique. Le peuple nous suit dans son ensemble mais il lui faut des encouragements supplémentaires, de l'élan. Cristi, j'ai la tête comme un pot de tire[1] d'érable.

Il vit l'assentiment d'Adeline, son soulagement. Il y aurait bientôt de grandes assemblées destinées à peser sur le gouvernement. De toutes parts, l'on s'y préparait, les tribuns affûtaient leurs discours, les journalistes leur plume. Les excités d'Adam Thom répondaient à cela à leur manière de soudards et de brutes. Ce faisant, ils se disqualifiaient.

Jérôme et Maurin échangèrent des regards complices. Ces deux-là se comprenaient sans avoir besoin de se parler. Par son influence, Adeline attiédissait la détermination de Frédéric, à leur avis. Ainsi les femmes avaient-elles de ces scrupules difficiles à comprendre, encore heureux que la plupart du temps elles évitent de se mêler au débat public.

— Frédéric doit se reposer, maintenant, décida la maîtresse de maison.

Les hôtes se levèrent. Maurin avait une visite à faire et Jérôme des gens à rencontrer. Le ton montait en ville, Frédéric avait pu le vérifier. Adeline referma la porte derrière les deux hommes. Frédéric geignait doucement, la main sur son crâne enturbanné de gaze. Elle s'assit à la table, les mains dans le creux de son tablier. Pour la première fois depuis qu'elle était arrivée à Montréal, elle se sentit inutile. Et lasse, infiniment.

1. Concentré de sirop.

14

Frédéric eut du mal à se remettre de son agression. Les maux de tête, un temps calmés par le port de lunettes pour lire et écrire, le tourmentèrent à nouveau, des fatigues aussi subites que profondes le forcèrent, maugréant, au repos. « N'en faites pas trop, lui répétait Duvernay, votre mésaventure vous donne droit à un peu de congé. Restez donc chez vous, nous irons prendre livraison à votre domicile des libelles que vous aurez ainsi le temps de rédiger au calme. »

Il dut s'y résoudre, soulageant au passage Adeline de quelques menues tâches ménagères ; étaler les pommes de terre au frais, touiller longuement le sirop d'érable pour en faire la pâte épaisse dont Joachim raffolait autant que lui.

Il se rendit bien vite compte que ses études de futur clerc ne l'avaient absolument pas formé aux métiers manuels. Voulant construire un petit bateau pour son fils, il se donna suffisamment de coups de marteau sur les doigts pour abandonner la partie et tenter de fabriquer autre chose, un attrape-rêve, une poupée sans tête aux allures de chiffe molle, un tabouret de guingois sur lequel personne ne s'assiérait jamais.

Pour entendre un jour le premier vrai fou rire d'Adeline, il lui fallut la décision subite d'enclouer des étagères aux murs, à seule fin d'y aligner, accessibles, livres et dossiers. « Ce n'est tout de même pas compliqué, quelques planches et des clous… » À la vue du résultat, Jérôme reprit bien vite le projet en main, renvoyant d'autorité l'ouvrier à ses écritures.

— Laisse-moi faire. Y s'dit assez qu'on n'est bons qu'à ça, nous aut' des campagnes. Toi, t'as les mains pleines de pouces, mais comme tu mets ma sœur en gaieté, j'te pardonne.

Jérôme savait manier les outils. Il était même d'une adresse remarquable, travaillait vite et bien. D'une bouteille il fit un port à l'intérieur duquel il assembla pour son neveu un navire, pièce par pièce. Ce fut, au long des soirées qu'il passa rue Bonsecours, une minutieuse et patiente besogne tandis que Frédéric noircissait du papier.

Adeline avait dit un jour à son mari : « Si tu veux que plus tard ton fils ressente comme toi sa patrie, qu'il l'ait dans son cœur, fais-lui connaître le fleuve. Apprends-le-lui, il est la source de toute vie dans ce pays, il s'appelle toujours de son joli nom français, et puis les cageux vont bientôt se montrer en amont. »

Lorsque le printemps fut revenu, Frédéric prit l'enfant par la main et le conduisit au bord du Saint-Laurent.

— Cayeux, cayeux ! cria Joachim, le doigt pointé vers le sud.

Il connaissait déjà, à sa manière, le nom de ces hommes descendus des forêts de l'Ontario sur leurs espèces de maisons flottantes, en fait des cages composées d'interminables trains de bois. Le dégel n'était pas encore terminé que des grumes par milliers bouchaient déjà l'horizon du Saint-Laurent, scintillantes sous le soleil. Précipitées une à une dans les torrents par les bûcherons, elles avaient dévalé des montagnes, franchi des sauts de plusieurs mètres, puis, rassemblées et liées selon des dessins complexes, elles avaient ballotté leurs bergers de chute en lac jusqu'aux rivages apaisés du canal de Lachine, et de Montréal enfin.

— Ce sont des Canadiens ! dit Frédéric avec fierté.

Ceux-là étaient réputés pour leur endurance, leur habileté à conduire ces monstres, leur courage de trompe-la-mort. Avec toute la partialité d'un père, qui plus est partisan, Frédéric magnifia l'exploit :

— Regarde comme ils sont beaux, mon fils !

On les apercevait, sautant d'un rondin à l'autre au milieu du fleuve, criant, parcourant les radeaux tels des chats pour en vérifier en permanence les arrimages. Par moments, il semblait que le convoi tout entier, avec ses chaînes, ses cribes et ses drames[1], devenait une île colorée par les vêtements des cageux, par leur linge séchant au vent. Parce qu'ils étaient d'ascendance française, Frédéric désira que Joachim perçût aussitôt ces aventuriers comme des héros.

— Ils vont bien avec le printemps, dit Adeline.

Des glaçons dérivaient encore ici et là, aimable piquetage de la surface de l'onde. C'était bien la nature qui triomphait, puissante, portant la hardiesse des hommes vers les grands marchés au bois de l'Atlantique et de l'Europe.

1. Éléments d'arrimage des troncs.

Frédéric leva haut les bras, cria vers les cageux, imité par l'enfant : « Cayeux ! Cayeux ! » Lorsque le train serait passé, on irait au port guetter l'arrivée de la première voile de l'année. C'était là un autre événement, certes peu comparable avec Québec, où les tirants étaient plus profonds, mais ce simple accostage d'un bateau remonté jusqu'à Montréal signifierait la fin officielle de l'hiver.

— Il y aura sûrement des étoffes dans sa cale, ma jolie.

Adeline se souciait peu de la mode. Avec le printemps, elle percevait, loin des fanfreluches parisiennes, l'écho des affrontements à venir entre les hommes réveillés d'une longue sieste. La nature est aussi en eux, songeait-elle avec tristesse.

On avait eu cinq longs mois pour méditer, écrire, lire, se parler dans l'intimité des foyers. Maintenant, l'embellie peuplait à nouveau les rues boueuses, le Saint-Laurent, gonflé par la fonte des neiges, noyait comme à son habitude jusqu'aux rues des quartiers bourgeois, la vie reprenait, intense, bruyante, comme libérée d'un cocon. Et avec elle, l'envie longtemps accumulée d'en découdre.

Adeline eut du mal à partager la joie innocente de son fils. Des dizaines de curieux avaient convergé vers les quais flambant neufs du port. Joachim trépignait. Où était donc le cadeau promis ? « Bato ! » Lorsque la voile apparut enfin, gonflée par le vent de l'estuaire, il y eut un murmure vite couvert par les cris de joie.

— Il faudrait que les choses aillent toujours ainsi, dit Adeline. L'hiver s'en irait avec les glaçons, les navires se montreraient avec leurs cales pleines de grain, de fruits, d'étoffes. Et les soldats sans fusils les regarderaient passer.

On pouvait croire à la paix devant ce spectacle né du printemps. Bientôt, ce seraient, par dizaines, les toiles et les mâts des goélettes cabotant le long des deux rives du fleuve, avec du bois et du bétail plein leurs cales ; un ballet gracieux, empli de majesté, entre les colonnes de fumée des vapeurs. La promesse des saisons douces.

Les yeux fermés, Frédéric ressentit la plénitude de cet instant. Il y avait, autour de ce bateau manœuvrant pour accoster, un pays immense avec de la place pour tous, avec suffisamment de terre pour nourrir faibles et forts, avec, à l'ouest, loin de Montréal, des espaces sans limites à conquérir et à féconder.

Le cœur d'Adeline disait la vérité, c'était pitié que de voir ce trésor si injustement réparti. Frédéric hissa Joachim sur ses épaules. Il fallait profiter de ces moments trop rares ; à peine seraient-ils passés que la diablerie humaine reprendrait possession du décor et des gens.

Mars 1837

Ce qui ne tarda pas. Trois ans après que les quatre-vingt-douze propositions avaient été envoyées en Angleterre, la réponse de Londres parvint enfin, provoquant, passé la stupéfaction, une vague d'indignation jusque dans les cercles canadiens modérés. Le ministre Russell répondait sèchement au député Papineau. Les contre-propositions tenaient tout entières sur un quart de page de journal.

— Une insulte ! hurla Frédéric.

Le Conseil législatif ne serait pas élu, comme le demandaient les pétitionnaires. On refusait en prime qu'il engageât sa responsabilité devant la Chambre. Les terres de la Couronne, ces millions d'acres souvent laissés en friche sous le regard navré des paysans, demeureraient en l'état. On souhaitait, du bout des lèvres, que le législatif modifiât un peu les règles des tenures, et dans le même temps le gouvernement de la colonie se voyait attribuer une soulte de cent quarante mille dollars lui permettant de mettre en œuvre cette extraordinaire révolution.

Frédéric n'en croyait pas ses yeux.

— Imagines-tu cela, ma jolie ? Et le reste ?

Adeline s'était assise sur le banc, une pomme de terre dans la main, un couteau dans l'autre. Frédéric brandit des feuillets sous son nez.

— De la lecture en provenance de Londres. Écoute bien ce qui se dit là-bas : « Pour quelle raison les Canadiens français seraient-ils mécontents de la protection britannique ? Entourés, comme ils le deviennent journellement, par le nombre supérieur d'une race d'hommes plus entreprenants qu'eux, parlant une langue différente, il n'est guère possible de supposer que, si on leur retirait la protection du gouvernement anglais, ils pourraient éviter d'être engloutis dans le torrent qui déferlerait sur eux. Si le Canada était devenu, en 1776 ou en 1812, un état de l'Union américaine, il n'y a pas de doute qu'il ne fût devenu moins français qu'il ne l'est actuellement. »

Il se leva, frappa violemment le sol du talon.

— Nos pères se sont battus aux côtés des Anglais pour empêcher ça ! Des braves gens sont morts sous leur bannière ! « Une race d'hommes plus entreprenants qu'eux »... Eh, quoi ! Nous sommes des singes alors ! Des ramasse-merde ! Dis-moi que je rêve, Adeline, que tout cela n'est qu'un mauvais cauchemar, que je vais me réveiller !

La prose londonienne ne manquait pas de lyrisme. La condition de colonie britannique était enviable. Il n'était de pays où la taxation fût aussi légère et la sécurité individuelle plus grande, aucun plus exempt de maux physiques et moraux. À la jouissance d'un tel état, une seule condition était attachée.

— « La soumission raisonnable à l'autorité indulgente qui le protège et le soutient »... C'est du monseigneur Lartigue dans le texte. Dieu est anglais, ma jolie, en voici la preuve.

Il se tut, abasourdi. La potion était amère, vomitive. Le mépris coutumier du maître tournait au cynisme. Adeline songea aux siens, perdus au fond de la savane de Stanfold. C'étaient eux, les petits, les incultes, que l'on enfonçait un peu plus dans le cloaque. Frédéric avait raison de s'insurger. Il ne serait pas le seul, les Canadiens feraient désormais front ensemble. Elle souhaita que cela se passât sans les violences montant à l'horizon tels des orages d'été.

Il se pencha vers elle.

— Qui peut accepter ça, ma jolie ?

— Personne.

Il la regarda sans paraître la voir. Le pays tout entier venait de recevoir un de ces coups de gourdin propres à assommer un bœuf. Il réagirait, sans tarder cette fois. De la glace jetée sur les Canadiens pour les réchauffer n'eût pas à ce point gelé leurs espérances.

— C'est une déclaration de guerre. Ils refusent tout en bloc.

Duvernay ne décolérait pas.

— Eh bien, toute idée sera bonne à prendre, tempêta le journaliste. Les droits de douane nous étouffent, vive la contrebande. L'ami Jonathan[1] saura nous doter à bas prix de son rhum et de son café. Nous allons installer un réseau de passeurs de vin et de cassonade par l'État de New York et par le Vermont, et puis, tabernacle de ciboire, on y mettra aussi des dagues et des fusils !

Les annexionnistes irlandais, qui haïssaient les Anglais pour des raisons historiquement différentes de celles des Canadiens, élevaient déjà la voix. Leur projet était de faire enfin du Canada un État américain de plus, leur rêve allait prendre forme, contre le désir de la majorité des gens. À *La Minerve*, l'excitation altérait quelque peu les jugements. On avait trop longtemps espéré, prendre les armes devenait une réelle possibilité. Une porte s'ouvrait, toute grande, devant les Patriotes les plus extrémistes.

Frédéric écouta les points de vue, tâchant de calmer sa propre colère. Des lieutenants de Papineau allaient passer par le journal, Viger, Girouard, Rodier, un franc buveur, bouffeur de curés adulé par les jeunes. On gloserait sur la duperie. « Historique ! », « Un culot de pharaon haranguant ses esclaves »… Tout cela sentait la guerre, l'intolérance comme fin de dialogue, au bout d'années d'une lutte parlementaire jetée aux orties.

— Québec suivra désormais, certifia Duvernay. Là-bas, ils ne peuvent plus se contenter d'observer les événements.

La capitale se tenait un peu à l'écart du débat. Moins ouvrière que Montréal, on s'y voulait raisonnable quand l'amont s'enflammait, et elle affichait ses opinions par la voix de sa presse modérée.

— Les tenants d'un Canada uni sous la bannière anglaise en seront pour leurs frais ! hurla Duvernay. Ils

1. Les États-Unis.

ont cru à une possible association, à du loyalisme à la manière française, les voilà dessillés !

Il y aurait consensus sur l'essentiel ; la fatuité anglaise ainsi exprimée par le refus hautain de la moindre concession aux Canadiens méritait une réponse proportionnée. Le temps des débats d'idées et des joutes oratoires était passé. Il y avait ce jour-là précisément, un peu partout dans le pays, une phalange de civils dont la mue en capitaines de milices commençait.

Québec suivra désormais, songea Frédéric en s'asseyant à sa table. Rien n'était moins sûr. Quant aux Bureaucrates et aux collaborateurs accrochés à leurs basques, ils ne manqueraient pas de saluer la fin de non-recevoir de Londres comme une victoire.

« Ceux-là attendent que vous vous mettiez vraiment en colère pour vous punir », disait Adeline. Elle observait les gens dans la rue, s'essayait à deviner leurs pensées trahies par leurs regards, leurs façons d'être, le ton de leur voix. Frédéric se souvint une fois de plus des paroles de son père mourant. Se pouvait-il que des gens aussi dissemblables qu'Adeline et lui aient eu assez exactement les mêmes certitudes ?

Une petite effervescence ne tarda pas à se créer à l'intérieur de l'imprimerie. On venait aux nouvelles. Tout cela ne pouvait être tout à fait vrai, ou alors, c'était une aimable plaisanterie. Duvernay déplora la réalité.

— Hélas non. Gosford nous a donné à savoir qu'il n'y aurait pas de codicille à ce testament-là. Toute cette attente pour une aumône à des lépreux… Ah, mes amis ! Nous voici désormais au pied du mur.

On alla se réunir chez Bonacina. La réaction ne tarda pas à prendre corps. Elle serait rapide, massive. On convoquerait des assemblées dans chaque canton, pour y entendre les tribuns de Montréal et de partout ailleurs. Le Bas-Canada devait vivre dans une effervescence sans trêve, pour le reste de l'année 1837. Tous les saints de la province, et Dieu sait s'ils étaient nombreux, ouvriraient en grand les portes des villages. On amènerait là des foules, jusqu'au cœur des citadelles adverses.

Le temps des discours à la Chambre était révolu. La voix qui s'élèverait désormais de Montréal à l'embouchure et de la baie d'Hudson à la frontière américaine serait, une et solennelle, celle du peuple.

Saint-Ours, 7 mai 1837

Il faisait un soleil radieux ce jour-là sur la rivière Richelieu dont les reflets, bleu de mer, épousaient joliment la couleur du ciel.

On était venus de toute la région de Sorel, plus de mille personnes s'étaient rassemblées dans un champ, en bordure du village, pour écouter les tribuns patriotes et le plus virulent d'entre eux, le docteur Wolfred Nelson.

C'était comme une lame de fond venue des profondeurs du peuple canadien. Mugissante de colère, frémissante d'impatience. L'élan touchait la ville même de Québec. Les Anglais et leurs alliés avaient enfin tombé le masque. Brutal réveil ! On allait passer à autre chose que le vieux débat prétendument démocratique, cette duperie si longtemps entretenue par le pouvoir.

Frédéric avait fait le voyage vers le nord. Il fallait absolument que femme et fils participent à l'événement. Maurin était originaire du comté, on avait trouvé sans peine gîte et couvert. Ainsi la fête serait-elle complète, les devoirs patriotes couplés à ceux de l'amitié.

— C'est un grand jour, ma jolie. Nous allons prendre quelques revanches sur le mauvais sort.

Adeline n'avait jamais vu pareille assemblée, joyeuse et tendue, bruissante, d'hommes et de femmes mêlés. L'ambiance était si particulière qu'elle en fut presque effrayée. Allait-on tout à coup saisir les fusils et s'en aller en chantant investir casernes et palais du gouvernement ?

Elle prit la main de son mari, qu'elle serra fort. On salua des compagnons, on se conforta ; les regards trahissaient de la fierté, une espérance aussi, fervente et sincère. Maurin allait de l'un à l'autre, embrassait amis et proches. Celui-là ne tarderait pas à rejoindre la phalange des chefs. Il en avait, éclatants, la détermination, l'amour total de la patrie.

— C'est le peuple canadien, vois-tu que l'on puisse lui résister indéfiniment ? dit Frédéric avec fierté.

Une large estrade avait été installée au milieu du champ, surplombant le public. Lorsque Wolfred Nelson s'avança, la main tendue, paume ouverte pour saluer, une clameur monta de la foule. Comment des médecins, des notaires, des laboureurs, des marchands aux existences ordinaires pouvaient-ils se transformer ainsi en une foule avide de paroles, déjà prête à se lancer à l'aventure ?

La réponse vint, de la bouche du tribun. Parce que le gouvernement anglais avait recours, pour imposer sa loi, à l'injustice, à la tyrannie, à la force, rompant ainsi le contrat social.

À mesure que Nelson dévidait la pelote des exigences canadiennes, de longues ovations s'élevaient de la masse réunie à ses pieds. La violence du discours avait de quoi surprendre. On mettait au défi, à mots à peine couverts, le gouvernement de prouver sa légitimité. Lorsqu'il fut question de cesser d'acheter les produits anglais, de fabriquer désormais entre soi et de s'allier avec les Américains pour le commerce, Frédéric se tourna vers Adeline.

— Nous avons initié cette idée au journal, regarde le chemin qu'elle fait. C'est magnifique.

La terre aux Canadiens, rendue par le roi à ses vrais propriétaires ! Le déni fait à Londres de légiférer sur les affaires intérieures de la colonie sans le consentement de ses élus, l'annulation envisagée du pacte liant l'Angleterre protectrice et le Canada obéissant, tout était volonté, refus, menace. Frédéric sentit qu'Adeline se pressait contre lui. Il vit son visage tourmenté, ses lèvres serrées, pensa qu'elle était incommodée par la chaleur, un peu ivre aussi de l'enthousiasme des gens.

— Nous avons bien travaillé, lui dit-il.

Nelson exposa ce jour-là, haut et fort, ce qui pouvait être considéré comme la Déclaration des droits des Canadiens. Il y eut des mots, des attitudes rappelant les grands moments révolutionnaires de France, et d'autres aussi, inspirés par l'émancipation américaine. Un peuple s'éveillait, au bord d'un fleuve tranquille, dans une nature pacifiée par le printemps. La révolution, dans un décor champêtre.

— Regardez ça, mes amis ! s'écria Maurin lorsqu'il eut rejoint le couple. Une nation ! J'ai vu des Irlandais et même des métèques[1] de passage chez nous. Le monde est à nos pieds !

1. Français de France.

Des drapeaux flottaient par centaines dans le vent léger. Vert-blanc-rouge, couleurs de l'espérance, de la pureté, de la loyauté. Sur celui de Papineau, trois lettres noires étaient cousues, P pour Patrie, L pour Liberté, H pour Honneur.

— Tout un vocabulaire, n'est-ce pas, dit Maurin. Quel grand jour !

Il avait encore du monde à rencontrer. Une campagne se préparait, qui durerait tout l'été. Face à une telle tempête, le gouvernement serait obligé de céder, sous peine de voir le couvercle de la marmite sauter au plafond. L'image fit sourire Adeline.

— C'est beau, ce champ de drapeaux, admit-elle. En tout cas, c'est ce que pense Joachim.

Fasciné par le mouvement coloré des étoffes, l'enfant gardait la bouche bée. Maurin s'empressa de lui donner une de ses premières leçons politiques.

— Répète après moi, Pa-pi-neau.

— Tino.

— C'est bien. Ca-na-diens.

— Nayens.

— Pa-tri-otes.

— Tiyot.

— Magnifique ! Cet élève est manifestement doué pour le français. Vous avez raison d'en être fiers. À quand son premier discours à la tribune ?

Il s'esclaffa. Oui, c'était pour de bon un grand jour et le souper promettait d'être joyeux.

Adeline contemplait le fleuve paisible, les collines avec leurs champs et leurs bois, les troupeaux à la pâture. Frédéric s'approcha d'elle. Quand la plupart des femmes présentes à l'assemblée vibraient de concert avec les hommes, elle était demeurée comme absente, écoutant, certes, les envolées de Nelson mais s'abstenant de tout commentaire.

— Tu rêves ? lui dit-il, perplexe.

Il était un peu déçu, pensait à l'enthousiasme de la foule, à Jérôme Desrouets qui eût goûté cette journée de ferveur et de liesse. Peut-être songeait-elle à la savane de Stanfold, proche de Saint-Ours mais inaccessible, noyée par la fonte des neiges. Elle le regarda longuement. Elle ne souriait pas.

— Eh bien, dis-moi au moins ce que tu ressens, ma jolie. Nous avons vécu des heures peu ordinaires et tu parais considérer ça comme une simple balade dans les rues d'un village de province. Celui-ci est coquet, mais tout de même.

Elle perçut son agacement. Il était bien le jeune homme impatient de savoir, de dire, d'agir, celui-là même qu'elle avait repoussé et de quelle manière, le premier jour. Frédéric la scruta, attendant une réponse, finit par balayer ça d'un haussement d'épaules. Les femmes étaient compliquées parfois.

— J'ai eu tort de t'amener ici, dit-il, amer. Je vois bien ton humeur depuis ce matin, tu m'en veux de quelque chose. Parle donc, s'énerva-t-il. Tu ne te plais pas ici, j'ai l'impression de marcher à côté d'une momie égyptienne.

— Pantoute !

— Alors ?

— Alors, ces paroles sur l'estrade, le visage des gens, ce qu'ils disaient, j'ai vu la guerre dans leurs yeux, l'envie de tuer. On t'a fendu le crâne et tu marches toujours avec eux. J'ai peur pour toi, c'est tout, le reste…

— Le reste t'indiffère ?

— Je n'ai pas dit ça. Tu fais semblant de ne pas comprendre. C'est toi qui m'importes, avant toute chose.

— Moi, je ne suis qu'un individu acquis à une cause. Engagé avec d'autres au moment où tout s'accélère.

Il trouva étroit le souci de sa femme, à cet instant. Les Patriotes formaient un bloc soutenu sans réserve par leurs familles. Cela allait de soi au sein du premier cercle des proches, où les épouses, les filles, les mères étaient ombres portées, échos fidèles, comme assermentés, de ce que pensaient, disaient, faisaient les chefs.

Les mains dans les poches, le cou rentré dans les épaules, Frédéric montra sa contrariété. Elle vint contre lui. Leur histoire n'était pas ordinaire, elle pouvait encore les surprendre. Le principal n'était-il pas de survivre à tout dans la même passion amoureuse ? Elle caressa son visage, appuya sa joue contre son torse. C'était là un comportement de fille des rues, à la rigueur d'ouvrière, sauf qu'il n'y avait qu'eux deux à cet endroit de la berge, et personne pour les juger.

— Si nous échouons, dit-il en caressant sa nuque, il ne restera rien de nous, du Bas-Canada, de la langue que nous parlons. Rien de ce à quoi nous nous accrochons comme des naufragés à des bouts de bois. Si nous laissons la minorité anglaise prendre le dessus, nous sommes condamnés à nous fondre en elle, à adopter ses manières, ses jugements, jusqu'à ses tournures d'esprit. Nos enfants penseront et parleront comme les siens. Un troupeau, soumis et peut-être bien heureux de l'être. Je trouve cela insupportable, ça me sort par la peau, par le cœur, par les tripes. Nous devons nous délivrer de ce joug, même si nous nous lançons dépoitraillés à l'assaut de la plus haute muraille.

Il se détendit. Adeline connaissait bien ses failles, ses doutes derrière sa façade d'homme fort. « Nous avons pour nous le droit et des fourches, ils ont pour eux le pouvoir et des canons », disait Louis Fonteneau lorsque l'on parlait de révolte. À voir la troupe de bourgeois et de paysans qui risquait de se lever bientôt derrière ses tribuns, on ne pouvait pas lui donner tout à fait tort.

— Je sais, répondit-elle. Tu attends de moi que je sois comme ces femmes, toutes dévouées à la cause. De toute façon, elles ne changeront rien à rien. Moi, je vois venir le danger, ce sont de gros nuages tout noirs. Tu le dis toi-même, vous courez vers eux la poitrine au vent, et pourtant tu as raison de te battre contre l'injustice. Je vois cela et je le comprends. Je serai près de toi quoi qu'il arrive, je mourrais de chagrin si tu pensais une seule fois que je te trahis. Simplement, je veux que tu te protèges. On t'a déjà blessé, tu as des ennemis, nombreux et puissants.

— Nettoyer, exterminer, déporter, rayer de la carte, purifier, tel est le vocabulaire d'Adam Thom et de ses amis. Ils m'ont fait rosser par des brutes, la belle affaire. Nous devons aller au bout, Adeline, pour notre fils. Ou alors nous acceptons dès maintenant qu'il finisse par être traité comme un esclave de Caroline ou de Géorgie. Bon à labourer la savane sans poser de questions ou à torcher les rejetons de la Bureaucratie.

— Je suis ton amante, lui dit-elle d'une voix douce. Tu as raison de vouloir la justice. Et moi de désirer qu'on ne te tue pas. Pourtant, on parle de guerre, je le sais. Que pourraient les vieux fusils à silex des paysans face à des armes à percussion comme en ont les Anglais ?

— Silex, percussion. Tu connais ça, toi !?

Il la regarda, stupéfait. Dans quel ouvrage pour élève officier avait-elle déniché cette nuance-là ?

— Le livre de Stanfold. Jérôme m'a laissée tirer des canards. Que crois-tu donc ? J'ai appris à verser la poudre et à mettre le chien au cran de sûreté. J'ai vu icitte des dames qui seraient bien en peine de le faire.

Elle noua les bras autour de son cou. Tout allait bien. C'était seulement une angoisse, cela n'avait pas de contour précis. Il y avait quelque part, en amont et en aval de ce fleuve, des villes où l'on décidait pour les autres. Adeline redoutait l'obstination des puissants, des dominants, à parfaire leur œuvre. Elle les savait pénétrés de la certitude d'être les meilleurs, les mieux armés, les élus de Dieu nés pour conquérir et régner. Les affronter avec une chance de succès devait se faire à égalité avec eux. Un coup pour un coup. On appelait cela « guerre », par les mots ou par les armes.

Elle s'en voulut de lui parler ainsi à la fin d'une telle journée. Mais après tout, la mobilisation qui commençait à peine suffirait peut-être pour amener les maîtres de la colonie à en rabattre un peu. N'étaient-ils pas la minorité, à côté des Canadiens ? Respectant même un homme comme Papineau, leur adversaire.

— Il te faudra désormais prendre garde lorsque tu sortiras en ville, lui dit-il. La police se fait rare dans les rues, le brigandage a de beaux jours devant lui. Les Anglais ont formé des patrouilles citoyennes, c'est ainsi qu'ils appellent leurs ramassis d'ivrognes. Les prochaines assemblées vont les énerver un peu plus.

Elle frissonna, regarda au loin. Frédéric eut soudain une révélation ; Adeline pressentait les événements à venir, peut-être les vivait-elle déjà, l'intuition n'était-elle pas un don accordé aux femmes ? Il baisa longuement sa main, songeant qu'il aurait pu épouser une de ces charmantes têtes de linotte de la bourgeoisie montréalaise. Je gagne au change, quoi qu'il en soit, se dit-il.

— Tu es la part de raison qui me fuit depuis longtemps, reprit-il. Quand tout cela se sera calmé, je comblerai ce vide étrange. En attendant, je te promets de ne plus rentrer seul à la maison, les nuits de brouillard.

15

Juin 1837

Une pluie épaisse, tiède, tombait à verse sur Montréal. Labourant la terre inégale des rues où elle creusait en quelques minutes des fondrières, elle faisait déraper les attelages, trempait cavaliers et passants. Un de ces orages d'été précoces, un brusque déluge noyant la ville dans une fine brume de chaleur.

Duvernay entra en boitillant dans l'imprimerie, ôta sa redingote et, s'étant assis devant son bureau, se massa longuement le genou. Un an auparavant, il avait pris une balle lors d'un duel contre un député[1] passé à l'ennemi, un tenant canadien de l'oligarchie, un de ces traîtres qu'il faudrait un jour ou l'autre mener, encordés, au tribunal.

— Cette ferraille qui m'est entrée dans l'os me fait parfois souffrir, maugréa-t-il, cependant je n'ai pas l'intention de me faire charcuter. Mais assez parlé de moi : il y a bien plus important aujourd'hui, mes amis.

1. Clément-Charles Sabrevois de Bleury, député allié aux Bureaucrates.

Il croisa les mains sous son menton. Dans la salle où l'on pressait le journal comme d'autres les pommes à cidre, tous arrêtèrent leurs gestes.

— Eh bien, ça y est, dit-il, soudain calmé, les chefs patriotes sont destitués. Papineau, Girouard, Viger, tous autant qu'ils sont et moi avec. Je n'aurai pas été longtemps député de Lachenaie, tabernacle !

Destitution. Cela devait finir par arriver, tant l'action des chefs canadiens était intense depuis le début de l'année. L'assemblée de Saint-Ours avait été suivie de quelques autres du même tonneau ; ferveur, colère, détermination, les tribuns avaient galvanisé les foules. Mais à l'approche du conflit ouvert, beaucoup espéraient encore qu'au dernier moment il se passerait quelque chose, une reculade de Londres, une proposition de Gosford pour que l'on négociât.

Négocier quoi ? songea Frédéric. Puis s'adressant à son patron :

— Nous ne sommes pas destitués, nous. Le journal continue.

— Et comment ! Ils suppriment la démocratie d'un trait de plume, eh bien, des plumes, cela ne manque pas ici. Au travail, jeunes gens. Nos amis vont avoir du temps pour écrire ce qu'ils pensent, ce journal sera le brûlot lancé contre la tyrannie !

Frédéric ne put s'empêcher de sourire. Il y avait beau temps que *La Minerve* faisait feu, et avec quelle énergie, de tout bois anglais.

Duvernay se leva, frappa le bureau du poing.

— Il nous reste quelque pouvoir sur un certain nombre de fonctionnaires de Sa Majesté. Nous allons prier ces messieurs de regagner leurs pénates. Œil pour œil. Ah ! Si nous pouvions, comme eux, destituer qui bon nous semble !

Il y eut un silence. La nouvelle était de taille, un gouverneur aux ordres de Londres révoquait des élus comme un monarque l'un quelconque de ses ministres. Duvernay se persuadait qu'il s'agissait là d'une erreur. Pris de panique au récit des charivaris, léché jusque dans son palais par la vague canadienne, Gosford commettait sa plus grosse faute.

— « Une folie aux graves conséquences », voilà le titre, proposa Frédéric.

On attendait un article de Papineau, à chaud. Le tribun avait décidé que l'on continuerait à se réunir massivement. À la demande d'armer les milices patriotes, il avait opposé un refus formel. « Il se réfugie dans la modération », entendait-on ici et là.

— Qu'importe, trancha Duvernay. Enfonçons l'argument de la contrebande dans la gorge anglaise, ça donnera de l'air aux gens.

La Minerve pourrait librement river aux crânes anglais le clou du recours aux échanges clandestins avec les États-Unis. Thé, café, vin ou cassonade devaient désormais transiter nuitamment par la frontière, loin des taxateurs de Gosford. Ça et l'autosuffisance des Canadiens ; la guerre pouvait se mener avec des moyens non militaires.

En réponse à la destitution des députés patriotes, les Canadiens investirent les maisons des officiers gouvernementaux pour leur faire signer des lettres de démission. Ainsi l'autorité publique se trouva-t-elle ouvertement bafouée.

Il y eut un mort à Saint-Denis, tué d'un coup de fusil par la femme d'un Bureaucrate. Le charivari destiné à forcer le fonctionnaire à se démettre avait mal tourné. Partout dans le pays, le sourd grondement de la révolte commença à se faire entendre, tandis que, portés par des foules de plus en plus nombreuses, les chefs patriotes poursuivaient leur triomphale tournée.

À Montréal, l'ambiance se tendit au fil des jours, aggravée par l'inertie des autorités. Les églises se vidaient au moment des sermons, des bagarres éclataient, brusques et violentes, entre Canadiens et « Mange-Canayens ». Les enfants avaient inventé leur propre guerre, Irlandais et Français contre Écossais et Anglais. Il n'était jusqu'aux bastonneurs des milices citoyennes qui ne missent un point d'honneur à venir en découdre jusque sous les fenêtres des députés patriotes.

En juin, le roi Guillaume IV était mort à Londres. Un non-événement. Il avait pris la place de l'un des souverains les plus détestés d'Angleterre pour préparer l'accession au trône d'une jeune fille d'à peine dix-huit ans, Victoria.

— Trois lignes au fond du journal, décida Duvernay. Voilà qui suffira bien. Nous savons bien que le pouvoir dont nous sommes tant accablés est ailleurs que dans le boudoir de cette donzelle.

Adeline s'en retournait d'une course en ville lorsqu'elle aperçut, à un angle de rue, un groupe d'hommes en faction, guettant manifestement. Elle prit son fils contre elle, accéléra le pas. Il lui fallait cependant passer devant la patrouille. Tête basse, elle longea un mur, s'arrêta au moment où une famille canadienne sortant d'une auberge s'apprêtait à se disperser.

Les miliciens eurent tôt fait d'entourer les dîneurs. Il y avait là des enfants vers qui Joachim voulut courir.

— Reste ici ! lui ordonna sa mère.

Le ton monta entre Canadiens et patrouilleurs, tandis que les femmes s'éloignaient de quelques pas. Adeline en profita pour se glisser derrière l'attroupement. Une main ferme l'empêcha d'aller plus loin.

— *Who are you ? Where are you going ?*

Un Écossais la toisait, un grand gaillard roux aux cheveux frisés, portant à la ceinture une dague dont le manche dépassait de la veste. Elle se dégagea vivement, recula contre le mur. Tout près d'elle, les choses se gâtaient. On s'empoignait au col dans un concert de vociférations en deux langues. Adeline regarda le milicien droit dans les yeux.

— Je vais chez moi ! Et vous allez me laisser faire.

Elle entendit le bruit de gifles. On se battait aux poings. Des femmes se mirent à courir en tous sens, hurlant à l'aide. Des dîneurs sortirent de l'auberge, la serviette autour du cou, il y eut bientôt une dizaine de personnes en plus au milieu de la rue. Celui qui devait être le chef de la patrouille donna un ordre. Adeline vit avec soulagement l'Écossais se détourner d'elle et rejoindre ses compagnons.

Gourdins contre fourchettes ; l'affaire n'irait pas plus loin cette fois-là. Levant haut leurs armes, les patrouilleurs se replièrent en bon ordre et disparurent.

— Où est mon fils ? demanda Adeline.

Elle se rendit compte qu'elle avait perdu Joachim de vue. Il y avait du désordre un peu partout, de la joue rougie, de la paupière gonflée, à demi close. Elle appela, subitement angoissée.

— Les enfants ! cria quelqu'un.

Une petite bande s'était formée, qui courait sus à l'ennemi pendant que les adultes reprenaient leurs esprits. Derrière la marmaille, le petit Fonteneau sautillait tel un poulain, de la terre plein les mains en guise de projectiles. Adeline s'empressa de le rattraper.

— Vas-tu t'arrêter, enfin !

Elle eut du mal à le maîtriser.

— Méchants ! répétait son fils.

Elle en fut abasourdie. Le petit têtard, jouant, paisible, avec les bouts de bois sculptés par son oncle, avait la fibre patriote. Elle s'en trouva furieuse. Protesta :

— Regarde, tu es tout crotté !

Joachim se frotta les mains, applaudit, projetant de la boue autour de lui. Le jeu continuait.

Frédéric rédigeait un article lorsque Adeline revint rue Bonsecours. Elle lui narra l'incident.

— Il y avait tant de haine d'un côté comme de l'autre, les gens désiraient s'entre-tuer, dit-elle.

Quoi d'étonnant ? Frédéric se contenta de hocher la tête. Les jeunes Patriotes venaient de fonder une faction qu'ils avaient baptisée d'un nom flamboyant, les Fils de la Liberté ; une réponse aux tories du Doric Club et autre « Légion bretonne ». Frédéric faisait partie des fondateurs. À la vue du trouble qui bouleversait sa femme, il s'abstint de lui en parler.

— Tu as chuté dans la boue, Joachim ? s'amusa-t-il.

— Je m'en vais le laver en entier, dit Adeline. Sais-tu qu'il a couru après les Anglais en leur jetant de la terre mouillée, ce petit vaurien ? J'ai dû le tenir ferme, tu peux me croire !

Frédéric se retint de sourire. Adeline éprouvait un profond tourment, différent de ses inquiétudes habituelles. Les enfants participaient à leur manière à cette guerre qui ne disait pas encore son nom. À leur tour, ils découvraient la rancœur et la haine, le désir d'effacer l'autre du paysage. Adeline ne pouvait cautionner cela.

Xavier Maurin avait bien entendu ; la nouvelle venait d'arriver de Québec par la malle « extra ». Il s'assit d'autorité, sonda Frédéric du regard.

— Devinette : un navire venu d'Angleterre accoste, porteur d'un document censé bouleverser la vie des Canadiens.

— Ils reviennent sur leur refus des propositions ? Ou bien ils débarquent trois mille hommes et cinquante canons.

— Ta très charmante épouse te dira qu'il s'agit là d'un pas en avant. Ma foi, je ne sais pas.

— Eh bien, parle donc, clystère ! Tu ménages tes effets.

— Londres propose une refonte des Conseils. Cinq Français et trois Anglais modérés pour l'exécutif, dix-huit des nôtres et treize des leurs pour le législatif.

Adeline vint s'asseoir près d'eux, scruta son mari.

— De quels nôtres s'agit-il ? s'étonna Frédéric. Des Loyaux voire des Chouayens, je suppose. Sans quoi ce seraient Papineau, Girouard, La Fontaine et quelques autres. Et ça se saurait déjà.

Maurin acquiesça. Des noms circulaient et ce n'étaient pas ceux de Patriotes. Frédéric se leva, alla vers la fenêtre, contempla longuement le ciel limpide de septembre, au-dessus des maisons.

— Je n'y crois pas un seul instant, c'est une manœuvre. Il n'est pas dans la coutume anglaise de désavouer aussi brutalement des responsables coloniaux.

Il croisa le regard d'Adeline, hocha la tête. Il ne fallait pas se faire d'illusions.

— Une petite avancée, presque rien, nos députés seront vite d'accord là-dessus.

Les contre-propositions de Londres ne seraient pas mises au feu d'une manière aussi désinvolte.

— Tu es déçue, dit-il à Adeline à peine le médecin les eut-il quittés. Je te comprends.

Elle n'était pas bien sûre qu'il ait vraiment compris. Il décida de lui révéler la naissance des Fils de la Liberté. On répondrait ainsi aux provocations des tories ; il se pourrait même que les excités d'en face se calment à la vue d'une opposition bien structurée.

Elle s'assit face à lui, se servit un verre de cidre qu'elle but lentement tout en le regardant.

— Qu'as-tu au fond de ton cœur, Frédéric ?

— Toi, ma jolie.

— Ne badine pas.

— Tu me connais assez bien pour le savoir. Et tu lis *La Minerve*, très bien d'ailleurs. Moi, je vois que tu es fâchée noir et ça me désole.

— Un jour, à la ferme, tu m'as dit que tu ferais toujours ce que je te demanderais. Tu te souviens ?

Il fit un effort de mémoire. Leurs premiers mots de futurs amants.

— Oui, je me souviens. « Tu m'apprendras à lire ? Et à écrire ? » C'est bien ça ?

— Entre autres.

— Bien. Je devine ta demande du jour.

— Promets-moi de ne pas te laisser entraîner à la guerre.

Il ne put soutenir son regard. Elle se pencha vers lui, le scruta. Ainsi devait-on acculer un mari infidèle pour connaître le nom de sa maîtresse. Comme souvent lorsqu'il se sentait démystifié, il prit son fils sur ses genoux, manière de se donner une contenance. Elle insista :

— Promets.

La guerre. C'était un bien grand mot. On n'était pas à Waterloo. Mais de la violence, certes, il y en aurait.

— Je n'ai pas d'argument nouveau pour te convaincre. La situation n'est pas simple, tu le vois bien. Peut-être sommes-nous en train de gagner la partie, certains le pensent sincèrement et sont prêts à patienter encore.

Elle le vit tourmenté, plein des contradictions qu'elle connaissait bien pour les avoir percées dans le secret de son cœur. Frédéric n'était pas un guerrier. Sa loyauté aux Patriotes était certes totale ; la raison héritée de son père le tenait cependant en éveil, dans une sorte d'inquiétude avivée par l'accélération des choses. Il éprouvait un vertige dont seule l'action le délivrerait.

6 novembre 1837

Une assemblée s'était tenue à Saint-Charles en octobre. Les gens étaient accourus, de six cantons, pour entendre leurs chefs prononcer enfin les mots tant attendus de soulèvement, de lutte armée, d'indépendance. On avait planté, sur la rive du Richelieu, un arbre de la liberté au pied duquel des jeunes gens avaient prêté par dizaines le serment de vaincre ou de mourir tandis que les tribuns, franchissant la ligne, invitaient ouvertement à la désobéissance, à la désertion, à la rébellion.

Fin octobre, la maison de Papineau avait été attaquée et mise à sac. Des duels à la lame ou au pistolet avaient eu lieu, nombreux, dans divers endroits de Montréal, des gens s'étaient retrouvés enduits de goudron et couverts de plumes.

Dans une telle ambiance, délétère autant que dangereuse, il semblait désormais que rien ne pouvait plus prévenir l'affrontement des extrêmes. Surtout pas la décision prise par l'évêque de Montréal de refuser l'inhumation en terre catholique pour les tenants comme pour les acteurs de l'insurrection.

Adeline demanda à Frédéric où étaient les armes des Patriotes. Des rumeurs propagées et entretenues par le parti anglais faisaient état de fusils par milliers, de canons, même.

— Où donc les aura-t-on trouvés, ceux-là ?

Frédéric fut bien incapable de lui répondre. Les discours enflammés des chefs étaient des incantations ; ils ne reposaient pas sur grand-chose de concret. On se battrait, c'était la seule certitude. La masse humaine mise en mouvement par le verbe se suffirait à elle-même, son élan briserait la ligne de défense adverse.

— Que te dire d'autre ! Tu as vu comme moi ces foules, leur simple poids est le gage de leur succès. Des rangs de soldats contre cinq cent mille hommes et femmes en colère, l'issue ne fait guère de doute.

Elle avait pensé à ce mot venu d'Europe, célébrant la douceur et la douleur mêlées de l'existence : « romantisme ». Toute la révolte de la jeunesse était contenue en lui. Chopin ! Frédéric en avait fait son héraut. Maurin avait quant à lui, à Montréal, des cousins chez qui l'on jouait aussi cette musique. Lorsque Frédéric avait demandé à Adeline ce qu'elle en pensait, elle s'était contentée de dire « C'est triste », bien incapable de décrire autrement ce qu'elle avait découvert dans un salon bourgeois. Il avait trouvé ça un peu court. « Une leçon à recevoir, comme tes petits écoliers l'écriture » et, voyant qu'il l'avait blessée, il s'était jeté à ses pieds pour lui demander pardon.

Le trouble était dans les esprits, altérant le jugement, portant aux excès de langage et de gestes. Les gens ne se regardaient plus de la même manière, c'était comme avant un orage, une pesanteur mal définie, inquiétante, obligeant à respirer plus vite.

Thomas Chevalier de Lorimier s'amusait avec sa canne, à petits moulinets, sautait du trottoir à la rue. On avait longuement disserté sous la poutraison du libraire Fabre. Grondé aussi, comme le font les animaux qui, se sentant traqués, tendent l'oreille et reniflent, poil hérissé, l'air ambiant.

Tandis que sur la place d'Armes des opposants jetaient des pierres en direction de l'assemblée, les orateurs s'étaient succédé à la tribune. Prenant à son tour la parole, Lorimier n'y était pas allé par quatre chemins. Les propositions de Londres étaient une farce, une provocation. Face à un tel déni, il faudrait bientôt obtenir satisfaction par la force.

« Quelle force ? » avait ironisé quelqu'un.

Les Patriotes ne pouvaient compter que sur eux-mêmes pour affronter la Couronne. Des bourgeois armés de cannes-épées commandant des paysans munis de fourches et de gourdins, montant à l'assaut de troupes aguerries placées sous les ordres de héros d'Espagne et de Waterloo. On courait se jeter contre un mur. Lorimier avait éludé :

« Un peuple en colère peut renverser n'importe quelle dictature. Les trois glorieuses journées de Juillet 30 à Paris sont là pour le démontrer. »

Et d'enchaîner sur la vague rebelle qui agitait sourdement l'Europe, guettant le moment propice pour déferler sur les tyrannies.

« Et les engloutir ! »

Bourdages disparu, Frédéric s'était cherché un maître auprès de qui ressentir les élans de la passion politique. Lorimier était celui-là ; une belle figure révolutionnaire, absolument honnête, l'incorruptibilité de Robespierre mariée à la fougue, à la générosité, au désordre chaleureux de Danton. Les jeunes gens pétris des idéaux français de 1792, acquis aux causes indépendantistes européennes, le reconnaissaient comme leur chef naturel, civil capable de les conduire sur les champs de bataille par la seule magie du verbe.

— Belle soirée, apprécia-t-il. On y sent l'hiver qui vient, avec des envies d'incendies pour se chauffer.

Autour de lui, la cohorte des Fils de la Liberté s'apprêtait à se disperser. D'autres réunions étaient prévues afin de gagner le plus de monde possible à la cause belliciste. Quitte à disparaître du paysage canadien, autant le faire les armes à la main. On se saluait à l'angle des rues Notre-Dame et Saint-Jacques lorsque les premiers éléments du Doric Club se montrèrent.

— Ils sont armés ! hurla Frédéric. Et nombreux !

Traquenard. Des cannes et des poings contre des barres de fer et du bois massif, la lutte était par avance inégale. Les Canadiens, moins nombreux, décidèrent néanmoins de faire front. Entourant leurs chefs, ils se mirent en garde, parant comme ils le pouvaient les premiers coups.

Les assaillants cherchaient en priorité les Patriotes britanniques, considérés par eux comme des traîtres. Une chasse à l'homme s'organisa, méthodique, débordant de tous côtés les carrés mouvants des défenseurs. Cela tenait à la fois des chamailleries d'écoliers dans la cour du petit séminaire et des curées cavalières dans les forêts laurentines. Ici l'on s'attrapait au col pour se gifler, là, des visages, des crânes, des membres saignaient.

— Brown est éborgné !

L'homme, un Anglais rallié aux Patriotes, avait été rejoint devant chez lui, jeté à terre et bastonné. On se pencha, Frédéric et quelques autres. Un coup de gourdin avait défoncé son orbite, énucléant l'œil, la joue était couverte d'un mélange de sang et d'humeur. Un cauchemar gémissant, que l'on porta chez lui.

— Où est Lorimier ?

— Là ! Il arrive.

Le député boitait bas, la cuisse transpercée par un coup de lame. On se précipita. Des « Doric » lui en voulaient encore mais, soudain coupés de leurs bases, ils n'insistèrent pas et se replièrent à leur tour.

Frédéric redécouvrit soudain des scènes vécues, plus violentes même que la fusillade de 1832. On était loin désormais des affrontements verbaux à la Chambre, des provocations en duel dans les arrière-cours de la place d'Armes et plus encore des exploits journalistiques des uns et des autres. Les mots laissaient les actes violents s'engouffrer dans le débat public et, à ce jeu-là, les Anglais et leurs alliés paraissaient bien mieux armés que les Patriotes.

Plus sauvages, également. Brutes formant des cohortes vociférantes lâchées dans les rues avec droit de frapper, d'abattre, de tuer.

Lorimier saignait abondamment. Les « Doric » avaient bien travaillé, ciblant les principaux orateurs de la réunion. Des Fils de la Liberté se réunirent près de leur chef afin de lui prodiguer quelques soins. L'adversaire devenu en quelques minutes ennemi, comme sur les champs de bataille, avait l'avantage. Les Français regagnèrent sans tarder leurs maisons. Des nouvelles peu rassurantes parvinrent de la place d'Armes et des rues avoisinantes. Les assaillants se dirigeaient vers les bureaux du *Vindicator*, le journal patriote en langue anglaise.

— Il faut protéger Papineau ! cria quelqu'un.

— Laissez-moi, ça ira, assura Lorimier. Occupez-vous de Louis-Joseph.

Le notaire logeait à quelques dizaines de pas du journal. Par chance, il se trouvait près de la rivière Richelieu, ce jour-là. Si l'idée de revenir en ville lui était venue entre-temps, il risquait de se faire piéger à son tour. Les jeunes Patriotes se reformèrent en groupe compact et se mirent en route. Très vite, ils se retrouvèrent aux prises avec des « Doric » maraudant d'une rue à l'autre. À un contre dix, aucune chance d'atteindre la rue Bonsecours.

La rage au cœur, ayant tâté à quelques reprises du gourdin et des fouets anglais, ils durent abandonner la partie et se disperser, laissant les émeutiers converger vers les locaux du *Vindicator*. Là, s'étant rués à l'intérieur du bâtiment, les « Doric » s'acharnèrent sur les machines, brisant les tables d'imprimerie, jetant les caractères par les fenêtres, fracassant la presse ; une mise à sac méthodique et rageuse, une victoire sur champ de bataille civil.

Tandis que les émeutiers dévastaient la demeure de Papineau, Frédéric se hâta, ayant fait quelques détours, de rejoindre les siens à l'autre bout de la rue. Les tories et leurs milices tenaient le quartier français. Ils n'en seraient délogés que par une bien tardive intervention de la force publique.

— Tu n'as rien, cette fois ? s'inquiéta Adeline en l'examinant de la tête aux pieds.

— Tout va, ma jolie.

Elle s'était enfermée avec ses élèves, trois petites de la Pointe-à-Callière.

— Si leur mère ne vient pas les chercher, nous les garderons à coucher, dit-elle.

Frédéric se laissa tomber sur le banc.

— Il y a des blessés, graves. Brown a perdu un œil, Lorimier s'est fait percer la cuisse par une dague. À cent pas d'ici, on saccage la maison de Papineau. Nous devrons désormais sortir l'épée au côté.

— Que vas-tu faire, maintenant ?

Il ne répondit pas. Il y eut un long silence. Adeline alla vers l'âtre.

— Je vais faire souper ces enfants, dit-elle, soudain désemparée.

— Regardez ce torchon, dame Fonteneau ! Et dites-moi un peu si cela ne mérite pas la fessée !

Elle lut. C'était une proclamation de l'évêque de Montréal. Monseigneur Lartigue n'y allait pas par quatre chemins pour calmer les esprits. Tout bon sujet de Sa Majesté la reine Victoria devait à sa souveraine obéissance et soumission.

— Soumission ! C'est écrit noir sur blanc, quel mot ! Ces gens sont habillés de pourpre, et dessous, c'est pire que de la boue, ça pue ! Et ils s'étonnent que leurs ouailles quittent les églises au moment des sermons !

Frédéric serra les poings, frappa la table. La trahison officielle du clergé le stupéfiait. On passait d'une prudente neutralité à la collaboration active avec l'adversaire.

— Est-ce que nous ressemblons à des gens soumis ? J'ai besoin que tu me répondes, ma jolie. Devons-nous souhaiter cet aboutissement pour notre fils ? Et pour ces petits à qui tu apprends la fierté de se savoir français ? Soumission ! Eh bien, merde, plutôt crever sous les balles de Colborne !

Pour faire face au désordre, le gouvernement avait fait appel à un vétéran des guerres napoléoniennes, un soldat dont la rumeur faisait le véritable vainqueur de la bataille de Waterloo. Des troupes avaient été rameutées du Nouveau-Brunswick, constituées en armée régulière. Le sabre anglais, brandi sous le nez des Patriotes, s'alliait ainsi au goupillon des religieux canadiens.

Adeline rassura Frédéric, se disant cependant que l'excommunication promise aux pécheurs par le prélat ne gênerait guère les chefs patriotes, les journalistes, les convaincus ; mais que beaucoup, dans le peuple, seraient sensibles à la menace. Ainsi l'Église remettait-elle à leur place, et de quelle manière, tous ceux qui se passaient allègrement de ses recommandations.

— Qu'il aille au diable, fulmina Frédéric, il y sera avant nous, à côté du postillon. Ah, la sale vieille viande corrompue !

— Alors c'est décidé. Tu rejoins les révoltés.

Adeline se tenait debout près de la table, les bras ballants. À la voir ainsi, Frédéric sentit une boule dure, presque douloureuse, dans sa gorge.

— Il le faut, ma jolie. Je suis des leurs. De toute façon, je dois déjà être sur une liste de gens à arrêter. La battue a commencé, beaucoup ont déjà quitté Montréal, la tête de Papineau est mise à prix, mille dollars. C'est peu payé pour un homme de son rang. Je vais valoir moins cher, à coup sûr. À moins de vous prendre sur le dos pour vous emmener aux États, je ne vois pas bien ce que je peux faire d'autre que disparaître.

Sa voix le trahissait, hachée, avec des ruptures de timbre de poitrinaire. Lorsque son fils vint vers lui en courant, les bras tendus pour être saisi et câliné, il songea, l'espace d'un instant, qu'il devait être facile, ayant fermé la porte au vent de novembre, de s'asseoir et de décider d'en rester là.

Il fit quelques pas dans la pièce, l'enfant contre lui. Il devait savoir quoi faire, pour y avoir songé moult fois. Un bagage sommaire, une épée, des guêtres et de la fourrure pour affronter boue et neige. Les armes à feu avaient été amassées à Saint-Denis, il n'y aurait qu'à se servir.

Il perdit soudain le fil des choses, se sentit incapable de les remettre en ordre. Adeline ne bronchait pas, seuls ses doigts remuaient, dessinant des cercles sur la table. Il posa son fils à terre. Puis, s'étant forcé à respirer calmement, il alla d'un pas décidé vers l'armoire, ouvrit un tiroir d'où il tira une chemise de carton qu'il posa en bout de table. Adeline le rejoignit aussitôt.

— Tu m'avais promis, dit-elle précipitamment. Il n'y a pas ben longtemps, même.

Elle était pâle, sa lèvre tremblait.

— Eh bien, voilà, je m'en vais. Que crois-tu donc ? Alors, je resterais devant la cheminée à me chauffer la couenne pendant que mes amis s'apprêtent à se défendre ?

— Se défendre…

Il se mit à crier.

— Et quoi d'autre, s'il te plaît ? C'est bien ça, oui, ils sont attaqués, tourmentés, harcelés depuis soixante-quinze ans, comme tes parents et comme toi, chaque jour que Dieu fait. Je suis avec eux, de toute mon âme, pour résister. Ils ont raison, tu m'entends, mille fois raison !

Joachim les regardait, ne sachant trop s'il fallait rire ou pleurer. Frédéric alla vers lui, le dossier à la main. Au passage, il frôla la poitrine d'Adeline et ce simple contact lui broya le cœur.

— Ce n'est rien, mon petit, tout va bien, murmura-t-il à l'oreille de son fils. Je te demande pardon, ma jolie, dit-il sans se retourner.

Il entendit le bruit léger de la robe d'Adeline.

— Je ne peux pas rester ici, c'est aussi une question d'honneur.

Sa voix s'était apaisée. Il ouvrit la chemise rouge, étala son contenu sur la table.

— Il y a là des documents qui vous concernent tous les deux. Joachim et toi êtes des Fonteneau, je te prierai de ne pas l'oublier. À ce titre, vous avez des droits, à défaut d'une vraie grande famille. Je ne sais ce qu'il adviendra de notre notaire Lorimier. Au cas où il ne survivrait pas, mon beau-frère Champagne s'occupera de vous. Cela lui sera facile.

Elle devrait se commettre, à la mort de Marie Fonteneau, afin d'hériter une part entière de la maison familiale, à égalité avec le frère et la sœur de Frédéric. À mesure qu'il parlait, son ton se raffermit. Elle l'écouta, regarda de temps à autre le dossier. Puis elle s'assit, d'un coup, baissa la tête, fermée à ces explications. Le souci de Frédéric était certes généreux, mais recevoir une soulte pour le tiers d'une demeure montréalaise lui importait moins qu'une guigne.

— J'ai besoin que tu m'aides, lui dit-il.

Il fut à ses genoux, comme souvent.

— Comme dans l'étable de Stanfold, souviens-toi, ce n'est pas si ancien. Je t'ai alors demandé de me suivre ici.

— Oui. De te suivre. Pas de te regarder partir te faire tuer.

Elle retint le « pour rien » qui lui brûlait les lèvres. Combien étaient-elles, de ces femmes de rebelles, à penser la même chose au même instant, entre les fleuves, les villes, les bourgs encore paisibles du Bas-Canada ? Frédéric appuya son front contre les cuisses d'Adeline, à ces endroits où il ressentait le plus violemment la puissance charnelle de son amante. Enfouir sa tête au plus profond d'elle, pour naître une seconde fois ! Souvent il rêvait, éveillé, à ce miracle.

Elle se ferma, crispée, tira fermement Frédéric par les cheveux, puis se dégagea.

— Ne l'oublie pas, fit-elle en lui tendant son lorgnon.

Il y avait dans sa voix tant de colère et de tristesse qu'il en eut la gorge nouée.

— Je t'aime, ma jolie, dit-il en ouvrant la porte.

Il fit quelques pas dans la rue, entendit la course d'Adeline, derrière lui. Elle se jeta dans ses bras, l'implora de ne pas s'exposer :

— Tu n'es plus à ton imprimerie, rappelle-toi ça.

Elle couvrit son visage de caresses, l'inonda de ses larmes. Puis, voyant qu'il vacillait, elle se détacha de lui et rentra dans la maison.

Le temps s'était mis à l'unisson des âmes, un soleil froid jouait avec les nuages chassés par le nordet. De temps à autre, le ciel s'ouvrait, déversant une pluie fine, pénétrante, mêlée de neige.

Dans les rues de Montréal, peu de passants, de la troupe en mouvement, quelques badauds regardant passer les vestes rouges et leur train de canons, de chevaux, de carrioles. C'était une ambiance plus qu'étrange, propre à rappeler aux anciens les préparatifs de la défense contre les Américains.

Sauf que cette fois il s'agissait d'une affaire civile entre gens du Canada. Les boutefeux l'avaient emporté sur les raisonnables, les va-t-en-guerre sur les modérés. L'affaire du Doric Club avait eu raison des dernières velléités de négociation. Face au mur qui les séparait de manière irrémédiable, les deux partis s'étaient retirés, comme la marée, impatients de se ruer l'un contre l'autre.

Frédéric sortirait de la ville par le nord, où la garde était logiquement moins nombreuse. Les Patriotes possédaient des fusils et des sabres mais pas de navires, tout au plus quelques barques et voiliers comme transports de troupe. Frédéric longea les murs, craignant d'être reconnu par quelque voisin rallié aux Anglais. La ville avait cessé d'être théâtre d'échange, fût-il verbalement violent. Une fois les partis armés, chacun en tirait les conséquences et se faisait rare hors de chez lui.

La porte de la maison Fonteneau était inhabituellement fermée en pleine journée. Frédéric toqua, de plus en plus fort, jusqu'à ce qu'enfin la trogne rubiconde de Courtemanche apparût.

— Toi en ville ! Cristi ! Vas-tu entrer, ils te cherchent avec quelques autres pour te conduire au Pied-du-Courant[1] ! Ta sœur est là, avec Madame.

Elle referma prestement la porte. La maison baignait dans la pénombre. Il y faisait froid. On ne se chauffait donc plus, rue Saint-Jacques ? Frédéric se rendit au salon, où les dames cousaient, les jambes protégées par des couvertures. À la vue de son fils, Marie Fonteneau eut un vague sourire. Peut-être se parlerait-on, en ces moments de grande angoisse. Frédéric s'avança.

1. Prison de Montréal.

— Je voulais vous revoir avant de rejoindre mon parti, dit-il, son chapeau entre les mains.

Catherine s'était levée. Elle vint l'embrasser.

— Je veux te parler, lui glissa-t-il à l'oreille.

Puis, voyant que sa mère ne bougeait pas, il alla tout près d'elle, s'inclina.

— Il me semble que cette visite est importante.

— Tu as choisi une voie pleine de risque, dit-elle en le regardant droit dans les yeux. Ton père était certes patriote, mais tu sais bien que jamais il ne se serait embarqué dans pareille aventure. Il ne s'est pas privé de te le dire, ou au moins de te le faire comprendre. Enfin, il a essayé. Tu as charge d'âmes, semble-t-il. Réfléchis encore, tu peux tout effacer et sauver l'essentiel.

Il perçut dans sa voix une vraie supplique, un espoir. Derrière sa froideur de femme outragée, elle dissimulait son émotion, donnait le change par ce ton cassant que son fils lui connaissait bien.

— Je suis heureux de vous avoir parlé, dit-il. Je vous ferai donner de mes nouvelles.

Elle baissa brusquement les yeux, reprit son ouvrage. Frédéric ne s'attarda pas. Il grimpa l'escalier quatre à quatre, pénétra dans la chambre de son grand-père. Le fauteuil de l'ancêtre était vide. On avait installé son pensionnaire dans le lit. Joachim dormait, la tête coiffée d'un bonnet, les mains, décharnées, crispées sur le bord du drap. Frédéric fut heureux de le voir ouvrir un œil ; il dut répéter son prénom plusieurs fois avant que son grand-père le reconnaisse.

— Je n'y vois plus, gémit Joachim. Tu m'as dit qui tu étais, je ne me souviens déjà plus. Ah, oui, Frédéric, je t'aime bien. Tu écris pour *La Minerve*, mais plus personne ne me lit le journal à c't'heure. Cette maison finit par me ressembler, on y parle à voix basse et il y fait froid.

Frédéric fut soulagé de savoir son vieux confident encore doué d'un peu de raison. Il lui parla des événements en cours, de la levée des révoltés à travers le pays tout entier. À mesure qu'il racontait, il vit le mort-vivant qui gisait sur le lit remuer bras et jambes comme pour applaudir et danser une gigue.

— Ils sont armés, au moins ?

— Oui. Il y a des envois des États-Unis. Et des milliers d'hommes dans les cantons, à Saint-Benoît, à Saint-Charles, jusqu'aux Deux Montagnes et même plus loin. La rivière Richelieu est sous la bannière patriote.

— Cristi ! Je peux mourir, alors.

Sa voix se perdit dans des chevrotements, des sifflements d'emphysème.

— Et Québec ?

Frédéric mentit. Les informations en provenance de l'estuaire n'étaient guère encourageantes. La campagne se mobilisait mollement, la ville semblait attendre de savoir de quel côté le vent tournerait. Joachim sourit, sa bouche était un four édenté, noir et puant. Joyeux à cette seconde-là. Frédéric serra longuement la main étique de son grand-père en se disant que c'était sans doute la dernière fois.

— Je les rejoins, reprit-il. À Saint-Denis. Le bourg est tenu par le docteur Nelson, sûr que les Anglais auront du mal à le prendre.

Joachim Fonteneau se redressa, mû par un élan de contentement qui fit venir les larmes aux yeux de son petit-fils. Il aurait fallu à l'ancêtre près de trois quarts de siècle de patience pour qu'enfin justice fût rendue aux vaincus de 1760. Frédéric le prit contre lui, pleura en silence.

— Je viendrai très vite vous raconter ça, dit-il dans un souffle.

Il avait fait un heureux. Le vieillard pourrait partir en paix.

Catherine accompagna son frère jusqu'à la porte. On n'avait guère pris le temps de se parler depuis toutes ces années, les événements couraient désormais plus vite que les humains acharnés à les contrôler. Il était trop tard pour refaire le passé. Frédéric se recoiffa, haussa le col de son manteau.

— Que dit ton mari ?

— Que c'est folie. Il sait compter, n'est-ce pas, c'est son métier. Il regarde les troupes anglaises se répandre en ville. Bientôt, elles se mettront en marche. Je crains bien que tu ne sois engagé dans une impasse, mon pauvre Frédéric. Pourtant, tu sais bien que mon cœur bat pour les Patriotes.

Il eut un geste d'exaspération. Il n'était pas le « pauvre Frédéric » de ses proches égaré dans un décor trop grand pour lui mais un rebelle sûr de son droit à défaut des moyens mis en œuvre pour l'imposer.

— Prends soin d'Adeline, dit-il. Je sais que tu n'as rien contre elle. Ma décision peut avoir des conséquences néfastes pour elle et notre fils. Je connais des gens qui ont déjà mis leur famille à l'abri.

— Elle peut s'en retourner à Stanfold. Je doute que l'on aille la chercher là-bas.

— C'est non. Elle a à faire ici et ne désire pas fuir. Vous ne risquez rien pour votre part. Elle aura peut-être besoin de cette sécurité-là. Je veux savoir si je peux compter sur toi, simplement.

Elle caressa sa joue. Séparés d'une année à peine, Frédéric et elle s'étaient élevés ensemble avant qu'il rejoigne le collège des sulpiciens. Des chicaneries d'enfants, des niches de galopins, des colères vite apaisées, leur prime jeunesse avait été d'un modèle assez courant, cimentée par un égal amour pour la musique. Frédéric chassa la vague de nostalgie qui menaçait de le submerger.

— Ne t'inquiète pas, petit frère, je ferai ce qu'il faut, quoi qu'il arrive.

— S'il advient que j'y laisse ma peau, dit-il, tu enseigneras ton art à mon fils. Je suis définitivement plus doué pour l'épée que pour le violon. Joachim aura ainsi une chance d'inverser ce courant.

— Tu peux encore décider…

Il posa fermement son doigt sur sa bouche. Tout était sur la table, la mise et les cartes que l'on allait bientôt retourner. Il vit des larmes perler aux paupières de Catherine ; décidément pas de quoi encourager les hommes à courir se battre.

— Dieu te garde, ma chère sœur.

La nuit était tombée, complice. En bon stratège, Colborne multipliait déjà les patrouilles dans Montréal. Frédéric se fondit dans l'obscurité. On l'attendait, aux limites de la ville.

16

23 novembre 1837

Le temps s'était mis au pire. Une pluie glacée tombait, drue, du ciel bas et noir, un vent venu de l'Atlantique balayait par rafales le sol transformé en un gigantesque bourbier. Ces journées-là étaient d'ordinaire les plus désagréables de l'année. Mieux valait encore, pour se battre, la saison des bancs de neige et des champs blancs, mais on n'avait pas le choix.

Colborne n'avait pas traîné pour rassembler ses troupes à Sorel. Voyant cela, les chefs patriotes avaient décidé de se positionner à Saint-Denis et à Saint-Charles, d'où ils pourraient couper la route et les approvisionnements de l'ennemi.

Frédéric avait chevauché en compagnie de Maurin et de quelques jeunes citadins, franchissant le fleuve au nord de Longueuil. En chemin, les Patriotes avaient côtoyé des bandes de paysans rameutés du sud, une troupe hétéroclite mêlant tous les âges, armée, comme on devait l'être au Moyen Âge, de fourches, de gourdins, de pics.

« Difficile de faire feu avec ça », avait remarqué Maurin.

Il y avait du grotesque dans ce spectacle et les Montréalais en furent assez étonnés. Allait-on vider une querelle de maquignons sur un marché de campagne ? Frédéric supposa qu'il en irait autrement à Saint-Denis, où le docteur Wolfred Nelson avait pris les choses en main. Des centaines d'hommes, voire des milliers peut-être bien, devaient s'y être rassemblés. À Saint-Charles, c'était Chénier qui tenait le village, ainsi les deux points forts de la rébellion devaient-ils empêcher les troupes anglaises de Sorel de faire leur jonction avec celles de Montréal.

Saint-Denis comptait une vingtaine de lopins alignés le long de la rivière Richelieu. Quelques propriétaires y avaient des demeures plus importantes que les autres, Nelson, une distillerie transformée en fortin pour l'occasion. En fait d'armée, Frédéric ne tarda pas à découvrir des soldats en sabots coiffés de bonnets bleus, vêtus de leurs grosses vestes de laine et pareillement équipés pour la guerre, certains n'ayant pour moyens de combattre que des pierres dans leurs poches. Il chercha le chef, qu'il trouva postant des hommes aux étages des maisons les mieux placées stratégiquement.

— Fonteneau ! Êtes-vous armé ?

Frédéric lui montra son épée. Maurin n'était guère mieux défendu, en vérité les deux volontaires étaient assez joliment assortis au reste de la compagnie. Seuls deux de leurs compagnons possédaient un pistolet.

— Combien sommes-nous ? s'inquiéta Maurin.

— Trois cents, peut-être plus. Rendez-vous chez madame de Saint-Germain, à son manoir, on tâchera de vous y fournir des pistolets. Papineau s'y trouve, nous essayons de le convaincre de se retirer, en vain.

Les cloches de l'église sonnaient le tocsin sans discontinuer, cela faisait un bruit d'horloge démesuré, lancinant. On attendait des renforts du voisinage, Saint-Ours, Contrecœur, Saint-Antoine devaient envoyer de la troupe. Des hommes couraient d'une maison à l'autre. Gore, un colonel anglais, et son bataillon débouleraient par le nord, il fallait donc tenir l'entrée de village et verrouiller la grande route parallèle au fleuve.

Des hommes et des femmes coulaient à la hâte des balles tandis que circulaient de main en main quelques fusils à pierre, parmi d'autres vieilleries d'avant le déluge.

— Jacquerie, murmura Frédéric.

Il se souvint de ces révoltes paysannes dans la France de l'Ancien Régime ; des va-nu-pieds contre les grenadiers et les dragons du roi de France.

— Dépêchons-nous, dit-il.

Il y avait du monde à la maison Saint-Germain, des hommes étaient postés à chaque fenêtre et jusque sur le toit, canons pointés vers la route. Maurin réclama des pistolets ; ça ne courait pas les chemins. On lui fournit, ainsi qu'à Frédéric, un fusil de chasseur et quelques balles.

Papineau se tenait dans le salon, entouré de ses hôtes et de quelques amis. Lorsqu'il le vit, assis devant la table, semblant méditer, la main soutenant son front, Frédéric ressentit une grande émotion. Ainsi le dieu vivant des Patriotes, l'homme en qui ils plaçaient depuis toujours leurs espérances, était-il là, à la tête d'une armée si démunie qu'elle en faisait pitié.

— Il faut qu'il parte, dit Nelson.

Le médecin en avait terminé avec les préparatifs de la défense. Il entra dans la pièce, s'approcha de Papineau pour réitérer sa demande.

— Je vous en prie encore une fois, Louis-Joseph. Ne demeurez pas ici. Ce sont cinq compagnies qui vont nous donner l'assaut. Elles ont un canon et de la cavalerie.

— Je n'ai jamais prêché la révolte armée, mais seulement l'agitation constitutionnelle, répondit Papineau, mais puisque aujourd'hui le vin est tiré, il convient que je le boive.

Nelson se fit véhément :

— Vous n'êtes pas un homme de combat, vous êtes notre tête, nous sommes vos bras. Laissez-nous nous battre, et mettez-vous en sûreté. Nous aurons besoin de vous après la victoire.

On pressa le chef de se rendre à la raison. Enfin, il se décida et, s'étant levé, réclama qu'on l'armât. De tous les tribuns patriotes, il était encore le seul dont la tête fût mise à prix.

— Mille piastres, dit-il avec un rictus. Il leur faudra venir les gagner.

— Voici deux pistolets, monsieur.

Le notable Jean-Baptiste Masse lui tendit les armes, qu'il mit à sa ceinture.

— Ne tardez pas, conclut Nelson. On vous fera compagnie vers le sud. Chénier et Girod sont à Saint-Charles et tiennent bien la place mais n'y allez pas. Les Anglais remontent par là et s'ils font leur jonction avec ceux qui déboulent ici, vous serez dans le piège.

Ayant aperçu Frédéric debout dans l'embrasure de la porte, Papineau alla vers lui.

— Avez-vous des nouvelles de Duvernay ?

— Il a rejoint les Patriotes de la frontière américaine, lui aussi sera bien inspiré de se rendre sans attendre aux États, dit Nelson, péremptoire. Ludger est certes bon au pistolet mais nous aurons besoin de lui ailleurs que sur les champs de bataille.

Papineau était, pareillement, tout sauf un militaire. En le regardant s'éloigner, Frédéric songea à l'enchaînement des circonstances qui avait conduit ce parfait civil à se retrouver chef de guerre. D'autres passaient d'un statut à l'autre sans se poser de questions. Papineau s'était laissé entraîner par les boutefeux ou n'avait pas su les contenir. Sa révolte lui échappait, mais son sort se liait désormais, qu'il le voulût ou non, à celui des extrémistes de son parti.

Un prisonnier anglais, le lieutenant Weir, conduit devant Nelson, avait révélé que les compagnies de Sorel se trouvaient tout près de Saint-Denis. Frédéric rejoignit Maurin à l'étage du manoir Saint-Germain. Il régnait là une atmosphère étrange, un grand silence. Des hommes étaient postés aux fenêtres, certains, agenouillés, d'autres debout derrière cette première ligne de tireurs. Ainsi une trentaine de canons de fusil se trouvaient-ils pointés vers la route et l'aval de la rivière Richelieu. Frédéric choisit de viser le chemin de campagne par lequel les assaillants tenteraient d'investir le village.

Le visage d'Adeline s'interposa entre la ligne droite, brune, des champs et lui. Tout là-dessous n'était que boue, stries de pluie, grisaille trouée par le vent. Cela s'appelait aller au bout de ses engagements. Papineau se mettait à l'abri, ses partisans montraient à l'ennemi leurs têtes de paysans et de bourgeois. Adeline contemplait ça de son air grave, son regard gris brûlait de fièvre, ou de colère.

Quelqu'un toussa, d'une longue quinte de phtisique.

Frédéric fut rassuré de savoir Maurin près de lui. Le médecin était plus pâle que jamais. Lui aussi faisait le compte des événements qui l'avaient mené là, dans l'encoignure d'une fenêtre, à guetter les soldats d'une jeune reine prénommée Victoria. Il regarda son ami, se força à sourire. Il convenait de garder l'attitude altière des agitateurs d'idées, maintenant que les actes prenaient le pas sur elles.

— Tu ne chausses pas ton lorgnon ? s'inquiéta le médecin. Je te croyais myope. C'est tout de même mieux pour tirer de loin, non ?

Frédéric fouilla sa poche, décida de se passer des verres.

— Tambours ! cria un guetteur.

Un écho minuscule, qui alla en s'amplifiant. Les Anglais avanceraient en ordre de bataille, ils n'avaient aucune raison de procéder autrement. Frédéric les imagina sûrs de leur force, caressant du regard le canon qui réduirait la maison Saint-Germain en miettes. Très vite, ce fut un roulement incessant, puis les premières redingotes grises laissant entrevoir les tuniques rouges des soldats anglais se montrèrent, encore floues derrière l'averse.

— On va les accueillir ! hurla un homme.

Frédéric eut l'impression que son cœur remontait vers son cou, avec sa pulsation affolée, son bruit sourd. Il serra la crosse du fusil, appuya l'arme contre un montant de la fenêtre. Les soldats étaient bien visibles maintenant, ils avançaient le buste droit, comme à la parade, baïonnettes pointées vers le ciel. Il fallait encore attendre un peu, c'était insupportable. Frédéric sentit une nausée lui soulever l'estomac, le temps pour l'ordre de faire feu d'être enfin donné.

Il tira au jugé, distingua son coup parmi la pétarade. Une épaisse fumée blanche envahit aussitôt la pièce, masquant le décor. Lorsqu'elle se dissipa, il aperçut les corps étalés dans la boue à trente pas, le rang anglais immobile derrière eux. Déjà, d'autres tireurs se mettaient en position. Il rechargea son fusil tandis que claquait la seconde salve, vit le canon anglais montrer son trou noir…

— Sur lui ! cria Nelson.

Le chef avait rejoint le poste de tir. À peine avait-il donné cet ordre qu'un boulet venait fracasser un angle de fenêtre, à trois mètres de lui, couchant deux hommes sur le plancher. Il y eut une brève accalmie puis l'on ajusta posément les artilleurs, l'un après l'autre. Nelson exultait, ses chasseurs de lapins avaient du talent. Frédéric vit le canon reculer puis disparaître derrière le mur rouge.

— Ils se replient, constata le chef, sans doute pour tenter leur chance par la grand-route. Nous sommes trop exposés, ici. Il faut descendre.

Il laissa quelques hommes de ce côté de la bataille, entraîna les autres. Il fallait du monde à la distillerie et derrière les fossés bordant la route aussi. Au moment où il quittait la pièce, Frédéric vit les corps ensanglantés, au bas de la fenêtre. L'un des deux hommes, un solide paysan aux mains de bûcheron, au cou épais enfoncé dans les épaules, râlait fort. Touché en pleine poitrine, il se mourait. Frédéric crut soudain revivre l'émeute de mai 1832, le même médecin penché au-dessus d'un blessé pareillement agonisant. Cinq ans pour que le spectacle de la guerre fût à nouveau donné au Canada.

— Tu rêves, ami ? Il faut courir.

Maurin le tira par le bras. Frédéric n'avait plus peur. La guerre. C'était peut-être aussi simple que cela, un tir forain sur cibles vivantes, une muraille bien visible face à des planteurs de plombs postés aux bons endroits. Il affermit le fusil dans sa main et se rua dans l'escalier.

Il courut vers la distillerie, accompagné par un jeune avocat de Montréal. Plusieurs dizaines de volontaires occupaient déjà le lieu, un vaste bâtiment, obscur, sentant l'humidité, centré sur un alambic et plein de barriques, de planches, de brouettes. Le bon docteur Nelson avait là de quoi tenir un siège, dans tous les sens du terme ; des compagnons pour défendre la place et ce qu'il fallait pour les abreuver.

Frédéric s'engouffra dans l'entrepôt. Son angoisse laissait place à une exaltation d'enfant. On avait repoussé la première attaque, les tambours résonnaient à nouveau, au sud cette fois. Les Anglais déclenchaient un mouvement tournant ; ce faisant, ils élargissaient leur front et se voyaient obligés de se disperser en partie. Face à eux, le gros de la mitraille patriote se concentrerait au rez-de-chaussée de la maison Saint-Germain et devant la distillerie, balayant ainsi la route en entier ; une bonne centaine de fusils, le reste en assemblages divers de lames, de cailloux et de pièces de bois.

Les hommes se hâtèrent, s'égrenèrent en francs-tireurs, le long de la grand-route. Nelson avait donné des ordres stricts. On ne tirait qu'au dernier moment, à coup sûr. La pluie redoubla, ce fut désormais un rideau de glace fondue qui s'interposa entre les combattants. Sale temps pour mourir, pensa Frédéric. Un crépuscule glauque estompait toute forme, l'horizon de bois se confondait, de ce côté-là du village, avec le ciel.

Frédéric choisit de demeurer avec la seconde ligne de défenseurs. Clôtures, haies, tas de bois, fossés, tout abri était bienvenu. Il se lova dans un creux de chemin, à quelques pas d'une minuscule cabane en planches. C'était là la terre de la famille Saint-Germain ; ces gens, dont certains faisaient le coup de feu, prenaient un risque majeur.

— Julien, murmura Frédéric.

Où était-il, à cette heure décisive ? Le loyal sujet de Victoria devait se chauffer la couenne devant la grande cheminée de Maison-Rouge, loin des pétarades guerrières. Ou alors il chassait, histoire de crotter ses bottes de la bonne boue de Beauharnois. Frédéric caressa le canon de son arme. Il avait fait feu par deux fois, des hommes étaient tombés, au hasard des volées de plombs. La guerre ? Une loterie cher payée par l'avocat, près de lui, dont il ne se rappelait plus le nom. Un saut vers la première ligne, des coups de feu venus des rangs anglais, un homme à terre, foudroyé…

— Perrault.

Ainsi se nommait-il. Le premier citadin mort aux côtés des laboureurs de Saint-Denis. Frédéric se terra, le fusil contre son cou, serrant son chapeau de l'autre main, tandis que la salve patriote répandait sa fumée devant lui. Il entendit des cris. Incapable de détacher son regard du corps de son camarade, il s'agenouilla. Des gens couraient, courbés, d'un poste de tir à l'autre, tout cependant restait en ordre, les Patriotes dont il distinguait les dos, le flux rouge, de l'autre côté de la route, qui s'éparpillait comme des baies roulant sur le sol.

— On avance ! hurla un officier.

C'était un civil promu au grade de lieutenant lors d'une assemblée secrète ; en pantalon et souliers de ville noirs, coiffé de feutre, revêtu d'une veste militaire et armé d'un sabre, jolie figure de théâtre souillée de boue.

— Vite, vite !

Le second rang de défenseurs rejoignit la première ligne. Parvenu au fossé bordant la route, Frédéric se mit de nouveau à l'abri. Risquant un œil, il vit les Anglais commencer à se dissimuler. Leur attaque frontale ayant échoué, ils cherchaient à leur tour le bout de planche, le caillou, la butte derrière quoi s'aplatir.

Une dizaine de corps gisaient à moins de vingt pas. Il en tomba quelques-uns de plus avant que la place parût s'être vidée de ses intrus.

— Cristi, ça tient ! cria le lieutenant.

On se tirerait dessus au coup par coup, une ombre contre une autre ombre, et malheur à celui qui hausserait le col. Des Patriotes étaient morts au cours de l'assaut, d'autres, blessés, s'acagnardaient comme ils le pouvaient, gueulant pour qu'on vînt les sortir de là. Frédéric ne voyait en vérité pas grand-chose. La pluie qui ruisselait de son chapeau lui coulait sur les yeux, dans le cou, jusqu'au creux de ses reins, la boue s'infiltrait sous ses guêtres, trempait ses chausses de coton. Et le fait de devoir rester immobile n'arrangeait rien.

Il releva le col de son manteau de fourrure. N'importe quel soldat partant rejoindre une armée régulière eût emporté un paquetage digne de ce nom. Chez les Patriotes de Nelson et de Chénier, on s'équipait d'espérance, d'enthousiasme et d'un certain degré d'inconscience, mélange censé produire des guerriers efficaces.

On s'installa ainsi de part et d'autre. Maurin avait disparu. Frédéric supposa qu'il ne devait pas être bien loin. Il essuya son visage, hasarda un regard vers la ligne anglaise que le rouge des tuniques semblait avoir désertée. Des petits panaches blancs, lointains, indiquaient pourtant, de façon sporadique, des présences embusquées. Il pointa son arme, visa l'un de ces repères, tira, ce qui lui procura un certain plaisir. Jusqu'où le coup pouvait-il bien porter ? À ce petit jeu, l'on pouvait durer en relative sécurité. Il répéta le geste à intervalles réguliers, s'attachant à pointer les minuscules nuages anglais. Qu'adviendrait-il si l'adversaire décidait tout à coup de surgir ?

Ce fut aux Anglais de devoir se retirer, au soir de ce premier jour de la révolte patriote. Des renforts arrivèrent des villages voisins, une centaine d'hommes dont l'élan suffit à rompre la ligne rouge. Les Canadiens jaillirent de leurs abris. Quelques minutes de combat à dépêche-compagnon[1], au bout desquelles l'Anglais, avisé, décida de reculer.

Frédéric se mêla à la vague paysanne qui déferlait. Ceux qui n'avaient pas de fusils brandissaient leurs gourdins, leurs fourches, jetaient des pierres sur les traînards des compagnies anglaises. Ce fut une curée, joyeuse et féroce en même temps, une course à perdre haleine dans la boue, à la fin de quoi l'on s'en revint en chantant vers le village, précédés d'une bande de prisonniers hagards. Et après avoir jeté le canon à la rivière.

C'est donc ainsi, la guerre… pensa-t-il.

Des bouseux conduits par des médecins et des notaires avaient empêché une armée de poursuivre sa route vers le sud. Plus d'une centaine de cadavres attestaient de cette réalité simple en apparence. Un Canadien pour trois Anglais. La tête de Frédéric bourdonnait. L'on se reconnaissait entre vainqueurs d'une vraie bataille, c'était à peine croyable.

Frédéric retrouva Maurin devant l'église en pierre de Saint-Denis. Le médecin avait reçu du plomb dans la fesse.

— Nelson me l'ôtera, dit-il. Il faut rejoindre Saint-Charles sans trop tarder.

Frédéric était épuisé. Il lui sembla que cette guerre pouvait bien s'arrêter là. Les Canadiens avaient montré

1. Sans merci.

leur détermination, les Anglais leur suffisance, cela devait être assez pour conclure un bon accord politique. Maurin n'était pas de cet avis. La route de Sorel contrôlée, il convenait d'en faire de même pour celle de Montréal. Les chefs pensaient que ce bout de terrain gagné marquerait le début de la reconquête.

Le médecin exultait.

— Allez, ami ! Vois comme la justice armée de sa seule volonté peut triompher de l'arbitraire !

Frédéric le trouva quelque peu emphatique. Les Anglais avaient été surpris de simplement trouver des gens sur leur passage. Leur morgue en avait pris un coup, pas leur désir d'en terminer rapidement avec la chienlit française.

— À Saint-Charles ! s'exclama Maurin.

Adeline, il faudrait que tu voies ça, tout de même, songea Frédéric.

17

Des bruits circulaient dans Montréal, il se disait que la campagne le long de la rivière Richelieu grouillait de soldats, de cavaliers, de pièces d'artillerie. On avait vu des navires à quai, d'où débarquaient des renforts venus du Haut-Canada, d'Angleterre même. Mille, deux mille, dix mille hommes ? Les estimations variaient selon que l'on voulait rassurer ou, au contraire, terroriser.

La presse anglaise se répandait en invectives, en menaces, en incantations pour que la maudite race française fût enfin renvoyée au néant d'où elle était sortie. Depuis le temps qu'il en était question, on pouvait enfin passer aux actes. Au milieu de ce déversement de haine, le *Herald* tenait sa place. Pour Adam Thom et ses compagnons, la méthode employée pour déporter en masse les Acadiens se suffisait à elle-même. Une flotte aux cales bourrées de Canadiens et vogue la galère jusqu'aux côtes de Patagonie, où l'on débarquerait le troupeau, libre à lui d'aller ensuite pacager et se reproduire à sa guise.

Loin de la civilisation.

Les journaux patriotes, *Le Vindicator*, *La Minerve*, avaient été perquisitionnés, leur matériel saisi ou détruit sur place. Leurs dirigeants demeuraient introuvables, cachés en ville, passés aux rebelles ou déjà sur les chemins menant aux États-Unis. On recherchait les chefs de la rébellion, des placards sur les murs offraient des récompenses. Compagne fidèle des guerres comme des troubles civils, la délation s'était mise aussitôt à l'œuvre pour guider les fouineurs vers les bons endroits. Par une sorte d'effet de chape, la parole publique se mua en un chuchotis de confidences. Élever la voix équivalant à prendre le risque d'une arrestation immédiate, la cité se transforma en un ballet d'ombres dans un décor d'automne triste et gris.

Adeline aida les enfants à s'habiller. Elle avait donné la leçon de lecture comme à son habitude, nourri ses élèves, préparé la bouillie de Joachim. Une journée en apparence ordinaire se terminait sauf qu'Adeline ne pouvait se défaire d'une sensation d'angoisse oppressante et tenace. Depuis que l'écho d'une bataille sur les rives du Richelieu lui était parvenu, il lui devenait presque impossible de se concentrer sur les tâches les plus anodines. De gros soupirs qu'elle ne pouvait contenir s'échappaient de sa poitrine, respirer lui semblait difficile, presque douloureux.

Elle était allée écouter la rumeur, à la recherche d'amis de Frédéric, de ces Fils de la Liberté dont il s'honorait d'être le compagnon. Ils avaient disparu comme par enchantement, l'auberge Bonacina s'était vidée de sa clientèle bavarde. À la place de leurs petites bandes, des patrouilles de soldats en redingote grise, shako à plumets sur la tête, parcouraient les rues, cognant aux portes, interrogeant ici, emmenant, là, un suspect.

Jérôme entra dans la maison, ruisselant, ses gros souliers de cuir crottés, son pantalon maculé de boue.

— J'étais sur la route de Sorel, dit-il en s'ébrouant. La troupe monte vers le nord avec des canons.

Adeline eut un geste d'agacement. À quoi s'attendait-on ? Colborne avait annoncé la couleur, pas de quartier pour les rebelles. Celui-là savait bien ce qu'il voulait.

— Tu as soupé ?

Il fit signe que non. Il était en instance de départ pour le nord. Lorimier rassemblait des gens à Saint-Benoît. On allait se battre aussi du côté de Saint-Eustache, une bonne dizaine de comtés se trouvaient désormais en état d'insurrection.

— J'dois quitter Montréal cette nuit, dit-il. Y aura de la brume et peu d'lumières, ça tombe ben.

Adeline se mordit les lèvres. Les jeunes gens qui s'engageaient dans l'aventure ne manquaient pas de culot. À ceci près que ceux des campagnes y allaient en nombre quand leurs frères des villes se comptaient. Le monde des idées n'était pas forcément celui des actes et bien des exaltés du temps de paix préféraient s'en tenir à l'observation, à bonne distance des événements.

— Tu sais des choses, lui dit-elle. Ne mens pas, je le vois à ton air.

Elle connaissait son petit bougre de Jérôme. Colérique et plutôt taciturne, secret mais laissant passer malgré lui ses pensées par son regard. Il capitula sans combattre :

— On s'bat à Saint-Denis et à Saint-Charles. Des gens ont vu l'Anglais r'tourner vers Sorel. J'devrais ben être là-bas.

Il enrageait. Adeline s'assit sur le banc, tête basse. Les enfants attendaient leur soupe. Jérôme se leva pour les servir. Soudain, il se figea.

— Des bottes, là, dehors. On vient. Des volontaires, calisse, c'est pour ici.

On toqua fort, avec une crosse de pistolet. Adeline se précipita, vit entrer une demi-douzaine de miliciens précédés par un civil dépenaillé portant sabre et épaulettes, qui la toisa.

— Fonteneau, ici ?

Elle fit oui de la tête. Les hommes fouillaient déjà la chambre, la petite cour où l'on rangeait quelques outils et les provisions de bouche. Ils ouvrirent l'armoire dont ils répandirent le contenu au sol. Pas d'armes, pas davantage de Patriote. Le chef du groupe aperçut Jérôme, trempant tranquillement sa cuillère dans un bol de soupe.

— Qui est l'homme ?

— Mon frère ! s'écria-t-elle.

Jérôme écarta les pans de sa veste en signe de soumission. Avec ses cheveux longs recouverts en partie par un foulard, ses chausses, son pantalon de toile épaisse, il ressemblait à un quelconque ouvrier du port ou des manufactures. Pas grand-chose à voir avec un bourgeois à lunettes travaillant pour un journal interdit.

— *Just children*, dit un milicien. *Nothing else*.

— Où Fonteneau Fred'ric ? s'impatienta le milicien.

Il portait d'épais favoris, déshabillait Adeline de son regard bleu. Il la prit par le bras, la força à se rasseoir tandis que les enfants se blottissaient dans un coin de la pièce. N'obtenant pas de réponse, il la saisit par le menton, serra, puis, lentement, laissa sa main descendre vers son buste.

— Il est à Beauharnois ! Chez son frère.

Elle se dégagea, répéta « Beauharnois », hasarda un « *brother, brother* » qu'elle souhaita convaincant. Jérôme observait la scène. L'Anglais hocha plusieurs fois la tête en lissant sa moustache. Il avait encore à faire, ce qui le contrariait.

— Revenir chercher, nuit, dit-il d'une voix calme.

Jérôme devait déguerpir et ne plus se montrer. Adeline se leva, pâle, les yeux dans ceux du milicien. Les vainqueurs se désignaient déjà eux-mêmes. Les soldats en vestes rouges sur les chemins de la gloire, les piliers du Doric Club et autres associations extrémistes commis aux basses œuvres. Ceux-là savaient qui était Frédéric, pour une raison fort simple. Ils l'avaient bastonné, quelques mois auparavant.

L'homme pointa son doigt vers Adeline, un drôle de sourire au coin des lèvres. On se reverrait sous très peu. S'étant à nouveau approché d'elle, il plaqua brusquement la main sur son ventre, murmura :

— *Don't move*. Rester maison.

Puis il sortit, suivi de sa troupe. Jérôme vérifia qu'ils s'éloignaient dans la rue. Il avait dissimulé un pistolet sous sa ceinture de laine, au creux des reins. Et glissé un poignard dans l'une de ses chausses.

— Il faut s'en aller d'icitte et sans tarder, dit-il. Ces gens ont des manières qui m'plaisent guère. Tu vas renvoyer les enfants chez eux, prendre le tien, quelques affaires, et m'suivre hors la ville.

Adeline le regarda sans paraître l'entendre. La brutale intrusion des miliciens la sidérait. Jérôme la prit par les épaules.

— Tu sais ce qu'ils veulent, sœur ? Ce sera ça pour les femmes de Patriotes, pour leurs filles et p't'êt' même pour leurs mères. Ces gars ne sont point soldats, ils pensent que la guerre, c'est d'abord fait pour piller, rançonner et l'reste. Ils sont des centaines comme ceux-là, en ville et ailleurs. Vautours !

Il cracha par terre. Adeline se leva du banc. Frédéric ne reviendrait pas à Montréal avant des semaines, ou des années. Proscrit. Le mot prit soudain tout son sens dans son esprit ; la peste avait pénétré chez elle, croire qu'elle ne contaminerait personne était une illusion.

Elle entra dans une violente et soudaine colère. Voilà où on en était, à croire que les Anglais finiraient par avoir peur des gentils Patriotes. Et ceux-là, où étaient-ils tandis que leurs ennemis investissaient les maisons, fouillaient les armoires, molestaient les gens sans défense et terrorisaient les enfants ?

Jérôme parut surpris. Ils se battaient, parce qu'il n'y avait plus d'autre solution, qu'ils étaient arrivés au bout de ce que des hommes pouvaient supporter.

— Parce qu'ils doivent le faire ou vivre comme des esclaves et toi avec.

Elle le haïssait à cet instant, le regard chaviré, les lèvres amincies, incapable d'ajouter un mot. Un jour déjà ancien, à Sainte-Rose, un homme s'était approché d'elle de la même manière. C'était un journalier venu des cantons du Nord pour la moisson. Il faisait très chaud, elle avait quinze ans et s'était amusée à aguicher ce grand gaillard blond aux yeux de faïence, au torse large, au sourire de loup, pensant en être éprise.

Tandis que les hommes, recrus de fatigue, s'étaient brièvement endormis dans des coins d'ombre, elle l'avait suivi à l'orée d'un bois, s'était laissé embrasser. Puis, comme il se faisait pressant, elle avait pris peur et tenté de le repousser. Il lui avait alors serré le cou d'une main, remonté sa jupe de l'autre, et l'avait prise contre un arbre. « Si tu parles, je te tue. »

Elle étouffa un sanglot. Jérôme la saisit par les bras, la secoua. Si elle désirait recevoir l'hommage des miliciens de Colborne, elle n'avait qu'à rester là, avec son fils pour la défendre. Les hommes en prison et les femmes au lit, à contenter les vainqueurs, tel serait le prix à payer pour avoir affronté une reine de dix-huit ans. Elle eut une mimique d'incrédulité puis sembla revenir à elle. La grossière privauté du milicien lui brûlait le ventre. Elle admit, d'une voix lasse :

— Tu as raison. Si tout est perdu…

— Rien n'est perdu. Où habitent ces deux drôles ?

— Au nord de la ville.

— C'est là qu'on va. Ils nous feront compagnie jusqu'à chez eux, ensuite, nous passerons par les champs et à Dieu vat.

Au moment où elle quittait sa maison sous la pluie battante, un ballot de linge serré contre elle, Adeline fut submergée par une vague d'absolu chagrin. Le peu qu'elle avait fait vivre pour Frédéric gisait derrière elle, un feu abandonné, des heures paisibles, mille choses impalpables. La nostalgie était en elle, déjà, d'avoir dû abandonner ce domaine si petit et si précieux pour des idées exaltant les cerveaux au point de rendre sourds et aveugles ceux qu'elles hantaient.

« Une famille de retour chez elle », au dire de Jérôme. Ils se hâtèrent, tenant les enfants par la main alors que tombait une de ces nuits de novembre à désespérer les guerriers les plus endurcis. Jérôme s'arrêta plusieurs fois, tendant l'oreille vers une possible patrouille, reprenant sa marche à travers la ville déserte. Il y avait donc une guerre, mais où ? Tout était mort, obscur, sauf les fenêtres de la maison Fonteneau, faiblement éclairées.

Une silhouette de femme passa, furtive, derrière l'une d'elles. Le cœur d'Adeline se serra. La vie pouvait être une chose très simple ; ce soir-là, elle avait la couleur uniforme du ciel, son poids, son épaisse mélancolie.

— J'vais voir par là, décida Jérôme.

Sans lui demander son avis, il alla toquer à la porte. Adeline reconnut la silhouette trapue de la servante

Courtemanche, venue ouvrir au bout d'une longue attente. Que voulait-on, à cette heure de la nuit ?

— Je suis le frère d'Adeline Fonteneau. Les volontaires sont venus chez elle et l'ont mise en danger d'être violée.

— Cristi ! Et c'est le petit, là ? Mais ne restez pas au froid, vous allez attraper la mort !

Adeline libéra ses deux élèves, les bougres connaissaient la ville comme leur poche et les chemins pour rentrer chez eux. Puis elle pénétra dans la maison, suivie par Jérôme. Le bruit de la porte refermée derrière elle, au bout d'un couloir peuplé de tableaux d'ancêtres, la fit sursauter ; ainsi devait-on entrer dans une geôle.

Courtemanche s'occupait déjà de Joachim. Un petit dehors, dans la brume glacée, le monde était bel et bien sens dessus dessous. Où allait-on ainsi ? Et Frédéric, avait-on de ses nouvelles ?

Adeline ne répondit pas. La maison sentait la cire froide, le veuvage, l'ennui.

— Notre vieux maître Joachim est passé, la nuit dernière, dit la servante à voix basse, on le veille à l'étage.

— Qui est là, Courtemanche ? s'inquiéta quelqu'un, d'une voix tendue.

Adeline reconnut Marie Fonteneau. Il y eut quelques secondes de silence, le temps pour Catherine de rejoindre sa mère.

— C'est le fils de Frédéric, avec les siens.

— Je vois bien, fit Marie, glaciale. Nous veillons un mort, ici, il doit y avoir une bonne raison pour nous déranger.

Tête basse, Adeline encaissa l'affront.

— Je vous demande pardon, dit-elle en tournant les talons. Jérôme, prends l'enfant.

Catherine s'interposa. Elle s'occuperait de ça, conduirait les visiteurs chez elle. Les temps n'étaient pas ordinaires, l'écho des perquisitions résonnait aussi rue Saint-Jacques.

— Mère, je vous en prie, laissez-moi faire, ordonna-t-elle. Puis, s'adressant à sa belle-sœur : Frédéric vous met dans l'embarras, il fallait s'y attendre. J'habite à cent pas d'ici. Vous ne risquerez rien sous mon toit, le mieux est que vous y demeuriez, le temps qu'on y voie un peu plus clair.

Adeline était épuisée. La perspective de devoir quitter la ville nuitamment pour emprunter des chemins défoncés par l'automne ajoutait subitement à sa fatigue. Et la main de ce milicien sur elle, le dégoût d'une souillure ! Elle désirait se laver.

— Soit, dit-elle.

Elle vit le regard de Marie Fonteneau posé sur son fils. En grandissant, le petit se mettait à ressembler à Frédéric, même chevelure noire, bouclée, mêmes yeux. Il n'était jusqu'au sourire, calqué sur celui du père.

— Allons-y sans tarder, dit Catherine.

Quelques minutes de marche suffirent au petit groupe pour rejoindre la maison du comptable Champagne.

— Installez-vous, recommanda Catherine à son invitée.

Adeline découvrit le comptable en question. Rompue à différencier les boutefeux du reste de la population, elle sut d'emblée que son hôte appartenait à la catégorie des prudents. Chez lui, pas d'hostilité mais une évidente réserve, comme s'il chiffrait dans sa tête le risque encouru cette nuit-là. Adeline était trop épuisée pour réfléchir plus avant sur la question pourtant essentielle de l'engagement. Elle se laissa mener à une petite chambre dotée d'un lit à une place sous un baldaquin de toile jaune.

— Vous vous serrerez un peu avec le petit, lui dit Catherine. Votre frère dormira sous le comble. Voulez-vous souper ?

Elle refusa, déclara qu'elle ne tenait plus sur ses jambes.

— Vous séjournerez ici tant que vous le voudrez, lui promit son hôtesse.

Demeurée seule, Adeline s'assit au bord du lit, soudain abasourdie. Une trappe s'ouvrait sous ses pieds comme la glace sous les patins des imprudents, au dégel du fleuve. Dessous, tout était noir et sans fond.

Il faisait encore nuit lorsqu'elle s'éveilla en sursaut. Très vite, le silence de la maison l'oppressa. Elle se leva, alla secouer doucement son fils, qu'elle habilla. Puis, pieds nus, en chemise, elle gravit l'échelle de meunier menant au comble.

— On quitte le lieu, dit-elle à Jérôme. Je ne peux plus rester ici. Tu trouveras quand même l'attelage ?

— Pour sûr.

Lorsqu'elle eut achevé de se vêtir, elle précéda sa troupe dans le couloir, sortit de la maison. Le grand froid s'annonçait sous un ciel débarrassé de ses nuées, la neige avait durci. L'été, il fallait un bon attelage et une grande journée pour rejoindre Saint-Benoît. Cette fois, le voyage serait autrement hasardeux.

Elle eut le pressentiment qu'elle ne reverrait plus Montréal.

18

Il y avait eu un assassinat sur la route. Des Patriotes avaient roué de coups puis achevé le lieutenant anglais prisonnier que Nelson faisait transférer à Saint-Charles.

— Il a tenté de s'enfuir, expliqua un homme. Il nous avait donné sa parole d'officier. On a croisé les siens, à distance, il les a vus et s'est mis à courir, voilà tout.

Il y avait donc de la troupe anglaise entre les deux villages. L'affaire ne sentait pas très bon, les justiciers avaient l'air plutôt penauds, quant à l'Anglais, il gisait dans une mare de sang, la tête à moitié emportée par le coup de grâce.

— Les soldats prisonniers ont été nourris par les familles de Saint-Denis et vous tuez celui-là, dit Maurin. Les ordres de Nelson et de Chénier sont pourtant clairs. Pas d'exécution sommaire. Les Anglais sauront s'en souvenir et ne manqueront pas de vous le rappeler, à l'occasion.

Le mal était fait. Il y avait une fatalité que les Patriotes avaient l'art de ne pas savoir éviter.

— Ne restons pas là, dit Maurin. On nous attend à Saint-Charles.

Frédéric ne pouvait détacher son regard de ce spectacle pitoyable, un cadavre en chemise, défiguré, veillé par des meurtriers devenus soudain aussi inutiles que leurs gourdins. Ceux-là ne s'attarderaient pas non plus. Ils jetèrent le corps de l'officier dans un champ puis, s'étant concertés, décidèrent de rebrousser chemin.

Une grosse dizaine de kilomètres séparait les villages. La crainte de tomber sur une compagnie anglaise obligea le petit groupe de marcheurs à de nombreux détours. À mesure qu'ils se rapprochaient de Saint-Charles, ils entendirent une canonnade ponctuée par le crépitement des fusils. Des colonnes de fumée s'élevaient au sud et à l'ouest du village.

Ils trouvèrent l'abri de collines boisées pour avancer, finirent par découvrir le décor de la bataille, en fait, l'encerclement total du village et une marée grise de soldats et de cavaliers lancée à l'assaut. Cela convergeait des quatre points cardinaux vers un manoir dûment percé par des boulets.

— Des fourmis, murmura Frédéric.

Face à l'avancée des tuniques rouges, les rebelles se tenaient derrière une palissade. Vue de loin, l'armée anglaise ressemblait à un long serpent s'apprêtant à étouffer une proie.

— Seigneur Dieu, protège-nous, implora Maurin.

Il ne pouvait rien faire sauf contempler le massacre. Ce n'était plus Saint-Denis et son miracle, mais la rapide agonie d'une bête prise au piège et luttant seule contre un corps de chasseurs. C'est perdu, songea Frédéric. La marée des manteaux gris déferla, la palissade, dérisoire rempart, fut abattue, laissant des brèches par où s'engouffrèrent les soldats. Sous les yeux des témoins impuissants, les hommes tombèrent, par dizaines.

— Un grand cimetière.

Maurin avait jailli de derrière un arbre. Frédéric le retint par la veste au moment où il s'apprêtait à dévaler la pente, fusil au poing, pour se faire abattre.

— Tu es fou !

Les volontaires ne se risqueraient pas au bas de la colline. D'ailleurs, le combat s'achevait, la troupe investissait déjà le manoir. Il y eut quelques coups de feu puis le silence entre les colonnes de fumée, le champ de bataille jonché de corps, les fermes éventrées par les boulets. Des fuyards gagnaient les bois jouxtant le village.

Les jeunes gens se regardèrent. Il convenait de ne pas s'attarder dans les parages. La prochaine place forte à défendre se nommait Saint-Eustache. C'était à l'ouest, au bout d'une longue route entre rivières, forêts et champs.

Des gens parvinrent au sommet de la colline, femmes et enfants, quelques hommes aussi, qui n'avaient pu rejoindre le village.

— Où est Chénier ? s'inquiéta Frédéric.

Le médecin avait choisi de défendre Saint-Eustache. Frédéric en fut soulagé. On irait donc, le plus rapidement possible.

Si ce n'était pas la retraite d'une armée constituée, cela y ressemblait par quelques côtés. Des groupes épars, mélange de paysans, de citadins, sans chefs pour les commander, quittaient les cantons bordant la rivière Richelieu pour des contrées moins hostiles. Ce qui revenait à marcher vers l'ouest et les derniers endroits où l'on était censé se battre.

Bien qu'il n'y fût pas arrivé depuis longtemps, Frédéric en avait un peu assez de la guerre. Maurin, qui affectait de croire la victoire encore possible, se répandait en paroles parmi les fuyards, fustigeant les fatigues, les désirs d'abandon et autres trahisons. Et les braves gens qui l'accompagnaient entre bois et champs semblaient accorder quelque crédit à ses certitudes de jeune chef.

Pas tous, cependant. Lorsque l'on se comptait, au matin gelé, c'était pour constater la saignée progressive et apparemment inéluctable de l'armée en déroute. C'était en vérité à qui rejoindrait le plus rapidement une ferme ou un village amis. Frédéric eut du mal à cacher son amertume. Marcher des heures durant dans la neige en faisant des détours pour éviter les Anglais en maraude éteignait peu à peu sa soif d'aventure et de don de soi, comme un courant d'air souffle une chandelle mourante.

— Chénier est à Saint-Eustache, le lança Maurin. Il faut le rejoindre. Les Deux-Montagnes sont un canton acquis aux Patriotes depuis des lustres.

Pour avoir parcouru plusieurs fois la région, Frédéric le savait bien. Là-bas, on votait patriote de père en fils et Chénier, aimé autant que respecté, pouvait compter sur l'appui massif de la population.

Seulement, il y avait eu les deux premières batailles. N'importe qui possédant un peu de jugement pouvait apercevoir la différence entre les armées du général Colborne et les bandes de volontaires canadiens. Si les combats à venir devaient ressembler à celui de Saint-Charles, il y avait grand souci à se faire.

Maurin balaya l'objection. Le peuple ne s'était pas encore vraiment levé. Lorsqu'il le ferait, il se formerait une vague que les Anglais, sidérés, seraient forcés de laisser passer.

— Nous avons triomphé à Saint-Denis, n'oublie pas ça.

— Nous allons geler sur pied, objecta Frédéric.

Leur chemin empruntait des pistes, des morceaux de route défoncés, des prairies blanchies par les premières neiges, de la forêt. C'était un pays d'eaux, où le Saint-

Laurent et la rivière des Outaouais jouaient à se fondre l'un dans l'autre puis à se séparer, créant méandres et lacs, immensités grises sous le ciel assorti. Un beau pays de grasse et bonne terre, que l'on peinait à imaginer plongé dans cette guerre.

On fit du feu, prudemment ; des lapins égarés sur les glaces furent posés dessus et grillèrent. Ce fut par moments comme une de ces expéditions de la jeunesse montréalaise vers les endroits où l'on pêchait et chassait. Frédéric prisait assez la chose, on se prenait alors pour les pionniers des siècles passés. Des amitiés naissaient de ces initiations à la nature et à ses lois.

Adeline… Couché près du feu, grelottant sous une couverture indienne, Frédéric songea à ce qu'il avait laissé derrière lui. Les yeux de sa femme, ses cuisses, ses seins adorables, la permission qu'elle lui accordait de tout prendre, comme un sauvage parfois. Il entendit ses soupirs, ses petits cris de plaisir, sa respiration de plus en plus rauque. Elle chuchotait, les lèvres contre son oreille, des mots tendres et d'autres qui l'étaient moins, des expressions paysannes pour dire le désir et la jouissance. Tout cela avait-il vraiment existé ?

Son enthousiasme fondait au fil des jours, mais que faire d'autre sinon marcher ? Il fallait continuer à croire. Chénier tenait Saint-Eustache, il devait se passer des choses à Montréal, à Québec même, peut-être. Cristi ! On se battait pour des valeurs sans pareilles, la liberté, le droit, la fierté. Maurin se révélait particulièrement résistant aux épreuves du climat. Il n'avait jamais froid, ses idéaux lui tenaient lieu de pelisse. Voltairien dans ses affirmations.

— On approche, Frédéric ! Médecins et notaires vont écraser l'infâme. Souvenons-nous des soldats de Danton et de Marat, nous leur ressemblons.

Ils virent de loin l'armée anglaise, deux mille hommes au bas mot, en longues colonnes, de quoi animer l'horizon rectiligne du lac des Deux-Montagnes. Un doute les assaillit. De combien d'hommes disposait Chénier ? Le village au bord de la rivière des Outaouais n'était ni plus ni moins facile à défendre que ses pareils du Richelieu. La différence était dans le relief environnant, fait de collines assez élevées, de vallons, de bois profonds. On pouvait tendre des embuscades, guerroyer à la manière indienne, les montagnes étaient, partout dans le monde, des lieux propices à la résistance.

— Papineau est passé aux États-Unis, leur révéla un volontaire de Montréal qui suivait à distance la troupe anglaise.

Papineau avait quitté le Canada. C'était une nouvelle stupéfiante, difficile à croire. Ils se souvinrent du souci de Nelson, admirent. À quoi bon attendre qu'on s'en vînt le chercher pour le pendre en place publique ? Le sang avait coulé et ce n'était pas fini, ceux qui avaient franchi le pas ne bénéficieraient d'aucune circonstance atténuante.

Comme à Saint-Denis et à Saint-Charles, des gens fuyaient le village, seuls ou par familles entières. Liberté leur était laissée, on ne forçait personne à se mettre en danger ; de toute façon, les désertions étaient assez nombreuses et les chefs insuffisamment rigoureux pour les empêcher. Il y avait vraiment du romantisme dans cette rébellion, la probité, le sens de la justice et du sacrifice alliés à des naïvetés d'enfants.

Saint-Eustache serait théâtre de guerre. Chénier en avait préparé la défense. Lorsque Frédéric s'enquit du nombre de Patriotes présents au village, on lui fit des réponses vagues. Il y avait du monde, armé comme dans les autres bastions ; piques et fourches, bâtons et vieux flingots.

— Hâtons-nous, dit Maurin, sans quoi ils vont de nouveau nous empêcher de nous mêler à l'affaire.

Ils entrèrent dans la citadelle ouverte aux quatre vents au moment où les Anglais arrêtaient leur progression, à deux kilomètres de là. Chénier donnait ses ordres devant l'église, dont le prêtre l'adjurait de rompre et de se retirer avec ses hommes. Un dialogue de sourds s'était instauré, Chénier contenait à grand-peine sa colère ; on se battrait, le débat était clos.

— La presse nous rejoint, dit-il, heureux. Quelques tireurs en renfort ne seront pas de trop.

Il disposait d'une centaine d'hommes qui se posteraient derrière des abris de planche, des barricades. Pas grand monde.

— Girod a disparu, dit-il, tendu. Prétendument pour aller chercher du renfort. Hélas, nous n'en recevrons pas avant longtemps.

Frédéric se souvint de ses premières missions à la campagne. C'était dans une vie antérieure, des villages paisibles s'ouvraient au débat public, des chefs se révélaient et paraissaient, dans la belle lumière des idées. Montréal résonnait de la fougue patriote, tout était possible.

Girod, le matamore suisse aux plans de bataille irréfutables, avait fui. Comme quelques autres. Restaient les cœurs purs, les admirateurs des révolutionnaires de Pologne, d'Irlande, du Mexique, assoiffés de liberté et prêts à donner leur vie pour ressembler à ces modèles.

— Nous comptons beaucoup de déserteurs, fit Chénier, amer. Vous avez dû en rencontrer plus d'un en chemin.

Sur les trois cents combattants de Saint-Charles, la moitié à peine avait survécu. Les bataillons annoncés par les chefs patriotes, cette armée faite de tout un peuple dressé contre les tyrans, se résumaient à des poignées de jusqu'au-boutistes à peine mieux équipés que des piqueux de chasses à courre. Frédéric sentit une sueur froide couler dans son dos. Il se passerait à Saint-Eustache ce à quoi il avait assisté à Saint-Charles.

— Nous sommes dégarnis à l'ouest de l'église, dit Chénier. Colborne pourrait bien nous tourner par ce côté-là. Il faut donc nous y renforcer. Rejoignez les défenseurs et tenez-vous prêts. Après quoi, nous écrirons ensemble cette belle page de notre histoire. Si vous le voulez bien, ami.

Il eut le sourire désinvolte, vaguement triste, de celui qui sait parfaitement à quoi s'attendre. Joueur en passe de voir sa donne emportée par l'adversaire, il dominait sa détresse, offrait à ses compagnons d'infortune la suprême élégance de son désespoir.

— Dieu nous a dans sa main, dit-il. Je compte sur vous, Fonteneau, pour l'aider un peu dans sa tâche.

L'église serait le dernier endroit où l'on se battrait. Son oblat avait tenté de tempérer les élans de Chénier, proposant même d'aller en personne négocier la reddition du village auprès des assaillants. En vain. Les boutefeux de la cause patriote ne revenaient pas en arrière. Au moment où il longeait la nef, Frédéric sentit une main presser son épaule. Jérôme Desrouets l'avait repéré et était accouru à sa rencontre.

— Cristi, mon beau-frère ! Que fais-tu à Saint-Eustache ?

— La même chose que toi, calisse.

Frédéric parut sortir d'un rêve, écarquilla les yeux.

— Où est Adeline ? Tu le sais ?

— À Saint-Benoît, avec ton fils, c'est à moins de quatre heures d'ici. Le père Chartier a recueilli du monde. Et beaucoup de ceux qui se sont retirés d'ici y sont aussi.

Le cœur de Frédéric bondit. Adeline avait suivi ses instructions. Les Desrouets avaient ainsi fait du chemin, entre neige et glace.

— À pied, en traîneau, avec d'autres, expliqua Jérôme. Elle a voulu aller jusqu'au Richelieu pour te rejoindre et puis les nouvelles qui v'naient d'là-bas n'étaient pas bonnes, alors elle a décidé de trouver le curé d'Saint-Benoît pour s'en r'mettre à lui. J'ai dû la forcer à rester à Saint-Benoît, sinon elle m'aurait accompagné. Elle tient plus en place.

Frédéric pensa aussitôt qu'il était préférable pour lui de s'y rendre, toutes affaires cessantes. Jérôme l'observait. Cela s'appelait déserter, d'autres n'avaient pas hésité à le faire, donnant à la résistance patriote des allures de débâcle. Frédéric considéra les misérables défenses mises en place par Chénier ; des murs de planches disjointes, des charrettes, des bottes de paille pour arrêter les boulets de Colborne. La victoire de Saint-Denis avait été miraculeuse, le reste n'était qu'aventure, et déroute annoncée.

Louis Fonteneau avait décidément raison. La bravoure de quelques chefs, leur dévouement absolu à la cause, la justesse de celle-ci pour bannière et l'élan naïf de pauvres laboureurs, tout cela manquait cruellement d'intelligence militaire. Frédéric parut sortir d'un mauvais rêve. Il n'avait pas pensé, écrit, poussé tant de gens à s'engager, pour fuir au moment le plus critique. Chénier donnait l'exemple, lui aussi doutait face à la réalité mais il s'offrait, droit dans ses bottes, au destin qu'il s'était choisi.

— On nous demande sur le côté sud du village, dit Frédéric. Viens-tu avec moi ?

— Sûr. On est là pour ça, j'crois ben.

Jérôme Desrouets était à l'image de cette guerre vue du côté des perdants. Fataliste et fidèle à ses engagements. Des volontaires montréalais, il ne restait pas grand monde. La troupe s'était dissoute au fil des errances et les forts en gueule des assemblées printanières étaient allés porter leur message ailleurs.

Des Patriotes tenaient une barricade à la sortie du bourg. Les Anglais ne détestaient pas les mouvements tournants, on avait donc placé des hommes aux points distaux. Sauf que comme à Saint-Charles l'assaillant, sûr de sa force et peu désireux d'entamer un siège en règle, avait décidé de lancer l'essentiel de ses forces sur la voie d'accès la plus directe.

Les deux hommes se hâtèrent vers les amoncellements de planches, de remorques et d'attelages derrière lesquels se tenaient une quinzaine d'insurgés. Une compagnie anglaise donnait déjà l'assaut, baïonnette au canon. Frédéric vit les tuniques rouges sous les manteaux gris, à moins de trente pas.

— Y sont plus d'cent ! cria Jérôme.

La soudaineté de l'attaque, la détermination des assaillants jetèrent bientôt le trouble chez les défenseurs. On lâcha une salve qui coucha quelques hommes. À Saint-Denis, cela avait suffi pour immobiliser les Anglais. Il en faudrait davantage cette fois, la défense allait être submergée. Le repli des Patriotes s'amorça tandis que Frédéric, qui avait troqué son flingot contre un pistolet de duel, rechargeait son arme.

Il recula, mêlé à ses compagnons, tira au jugé. On se repliait vers l'église. Une volée de boulets annonça l'offensive par l'île Jésus. On ne perdrait pas de temps en manœuvres inutiles. Couverts par l'artillerie de Colborne, deux mille hommes s'étaient mis en mouvement face aux deux cents compagnons du docteur Chénier, avec pour cible principale le sanctuaire.

Le nord et le sud du village étaient aux mains des Anglais. Pris dans la nasse, les insurgés couraient en tous sens ; en vérité, chacun en faisait à sa tête, vingt stratèges décidaient en même temps. Son pistolet dans une main, son épée dans l'autre, Frédéric se rua vers le clocher de Saint-Eustache. Des gens fuyaient la subite poussée, par l'est, des tuniques rouges. « Les Anglais sont dans le village ! » lui cria-t-on au passage. Des fumées noires montaient du parvis, des salves de fusil retentissaient, sèches comme des coups de fouet.

— Du rouge, là ! hurla Jérôme.

Les soldats de Colborne investissaient déjà la place. Frédéric les vit, marchant entre les maisons, baïonnette au canon. Le parvis de l'église était encore libre. Il se précipita, entra avec quelques autres dans la nef. On se battait à l'arrière du bâtiment, du côté de la sacristie. L'affaire n'avait pas traîné, les pauvres défenses patriotes avaient été enfoncées partout, Chénier et les siens s'étaient repliés à l'étage de l'église, d'où ils tiraillaient.

— Ils ont détruit l'escalier, dit Jérôme.

Les Canadiens avaient pris cette décision terrible, qui les isolait totalement. Sans les marches menant à la galerie, il était impossible de les rejoindre. Jérôme saisit son beau-frère par la manche.

— Ils se sont enfermés. Il faut sortir, Frédéric, sans tarder.

Des blessés criaient non loin de là. L'église se vida en quelques secondes. On s'affrontait déjà sur le parvis. Des soldats avançaient entre des colonnes de fumée, des cadavres gisaient sur la neige glacée. Frédéric distingua une ruelle bordée de maisons basses, au bout de laquelle s'élevait un bois de trembles. Un Anglais se tenait là, immobile. Frédéric vit l'homme se mettre à marcher vers lui, épauler en même temps son fusil. Il tira, d'instinct.

— Tu l'as couché ! hurla Jérôme.

Frédéric s'arrêta net. Le soldat était tombé à genoux, la main contre son cou, l'air de ne pas croire tout à fait ce qui lui arrivait. Jérôme avait déjà ramassé son fusil. Prêt à détaler. Frédéric n'en crut pas ses yeux. Le sang giclait entre les doigts du soldat, rougissait la neige. Vas-tu tomber ? pensa-t-il. C'était un tout jeune garçon, aux mains bleuies par le gel.

— Viens donc ! ordonna Jérôme. On va s'faire pogner si on s'attarde icitte !

Il le tenait à nouveau par le bras, l'entraînait. Frédéric se laissa faire. Le soldat n'allait tout de même pas rester ainsi, comme à la prière. Enfin, il s'inclina lentement, chuta face contre terre, les doigts toujours serrés sur sa jugulaire.

Frédéric s'engagea dans la ruelle au moment où les flammes d'un incendie s'élevaient de l'église. Des Anglais croisaient à vingt pas, noyés dans la fumée qui soudain recouvrait tout. C'était là une protection inattendue. À Dieu vat, pensa Frédéric. Jérôme courait droit devant lui, le bougre avait de l'assise sur la glace. Lorsqu'il fut arrivé à la lisière du village, il se retourna, attendit son beau-frère. Frédéric eut du mal à parcourir les derniers mètres le séparant du bois. Enfin, il y parvint, à bout de souffle.

Une sente menait vers le sommet d'une colline d'où les fugitifs purent apercevoir l'église en feu. Frédéric songea aux Patriotes piégés à l'étage de la sacristie. Le cœur battant, il vit les premiers d'entre eux s'élancer des fenêtres, tirés au vol comme des canards. Ceux que le plomb avait épargnés étaient abattus au sol par les soldats postés aux angles des maisons voisines.

Ils furent ainsi des dizaines à se jeter dans le vide, foudroyés ou simplement blessés et achevés aussitôt à la baïonnette. Une tuerie, dans un infernal décor de hautes flammes, de noire fumée, rythmée par le crépitement hybride des salves de fusil et de l'incendie.

— Cauchemar, murmura Frédéric.

Jérôme contemplait ce spectacle de mort violente sans émotion particulière. Frédéric découvrit une tache rouge à son épaule. Une balle avait troué la grosse veste du jeune paysan.

— J'ai senti quelque chose là, quand j'courais. J'peux bouger l'bras, ça doit être un séton, bah, j'suis ben grafigné[1], tout simple. On verra ça plus tard.

En bas, le massacre continuait. Les fenêtres de la sacristie vomissaient du Patriote comme une frelonnière attaquée vomit ses insectes. On devait se bousculer pour fuir le feu, il était facile d'imaginer la panique des combattants, leurs cris étouffés par la neige, les soldats pesant de tout leur poids sur les poitrines offertes à leurs baïonnettes.

— Il vaut mieux partir, dit Jérôme, on doit être juste dans les lignes rouges.

Colborne nc ferait pas de quartier, cette chienlit française n'avait que trop duré. De village en village, la guerre pouvait s'étendre jusqu'aux confins du Haut-Canada, où des indépendantistes anglais avaient levé à leur tour leur bannière contre le pouvoir en place. Il y aurait donc deux exemples à faire, le plus rapidement possible.

1. Éraflé.

Ils seront tous passés par le fil de l'épée, songea Frédéric. La sauvagerie de la répression ne laissait subsister aucun espoir. Quant à la rébellion, la mort probable de Chénier la laissait orpheline sur le champ de bataille.

19

Le père Chartier s'était souvenu de la belle promise venue de Montréal pour épouser le journaliste de *La Minerve*. L'odyssée d'Adeline et de son enfant bravant l'hiver à la recherche de Frédéric l'avait touché. « C'est en principe la saison des âtres et des songeries mais, cette année, il y a bien des gens qui errent comme vous. » Il leur avait bien vite trouvé un logis chez des paroissiens acquis à la cause. « Chénier se bat à Saint-Eustache, nous n'avons ici que quelques vieux fusils et pas grand monde pour s'en servir, même si notre village a le cœur profondément patriote. »

La guerre s'arrêterait à quelques kilomètres de son église. Le prêtre n'aurait pas dédaigné s'y mêler avec les siens, mais le sort des armes en décidait autrement. Saint-Benoît serait épargné, au vu des événements, ce n'était pas forcément une mauvaise chose.

— Regarde, Jérôme.

Des silhouettes allaient et venaient derrière une vitre. Une longue table sur laquelle des assiettes voisinaient avec des chandelles, un chien couché devant un feu paisible. Frédéric sentit une onde de contentement le parcourir. Ses orteils commençaient à geler dans ses bottes, une morve solidifiée joignait ses narines et sa lèvre. Il avait faim.

La femme qui lui ouvrit n'était pas Adeline. Petite et boulotte, le teint carminé, elle considéra les visiteurs avec circonspection. Des bruits couraient déjà à Saint-Benoît, selon lesquels les troupes de Colborne marchaient vers le village après avoir dévasté Saint-Eustache. Frédéric n'avait cure de cela. Il repéra aussitôt sa femme, occupée à ranger du linge dans une armoire. Des hommes étaient là aussi, de tous âges, et une ribambelle d'enfants silencieux.

— Hé ! Mère Fonteneau ! Il faut soigner ton frère, annonça Frédéric.

Adeline courut vers lui, se jeta dans ses bras.

— C'est tellement bon ! dit-elle en lui baisant le cou, les yeux. Tu es à bout de forces, mon joli. Vivant !

Elle le regardait, l'embrassait à nouveau, toute à lui. Jérôme se débarrassa de sa veste. Grimaçant. La fin de son odyssée libérait soudain la douleur. On s'empressa. Il y avait là des gens sûrs, cela se voyait à l'expression encolérée de leurs visages.

— J'ai peur qu'il nous faille migrer sans tarder, dit Frédéric en soulevant son fils de terre.

L'enfant parut ne pas le reconnaître. Puis se mit soudain à pleurer, terrifié par le spectre blanc de givre qui le serrait contre lui. Frédéric le libéra, s'assit sur un banc, épuisé, mesurant qu'il n'avait pas dormi depuis deux longs jours. Tandis qu'on lavait la blessure de Jérôme, un séton dans le gras de l'épaule, Adeline servit à son mari une pleine assiette de soupe, du pain et de la cochonnaille. Au passage, elle le caressa comme elle l'eût fait d'un enfant perdu en forêt et retrouvé.

Frédéric s'inquiéta :

— Où est le notaire Girouard ?

Il se rappela un dîner chez le notable, le soir même de son mariage. Temps heureux.

— On l'a pressé de se mettre à l'abri, comme notre bon curé le père Chartier, expliqua le chef de famille, un long et austère gaillard aux mains épaisses, au front creusé de rides. Il ne voulait pas, alors on l'y a presque forcé. Il a fini par se laisser convaincre, avant ça, il nous a dit de déposer les armes et de discuter avec les Anglais pour qu'ils épargnent le village.

Frédéric eut un rictus d'amertume. Pour l'adversaire, Saint-Benoît était un nid de rebelles, une prétendue forteresse à l'image de Saint-Eustache. Reddition ou non, Colborne ne s'y déplacerait pas pour le simple plaisir de rencontrer ses habitants. Il fallait fuir.

— Que comptez-vous faire ? demanda-t-il.

Le fermier ne savait trop quoi répondre. Il y avait en effet des compagnies patriotes au village, à peine mieux pourvues en défenses que leurs voisines. Des palissades pour remparts et des piques pour affronter la dizaine de canons anglais. C'était perdu d'avance, le modéré Girouard avait raison, il ne servirait à rien de sacrifier des braves gens. La résistance canadienne était d'ores et déjà brisée.

Frédéric eut un geste las.

— Il faut parlementer. Vous avez une armée face à vous, et des irréguliers par dizaines. Débarrassez-vous de vos fusils et remisez vos fourches dans les granges.

La furie anglaise était une réalité. On parlait d'elle lorsqu'un homme entra dans la maison. Hirsute, crotté jusqu'au menton, un bloc de glace qui s'ébroua, répandant son givre sur le plancher. On le mit à table. C'était un journalier au repos hivernal. Il venait lui aussi de Saint-Eustache et avait assisté de l'intérieur à la conquête du bourg.

— Y nous ont obligés à défiler devant les cadavres, dit-il d'une voix rauque. Y en avait près d'cent dans la neige. Les blessés par balles avaient été achevés à la baïonnette, pas un n'a réchappé. Sur une table, ils avaient allongé monsieur Chénier.

Le journalier hocha la tête, cherchant ses mots. L'homme robuste au cou de taureau tremblait comme un enfant. Il avait été épargné parce qu'éloigné du village à l'heure de la bataille.

— Chénier… Mort, fit Frédéric.

— Pis qu'ça, monsieur, pis qu'ça. Ils l'avaient écartillé, après quoi y s'étaient acharnés sur lui comme sur une bête mauvaise, tant et tant qu'il avait l'air coupé en trois ou quatre morceaux. Y n'avait plus d'visage. Sa poitrine était toute grande ouverte et je vous jure sur saint Jean-Baptiste que son cœur pendait à toucher le bois. Faire une chose pareille à un trépassé, ces gens-là ne sont pas chrétiens.

— C'étaient des soldats ?

— Non, monsieur, des volontaires. « Regardez votre héros national, comme il a l'cœur ben pourri », qu'y nous disaient. Y sont entrés dans les maisons et dans les fermes, y z'ont tout pris même les femmes et les filles toutes jeunes. Moi, j'ai point demandé mon reste et j'm'ai enfui. J'ai point d'famille mais des affaires comme celle-là, ciboire, ça vous donne pas envie d'en faire une.

— Et vous dites qu'ils sont en route pour ici ?

— Certainement ! Ils nous ont demandé combien y avait d'Patriotes à Saint-Benoît, on a tous répondu qu'on n'en savait rien. Monsieur Chénier ne désirait point s'battre ici, il avait choisi Saint-Eustache parce qu'y pensait que c'serait plus facile à défendre. Les Anglais nous ont pas crus. Y font la chasse aux messieurs du commandement, aux officiers, à c't'heure.

— Ils seront là demain matin, dit Jérôme. Une lieue pour d'la troupe désirant ravager un pays, c'est misâre.

Adeline essuya le visage de Frédéric. La barbe du clerc avait poussé, ses yeux s'étaient enfoncés dans leurs orbites, donnant à son visage des allures fauves.

— Tu es maigre, lui glissa-t-elle à l'oreille.

— C'est ce qui fait les bons coqs, ma jolie.

Frédéric se sentit tout à coup désemparé. Ce fut Jérôme qui vint à son secours. On quitterait Saint-Benoît avant l'aube, en traîneau, direction le sud et la frontière américaine. Piteux, pensa Frédéric. La déroute embarquait les chefs vers le pays voisin, par des températures extrêmes. Qui avait choisi de faire ainsi la guerre en plein hiver ? La passion avait aveuglé les stratèges, à moins que ce ne fût l'inconscience.

Il y eut un long silence. Le cœur serré, Frédéric imagina l'intrusion des hommes de Colborne dans des endroits comme celui-là. Les soldats pillaient parfois, les volontaires faisaient quant à eux de cette perversion une sorte de métier. Frédéric se sentit responsable, lui et quelques autres avaient, des mois durant, avivé les mémoires, les énergies, les ressentiments. De ce mélange explosif naissait un désastre dont personne, du côté patriote, ne pouvait plus mesurer les conséquences.

— Vous avez raison, dit le chef de famille à Jérôme, il faut vous éloigner. Nous autres pourrons parler avec les officiers. Ceux-là verront que nous avons renoncé à nous battre, ils nous en rendront justice.

— Chénier, murmura Frédéric.

Le médecin était allé au bout de son engagement. Sans barguigner. Il était de la trempe des généraux de Napoléon, un pur héros, honnête avec lui-même comme avec les autres. Maurin s'en était peut-être sorti, ou alors il gisait dans la neige, en macabre spectacle pour l'édification des vaincus. Frédéric se trouva subitement incapable d'avaler sa soupe. Un sanglot lui nouait la gorge. Voyant cela, Adeline vint se serrer contre lui sur le banc. On était réunis, au bout de ces si brèves et pourtant si interminables semaines.

— Tu te vois cheminer par ce temps ? lui demanda-t-il. Avec ton petit ? Les États sont à au moins trois jours d'ici et nous devrons traverser des cantons anglais…

— Je ne le laisserai pas.

Elle était aussi déterminée qu'il se savait hésitant. La sagesse était peut-être de se rendre aux tuniques rouges. Il se rappela qu'il avait tué un homme en fuyant, ce qui n'était guère glorieux. D'autres avaient choisi de voir leur mort en face, comme dans les écrits des Romains et des Grecs. La guerre avait sa propre logique, ses espaces où les êtres se révélaient tels qu'ils étaient. Certains mouraient en scène, d'autres pas.

— Je ne veux pas qu'ils te prennent, dit Adeline. Ils savent depuis longtemps qui tu es.

Elle lui raconta la perquisition rue Bonsecours, les menaces, elle lui affirma, chuchotante, que les simples paysans seraient pillés et rançonnés, les chefs emprisonnés, pendus tout aussi bien.

Une main pressant son épaule endolorie, Jérôme s'était allongé à même le sol, devant la cheminée. Il n'avait aucunement l'intention d'attendre l'arrivée des miliciens de Colborne.

— Ma religion est faite, dit-il, les yeux déjà clos. J'dors un peu et j'm'en vais.

Les femmes avaient installé une paillasse pour leurs hôtes, dans un coin de la pièce de vie. Inquiètes, terrorisées peut-être, quand les hommes tiraient des plans sur la comète et affectaient de croire qu'ils maîtrisaient encore les événements.

— Si vous devez marcher à l'aube, il vaut mieux vous reposer, dit l'une d'elles. Ajoutant, à l'adresse des autres : C'est bon pour tout le monde, ici. Les guetteurs sauront bien nous réveiller s'il le faut.

La pièce se vida de ceux qui habitaient aux environs. Tous étaient des fermiers venus là dans l'espoir de trouver une réponse à leurs questions. Le journalier avait vu, lui, et savait. D'un pas pesant, il alla s'asseoir contre un mur, croisa les bras et s'endormit aussi simplement qu'il eût roté.

Adeline conduisit Joachim vers la couche. Elle avait pris l'habitude de dormir près de lui. Depuis qu'il avait quitté son décor familier, l'enfant était nerveux, faisait des cauchemars. Frédéric les rejoignit tandis que l'on soufflait les chandelles. Il était difficile de croire, à voir ces gens se répartir entre les chambres et les angles de la pièce de vie, qu'une armée se mettrait bientôt en marche pour les contraindre et les punir.

Frédéric s'assit sur la paillasse. Flottant dans le parfum mêlé des cuirs, des houppelandes, de l'âtre et de la soupe, sa propre odeur lui fut insupportable ; un mélange de crasse, de sueur, de laine humide. À Montréal, les Fonteneau possédaient, en bons bourgeois, une baignoire, des chaufferettes, un cabinet d'aisances. Rien de tel, ici ; on marinait dans des remugles épaissis par l'hiver. Bêtes et gens à la même enseigne, avec la rigole de l'étable pour réceptacle naturel.

La tête entre les mains, Frédéric chercha l'apaisement. Son corps entier lui faisait mal, son esprit bruissait de mille murmures. Tout allait trop vite, d'un élan impossible à arrêter, la nuit n'était qu'incertitudes, menaces, danger. Courte nuit où luisaient, à deux heures de marche de là, les lames et les affûts anglais.

— Viens, mon joli.

Une source à son oreille ; la voix d'Adeline, ses mains pour le forcer doucement à s'allonger contre elle sous la couverture de laine. Ses doigts, enfin, pour délacer sa chemise et dénouer sa ceinture, pour caresser son torse, ses flancs, son ventre. Il se détendit, ferma les yeux. Penser à un tel instant lui était devenu étranger, sans doute étaient-ce là des songeries de prisonnier ou d'exilé, en tout cas de gens disposant d'assez de temps pour s'inventer du plaisir. Pas d'un faux guerrier désormais fugitif.

Il reconnut la chaleur de sa femme, la douceur de sa peau, retrouva ses gestes d'amant. On était chez des hôtes, dans une promiscuité d'auberge surpeuplée. La belle affaire ! Il fallait s'emparer de ces brèves secondes, les faire durer. Il serra fort Adeline contre lui. Vivre en paix dans une maison épargnée par le tumulte était-il simplement possible ? Adeline n'avait pas dénoué son chignon. Il en libéra le trésor pour y enfouir ses mains, sa bouche, son visage. Chuchotant, à l'instant où elle s'ouvrait à lui :

— Ah, disparaître en toi.

Il devait faire vingt degrés sous zéro. Par chance, le temps s'était mis au beau, le ciel de plomb, compagnon de la déconfiture patriote, s'était débarrassé de ses nuées, exhibant jusqu'aux quatre horizons sa blanche ponctuation d'étoiles. C'était une de ces nuits boréales prisées par les poètes et les chasseurs, annonciatrice des splendeurs du jour. Ainsi pourrait-on, sous le soleil, mieux supporter le gel coupant comme un rasoir.

Frédéric installa Adeline et l'enfant à l'arrière du traîneau, puis il prit place à côté de Jérôme. « Elles resteront au moins canadiennes », avait ironisé le conducteur, parlant de ses deux mules. À Saint-

Charles, les volontaires de Colborne s'étaient librement servis dans les dépendances des fermes canadiennes, d'aucuns venus se battre à pied s'en étaient retournés chez eux propriétaires d'écuries.

— Long voyage, monsieur.

Il faudrait piquer vers le sud, franchir des rivières, celle des Outaouais, la Saint-Louis, la Châteauguay. Une chaîne existait entre ces lieux, complice, de fermiers, d'aubergistes, de villageois. Les voyages de Jérôme et de Frédéric dans les profondeurs de la province avaient fait d'eux des passeurs capables d'aider les autres à gagner les États-Unis.

— Nous allons visiter de la famille à Huntingdon. La frontière est tout près de là, dans les bois.

Telle était la raison du voyage. On profiterait de l'hiver brusquement arrivé, le froid était le plus sûr des alliés. Pas de boue ni de fondrières, un fil de glace entre les balises indiquant les chemins, des gîtes amis pour faire halte. Il fallait bien que la défaite fût un peu amendée.

— Eh bien, Jérôme, mets cet attelage en route, dit Frédéric.

Au moment où le traîneau s'ébranlait, il songea à l'étrangeté des choses. Ainsi appartenait-il aux chefs, ou supposés tels, de s'extraire du décor après y être fugitivement apparus. C'était leur droit, leur destinée. Dieu avait envoyé Papineau sur terre pour soulager les pauvres Canadiens de leur misère, prétendait Girouard. « Messie et prophète, où êtes-vous à cette heure décisive ? » C'était chacun pour soi, désormais.

Les autres ? Des comparses. On leur avait demandé de se rebeller ; ils l'avaient fait. Les batailles terminées, on les abandonnait à leur sort et ils ne protestaient même pas. Ames simples, prêtes à aider encore ceux-là mêmes qui les laissaient derrière eux.

Frédéric regarda son fils endormi dans les bras d'Adeline. Seul son nez émergeait d'un monceau de peaux et de fourrures. Il convenait d'être parfaitement égoïste à cet instant de la guerre.

Chénier avait-il des enfants ? La pensée était incongrue. Frédéric distingua la très vague lueur de l'aube, entre les arbres d'un bois. L'équipée ne serait pas sans risques. Elle méritait que l'on se souciât d'elle, exclusivement.

20

Février 1838

Lovée dans une longue courbe du lac Champlain, face au Canada, la ville de Plattsburg ne manquait pas de charme. Ses collines au relief doux surplombaient des îles boisées. Des bâtiments altiers en occupaient les faîtes, palais du gouverneur, église, parlement. De la bonne terre pour les fermiers, le fleuve pour les besoins du commerce et de l'industrie, l'énergie d'une population tout entière tournée vers la réussite suffisaient aux équilibres de ses habitants.

On vivait plutôt bien dans ce septentrion de la Nouvelle-Angleterre. Maisons cossues en brique et en pierre, ornées de colonnades grecques, hôtels, jardins et parcs bordaient les rues sagement pavées qu'empruntaient attelages et cavaliers à la promenade. Signe des temps et des espérances fondées, le train y viendrait bientôt. Lorsque, au bout d'un épuisant voyage, les fuyards y parvinrent, la ligne en était presque terminée.

Après avoir brièvement séjourné dans des fermes et des auberges amies, Frédéric et les siens avaient passé la frontière à pied. Il leur avait fallu pour cela traverser la rivière des Outaouais puis le Saint-Laurent par les ponts de glace, routes naturelles offertes aux marcheurs par la prise hivernale des cours d'eau. Ce qui eût pu être l'objet d'une de ces banales excursions montréalaises s'était révélé redoutable épreuve. Au troisième jour, un vent de mort balaya les platitudes gelées du Saint-Laurent, « notre refuge » affirmait Jérôme. Les mules renâclaient, front baissé face aux bourrasques. Cent fois, il avait fallu mettre pied à terre pour les faire avancer à grands coups de lanière.

Adeline s'était pelotonnée au fond du traîneau, l'enfant dans son giron, collé à elle comme si elle le portait encore. « Il faut aller ! » hurlait Jérôme. Si la neige s'en était mêlée, on aurait pu y laisser la peau, ces choses-là n'étaient pas rares.

Au sud de Huntingdon, un passeur avait conduit les fugitifs à travers bois, jusqu'à une plaine immense d'où l'on apercevait les monts Adirondack. Les États-Unis. Quelques villages, des fermes, un chemin vers l'est et le lac Champlain. Il avait soudain semblé aux voyageurs que le vent et le froid mordaient moins cruellement. Ils avaient regardé derrière eux le pays abandonné, un désert de glace aux horizons à peine rompus par de vagues collines.

Plattsburg était à plus de deux cents kilomètres de là. Il leur faudrait encore traverser le lac, mais ils feraient cela sans être obligés de se cacher, sans l'angoisse qui, trois jours durant, les avait étreints.

Des Patriotes avaient suivi la même route qu'eux. En vérité, c'était par centaines que les vaincus refluaient vers le sud. Frédéric avait cherché Maurin parmi eux. Le connaissait-on ? Il y avait là des gens de Montréal et de la campagne aussi, des petits-bourgeois du notariat, du commerce, quelques poignées de paysans poussés à la fuite. Personne n'avait entendu parler du médecin.

On avait mis en commun l'argent, des petites sommes le plus souvent. Certains, comme Frédéric, n'avaient quasiment plus rien en poche.

« Papineau et les chefs sont à Albany. Ils auront commencé à réunir de quoi nous faire vivre. »

Frédéric était sûr de cela. Les Patriotes ne manquaient pas de soutiens aux États-Unis, il y avait là une coterie américaine favorable à l'annexion du Bas-Canada par son voisin du Sud. Frédéric était depuis toujours opposé à cette issue. La justice démêlerait cet écheveau plutôt embrouillé. L'idée qu'un autre combat commençait le tenaillait déjà.

« Je suis impatient de revoir tous ces amis. »

Adeline avait remercié Dieu pour sa mansuétude. Son fils avait survécu à ces jours de grand danger ; à cette heure de délivrance, cela seul comptait pour elle. Pour le reste, elle se disait que dans sa situation Frédéric avait besoin de se raccrocher à des espérances. Il avait vu l'impensable, des soldats en ordre de bataille investissant des villages pour en écraser la résistance. Elle savait bien, dans son for intérieur, qu'elle avait eu raison de douter des capacités canadiennes à vaincre la puissante armée des Anglais. Comme Louis Fonteneau en son temps, comme Papineau sans doute, entraîné vers la guerre par les plus échauffés de ses compagnons. Adeline avait décidé de garder ça pour elle. Ce n'était ni le lieu ni l'heure pour s'en expliquer.

Ils s'installèrent avec quelques autres dans une maison en bois, en bordure de ville. Une route enneigée menait à un petit faubourg, où Papineau et ses amis avaient trouvé refuge avant de s'installer plus au sud, à Saratoga. L'effet leur parut étrange, de ces lieux devenus en partie français, où l'on se reconnaissait un peu partout, sur les places et dans les églises, dans les rues comme à l'intérieur des salles où l'on se réunissait pour apporter la bonne parole patriote aux possibles donateurs américains.

Car il fallait bien survivre. Jérôme ne tarda pas à trouver un emploi dans une brasserie. Roulant des tonneaux, chargeant des ballots de grain, portefaix payé à la journée. Comme à Montréal, Frédéric avait refusé que sa femme allât s'employer chez quelque financier. Une Fonteneau ne se commettait pas de cette manière. Mais comme Adeline faisait partie du petit contingent d'épouses ayant suivi leurs maris en exil, des âmes compatissantes, américaines et catholiques, lui avaient donné pour mission rémunérée d'enseigner le français à leurs enfants.

Frédéric n'en revenait pas.

« Alors, tu as vraiment ça chevillé à l'esprit. J'admire, pour de bon. Quelle femme tu fais ainsi ! »

Elle haussait les épaules. Ça aurait pu être le piano, la poésie, la broderie. Il se trouvait qu'elle savait lire et écrire.

« Ces petits Américains parleront notre langue, c'est une façon comme une autre de faire la guerre aux Anglais. Et le sang ne coule point. Tu ne penses pas comme moi ? »

Il la regardait d'un œil différent. Pour la lumière si simple et si juste de ses paroles. Pour le soin devenu presque naturel qu'elle mettait à s'exprimer sans les tournures plus ou moins épaisses de sa race. Pour elle-même aussi, qui s'habillait le plus souvent de noir, désirable entre toutes, portant le regard des hommes sur elle comme un parfum.

« Ma belle statue de chair et d'ombre. »

Il en était fou amoureux, se délectait de voir l'effet qu'elle produisait dans les cercles où il l'emmenait parfois. Les Américains ne souffraient pas des pesanteurs montréalaises, leur hiérarchie sociale n'en différait pas vraiment, mais les nuances étaient ailleurs ; dans les rapports entre les gens, dans la simplicité du langage et du dialogue, dans la manière directe d'accueillir l'étranger comme s'il était de la famille.

— C'est leur façon de se préserver, lui dit un jour Adeline. Ici, tout le monde est ami mais personne n'est frère.

— Cristi, voilà une opinion tranchée ! Nous sommes liés pour de bon, tout de même, nous parvenons à les convaincre, pas tous certes, mais suffisamment d'entre eux pour les savoir alliés.

Elle eut un bref sourire, hocha la tête.

— Ils sont vos amis parce qu'ils pensent avoir un jour quelque chose à vous vendre. Lorsqu'ils seront sûrs que vous n'êtes pas assez riches pour acheter, ils rentreront chez eux et cesseront d'écouter vos discours.

Il en demeura coi. Il y avait de l'insolence dans ces propos mais, après tout, des gens comme Lorimier ou Girouard n'étaient pas loin de penser ainsi. Il fallait cependant croire en la fraternité des soldats.

Mars 1838

« Je, Frédéric Fonteneau, de mon consentement et en présence du Dieu tout-puissant, jure solennellement d'observer les secrets, signes, mystères de la société dite des Chasseurs, de ne jamais écrire, peindre ou faire connaître d'une manière quelconque les révélations qui m'auraient été faites par une société ou une loge de Chasseurs ; d'être obéissant aux règles et règlements que la société pourra faire, si cela se peut sans nuire grandement à mes intérêts, ma famille ou ma propre personne ; d'aider de mes avis, soins, propriétés, tout frère chasseur dans le besoin, de l'avertir à temps des malheurs qui le menacent ; tout cela, je le promets sans restriction et consens de voir mes propriétés détruites et d'avoir moi-même le cou coupé jusqu'à l'os si je le trahis. »

Frédéric garda la tête baissée, attendit l'adoubement. Le serment se prêtait de nuit, ce qui ajoutait tant à son mystère qu'à son caractère secret. Frédéric sentit près de lui la présence des témoins, deux compagnons, fusil au pied, immobiles et muets. La voix de l'initiateur lui était familière, pourtant, les yeux bandés, il était incapable de l'associer à un visage ; cette devinette pour enfant jouant à chat le contrariait.

Il avait déclamé sa profession de foi. Le rituel était du genre maçonnique, des hommes se reconnaissaient entre eux hors du monde banal des vivants. Il soupira. Entrer chez les Frères chasseurs signifiait la dévotion totale, aveugle, à la cause patriote et, au-delà, à l'insurrection qui viendrait. Celui qui trahirait mourrait.

Une main se posa sur l'épaule de Frédéric. Ainsi l'Aigle montrait-il sa fraternité à son ouaille.

— Que veux-tu voir, maintenant ? fit la voix.

— La lumière.

L'initiateur défit le nœud du foulard, invita le nouveau frère à se lever. Les deux assesseurs encadraient Frédéric, l'un tendant vers lui une dague, l'autre un pistolet.

— Lorimier !

— Ou Thomas, une fois pour toutes, si vous le voulez bien. C'est l'aîné qui propose ces familiarités, en droit de courtoisie française. N'est-ce pas ?

Frédéric se sentit plein de fierté. Il n'avait pas revu le notaire de Montréal depuis des semaines. Lorimier s'était d'ailleurs fait discret lors du soulèvement de novembre. Frédéric supposa qu'il avait fait des voyages aux États pour y armer des volontaires. Mener une guerre impliquait que l'on n'allât pas crier sur les toits ce que l'on projetait de faire. Désormais, l'on était dans une sorte d'égalité, dans une confidence aussi, stigmatisée par des signes de reconnaissance, des phrases codées.

— Nous mettons de l'ordre dans ce qui nous a coûté bien de l'énergie, perdue, et des hommes, aussi, dit Lorimier. L'élan de nos pauvres compagnons s'est brisé par innocence, par manque de préparation aussi. Nous avons résisté, l'an dernier. Nous serons insurgés, cette fois. Vous allez être officier d'une vraie armée, Fonteneau. J'ai obtenu des Chasseurs que vous puissiez porter le grade de Raquette. C'est, disons, un équivalent de capitaine, enfin, vous apprendrez vite tout cela.

Le docteur Nelson était Grand Aigle, chef de l'armée en exil, pair des responsables de loges à Montréal et en province. Sa garde de maréchaux était les Aigles, les commandants des compagnies. Puis on trouvait les Castors, avec sous leurs ordres cinq Raquettes. Au bas de la hiérarchie, la piétaille des Chasseurs formait le gros de la confrérie. Il manquait quelques barreaux à cette échelle militaire mais, à la vérité, on n'était pour l'instant pas assez nombreux pour les mettre en place.

— Papineau est-il des nôtres ?

Telle fut la question que Frédéric posa immédiatement. Lorimier eut un sourire un peu narquois. L'envoyé de Dieu ne faisait pas partie de la famille, il persistait à penser que l'on pouvait encore négocier quelque chose.

— Mais quoi ? s'exclama Lorimier. Pendant que nous préparons le soulèvement général, Papineau fait des navettes entre Saratoga et Washington. Il cherche à pénétrer l'entourage immédiat de Van Buren[1]. Sa théorie est que la menace d'une intervention américaine suffira à faire plier Colborne. Je crois qu'il se trompe, de toute façon, je ne suis pas pour l'annexion, vous non plus j'espère. Notre patrie est le Canada, nous n'en avons pas d'autre. Nous en ferons une démocratie délivrée de la tyrannie. Si cela vous intéresse, joignez-vous à nous pour en améliorer la Constitution. Nous avons besoin de rédacteurs.

En février, le docteur Nelson avait franchi la frontière avec quelques centaines de compagnons pour aller proclamer, à Clarenceville, la naissance de la République du Bas-Canada. Il y aurait les libertés essentielles pour tous, l'égalité des deux langues et des deux peuples, la citoyenneté pour les Sauvages comme pour les Anglais, la saisie des terres de la Couronne et leur distribution aux paysans spoliés. Cent autres droits s'ajouteraient à ce socle.

Un brusque mouvement des troupes anglaises l'avait obligé à faire demi-tour.

— Je suis plus intéressé par la future Constitution que par le commandement militaire, dit Frédéric. J'en connais qui seront bien meilleurs que moi à ces postes. Je préfère, si vous en êtes d'accord, rester simple Chasseur et transcrire fidèlement nos actions pour la postérité.

Lorimier eut l'air un peu déçu. Les gens étaient libres de leurs choix, pour peu qu'ils adhèrent corps et âme à la cause. Fonteneau avait montré son courage dans les villages de l'Est, voilà qui suffisait bien pour qu'on lui fasse confiance. Il se battrait à sa manière.

— Soit, concéda le notaire.

1. Huitième président des États-Unis.

Frédéric débarquait sur une planète étrange. On y écrivait l'Histoire à distance des lieux où elle se faisait. Tandis que Lorimier le raccompagnait à la porte de la maison où avaient lieu les cérémonies, il imagina l'armée des Chasseurs, des Raquettes et autres Castors s'ébranlant de l'État de New York et du Vermont pour déferler sur le Bas-Canada. Adeline en sourirait peut-être, à moins qu'elle n'en fît l'objet d'une colère ou, pire, d'un sarcasme. Le secret étant la règle intangible, il résolut de ne rien lui en dire.

Adeline changeait. La paysanne discrète et un peu empruntée de Montréal, attablée dans l'ombre des chandelles face aux enfants qu'elle enseignait, prenait de l'assurance. Il s'était vite dit que cette belle créature était l'épouse d'un des héros des récentes batailles. On avait vu Frédéric à Saint-Denis puis à Saint-Eustache, mettant chaque fois sa vie en jeu. Parmi les Frères chasseurs, peu nombreux étaient ceux qui avaient couru ainsi d'un front à l'autre. Le rescapé des combats et sa fermière de Stanfold formaient un joli couple, remarqué en ville.

« Tu me sers bien », lui confiait Frédéric.

Elle ne relevait pas. Le servir, certes, c'était dans la coutume des femmes canadiennes. Mais pour quel projet ? Il restait évasif.

« Il se passe des choses, ici. Nous devrons un jour ou l'autre rentrer dans notre patrie. Les Américains sont des hôtes attentifs, ils penchent vers nous.

— Une autre guerre, alors ?

— Je ne dis pas ça. Il faut faire confiance au sens politique de nos chefs. »

Elle semblait le croire. La vie à Plattsburg lui convenait, bien que l'on dût y balbutier quelques mots d'anglais pour s'y faire comprendre.

« C'est bon de pouvoir marcher, libre, dans les rues. De se promener le long de la rivière sans craindre de devoir dire qui on est, avec qui l'on vit. »

Les quelques épouses de Patriotes se voyaient régulièrement entre elles. À l'écart des activités des hommes, elles tuaient le temps à faire comme si l'on vivait encore normalement. Adeline ne parvenait pas à jouer cette aimable comédie. Derrière le discours convenu de ses compagnes d'exil, elle percevait leur frustration d'avoir dû abandonner des existences somme toute agréables.

« Vous ne regrettez pas Montréal ? » lui demandait-on avec une pointe de reproche.

Elle n'avait pas de change à donner ; la maison où elle séjournait était plus confortable que ses demeures précédentes. La ville, même, qui lui offrait l'asile mêlait le bourdonnement de ses activités aux grands calmes de la province. Un autre monde, ignorant la fièvre canadienne, les colères et les haines bouillant de l'autre côté de la frontière.

« Vous apprenez le français aux petits Américains, aux filles, même, s'amusait-on. C'est une drôle d'idée. Comment faites-vous, vous qui ne parlez pas l'anglais ? »

Elle procédait par gestes, montrait des objets, dessinait, apprenant à son tour des mots, des phrases. Son intérêt pour un tel exercice intriguait. Dans la tradition canadienne, l'éducation des filles était dévolue aux religieuses.

Frédéric écrit moins, songeait-elle en écoutant les bavardages de ses compagnes. Souvent, elle l'attendait jusque tard dans la nuit. Il se glissait dans le lit, restait longtemps les yeux ouverts, à fixer la lueur mouvante des bougies sur le plafond. Elle se lovait contre lui, attentive, guettait le moment où il tournerait enfin la tête vers elle ; alors, elle chuchotait :

« Tu parais être toujours dans un rêve, depuis que nous sommes icitte.

— Nous ne sommes plus les mêmes, ma jolie. L'inaction nous pèse à mesure que le temps passe. À quoi bon écrire pour des gens que notre histoire n'intéresse pas vraiment ? »

Il se décourageait, par longues phases de plusieurs jours. Puis le reprenait la force de noircir du papier, « pour ceux qui viendront après nous ».

« Je pense à Chénier. »

Des songeries le tenaient éveillé, tard dans la nuit. Il revoyait les fumées des incendies au-dessus des villages, entendait les cris des blessés. Le saut vers la mort des Patriotes de Saint-Eustache le hantait, il imaginait les corps brisés par la chute et les baïonnettes de Colborne trouant leurs chemises, leurs os, leurs viscères. Chénier, découpé en morceaux pour l'édification de ses partisans, exposé tel un cerf sur une table. « Disséqué », au dire de ses meurtriers. Chirurgie de guerre, exercée sur un cadavre !

« C'est étrange, ma jolie, je n'éprouve pas de haine, même contre les volontaires violeurs et pilleurs. Je voudrais, pourtant, mais je reste spectateur. Ce fut déjà ainsi lors du massacre d'il y a six ans. J'étais au milieu des gens qui tombaient, je les regardais mourir, je les écoutais geindre, je crois que, parfois, je me sens étranger à mon propre destin. »

Adeline caressait son front moite. C'était comme des fièvres, des effrois d'enfant exprimés par des cauchemars. Elle le couvrait de son amour, tâchait d'exorciser ses bouffées d'angoisse. Il soupirait bruyamment, comme s'il désirait extirper de son cœur et de sa mémoire ces fantasmes de mort. Il finissait par s'endormir dans ses bras, épuisé.

— Je dois te dire que ton grand-père est mort, lui révéla-t-elle un jour, tandis qu'il observait leur fils jouant avec une épée en bois. J'espère que tu ne m'en veux point trop de m'être tue, c'était toujours trop tôt ou trop tard.

Frédéric n'avait reçu aucune nouvelle des siens depuis son arrivée à Plattsburg. De la part de Julien Fonteneau, voire de leur mère, c'était la moindre des choses. Mais sa sœur Catherine restait muette, elle aussi.

— Comment le sais-tu ?

Elle dut lui raconter son passage nocturne par la rue Saint-Jacques.

— Ils ne t'ont pas recueillie, cette fois-là ?

Il y avait le vieillard, dans la maison, la veillée funèbre. Elle avait admis que les circonstances n'étaient pas ordinaires. Catherine lui avait offert l'hospitalité. Au petit matin, n'y tenant plus, elle avait pris la route de Saint-Benoît avec son fils et Jérôme.

— Tu étais au bout du chemin, je savais que je te retrouverais où nous nous l'étions promis.

— Pauvre vieux Joachim. Au moins n'aura-t-il pas vécu la défaite une seconde fois. Il est mort dans une heureuse certitude. À défaut du retour de la France au Canada, on ruait dans les brancards, fusil en main. Je crois qu'il se prolongeait pour le seul plaisir de savoir que c'était possible.

Elle le vit accuser le coup. Frédéric changeait, lui aussi. Des favoris ainsi qu'une chevelure laissée en liberté le vieillissaient, ses traits se creusaient. Les rides apparues sur ses joues contrastaient avec les minuscules pattes-d'oie, souriantes, au coin de ses paupières. Il avait à peine vingt-cinq ans, en paraissait dix de plus. Elle eut peur, soudain. Cette rébellion était menée par une génération de jeunes gens braves et enthousiastes. Imprudents, tout autant. Il y avait là du panache, et du danger né de la désinvolture avec laquelle ils s'étaient élancés dans l'inconnu.

Il prit son fils sur ses genoux. Le petit Joachim assistait depuis quelque temps, fasciné, aux assauts à l'épée que les exilés échangeaient dans une salle d'armes. Ainsi transmettait-on aux plus petits force et détermination.

— Tu sais, ma jolie, ma guerre n'a rien eu de très glorieux. Il arrive un moment où l'on n'est plus maître de rien. On tient un fusil ou un pistolet, on tire, on court, les cris que l'on entend sont ceux de fauves lâchés au milieu d'un incendie. J'ai couru. Et crié, comme les autres. Ton frère est étonnant dans ces circonstances-là. Il voit tout, flaire la mauvaise situation. Un bon chasseur, rompu à réagir vite et bien. Je crains de ne pas posséder ce genre de qualités.

— Des gens sont faits pour ça. On les appelle soldats. Ils ont un métier, qui est de se battre. Je crois t'avoir déjà dit ça.

Il se renfrogna, comme chaque fois qu'Adeline lui assénait une vérité. La rumeur publique le transformait en héros. Il avait pu mesurer la différence entre la réalité des faits et ce qu'en faisait la légende. Il fallait cependant continuer à paraître. Adeline ferma le livre de poésies françaises dont elle s'infligeait le déchiffrage autant que la compréhension.

— Jérôme s'absente souvent, dit-elle. Il s'en revient au Canada. Je lui ai demandé pour quelle raison, il n'a pas voulu me répondre. J'ai ben peur qu'il fasse une coche mal taillée[1].

1. Une erreur.

Il la savait sans malice, connaissait ses inquiétudes. Il l'admirait d'avoir préféré risquer sa vie pour le rejoindre plutôt que courir se réfugier dans l'une ou l'autre de leurs familles. Cela tenait d'une nature hors du commun. Il pouvait tout lui révéler, mais la nécessité du secret était plus forte que l'envie de se confier.

— Nous restons en relation avec le pays. Le courrier n'est pas sûr, épouses et amis sont sous surveillance.

— Je ne sais toujours pas pourquoi mon frère fait tous ces voyages.

— Eh bien voilà, il porte du courrier aux épouses demeurées là-bas. Il faut des gens comme lui pour ces tâches ingrates et fatigantes. Jérôme est une force de la nature, je l'ai découvert à Saint-Eustache. Ma parole, il semblait bien que rien ne pouvait l'atteindre.

— Sauf du plomb à l'épaule.

Adeline finirait par se lasser de voir Frédéric éluder ainsi. En ville, le discours officiel ne variait pas ; on attendrait de pouvoir négocier le retour des exilés avec un gouvernement anglais responsable. Quand ? Personne n'en savait rien.

— Il ne peut rien nous arriver de mal icitte, dit Frédéric, sibyllin. Vivons. La suite viendra toujours bien assez tôt.

21

Mai 1838

Jérôme Desrouets en avait terminé avec ses visites aux fermiers de Beauharnois. Cela faisait une dizaine de jours qu'il arpentait chemins et bois de la région pour porter la bonne parole et faire prêter le serment.

« Te voilà frère chasseur désormais, concluait-il, satisfait. Le jour où nous te le demanderons, tu devras te lever et marcher à nos côtés pour l'indépendance. Es-tu prêt ? »

Le serment s'échangeait la plupart du temps sans témoins. Les paysans canadiens n'avaient pas l'habitude de perdre leur temps en bavardages inutiles, le secret serait bien gardé.

« Nous agirons partout à la fois, promettait le messager. Nos gens sont déjà massés à la frontière, prêts à envahir le Canada. Une puissante armée américaine va se joindre à nous. Je l'ai vue, ce sont des milliers d'hommes bien armés. Nous avons même les canons qui nous ont manqué l'an dernier. »

Il scrutait les visages de ses nouveaux frères. Braves pères de famille, fumeurs de pipe, arborant leurs éternels bonnets pointus, les mêmes à Beauharnois qu'à Stanfold, gens de devoir que les déculottées administrées par les Anglais n'émouvaient pas plus que cela. Ils juraient, la main levée, acceptant qu'on leur tranchât le cou s'il leur venait l'idée de trahir ou de déserter.

Jérôme savait se montrer persuasif. Beauharnois était un canton réputé contrasté où les Patriotes, minoritaires, souffraient depuis longtemps de quelques injustices notoires. Pas de chemins pour eux sinon des pistes impraticables une bonne moitié de l'année, des tenures collectées sans états d'âme, au cent près, et, planant sur eux, la menace toujours présente de devoir vendre leur bien pour payer le seigneur.

Jérôme parlait de la république à venir, de l'abolition des taxes iniques, de la société fraternelle qui naîtrait de la révolte. On l'approuvait ; il était temps de secouer le joug des Anglais et de leurs séides canadiens, le plus tôt serait le mieux. Ainsi l'émissaire pourrait-il compter sur ses frères, l'ordre de marche à peine donné.

« Et si, ce qu'à Dieu ne plaise, nous devons déposer les armes, lui objectait-on parfois, comment nous sauverons-nous ? »

On allait vaincre, cela ne faisait aucun doute. Au pire, il serait permis à ceux qui tomberaient entre les mains ennemies d'avouer avoir été forcés à s'engager. Cas de figure peu probable :

« Nous attaquerons si vite et si fort que l'ennemi en restera coi. Tout est prêt. »

Cela suffisait, en général. Jérôme connaissait la douce humilité des siens. Monsieur Papineau était pour eux le bon Dieu, alors, s'il les avertissait qu'il faudrait bientôt se battre, et avec de vraies armes, ils pouvaient s'engager sans crainte.

— Hé, l'homme ! Arrêtez-vous, je vous prie.

Jérôme reconnut Julien Fonteneau, s'aperçut soudain qu'il devait se trouver sur des parcelles appartenant au maître de Maison-Rouge. Les frères avaient beau lui décrire avec précision les itinéraires à emprunter pour éviter ce genre de rencontre, il persistait une marge d'erreur.

Julien était à cheval, en compagnie de deux gentilshommes armés comme lui de fusils de chasse. Des faisans pendaient à leurs selles, des lièvres aussi. On était bons tireurs, du côté de Beauharnois. Les cavaliers firent cercle autour du passant. Deux chiens courants, des setters, avaient participé à la chasse et vinrent renifler, frétillant de la queue, les souliers de Jérôme.

— De quelle ferme êtes-vous ?

Jérôme plissa les paupières, prit un air désolé.

— J'suis pas d'ici, monsieur. L'temps des champs s'en vient et me v'là à chercher d'la besogne comme journalier, on n'en trouve plus guère par chez moi.

— Et où se trouve votre chez-vous ?

Il faillit répondre Stanfold, eut un geste large, vers le sud, le temps de trouver une réponse. Un canton plutôt anglais, proche des États-Unis.

— Sherrington.

L'un des cavaliers se pencha vers Julien pour lui dire quelques mots à l'oreille.

— Sherrington, n'est-ce pas ? C'est bien loin d'ici, ajouta Julien en descendant de sa monture. Puis, scrutant Jérôme : Votre visage ne m'est pas inconnu, montrez-le un peu mieux.

Il souleva le galure du passant, une chiffe sentant fort la sueur, qu'il laissa retomber avec une grimace de dégoût. La cicatrice à la joue droite l'intriguait. Le doigt pointé vers elle, il s'agaça vite à ne pouvoir se souvenir. Jérôme affecta l'innocence :

— Peut-être avez-vous de l'ouvrage pour moi ? hasarda-t-il. J'suis vaillant et j'compte point mes heures.

— Il ne manquerait plus que ça ! s'exclama Julien. Que portez-vous dans votre sac ?

— Du linge, ma foi. Des chausses, deux chemises.

— Faites voir.

Jérôme s'exécuta.

— Videz-le, s'il vous plaît, insista Julien qui, lorsqu'il eut constaté que l'intrus ne mentait pas, parut un peu moins perplexe.

L'un de ses compagnons vint se pencher sur le petit tas de vêtements, estima les étoffes comme on le faisait chez le marchand.

— Celle-ci n'est pas de chez nous, dit-il, nos cousettes n'attachent pas les manches de cette manière.

Et d'exhiber une couture épaisse aux aisselles.

— Cet homme vient des États, j'en mets ma main à couper.

Jérôme avait donc menti. Julien s'approcha soudain de lui, le doigt de nouveau pointé sur la cicatrice. La réponse à sa question lui venait, c'était l'affaire de quelques secondes. Son visage s'illumina soudain.

— Ha ! La jolie rencontre que voilà !

Il n'en croyait pas ses yeux, se frappait la cuisse, « Ha ! Ha ! ». Allait-il enfin dire autre chose ?

— Messieurs, je vous présente un coquin qui me sert en quelque sorte de beau-frère et me fait charivari à l'occasion. Puis, menaçant : Il va falloir que tu nous dises ce que tu fais à Beauharnois et, d'abord, où est Frédéric ?

Jérôme plaida l'innocence. Il y avait erreur sur la personne. Un coup de cravache au visage, près de la cicatrice, le fit taire.

— Je sais parfaitement qui tu es, ce que tu as fait en décembre, par où vous êtes passés, Frédéric et toi. Tu vas me dire où se trouve mon frère à cette heure ou je te brûle la cervelle.

Le canon du fusil sous le menton, Jérôme décida de parler.

— À la ville de New York, monsieur. Il y travaille comme clerc.

— Tu mens.

— J'vous jure ben qu'non.

— Tu mens ! Tout le monde sait bien ce qui se passe de l'autre côté de la frontière. Que manigancent Lorimier, Duvernay, Nelson ? Et les autres ? Vas-tu parler ?

— Je ne connais pas ces messieurs, protesta Jérôme.

Julien leva à nouveau sa badine. L'un des cavaliers s'interposa. Il valait mieux prendre un peu de temps et s'en aller interroger l'hôte à Maison-Rouge. Julien acquiesça. Le paysan un peu benêt qu'il tenait en joue savait tromper son monde. On l'avait vu boire à la santé de Papineau dans les tavernes de Montréal, puis rôder dans les cantons avant les affaires de l'automne. Frédéric en avait fait son ombre portée, l'un vitupérant le gouvernement dans son journal, l'autre travaillant discrètement à soulever la campagne.

Jérôme se vit cerné par les trois cavaliers. Besace au dos, il se mit en marche tandis que Julien, courroucé, faisait à ses compagnons le récit des aventures de Frédéric. Avec son beau-frère, le perroquet de *La Minerve* avait mené charivari jusqu'à l'intérieur de sa demeure. Desrouets ne manquait pas de toupet, fouiner dans une région hostile aux Patriotes, à la recherche d'on ne savait trop quel soutien !

Lorsqu'il aperçut les toits de Maison-Rouge, Jérôme se dit qu'il était en bien fâcheuse situation. Fonteneau ne se contentait pas de surveiller son domaine. Comme ses voisins, il en avait fait un repaire loyaliste et prenait sa revanche de l'affront subi un an auparavant. Ainsi allaient les choses en cette année 1838. Tu as du sang sur les mains, il ne te manque que la tunique rouge pour aller avec, pensa Jérôme.

Ils longeaient un bois épais de trembles et de bouleaux. Déjà, l'est s'assombrissait, à l'heure où les chasseurs regagnaient leurs pénates. Jérôme connaissait bien ce genre de végétation touffue, encombrée de branchages, d'arbustes et de jeunes fougères. Il lui fallait agir sans tarder. Les cavaliers avaient rangé leurs fusils le long des flancs de leurs montures, l'un d'entre eux tenait un pistolet en main, dont il jouait.

Celui-là, décida Jérôme. Un étrier soutenant une botte courte serrée au mollet venait frotter de temps à autre le coude du prisonnier. Profitant d'un mouvement du cheval vers lui, Jérôme saisit le talon et, d'un geste violent, fit basculer le cavalier, qui chuta lourdement, lâchant son arme.

Lorsque Julien donna l'ordre de tirer sur le fuyard, celui-ci était déjà entré dans le bois. Jérôme entendit les coups de feu, le sifflement du plomb au-dessus de sa tête. Courant à demi courbé, trébuchant, heurtant des branches mortes, il eut tôt fait de se mettre à bonne distance des gentilshommes. Se retournant, il vit les chiens fondre sur lui, hurla :

— Thaaaaa !

Il savait les setters meilleurs pisteurs que combattants. Il s'arma d'une branche, les bombarda à coups de pierre, satisfait de les voir rompre au bout de quelques secondes. Puis il écouta longuement le silence. Ses jambes saignaient. La nuit allait venir, constellée. Elle le guiderait. Vers le sud, puisque, depuis qu'il y avait des nations, on allait ainsi du Canada aux États-Unis.

On toquait à la porte. C'était Maurin, bras ouverts, hilare. Frédéric le serra contre lui avec effusion. En embrassant son compagnon de gloire, il songea, l'espace d'un instant, à son frère, autrefois adversaire politique, devenu l'ennemi à abattre.

— Ma jolie, regarde qui est là, vivant ! Il n'y a plus que des os mais ça bouge encore.

Adeline reconnut le médecin qui l'avait accouchée, le boutefeu aussi, capable de chauffer les esprits pour les entraîner vers l'aventure. Elle en fut contrariée mais ne le montra pas. Frédéric serra les poings. Comment le diable d'homme s'était-il sorti du brasier de Saint-Eustache ?

— Quand nous nous sommes repliés vers l'église, je suis tombé avec quelques autres sur une escouade rouge qui nous a tirés comme des lapins. Je ne sais quel ange gardien m'a poussé dans une maison enfumée. Personne à l'intérieur. J'ai attendu que la vague passe, elle refoulait Chénier et ses pauvres bougres vers la sacristie. Entré par la porte, sorti par une fenêtre. Personne à l'extérieur, l'ange m'a couvert de ses ailes au fil d'une ruelle donnant sur des arrière-cours. Les Anglais n'y étaient pas encore. J'ai filé droit devant moi. Rase campagne. Un fossé profond m'a offert l'asile, des volontaires sont passés à dix pas de moi, cap sur le bourg. Ça hurlait ! Saouls comme des guêpes sur de la bière et parés pour le pillage. Des frères m'ont rejoint, ils connaissaient la géographie locale, nous avons cheminé jusqu'à des bois profonds.

Il avait voulu prendre la direction de la frontière mais la région grouillait de miliciens. Obligé de se cacher dans des granges pendant plusieurs jours, il avait finalement décidé de retourner à Montréal.

— Tu as fait ça !

— Oui, mon cher, comme un simple voyageur et sans aucun ennui. Des ouvriers du port m'ont offert l'asile, un service de Patriote contre un service de médecin, tu sais, il m'est parfois arrivé de sauver des gens. J'ai attendu chez eux que les choses se calment, c'est étrange comme la vie peut demeurer normale à quelques kilomètres de villages en ruine. L'ennui a eu raison de moi. Je suis passé aux États, un long séjour à Albany auprès de Papineau et maintenant, Plattsburg.

Adeline fut stupéfiée par la joie triomphante avec laquelle Maurin racontait son aventure. Frédéric lui lançait des regards éblouis, l'air de lui dire : « Tu as vu ça, quelle odyssée ! » Ainsi se bâtissait-on des histoires à raconter au coin du feu, la vieillesse venue.

— Allons faire quelques pas sur la rive, dit-il à son visiteur.

Ils sortirent tous deux sous le grand soleil de mai. Une brume ténue montait du lac Champlain, laissant toutefois deviner les contours de la rive opposée.

— Duvernay est à Burlington, juste en face, dit Frédéric, il s'est battu et plutôt bien, à Moore's Corner, pas loin de la frontière.

Il ne put s'empêcher de penser que son mentor avait dû fuir lui aussi, comme tout le monde ou presque.

— Nous ne commettrons pas deux fois les mêmes erreurs, affirma Maurin, nous retournerons au combat avec une vraie armée.

Le médecin et frère chasseur avait accédé au grade de Raquette, avec droit de commander une compagnie.

— Je suis disponible pour bâtir ça avec toi, Frédéric. Nous ne tarderons pas à franchir une nouvelle fois cette damnée frontière et je te le promets, ce sera la dernière, foi de Maurin !

Il dut promettre de ne pas tanner Adeline avec des récits de bataille :

— Elle n'apprécie guère. Tu sais, elle a risqué gros pour me rejoindre aux Deux-Montagnes, l'an dernier, c'est sa façon à elle de se battre à mes côtés.

— Aide de camp !

— Si tant est qu'il y ait un camp quelque part, oui.

Ils contemplèrent les horizons pacifiés du Vermont, la nature, superbe, dominant le lac. Ils parlèrent de Chénier, ce Lannes d'Amérique dont Bonaparte eût à coup sûr fait un maréchal. Ils confortèrent leur amitié par le plaisir de s'être retrouvés. La journée ne serait pas ordinaire, pour de bon car, rentrant dans la maison, ils trouvèrent Jérôme attablé devant une soupe.

— J'm'en vais retourner porter des courriers à Beauharnois, annonça le Chasseur. J'connais bien la région, à c't'heure. Les gens là-bas sont prêts.

D'un regard, Frédéric lui ordonna de se taire. Bien qu'elle affectât de vaquer normalement à ses occupations, Adeline était tendue, inquiète. Elle avait face à elle un trio de têtes chaudes que taraudait le désir d'agir à nouveau. Bien que dispersés dans les États de New York et du Vermont, les exilés ne cessaient de correspondre, de se rencontrer, d'échafauder des stratégies. Frédéric avait traversé le lac et revu Duvernay. Ce n'était sans doute pas pour jaser avec lui du bon vieux temps.

Frédéric entraîna sa troupe à l'extérieur de la maison. Il interrogea Jérôme :

— Monsieur de Lorimier est à Beauharnois depuis quelque temps. L'as-tu croisé ? A-t-il donné des ordres ?

— Tout est ben calme au canton, pour l'heure. On n'y fait point d'charivari mais n'empêche, les gens s'tiennent prêts. J'ai passé proche de voir l'frère Lorimier, il était d'jà parti du bourg.

Jérôme fit le récit de son aventure aux marches de Maison-Rouge. Frédéric savait que les manoirs des Bureaucrates et des Loyaux constituaient une priorité pour les frères chasseurs. Dominant les villages, ces bâtisses constituaient des défenses difficiles à contourner.

— Beauharnois pour une réunion de famille, les piques et les pistolets de la rébellion à la place des casseroles et des trompettes du charivari, la situation pourrait être un jour drôle à vivre.

— Il ne se passera rien avant l'automne, regretta Maurin.

— Pas tout à fait, nuança Frédéric. Il y aura bientôt des opérations le long de la frontière, des reconnaissances et du harcèlement. Nelson m'a prié d'en être, j'invite d'ailleurs le bon docteur Maurin à m'accompagner. Beauharnois, cristi, mon beau-frère, tu y prends tes habitudes. J'espère que tu sauras éviter d'être jeté une fois pour toutes dans un cul-de-basse-fosse.

Jérôme haussa les épaules, passa la main sur sa cicatrice au pourpre ravivé par la cravache de Julien Fonteneau.

— Faut aller au bout de c'qu'on veut faire, dit-il, avec un rictus mauvais.

Frédéric finit par trouver lassante l'insistance avec laquelle Adeline cherchait à savoir ce qui se passait réellement. Certes, elle le faisait à sa manière indirecte, évitant de l'affronter, ce qui ajouta à son agacement.

— Je finirai par penser que tu t'opposes à ce que je fais ici, lui dit-il tandis qu'ils promenaient Joachim au bord du lac.

Elle se raidit.

— Comment le pourrais-je ! Je ne sais pas à quoi servent ces réunions, ces messes basses. Je vois des Canadiens de plus en plus nombreux passer en ville et disparaître. Ils retournent vers la frontière, mon frère les accompagne. Et personne ne consent à parler, sauf pour dire des choses sans queue ni tête.

— Quelles choses ?

— « Il fait frais pour un 15 août. » Et tout ça en se frottant le nez.

Elle mima le signe de reconnaissance des conjurés.

— En été, on n'y a point la morve, que je sache. Eh bien, tout le monde a l'air enrhumé, à c't'heure.

— Jérôme est aussi allé à Stanfold. Il a vu tes parents.

— Bien sûr ! Il ne se met tout de même pas en danger pour ça chaque mois ou presque.

Puis, plus calme :

— Je sais pourquoi vous vous plantez le doigt dans la narine quand vous vous rencontrez, les dames d'icitte jasent en riant là-dessus. Vous êtcs les frères chasseurs.

Il la scruta avec intensité.

— Comment sais-tu cela ?

— Je le sais, voilà tout.

Il dut admettre qu'au bout de six mois il devenait difficile pour certains de garder le secret. Les femmes, lorsqu'elles s'y obstinaient, savaient se poser en confidentes entre la couette et l'oreiller. Adeline n'avait pas éprouvé le besoin d'user de ses charmes pour en savoir davantage.

Elle se mit à marcher un peu plus vite. Il la rejoignit, lui demanda quelles conclusions elle tirait de cette révélation. Elle suivait d'un œil triste les manœuvres d'une voile sur le lac.

— Vous allez repartir à l'assaut des Anglais. Ne dis pas le contraire, ce que vous faites ici, les uns et les autres, tout le monde le voit. Les gens de Colborne doivent en savoir autant que vous.

— Tu te trompes, ma jolie. C'est vrai, nous formons une famille, nous avons prêté serment et nous nous préparons pour agir. Mais ça reste entre nous. Après tout ce que tu as fait pour moi, je comprends mal ta réserve.

Elle murmura, en fermant son ombrelle :

— C'est toi qui ne comprends rien.

Le soleil si redouté par les bourgeoises canadiennes lui faisait du bien, elle lui offrit son visage, les yeux clos, comme elle le faisait, jeune fille, à Stanfold, au grand désespoir de ses parents.

— Tu te sens bien ici, lui dit-il. Cela me fait plaisir. Mais notre patrie est ailleurs, à quelques heures de route ou de bateau d'ici. Nous mourons à petit feu d'en être séparés, te rends-tu compte de cela ? Il y a eu des morts, par dizaines, des pillages, des viols. Les gens ont été humiliés, blessés, ravalés au rang de chiens serviles. Une telle bestialité resterait sans réponse ? Qui, doué d'une âme, accepterait tant de servitude ? Nous avons tout sacrifié pour une cause. Tout. Moi, je n'avais pas grand-chose. Certains de nos amis n'ont plus rien, on nous assiste comme on le ferait de mendiants. Combien de temps crois-tu que nous soyons capables de supporter la condescendance des nantis, leur compassion fût-elle sincère ?

Elle se tourna vers lui, les joues empourprées. Il vit qu'elle était en colère, attendit la vague.

— Mon pauvre amour, vous allez à la mort ! Une armée va se lever, la même que l'an dernier. Des piqueux, des soldats en sabots, des paysans, avec leurs fourches et leurs bâtons. Vous allez battre l'armée de Colborne avec ça ? Les Anglais vous écraseront. Ils sont plus malins que vous. Montrez-vous seulement de l'autre côté de la frontière, ils n'attendent que ça.

Il l'interrompit, le doigt levé. Mentit :

— Tu ignores tout ! Les Américains sont avec nous, ils sont déjà des milliers, bien armés. Voilà à quoi nous travaillons depuis que nous sommes ici. Quant à Jérôme, il recrute en masse au Canada, par villages entiers. Les frères chasseurs sont plus de quarante mille, là-bas, tous ont prêté le serment. Un mot de leurs chefs et ils se mettront en marche, oui.

Elle eut un geste d'exaspération. On parlait entre sourds.

— Et tu es un de ces chefs ? Général ?

Il n'osa pas lui avouer qu'il s'était transformé en Raquette, de peur de la voir éclater de rire. Ah, vraiment, cette foutue caboche du marais ne ressemblait pas aux autres. Il la prit par les épaules, la sentit se tendre.

— Alors, tu cesses de m'accompagner, dit-il, amer.

Elle ne répondit pas. Si quelque chose ne cessait pas dans l'affaire, c'était seulement son désir de le protéger contre lui-même. Elle redoutait son enfermement dans le secret, c'étaient là des pratiques d'enfants ou d'adultes jouant à la guerre dans des cercles d'initiés. Il lui parla de générosité, d'engagement pour les autres, de liberté à conquérir. Plaidant, tel un avocat, justifiant jusqu'à l'obéissance aveugle à des civils improvisés maréchaux. Elle savait tout cela par cœur.

— En somme, tu te verrais bien installée aux États-Unis, dans une jolie petite maison surplombant le lac, attendant chaque soir le retour de ton mari de sa journée d'employé de banque ou de clerc. Et fière de ta trâlée de petits Yankees apprenant le français comme on le fait dans les cours d'Europe…

Il vit le sanglot nouer la gorge d'Adeline, voulut la prendre dans ses bras.

— Je ne te piquerai plus l'esprit avec ces questions ! lui lança-t-elle, acide. Les hommes vont toujours au bout de leurs désirs, je pourrais t'en dire assez là-dessus.

— Eh bien, dis-le.

— Des plaies de femme, tu n'as pas à savoir. Puisque tu chéris les serments, je te fais celui-là. N'aie crainte, je saurai tenir ton secret, je ne suis pas comme ces dames de la société qui ne peuvent s'empêcher de se causer à l'oreille. Tu sais ce que je pense, nous n'en parlerons plus, de toute façon, vous ne tarderez pas à marcher à nouveau. Mais, vrai, s'il le fallait, je ne sais pas si je reprendrais la route comme l'an dernier. L'hiver ne nous a pas tués, ton fils et moi, nous avons eu de la chance. Je n'ai pas envie de tenter encore une fois l'aventure, sache-le.

Il s'apprêtait à lui ordonner de demeurer au Vermont, quoi qu'il puisse arriver. Elle se détourna, le laissant coi.

Octobre 1838

— Je vous donne pour mission d'aller faire un inventaire, annonça Lorimier.

Frédéric attendit. Les Chasseurs méritants étaient assez facilement promus chefs de compagnie. Des ronds-de-cuir se retrouvaient lieutenants ou capitaines, des aubergistes colonels, des notaires maréchaux. Ainsi hiérarchisée, l'armée des insurgés faisait impression.

Lorimier considéra son Raquette en souriant.

— Nous devons commencer à nous montrer aux abords de la frontière. Il sera intéressant de savoir comment les Anglais ont positionné leur dispositif. Rassurez-vous, ils n'ont sans doute pas encore massé leurs troupes, mais simplement disséminé de petits groupes.

Il cita des noms de lieux-dits. On éviterait l'engagement direct.

— Vous vous dites assez peu militaire, soit. La promenade que je vous propose est plutôt faite pour des éclaireurs. S'il vous plaît cependant de faire le coup de feu, vous pourrez tâter leur défense. Ces missions n'auront qu'un temps. Nous nous reverrons pour faire le point. Ensuite…

Il suspendit sa phrase, hocha la tête, l'air sûr de lui.

— Ensuite, je pénétrerai plus avant dans le pays, en direction du Haut-Canada. Il y a des rebelles anglais, à l'ouest. Eux aussi contestent le pouvoir bureaucrate, ils exècrent Gosford et sa machine à produire de l'injustice. Je ne vous cache pas que notre dessein est de prendre les tuniques rouges en tenailles et d'opérer une jonction avec les gens de l'Ontario.

— C'est une bonne stratégie.

— Je crois. Pour cela, il nous faudra tenir des clefs. À Châteauguay, à Sainte-Martine, à Beauharnois. Il se pourrait bien que nous soyons amenés à chatouiller un peu votre frère. Les nobles de ces cantons n'apprécient guère nos projets.

— Je ne vois pas Julien Fonteneau tenant une barricade pour défendre le manoir.

Lorimier eut une moue sceptique.

— Ces gens s'inquiètent, ils n'ont pas complètement tort. Cela étant, nous n'avons pas l'intention de leur infliger le traitement dont les Anglais nous ont gratifiés à Saint-Benoît et à Saint-Eustache. Nous occuperons les lieux, simplement, afin d'y créer des bases et de garder nos arrières. Je serai sur place avant huit jours, nous passerons à l'action le 4 ou le 5 novembre, voilà qui vous laisse le temps de visiter la frontière avant de vous rendre à Beauharnois pour m'y rejoindre. Ma proposition vous agrée-t-elle ?

— Bien sûr.

Ainsi l'odyssée de Frédéric à travers le soulèvement de 1837 le propulsait-elle aux premiers rangs de l'offensive à venir. Il eut un peu de mal à avaler sa salive. Les événements le dépassaient soudain ; il mesura à quel point il avait, sans se l'avouer, souhaité que tout cela n'arrivât pas. J'ai sans doute peur, se dit-il, Lorimier va s'en apercevoir.

— Je connais comme vous la région de Beauharnois, affirma-t-il d'une voix qu'il s'efforça de bien poser. Mon beau-frère y a fait prêter le serment à quelques dizaines de fermiers. Il y a là-bas suffisamment d'hommes prêts à marcher.

Lorimier s'était activé dans la région au cours de l'été. Il parut satisfait. Les clefs dont il parlait verrouillaient fermement le passage des Anglais vers l'ouest. Cette fois, on ne partirait pas à l'aveuglette. Il tendit sa main fine à Frédéric.

— Je vous souhaite bonne chance, mon cher Fonteneau. Mon épouse m'a rejoint, il y a quelques jours. Cela fait du bien, vous en savez quelque chose, n'est-ce pas ? Nous sommes ainsi mieux armés pour affronter le fatum. Nos Canadiennes sont admirables de dévouement à la cause. J'aurais simplement désiré serrer mes enfants dans mes bras, mais on ne peut pas tout avoir tout le temps, n'est-ce pas ?

Le fatum. Frédéric pensa subitement à Chénier. Lorimier était de la même race ; déterminé, désintéressé, prêt au sacrifice de sa vie. Ces hommes-là détenaient des vérités essentielles ; il était cependant difficile de se hausser à leur degré de conscience.

Xavier Maurin dissimulait mal sa joie. Frédéric lui avait demandé de ne rien révéler pendant le dîner à sa table d'hôte. Assis près de lui, Jérôme affichait sa mine habituelle, sourcils froncés, lèvres serrées, léger rictus.

On quitterait le Vermont sous quarante-huit heures, des plans de bataille plein les besaces.

Adeline ne parvenait pas à masquer sa nervosité. La vision des trois hommes échangeant des banalités quand le bruit d'une prochaine offensive patriote courait en ville la troublait. N'y tenant plus, elle posa la marmite de ragoût sur la table d'un geste sec.

— Quand partez-vous ? C'est bien de ça qu'il s'agit, non ?

Frédéric avait redouté de devoir lui annoncer la nouvelle en tête à tête. Soulagé par la présence de ses compagnons, il murmura un vague « Bientôt », jeta vers elle un regard d'enfant puni.

— Alors, les Castors et les Raquettes vont envahir le Canada, dit-elle, fataliste. Bien. Ici, on se préparera au veuvage, enfin, celles qui ont un mari. Heureux les guerriers célibataires.

Il se leva, furieux de l'entendre persifler, ce qui ne lui ressemblait pas. Puisqu'elle voulait savoir, il lui livrerait un secret dont la trahison pouvait lui coûter la vie. On irait en missions de reconnaissance, le gros des forces ferait mouvement plus tard. Il n'y avait pas de réel danger là-dedans. Et puis cela suffisait, à la fin. Si on ne croyait pas à cette cause, il n'y avait qu'à aller vivre à New York ou à Boston, ou même au pays des ancêtres, de l'autre côté de l'Atlantique.

Elle se mordit les lèvres ; elle savait depuis longtemps. Elle courut à la porte, saisit sa cape et sortit. Il y eut un silence. Le ragoût fumait, dégageant ses effluves. Frédéric demeura un long moment immobile, la main appuyée contre le manteau de la cheminée.

— Mangez, dit-il. Servez Joachim, il a faim, le petit bougre.

Il sortit à son tour, aperçut la silhouette de sa femme. Le chemin n'était pas long de la maison au lac. Il retrouva Adeline assise sur un banc, le regard perdu vers les dernières lueurs du jour, prit place près d'elle.

— Je sais ce que tu ressens, ma jolie. Mais comment pouvais-tu penser que j'agirais autrement ? Nous sommes des fuyards, des exilés, des proscrits. Ces vies-là sont insupportables, il faut se battre pour s'en délivrer. Sais-tu que Julie Papineau a rejoint son mari dans l'État de New York ? Elle se tient près de lui et l'assiste. Cette femme a tout sacrifié pour cela, elle est admirable de dévouement.

Il vit les larmes couler sur ses joues. Ainsi ravagée par le chagrin, elle était d'une absolue beauté. Il sentit son cœur se serrer, en même temps ses doutes s'envolaient vers le nord, où l'on se battrait. Peut-être des gens comme Lorimier ou Nelson éprouvaient-ils les mêmes sentiments dans ces moments difficiles, ce mélange d'angoisse et de ferveur qui tient éveillés les soldats.

— J'ai besoin de toi, Adeline. Je comprends tes réactions, depuis le début de cette aventure. Tu as sans doute raison, notre armée est un pauvre mélange de colères citadines et de misères paysannes, elle existe pourtant. Mais les faits vont plus vite que nous, ils nous entraînent, nous devons tâcher de les rattraper. J'ai envie de rester près de toi, ça me tient au ventre comme une chaîne, je pourrais déserter, t'emmener au fond de ce pays étranger, disparaître en Californie ou au Mexique, même.

Il lui répéta « J'ai besoin de toi », lui dit qu'il l'aimait. Elle eut un coup de menton vers le lac.

— Je me moque bien de ce que peut faire madame Papineau. Certes, elle est comme tu dis, admirable. Moi, j'ai reçu le nom de Fonteneau en me mariant avec toi. Et je pense comme je veux. Alors, si on vient m'annoncer que tu es mort de l'autre côté, je remplirai mes poches de cailloux, je prendrai notre fils dans les bras et j'irai avec lui là-dedans.

Il écarta les bras, impuissant.

— Je suis étonnée que tu aies pu entrer ainsi dans une assemblée secrète, lui dit-elle alors.

— Explique-toi.

— Tu es un solitaire, avec du tourment, je pense. La moitié de toi veut agir, l'autre simplement regarder. Tu voudrais te lancer à corps perdu mais une chaîne te retient et ce n'est pas moi. Je ne suis pas au bout. Les autres, comme Chénier, Lorimier ou mon frère Jérôme, n'ont pas ce souci. Tu as beau être fort avec tes bras, tu n'es pas ben mieux fait pour la guerre que pour ciseler le bois. Mais pour raconter et écrire ce que font les autres, oui. La guerre, il faut la laisser à ceux qui savent la faire.

Il la regarda, admiratif. Elle mettait le doigt sur l'essentiel ; ce qu'il nommait peur. Ses cauchemars, ses doutes, les bouffées d'angoisse sans raison apparente qui le prenaient à n'importe quelle heure du jour ou de la nuit, tout cela composait le carcan au milieu duquel il se débattait. Le voyait-elle comme un lâche ? Ils seraient alors deux à partager cet autre secret.

— Je serai absent pour quelques jours, dit-il. Le voyage est sans danger, près d'ici.

— Je sais ce que tu vas faire. Tu n'as pas besoin de m'en parler. Si tu penses qu'il n'y a pas de danger à courir se battre, alors c'est que tu es aussi poète.

Il prit ses mains, les porta vers son front ; c'était un de ses gestes familiers, pour s'entourer d'elle comme d'une fourrure. Elle le laissa faire. Il la vit telle qu'elle était à cet instant, assez désemparée pour choisir l'indifférence, une manière de se protéger.

— Prends garde à toi, dit-elle de sa voix grave. Les hommes qui te feront face sont des soldats. Mais je ne cesse de répéter les mêmes choses et tu m'en veux pour ça. Alors, je ne dirai plus rien.

22

Les Américains étaient censés apporter leur soutien aux initiatives canadiennes. Rumeurs transformées en certitudes par la magie du verbe. Des miliciens espérés, on n'avait pas aperçu le moindre chapeau de feutre. Frédéric avait attendu le renfort deux jours durant, puis il avait décidé de passer la frontière sans lui.

Indifférent aux stratégies des chefs, Maurin, seulement désireux de continuer sa guerre personnelle contre les Anglais, poussait depuis le début pour que l'on se passât de ces alliés-là. Formel :

— C'est bon de rentrer chez soi. Rien d'autre ne compte. Ces Yankees ne sont vraiment pas fiables. Lorsqu'ils nous envahissent sans prévenir, ils nous trouvent face à eux et prennent la leçon. Quand on leur ouvre la porte et qu'on les invite à entrer, ils sont ailleurs. Les neutres m'emmârdent.

— Des hommes d'affaires, plutôt, dit Frédéric, amer. Ils n'ont pas dû trouver à commercer de ce côté-ci de la frontière. Ces gens n'ont en tête que leur intérêt financier. Risquer leur peau pour des Français romantiques leur a probablement paru incongru.

Une centaine d'hommes s'étaient regroupés, du côté canadien de la frontière. Frédéric découvrit un paysage semblable à mille autres, des immensités de plaine ponctuées de quelques bois noirs, vides de toute présence humaine, sur lesquelles la pluie tombait avec un chuintement doux. Des fermes balisaient au loin ces espaces autrefois considérés par les voyageurs venus de la Nouvelle-Angleterre comme les plus beaux de l'Amérique du Nord.

Un courtier en drap promu au grade de Castor et rompu aux exercices transfrontaliers faisait office de chef. Frédéric avait fait sa connaissance à Plattsburg, un peu avant le départ. Un drôle de gars, colérique et péremptoire, un court sur pattes sanguin couperosé par la bière et les alcools forts, qui affirmait « renifler l'Anglais » à deux kilomètres.

— Ils sont là-bas, révéla-t-il, le doigt pointé vers le nord.

Il avait étudié le terrain sous les grosses chaleurs de l'été.

— Un camp avancé, ils sont moins d'une cinquantaine, le gros de la compagnie est un peu plus loin. Parfait pour nous.

On attaquerait juste avant la tombée de la nuit. Il convenait d'agir vite et de se replier en bon ordre. Frédéric serra son fusil contre lui ; c'était une arme américaine dotée d'un long canon et d'un chien à percussion. Peut-être eût-elle été plus pertinemment confiée à un bon chasseur.

Tandis qu'il marchait auprès de son ami, il songea à ce qu'Adeline eût pensé d'une telle tactique de guerre. Le succès de l'opération reposait sur les livraisons d'armes par les Américains. Si cela ne suffisait pas, on irait en saisir dans les réserves iroquoises. « Colborne doit penser que nous sommes cent mille ! » triomphait Maurin.

« Et toi, ma jolie, qu'en dis-tu ? Il y a un camp pas très loin d'ici, de l'autre côté des bois que nous allons traverser. Je suis en colère, sais-tu, des Anglais autant que de tes scrupules. J'irai au bout, quoi qu'il arrive. »

On marchait à découvert, sur plusieurs lignes. Le grésil se mit à tomber au moment où les hommes parvenaient en lisière du bois. La terre détrempée, couverte d'un humus de feuilles mortes, collait aux souliers des citadins comme aux sabots des paysans. Frédéric eut l'impression de revivre trait pour trait son aventure de l'année précédente. Les mêmes bataillons dépareillés, la même certitude que l'on vaincrait malgré la pauvreté de l'armement, les désertions, l'hiver. « Arrête-toi et réfléchis », lui disait une voix intérieure.

— J'irai au bout, murmura-t-il.

Maurin y était déjà presque, son envie d'en découdre accélérait son pas au point que le gros drapier éprouvait du mal à le suivre.

— Là ! cria-t-il. À moins de cent pas !

Quelques tentes, la fumée d'un brasier, des hommes en tunique ou en chemise. Frédéric les vit qui s'agitaient soudain. Sans lui en référer, le drapier ordonna la charge. Chasseurs et Raquettes se mirent à courir derrière le Castor, pointant fourches et canons de fusil vers la cible.

— À mort ! hurla Maurin.

Les Anglais s'étaient jetés sur leurs faisceaux. Frédéric aperçut les petits panaches de fumée blanche en même temps qu'il entendit les détonations. Il vit Maurin lâcher son fusil puis tomber tête en avant, de tout son long. D'autres avaient aussi reçu du plomb. Il y eut un moment d'hésitation ; une deuxième salve anglaise amorça le reflux patriote. Tandis que Frédéric s'agenouillait près de son compagnon, les Canadiens se mirent à reculer, tiraillant au hasard. On n'était pas de taille, cette fois encore.

Maurin râlait doucement. Son visage avait pris la couleur de la neige. Frédéric le saisit par les aisselles, appela à l'aide. Il ne restait plus grand monde sur le terrain. Étrangement, la fusillade avait cessé, aussi soudainement qu'elle avait commencé. Deux bonnets bleus se penchèrent vers le blessé, on fut vite à l'abri de la forêt.

— Ça va aller, mon ami, répétait Frédéric.

— Il est mort, dit un homme.

On avait ramené trois autres corps. Frédéric n'en crut pas ses yeux. Hébété, il demeura un long moment agenouillé dans la terre meuble, le regard rivé au long corps du médecin. Un squelette en veste de peau, aux lèvres serrées, au visage encore tourmenté par une douleur térébrante.

— Nous devons attaquer à nouveau, décida le courtier en drap.

Frédéric le regarda sans paraître le voir. Il n'avait jamais exigé de conduire une troupe, la guerre était peut-être bien plus confortable sous l'autorité des autres. Reprenant ses esprits, persuadé qu'on ne gagnerait plus rien à sacrifier quelques vies de plus, il se remit debout.

— Je crois que ça suffit pour aujourd'hui, dit-il d'une voix calme.

Le drapier vit le désarroi des hommes. La mission de reconnaissance au-delà de la frontière tournait au drame. Frédéric lui montra les cadavres alignés sous les arbres.

— Il y aura d'autres batailles, monsieur. Celle-ci ne rime plus à rien, les gens d'en face se sont mis en ligne, à l'heure qu'il est. Courez vers eux et la moitié de notre compagnie restera sur le terrain. Je vous suggère de rapporter ces corps aux États.

Un mouvement de grogne fit murmurer la troupe. On agréait la proposition, le plaisir d'offrir sa poitrine aux balles anglaises pouvait être remis à plus tard.

— On y retourne, décida le chef.

Il alla se poster à la lisière du bois, vit les rangs anglais formés derrière une première ligne qui avança de quelques pas et se mit à son tour en position de tir.

— Vous désirez toujours que l'on y aille ? lui demanda Frédéric.

Les Anglais avaient repéré du mouvement entre les arbres. Le Castor se caressa le menton. Il fit monter quelques hommes à sa hauteur, ordonna que l'on tirât.

— Pour voir.

La réponse ne se fit pas attendre, les panaches blancs de la riposte s'élevèrent, obligeant les Patriotes à s'aplatir.

Lorimier avait demandé que l'on tâtât la défense adverse. C'était fait. Cinquante fusils contre une dizaine et quelques fourches, la partie était jouée d'avance. À contrecœur, le chef donna l'ordre de repli. Les morts seraient enterrés aux États-Unis.

On épaula les tués de la journée, pour une retraite lugubre. Frédéric fut satisfait d'avoir ainsi empêché un massacre. « Alors, ma jolie, tu vois que je deviens raisonnable, un vrai stratège. » Adeline lui souriait, soulagée, sous l'averse de grésil drue et froide.

Il vit soudain la tête dodelinante de Maurin, son profil d'oiseau dans le dos du porteur, ses bras ballants rythmant une musique connue de lui seul. Du gibier, rapporté d'une chasse. Le silence de cette poupée macabre, ses attitudes lascives le firent frissonner. Il se tâta le torse, à la recherche de sa propre chaleur. Son cœur battait, bien vivant. Est-ce ainsi que l'on devient un guerrier ? se demanda-t-il. Avec de la chance et des gens dévoués pour attraper la mort à votre place ? La peur rampante qui l'habitait depuis le matin avait disparu, il sentit ses doigts fourmiller comme auprès du feu, au bout d'une longue marche dans l'hiver canadien.

4 novembre 1838

La famille Ellice s'était rassemblée dans le grand salon du manoir.

— Ainsi nous sommes prisonniers, dit avec superbe le chef de famille.

Il protégeait de ses bras écartés sa femme et ses enfants. Face à eux, une petite foule de Patriotes se tenait assemblée, fusils et piques en main, vigilante. Lorimier eut un geste d'apaisement.

— Assignés à résidence, seulement. Votre maison est réquisitionnée par la République du Bas-Canada. Il ne vous arrivera rien, j'en prends l'engagement. Si tel n'était pas le cas, je vous demanderais de m'en faire part immédiatement.

La crainte d'une vengeance marquait les visages anglais. Saint-Benoît et Saint-Eustache n'étaient qu'à quelques heures de cheval de là. Lorimier donna ses ordres. Le manoir serait défendu en cas d'assaut, ses habitants seraient mis à l'abri. Ellice s'inclina. Le peuple du canton se soulevait en masse, il n'y avait pas grand-chose à faire pour le moment.

— Il vous sera demandé des comptes de cette action illégale, plaida-t-il.

— Je sais, monsieur, rétorqua le notaire. La Couronne aura aussi quelques pages à remplir dans ce livre-là.

Frédéric avait laissé sa compagnie aux ordres du drapier. Puis il avait marché sans trêve pour rejoindre le canton des Deux-Montagnes. Sur les routes comme sur les chemins, c'était le spectacle devenu familier des bandes paysannes en armes, bonnets au vent. Les recruteurs s'arrêtaient dans les fermes. « Il faut marcher, maintenant », ordonnaient-ils. Et les hommes se levaient, nouaient leurs ceintures de tissu autour de leurs pelisses, sous le regard inquiet des femmes.

Ici et là pourtant, épouses et filles coulaient des balles, aiguisaient des lames, nettoyaient des canons de fusil. Frédéric les avaient vues déterminées, encourageant les rebelles, la foi née un an auparavant sur la rivière Richelieu ne faiblissait pas, partout où passait le souffle de l'insurrection.

— Les Américains n'étaient pas au rendez-vous, confia-t-il à Lorimier.

C'était l'information principale. Le notaire haussa les épaules, la nouvelle ne l'étonnait qu'à moitié, dès lors que le gouvernement de Washington maintenait sa position neutre dans le conflit canadien. On se passerait des Américains. Il y avait d'autres priorités. Maître de Beauharnois, le parti patriote disposait d'assez de temps pour en organiser la défense, voire pour en faire une base de départ vers l'ouest.

— Nous ne sommes pas intervenus chez votre frère, Frédéric. S'il vous plaît de le faire, je vous en laisse la responsabilité. Sa demeure n'est pas très intéressante, tactiquement parlant.

Frédéric chercha Jérôme. Le Raquette avait disparu en compagnie de quelques hommes. Lorsqu'il apprit que son beau-frère était parti pour Maison-Rouge, il éprouva une vive contrariété. On n'était plus aux époques joyeuses des charivaris, manoirs et fermes brûlaient volontiers sous le ciel gris, quant au plomb, il ne servait plus seulement pour l'outarde ou pour le caribou.

Il frissonnait depuis le milieu de la nuit, ses jambes le portaient avec difficulté. Des traits douloureux traversaient son crâne. Il lui sembla qu'il pourrait se coucher et s'endormir aussitôt. Il avait campé en pleine forêt, autour de grêles feux. Sans doute avait-il pris froid aux petites heures. Il remonta en selle, franchit les collines douces séparant le village du domaine de Ligneries.

La nature était là en beauté, les bois rougeoyaient encore, tranchant avec le brun uniforme des champs labourés. C'était la saison des chasseurs, aux journées encore douces, aux senteurs de terre humide et de champignons ; un temps pour les longues promenades sous le couvert des peupliers, des trembles, des érables. Frédéric éperonna sa monture. Jérôme n'avait pas été très bavard sur son aventure à Beauharnois. Le garçon savait garder pour lui ses rancunes, un vrai paysan, celui-là, tête de granit et longue mémoire.

Les alentours de la maison étaient déserts, des chevaux étaient rangés devant l'écurie. Frédéric se hâta. Des éclats de voix lui parvinrent, on s'insultait. Il traversa la petite pièce où ses nièces jouaient ordinairement du piano, pénétra dans le salon.

— Cristi, Jérôme, tu es devenu fou !

Julien Fonteneau était à genoux, nuque fléchie, entouré d'une demi-douzaine de partisans. Jambes écartées, le dominant, Jérôme Desrouets le menaçait d'un pistolet. Frédéric aperçut les femmes rassemblées devant la cheminée, Esther et ses sœurs, livides, tentant de calmer des enfants terrorisés.

Jérôme avait sa mine des mauvais jours, dents serrées, rides au front, rictus haineux. Frédéric écarta le rideau humain qui s'interposait. Le pistolet était armé. Jérôme hurla :

— Il faut me demander pitié, monsieur ! Pitié pour vos mauvaises manières, pour les souffrances que vous m'avez infligées, pour votre cruauté !

Frédéric vit la chair blanche du cou de Julien, une cible à bout touchant. Croisant le regard de son beau-frère, il y vit de la folie. Jamais il n'avait connu Jérôme dans un pareil état. Il tira son pistolet de sa ceinture.

— Si tu commets cet assassinat, je serai obligé de t'abattre, dit-il calmement. Arrête ton geste et reprends tes esprits.

Jérôme se mit à trembler.

— Je m'souviens des pauvres gens désarmés qui sautaient d'l'église, à Saint-Eustache. Ils n'avaient point grande chance de survivre. Leurs assassins portaient des tuniques rouges, et celui-là les encourageait à sa manière.

Frédéric pressa lentement la détente de son arme, pointa le canon vers la tête de Jérôme.

— C'est un ordre, dit-il.

Les Patriotes s'étaient mis en cercle autour des trois hommes. L'exécution du lieutenant anglais sur la route de Saint-Charles restait dans les mémoires. Pour un crime canadien, les soldats de Colborne et leurs séides civils en commettaient cent. Les ordres des chefs patriotes avaient toujours été clairs à ce sujet. On respectait les blessés, les prisonniers, les combattants sans armes. C'était la suprême élégance de ceux dont la défaite scellerait peut-être le destin.

— Il est encore temps, Jérôme. Nous avons des choses utiles à faire, ailleurs que dans ce lieu sans importance.

Frédéric sentit ses jambes se dérober. La fièvre les rendait cotonneuses. Jérôme doutait, soudain. Julien fixait le plancher, les yeux mi-clos, quant aux femmes, elles s'étaient agenouillées devant le mur du salon et priaient, les mains jointes.

On avait vu à maintes reprises des scènes de ce genre dans les fermes et les maisons du pays canadien. Les hommes à genoux, mais les femmes et les adolescentes, cuisses écartées sur les lits ou à même les planchers, subissant la loi des vainqueurs. D'autres exposées, nues, sur les pas de porte et la troupe crachant sur elles au passage. Ainsi traitée, l'une des filles du notaire Girouard en était morte, de pneumonie. Frédéric essuya son front. Une vague de chaleur le submergeait. Il parvint à faire un pas, appuya le canon de son pistolet sur la tempe de Jérôme.

— Vite, maintenant, murmura-t-il.

Le bras de Jérôme s'abaissa. Une femme s'évanouit, on entendit le froufroutement des jupons autour d'elle. Frédéric se pencha sur son frère, l'aida à se relever.

— Ça va, lui dit-il.

Puis il ordonna aux Patriotes de quitter les lieux :

— Cette maison ne sera pas occupée, c'est la décision de Lorimier. Retournez au village, on a besoin de vous là-bas.

Jérôme le fixait, hébété. Frédéric s'assit au creux d'une bergère tandis que Julien quittait le salon, entouré par les femmes de Maison-Rouge.

— Laisse-nous, Jérôme, dit Frédéric d'une voix rauque. Pars avec les autres.

Esther vint vers lui. Elle lui montra le plafond, percé d'un trou noir au milieu. Jérôme avait tiré en l'air pour annoncer son intrusion.

— Il allait le tuer, n'est-ce pas ?

Frédéric suait à grosses gouttes, ses idées s'embrouillaient dans sa tête. C'était comme un lourd manteau pesant sur son esprit. Il tenta en vain de repousser cette chape surchauffée. Tuer Julien ? Certes, Jérôme se préparait à le faire, il avait d'assez bonnes raisons pour cela. Mais ce genre de crime pouvait entraîner la destruction par le feu de tout un village. Frédéric entraperçut sa belle-sœur inclinée vers lui, murmurant un « Merci » qui glissa sur lui comme un traîneau sur la glace du fleuve. Merci de quoi ? Il était normal que les hommes devinssent fous en période de guerre.

— Cela faisait beau temps qu'on ne s'était vus, ma chère.

Il vit les traces de boue qui tanguaient sur le plancher, pensa que le parquet était ainsi bien sali. Les paysans de Beauharnois et d'ailleurs n'avaient pas l'habitude de s'essuyer les sabots lorsqu'ils envahissaient les manoirs des seigneurs. Ces gens manquaient vraiment d'éducation.

— Eh, je m'en vais, on dirait.

Sa tête était trop lourde. Il ne pouvait plus la tenir. Il se laissa aller en arrière, chercha à ouvrir sa chemise. Chacun de ses gestes lui était supplice, la fièvre prenait possession de lui sans qu'il pût rien faire pour la combattre. Il ferma les yeux, sombra.

Esther Fonteneau se tenait debout derrière une baie du salon, face au parc de Maison-Rouge ennobli par l'automne. Près de la cheminée où crépitait un feu de conifères, Julien semblait perdu dans ses pensées. Autour d'eux, la vie avait repris son cours normal. Une servante traversa la pièce, l'air affairée, portant les couverts du souper. Esther se tourna vers son mari.

— Et maintenant ?

— Eh bien, quoi ? rétorqua Julien, rogue.

— Que comptes-tu faire ?

— Vous mettre en sécurité, voilà qui est certain. La région fourmille de rebelles, Beauharnois est entre leurs mains et je ne crois aucunement aux promesses de ce Lorimier. Ce qui est sûr, c'est que nous avons hérité un étrange pensionnaire.

Il avait du mal à prononcer le nom de son frère. Mis au courant de l'état de son lieutenant, Lorimier s'était présenté à Maison-Rouge à la fin de l'après-midi. « Je vous le confie, avait-il recommandé, ça ressemble à un tuphos et je crains fort qu'il ne s'en sorte pas. » Ajoutant, bonhomme : « On me dit qu'il vous a tiré d'un mauvais pas. Ce jeune homme a de la conscience et pas mal de courage, je ne vous apprends rien. »

— Je n'ai pas l'intention de quitter la maison, dit Esther.

Julien montra son agacement. La situation était assez compliquée pour que les femmes n'y ajoutent pas leur sens inné de l'embrouillamini.

— Si les rebelles percent les lignes anglaises, ils se masseront par ici, soit pour marcher vers Montréal, soit pour se répandre à l'ouest. Le bruit court qu'ils sont renforcés par des Américains, Colborne estime qu'ils sont deux cent mille.

— Vraiment ? C'est la moitié de la population du Bas-Canada.

— Qu'importe. Beauharnois risque bien de connaître le même sort que Saint-Charles ou Saint-Eustache. S'il te plaît d'en être, ne te gêne pas.

— Et s'ils échouent ?

— Alors nous les chasserons de chez nous et les Anglais feront le reste. Ne me dis pas que tu souhaites autre chose.

Elle ne releva pas. L'expérience de cette guerre démontrait la faiblesse des insurgés, leur chronique difficulté à s'organiser efficacement face aux régiments de la Couronne. Faire de notaires, de laboureurs, de négociants les officiers et les soldats d'une troupe capable de vaincre tenait de la gageure. Parce qu'elle les fréquentait, à Maison-Rouge ou ailleurs, elle savait les Anglais suffisamment patients, obstinés et cyniques pour triompher en fin de compte.

— Nous ferons partir les enfants pour Montréal, concéda-t-elle. Quant à moi, je ne laisserai pas ma maison fermée, prête au pillage.

Julien attendit la question qui brûlait les lèvres de sa femme.

— Qu'envisages-tu pour ton frère ? finit-elle par demander.

Il eut un geste vague.

— Rien, pour le moment. Il est inconscient, que puis-je décider ? S'il sort du tuphos, j'aviserai. J'ai donné à nos gens l'ordre formel de taire sa présence ici. Il n'est pas impossible que les langues se délient malgré tout. Nous devrions alors nous expliquer sur ce droit d'asile.

Elle se tut. Elle savait Julien capable de calculer. L'homme tenait à sa situation, à son rang, à ses intérêts. Si Frédéric le gênait, il s'en débarrasserait. Elle quitta la pièce, monta à l'étage. On avait installé le malade dans une petite chambre, au bout d'un long couloir. Elle entra, alla ouvrir la fenêtre. Frédéric paraissait dormir. La tête tournée sur le côté, les bras le long du corps, il respirait bruyamment. Elle scruta son sommeil pareil à celui d'un ivrogne, détailla son visage vultueux. La fièvre était bien là, avec ses délires doux, ses moments d'agitation, ses acmés nocturnes au cours desquelles le patient semblait par moments capable de s'éveiller.

Tandis que Julien, blessé par les foucades de son cadet, s'en était détaché, elle éprouvait depuis toujours une sorte de tendresse pour le jeune homme exalté qui tenait tête au pouvoir et à ses hommes. Elle n'avait pourtant jamais ressenti la moindre compassion pour les misères alléguées par les Patriotes. La fraîcheur de Frédéric, son enthousiasme lui plaisaient, simplement.

Et puis, on ne livrait pas un mourant à l'autorité, fût-elle légitime. Elle referma la porte. Julien devrait se souvenir que son frère, en s'interposant, lui avait sans doute sauvé la vie.

23

Novembre 1838

— Lorimier a été arrêté alors qu'il tentait de passer aux États, annonça Julien en se débottant.

Esther ne réagit pas. Cela faisait plusieurs jours que les Patriotes de Beauharnois s'étaient dispersés dans la nature. Las d'attendre des ordres qui ne venaient pas, accablés par les défaites qui se succédaient à la frontière, leurs chefs avaient choisi de libérer leur troupe. Ce serait chacun pour soi, au moment où perquisitions et arrestations devenaient le quotidien des insurgés.

Julien avait le triomphe ironique. Son opinion sur la faiblesse militaire de la rébellion se trouvait confortée par la tournure somme toute expéditive des événements.

— Mon père avait bien raison, dit-il. Les boutefeux de Nelson, Duvernay et consorts ont mené le parti de Papineau au désastre. Papineau, tiens, où est-il à c't'heure, celui-là ? Jardinier de Van Buren, peut-être.

Esther avait fait préparer un plateau de déjeuner. De la brioche, du lait, des confitures. En se retirant de Beauharnois, les rebelles avaient laissé les lieux et les choses en l'état. Chez les Loyaux, personne n'avait eu à défendre son bien, à fuir ou à craindre pour sa vie.

Vaisselle, domestiques, potagers : l'orage passé, tout conservait son ordre rassurant. Il n'en allait pas de même pour les Canadiens suspectés de pencher pour les rebelles. Les volontaires s'étaient chargés de le leur rappeler. Pillages et viols, humiliations, incendies, leur litanie de vainqueurs résonnait encore dans les esprits.

C'était peut-être ailleurs, loin de Maison-Rouge. Esther rejoignit l'étage, entra dans la chambre de Frédéric. Prévint :

— Il faudra te décider à grossir un peu, mon cher.

Assis contre une pile d'oreillers, spectre blafard aux yeux cernés de brun, le cadet des Fonteneau revenait à peine de son voyage dans les limbes. Dix jours d'un coma vigile peuplé de terrifiants cauchemars le laissaient amaigri, exsangue.

— Je n'ai pas la force, dit-il d'une voix éteinte. Qu'est-ce que je fous ici, chez mon frère ?

— Allons, ne fais pas ton fierpette ! Je vais t'aider à boire.

On l'avait veillé, changé, lavé. Le médecin mandé à son chevet refusait de se prononcer. « Une chance sur cinq, peut-être, et s'il s'en tire, une convalescence de plusieurs semaines et beaucoup de mélancolie en suivant. Ces maladies vous abîment l'humeur pour longtemps. »

Frédéric trempa ses lèvres crevassées dans le bol que lui tendait Esther, grimaça.

— J'ai des brûlements d'estomac. Où est Lorimier ?

— Il n'est plus à Beauharnois.

Il avait du mal à renouer les fils de sa propre histoire. Esther, c'était Maison-Rouge, Julien, les Loyaux. On ne se battait donc pas, au village ?

— Calme-toi. Il n'y a pas eu de guerre ici, mentitelle.

Elle lui cacha les exactions coutumières des volontaires, prix désolant payé par les tenants du mauvais parti. Bien qu'épargné par les combats, le village de Beauharnois n'avait pas échappé à la règle.

— Mais les armées de Nelson, les Américains ?

— Tes amis ont livré bataille au sud, sans les Américains, à ce que l'on dit. C'est fini, maintenant.

C'était loin. À Napierville, à Odelltown, des lieux passés à l'Histoire. Julien s'était gaussé de ces armées-là, mises en déroute au bout de brefs engagements. Rien de bien nouveau sous le sombre soleil patriote. On avait côtoyé le ridicule en voulant saisir des armes dans une réserve indienne. Sentant le vent tourner, les Iroquois avaient joué la carte anglaise, manière de ne pas se noyer dans la déroute canadienne. Un butin de soixante prisonniers avait sanctionné le coup de main. Soixante hommes conduits à Montréal sous les insultes, les crachats, les pierres.

— C'est fini, Frédéric, répéta Esther. Il n'y a plus de rébellion, plus de Patriotes.

À voir son hôte figurant à lui seul, dans son dénuement, la conclusion d'un désastre annoncé, Esther Fonteneau eut les larmes aux yeux. Frédéric saurait bientôt le reste. Les convois de détenus encordés les uns aux autres, traînés derrière des carrioles, jetés par centaines à la prison montréalaise du Pied-du-Courant, les familles des chefs ruinées, persécutées, les tribunaux établis pour des jugements exemplaires. La curée ; Adam Thom exigeait à grands cris de profiter de l'occasion pour éradiquer une fois pour toutes la race française du Canada ; d'autres, plus nuancés, suggéraient son assimilation par l'envoi massif de colons loyalistes. Et le pire de tout, la délation érigée en morale publique, la dénonciation par la confession forcée, l'apocalypse civile et son immonde cortège de lâchetés, de trahisons, d'abandon.

— Repose-toi, Frédéric.

Il repoussa doucement le plateau, ferma les yeux. Que faisait-il dans cette maison ? Le tenait-on prisonnier à son tour ? Où étaient en vérité les Chasseurs, les frères, les bataillons ? Il ne parvenait pas à croire ce qui lui était dit. Esther posa la main sur son front. En s'évaporant, la fièvre laissait derrière elle abattement et stupeur, un état de faiblesse infantile.

— Dors, mon cher. Il ne t'arrivera rien.

À aucun moment Julien n'avait rendu visite à son frère. Esther avait senti les velléités de son mari, son désir de régler définitivement le problème en livrant Frédéric aux autorités. « Je te recommande de n'en rien faire », l'avait-elle menacé. Julien avait dû se rendre à l'évidence, Esther était chez elle à Maison-Rouge et faisait du droit d'asile la règle.

Une chandelle achevait de se consumer, dégageant une épaisse fumée noire qui montait jusqu'au plafond. Frédéric s'éveilla et se sentit immédiatement mieux. La sensation qu'il avait éprouvée de flotter dans un nuage de coton s'estompa. Il pivota sur ses fesses, mit pied à terre, dut aussitôt se raccrocher au drap pour ne pas s'affaler.

— Cristi, où sont mes jambes ?

Il n'avait aucune idée de l'heure. C'était seulement la nuit, à travers les persiennes. Il s'allongea avec précaution, tenta de rassembler le peu qu'il lui restait de forces. Dormir. Il n'en avait plus vraiment envie. Il se cala contre les oreillers, furieux et satisfait en même temps de se découvrir capable d'impatience. Attendre. Le plateau avait été laissé à sa portée. Il saisit un morceau de brioche, l'avala sans presque le mâcher. Tudieu, la faim ! Il se resservit, but du lait, rota bruyamment.

Il allait tenter à nouveau de se lever lorsqu'il aperçut une forme dans un halo de lumière. Rien ne bougeait. Il se redressa. Rêvait-il ?

— Qui va là ?

Il se souvint d'avoir entendu des récits d'arrestations nocturnes. Son tour était-il venu ? Ce serait justice après tout, pour les morts, pour les amputés, les éborgnés, pour les amis jetés sur la paille des cachots, pour tous ceux qui n'avaient plus la chance de goûter encore à la liberté.

Une main saisit le candélabre. Tout était noir, la chevelure, la robe, tout sauf le visage, blanc dans la pénombre. Il ouvrit grands les yeux, vit Adeline marcher vers le lit, s'asseoir, se pencher vers lui.

Il n'osa porter la main vers cette apparition, de peur que cela ne fût qu'une illusion, un reste de fièvre dilatant son esprit.

— Tu es si maigre, dit-elle.

Il la toucha enfin, caressa ses lèvres, ses seins, sa nuque.

— C'est bien toi, ma jolie…

Avec ce qu'il préférait d'elle, sa compagnie charnelle des nuits de bivouac, sa raison de croire qu'il s'en sortirait. Elle posa sa tête sur son torse, baisa sa peau marquée par le relief des côtes.

— Comment as-tu fait, Adeline Desrouets ?

Rattraper le temps lui avait demandé un effort intense. Deux semaines de sommeil, une éternité. Maintenant, il savait à quel point il s'était absenté.

— J'ai marché, dit-elle. Tu te souviens que je sais le faire.

— Et l'enfant ?

— Il est avec moi. On s'en occupe, ici. Il n'y a plus de guerre.

Il la serra contre lui, de plus en plus fort. Il avait envie de se réfugier en elle, d'y entrer tout entier comme dans une matrice. Il releva son visage, se mit à sangloter. Tout en lui fondait dans un soulagement douloureux.

— Je t'ai fait courir trop de dangers, murmura-t-il. Je n'aurais pas dû, je te demande pardon. C'est fini, je crois.

Elle mentit en lui affirmant que oui. Partout dans le pays, la chasse aux Patriotes était donnée. Un ange purificateur forçait les portes, investissait les maisons, les granges, les chambres à coucher, pour en extirper la lie. Les Canadiens étaient privés de droits, livrés. Tout était permis pour que la Couronne se débarrasse enfin de son épine française, personne, de l'estuaire aux collines du Haut-Canada, des steppes glacées du Nord à la frontière américaine, n'était à l'abri de cette besogne-là.

Ils demeurèrent silencieux, à se presser les mains, à se toucher encore et encore.

— Tu es épuisé, lui dit-elle enfin, il faut que je te laisse te reposer.

— Reste. Je me repose malgré moi depuis je ne sais combien de jours et de nuits. Maintenant, je vais plutôt vivre. Reste, ma jolie.

Elle s'allongea près de lui. Il lui redemanda comment elle était arrivée jusque-là.

— Je te dirai, plus tard. Nous avons de la chance, toi et moi, depuis le début.

— Aide-moi.

Il s'assit, quémanda son soutien. Il y avait, dans un coin de la chambre, une coiffeuse surmontée d'une glace ovale. Il se mit debout, esquissa un pas, puis un autre, s'avança, tremblant.

— Ce n'est pas moi, ce squelette.

Elle approcha son visage du sien, comme pour une gravure de médaillon.

— Regarde, mon amour, nous sommes encore de ce monde. Tous les deux.

— Oui. Moi qui ne cesse de t'entraîner à l'aventure et toi qui depuis toujours la refuses.

Lorsque, au bout de trois semaines de séjour à l'étage de Maison-Rouge, il descendit pour la première fois de son refuge, Frédéric trouva sa famille à peu près reconstituée dans le grand salon. Autour de Marie Fonteneau avaient pris place, dans des bergères et sur des canapés, sa sœur Catherine et son beau-frère ; Julien avait son air absent des moments de contrariété, Esther découpait un gâteau à l'aide d'une pelle en argent. Quant à Adeline, elle se tenait debout près de la porte, son fils assis devant elle à même le plancher, jouant avec un hochet en bois.

La vision de cette espèce de tribunal convoqué en plein hiver pour un jugement aléatoire lui arracha un sourire. C'était que l'affaire n'était pas ordinaire. On avait là, chauffé par un brasier de chêne et de sycomore, tout ce que le Canada comptait ou presque de partis. Il ne manquait en vérité que le procureur de la Couronne, un partenaire peu difficile à trouver par les temps qui couraient mais dont l'absence ne fut pas pour déplaire à Frédéric.

Il alla s'incliner devant sa mère. Souvent, il s'était demandé comment cette femme sans fantaisie ni enthousiasmes se comporterait en situation extrême. Il avait désormais la réponse à cette question. Marie ressentait sans doute, au fond d'elle-même, de la compassion pour les Patriotes, Fils de la Liberté et autres frères chasseurs. Quoi qu'il en fût, la simple présence d'une paysanne de Stanfold dans le cercle familial suffisait à gommer les effets de cet élan. Bien qu'il s'en fût persuadé depuis longtemps, Frédéric en éprouva de la tristesse.

— Voilà notre miraculé, dit Esther.

Julien se leva. Il avait délégué les soins au malade aux femmes de Maison-Rouge, acceptant la présence de son frère sous son toit comme le minimum qu'un chrétien pouvait offrir à un homme en détresse. Maintenant, il s'agissait de prendre des décisions importantes. La paix était certes revenue, la loi martiale avait été assouplie, les traîneaux et les attelages pouvaient se déplacer librement à travers le pays ; il en sortait néanmoins un état de la société ni civil ni militaire, une période d'intense activité pour les tribunaux, un avenir encore incertain pour les Canadiens. Au milieu de cet ordre très relatif, il y avait Frédéric Fonteneau, considéré par les uns comme un pur héros, par les autres comme un suppôt des fauteurs de guerre.

Julien toussota dans sa main.

— Tu dois être sur des listes noires, mon cher frère, annonça-t-il en préambule. On n'a pas pu ne pas te voir sur les lieux des combats, au Vermont, partout où la rébellion s'est manifestée. Il tient pour l'instant à notre place dans la société que l'on ne vienne pas te chercher ici pour te conduire au Pied-du-Courant ou dans quelque autre prison. Je suppose que tu as eu le temps de réfléchir à cela.

Frédéric demeura muet. On s'était inquiété pour lui, comme pour un élément très contestable d'une famille en vue. L'humiliation qu'il ressentit était celle de tout un peuple vaincu, à nouveau assujetti, condamné à espérer le bon vouloir des dominants. Il y avait trois manières de terminer l'aventure, pensa-t-il en regardant sa femme, disparaître dans la nature et prier pour ne pas être débusqué, fuir définitivement aux États-Unis ou mourir les armes à la main. La gloire couronnerait un jour les cœurs purs de la révolte. En attendant, c'était la débandade tous azimuts et cette forme de mendicité consistant à ne plus compter que sur les autres pour éviter le châtiment.

Adeline lui sourit. Il n'en faudrait pas beaucoup pour qu'elle prît sa place dans le cercle. Ses qualités humaines, sa droiture, son amour absolu pour Frédéric méritaient même bien plus que cette justice-là. Pour cela aussi, on attendrait des jours meilleurs.

Julien avait une proposition à faire :

— Nous pouvons, en accord avec notre mère, te soustraire aux tribunaux. Il te suffira de demeurer ici, dans la discrétion la plus totale.

— Qui sera payé pour ça ? l'interrompit vivement Frédéric.

Julien eut un geste sec. Quand on était au fond du trou, on ne posait pas ce genre de questions. La chose était possible, voilà qui suffisait.

— Ton frère s'emploie à corriger tes erreurs, fit Marie, acide. Tu dois savoir qu'hors d'ici la chasse aux Patriotes bat son plein. Il y a près de mille des vôtres en prison ou en cours d'interrogatoire, cela va jusqu'aux fermes les plus reculées, où l'on demande aux gens d'avouer, de dénoncer, de se faire pardonner. Des chefs seront pendus, d'autres exilés en Australie ou à la Caraïbe, tout cela va encore durer des mois. La moindre imprudence te serait fatale.

Il savait. Adeline et Esther l'avaient mis au courant, au jour le jour. Il eut subitement le sentiment d'être un adolescent renvoyé du petit séminaire pour indiscipline et sur le sort duquel le conseil de famille avait à statuer. Il se dit qu'il avait vingt-cinq ans, un enfant capable de construire ses premières phrases intelligibles, une femme qui l'avait cherché à travers les villages en feu. Un trésor. Il avait perdu tout le reste, sa place dans la société, son peu de fortune, ses amis. Adeline le regardait avec intensité. Elle lui pardonnait dès lors qu'il était simplement vivant, rescapé de la guerre et du typhus. Revenu à elle, avec ses failles, ses illusions perdues, sa déroute. Tu te contentes de peu, ma jolie, songea-t-il.

— Je suppose que je n'ai pas grand-chose à objecter, dit-il.

— Il n'est sans doute de lieu au Canada où tu ne serais immédiatement repéré, lui asséna Julien. Beaucoup de ceux que tu as pris pour des compagnons seront prêts à t'accabler pour s'en sortir. Car c'est ainsi que vont les énergies à c't'heure. Se sauver, quitte à noyer les autres. Le mauvais côté des guerres, Frédéric.

Esther lui avait fait la leçon. Frédéric le trouva modéré. À contrecœur ? Cela n'avait aucune importance. La prise de la maison par Jérôme Desrouets et ses hommes avait laissé quelques traces dans la rigidité de son maintien.

— Les familles doivent désormais faire corps, dit la maîtresse de Maison-Rouge. Et tu n'es pas en état de reprendre la route, de toute façon. Tu tiens à peine sur tes jambes.

Il alla vers Adeline, toute honte bue. Il lui prit les mains, qu'elle porta à son visage. Tout en elle criait qu'Esther avait raison. Il fallait ranger la fierté dans les tiroirs, faire le dos rond, admettre. Il la serra dans ses bras, dût se faire violence pour ne pas pleurer. Son menton se mit à trembler. Il rompit, et, brusquement, quitta la pièce.

Il allait et venait dans la chambre, s'arrêtait devant la fenêtre, fulminait, mains dans le dos.

— Tu me vois demeurer caché ici, dans les combles ou derrière des bottes de foin, à l'étable ? M'imagines-tu déguisé en jardinier moustachu, armé de ciseaux pour composer de jolis bouquets ? Alors, je regarderais défiler la fine fleur de l'aristocratie coloniale en visite et j'ôterais mon gracieux chapeau de paille pour mieux la saluer.

Adeline eut un bref sourire. Son miraculé récupérait des forces à mesure que passaient les jours. L'entrée dans le plein hiver le protégeait, tout se passait désormais à Montréal, loin des campagnes où l'on commençait déjà à relever les ruines des villages détruits.

— La dame de Maison-Rouge fait tout ce qu'elle peut pour nous aider, de même que ta sœur.

— La dame de Maison-Rouge, bougonna-t-il. Ma sœur. Tu peux les nommer par leurs prénoms, tu es de leur famille, tout de même.

Elle ne s'y résolvait pas. Les paysans canadiens étaient des gens bien élevés, il leur restait au fond de l'âme assez de respect pour les nantis et les bourgeois. Ainsi marquait-on sa différence, par ces sortes d'obséquiosités que les Patriotes, dans leur élan généreux, avaient projeté de gommer.

Elle réfléchissait, assise au bord du lit. Avec leur fils endormi sur un petit canapé, ils ressemblaient à ces jeunes couples de citadins confinés dans des espaces réduits et attendant l'embellie sociale.

— Nous pouvons aller à Stanfold, dit-elle. Les Anglais n'iront pas trop fouiller la vase du marais, ce pays n'est bon pour personne.

Il y avait songé. Le passage du Bas-Canada au peigne fin cesserait un jour prochain. Colborne avait fait une ample moisson de rebelles, suffisante pour calmer le désir de justice de ses maîtres londoniens. Le temps des procès n'était plus très éloigné, quant aux confesseurs d'analphabètes, leur besogne administrative devait commencer à les lasser, tout bureaucrates qu'ils fussent.

— Nous pouvons, en effet. L'agriculture de la savane manque de bras. Jardinier ici ou défricheur de marécage là-bas, le choix est tout de même un peu étroit.

Il la contempla. Son buste droit, sa taille si fine, le creux de ses hanches, endroit préféré pour y appuyer son front, tout en elle avivait son désir. Son premier élan de convalescent avait été pour elle ; des étreintes à n'en plus finir, la vie, puissante, chaude, le bruit affolé de son propre cœur pour rythmer son retour dans ses profondeurs, telle était sa seule liberté dans la prison sans barreaux où des âmes charitables l'enfermaient.

— Prison, murmura-t-il.

Les Anglais y avaient envoyé bien du monde, et jusqu'au modéré Étienne Parent, qui avait osé critiquer les méthodes répressives du général Colborne dans son journal.

S'étant détourné, Frédéric observa un vol de choucas au-dessus du parc enneigé. Il devait faire bon vivre dans ce domaine, les charmes qu'il y avait goûtés dans une vie antérieure lui revinrent en mémoire. Esther était une parfaite hôtesse flanquée d'un époux à sa bottine. Derrière ses allures de châtelain, Julien Fonteneau n'était rien d'autre qu'un boutiquier parvenu.

Frédéric eut une moue de dépit.

— Maison-Rouge. Je ne me ferai pas à ce lieu tel qu'il est en ce moment, c'est impossible, ma jolie.

Stanfold, pourquoi pas. Si l'on ne m'arrête pas en route, nous pouvons tenter d'y parvenir. L'hiver a été notre allié, quelquefois. C'est dans les geôles de Colborne que ça grouille en ce moment. Bien au chaud. Mes pauvres compagnons sont face à leur destin. Cristi, ces hommes n'ont pas mérité leur sort.

Elle alla à la coiffeuse, dénoua son chignon. Il ne connaissait rien de plus gracieux que ce geste, si féminin, de doigts fins libérant une chevelure.

— Je préparerai un bagage, dit-elle. Il y a des traîneaux ici et le froid n'est pas encore trop vif.

Elle se réveilla un peu avant l'aube. Les rais d'une clarté lunaire dessinaient des ronds aux contours flous sur le plancher. Elle sentit, plus qu'elle ne le perçut, le vide à côté d'elle. Frédéric n'était plus dans le lit. Elle se leva d'un bond, alluma une chandelle à la braise de la cheminée. Un pressentiment la poussa vers la coiffeuse, sur laquelle une lettre était posée. Le cœur battant, elle la décacheta, lut.

Ma jolie, lorsque tu trouveras cette lettre, je serai sur la route de Montréal et, cette fois, je ne te laisserai pas le temps de me rattraper en route. Je n'ai pas réfléchi longtemps avant de décider de me livrer aux autorités. Je crois qu'il arrive un moment où tout homme digne de ce nom se doit de faire face à ses responsabilités. D'autres, comme Girouard, ont procédé ainsi avant moi, j'ai admiré ces gens, le geste si simple qui leur évitait d'avoir à se cacher comme des rats pendant des mois, des années peut-être. D'une cer-

taine manière, ils protégeaient les absents en se rendant.
Regarde où j'en suis arrivé. Hébergé par mon frère, protégé par ceux-là mêmes que j'ai méprisés pour leur égoïsme, leur goût de l'argent et du pouvoir ; les voilà qui demain décideront pour moi, comme on choisit de donner une piastre à un mendiant sur le pas d'une église. Je leur dirais alors merci, je baiserais leurs pieds, je leur demanderais de m'autoriser à besogner chez eux comme palefrenier ou contremaître. Penses-tu que l'on puisse supporter de vivre ainsi ?
Fuir encore une fois ? J'y ai songé, tu le sais bien. Maison-Rouge, Stanfold, les lieux ne manquent pas pour ça. Les États-Unis sont une bonne base de repli pour des vaincus comme ton pauvre mari. Ensuite ? Refaire une vie loin de sa patrie, tenter d'oublier tout ce pour quoi on a risqué sa peau ? Risquer sa peau, la jolie phrase ! Sais-tu qu'à Saint-Charles, à Saint-Eustache, à la frontière, j'ai eu peur de ce qui pouvait m'arriver. Une peur de petit enfant dans le noir, une terreur seulement soulagée par le désir animal de me retrouver loin des incendies et des massacres. Alors, vivre en paix à l'étranger avec ces souvenirs-là ? Quel affront pour les morts, quelle soumission à ce qu'il y a de plus bas en nous ! Je ne peux m'y résoudre. Des présences pèseraient sur moi à me broyer, Chénier, Maurin, et tous ces pauvres paysans, ces petits-bourgeois exaltés, ces ouvriers que nous avons poussés à la révolte et qui en sont bel et bien morts.

J'ai fait semblant de ne pas comprendre tes inquiétudes, ta réserve, tes doutes, parce que je savais au fond de moi que tu avais raison. Je t'ai malmenée, bien souvent, je suis allé contre ton désir profond de vivre pour nous à l'abri des tumultes, je suis parti à la guerre comme un enfant à la chasse, avec un lance-pierre, des souliers troués et des rêves de gloire. Tu as mesuré mon inconscience, de toutes tes forces tu as tenté de me la faire apercevoir. En vain.
Alors, je te laisse la liberté de te séparer de moi par la pensée, par le corps, même si le seul fait d'y songer m'arrache le cœur. Tu prendras la bonne décision. Quoi qu'il en soit, sache que tout ce qui s'est passé, le meilleur comme le pire, a renforcé l'amour que je te porte.
Je termine cette lettre avant que ce sentiment-là ne m'empêche d'aller au bout de ce qu'en conscience j'estime devoir faire. Embrasse tendrement notre fils. Je ne me sens pas le courage de te dire en face ce que ma lâcheté me commande d'écrire. Je laisse un mot en bas, pour Esther. Elle est bonne et de ceux, dans la famille, qui t'aiment bien et te jugent pour ce que tu es, toi, un être admirable, une femme aimante et généreuse, belle et lucide. Sache qu'elle t'aidera, quoi qu'il arrive. Je te chéris, cette nuit plus que jamais. Je te demande pardon.

Frédéric

Elle éprouva le besoin de s'asseoir, demeura immobile, une éternité de temps, écrasée par un épouvantable sentiment de gâchis. Quelle était donc cette race d'hommes, qui étaient ces enfants capables de se lancer ainsi dans l'inconnu ? Des rêveurs, sans doute. Candides et probes, affichant une désinvolture de vrais seigneurs, qui n'avaient pas hésité à jouer d'un coup leur fortune à la table des malins, des tricheurs et des assassins.

Elle n'était même pas sûre qu'en se rendant aux autorités Frédéric ait songé à une possible clémence des vainqueurs. Il parlait du notaire Girouard, leur hôte à Saint-Benoît au soir de leur mariage. Tout cela est si loin, pensa-t-elle. Girouard avait sauvé sa tête en se livrant au soir des pillages de 1837. On avait négocié par son intermédiaire quelques exils aux Bermudes contre des centaines de libérations de Patriotes. Puis le chef rebelle avait été libéré contre caution. C'étaient là de pauvres privilèges de vaincus.

Depuis, le sang avait de nouveau coulé, la colère anglaise exigeait maintenant bien autre chose que ces aimables tractations. Frédéric avait choisi le temps des condamnations à mort et des déportations australes pour se jeter dans le piège ; pour soulager sa conscience de fautes qu'Adeline ne parvenait pas à comprendre. La débâcle supposant toutes sortes de comportements, celui-là prétendait en racheter à lui seul quelques-uns !

— Quel orgueil, murmura-t-elle.

Elle imagina le tumulte des consciences, le désarroi d'une troupe écrasée en une semaine. Les Grands Aigles en fuite, les Raquettes et les Castors en prison, les Chasseurs à la confession forcée. Un désastre. Elle se sentit soudain abandonnée aux côtés de son fils endormi. Une aube grise éclairait faiblement la fenêtre. Elle marcha vers cette vague promesse de jour. Le parc de Maison-Rouge émergeait de la nuit ; une splendeur où tout était silence, ordre, immobilité.

24

Montréal, 1839

De novembre à janvier, le pays entier fut transformé en chambre d'interrogatoires. Des volontaires et des bureaucrates promus enquêteurs s'acharnèrent à faire parler quelques milliers de gens, remplissant des kilomètres de confessions, empilant des monceaux de témoignages. Des pauvres bougres campagnards ne sachant ni lire ni écrire aux chefs de compagnies, tout ce que la rafle avait pu ramasser entre Montréal et les confins du Haut-Canada fut convié à se délivrer du mal en toute franchise.

Frédéric fut conduit à la prison du Pied-du-Courant au moment où se préparait, devant le tribunal de guerre, les procès des chefs de l'insurrection. Là, il retrouva, parmi la masse des reclus, quelques connaissances, Chasseurs, Castors et Raquettes, en attente de leur jugement.

Un matin de janvier, on vint le chercher pour son interrogatoire. En s'y rendant, en compagnie d'autres prisonniers, il apprit qu'au bout d'une parodie de justice Lorimier et douze de ses compagnons avaient été reconnus coupables de haute trahison, risquant en cela la peine de mort.

Dans un bureau chichement meublé de bois brut, un civil se tenait derrière une table, assisté d'un militaire et d'un autre civil. Bien que ce fût le matin, une lumière grise baignait la pièce, donnant au décor de murs jaunis et d'armoires ternes des allures crépusculaires.

Frédéric s'assit sur une chaise. Il avait eu le temps de réfléchir à la meilleure stratégie possible. Des élans de jeune chien le poussaient à continuer la guerre par fonctionnaires interposés. En même temps, la raison lui commandait d'adopter l'attitude la plus neutre possible. Il savait à peu près ce qui lui serait demandé.

Il déclina son identité, attendit. La table était couverte de dossiers, pour la plupart fort minces. L'officiant, un grand roux glabre, maigre d'épaules et affligé d'une verrue sur une narine, le considéra d'un œil froid.

— Avez-vous participé à des combats dans la semaine du 3 au 11 novembre de l'an passé ? l'interrogea-t-il sans préambule.

— Pour quelle raison me demandez-vous cela ?

— Je ne sais pas.

Frédéric fut surpris par cette réponse. Il s'était rendu aux connétables de Montréal-Ouest, affirmant être membre du Parti patriote, journaliste interdit d'exercice et par là lié de longue date aux chefs de la rébellion. On l'avait reconnu sans peine.

— Où étiez-vous, cette semaine-là ?

— Dans ma famille, à Beauharnois, manoir de Maison-Rouge. Malade du typhus et quasi mort.

— Qui étaient vos chefs ?

— Un journaliste n'a de chef que le propriétaire de son journal. À ce titre, le seul que j'aie eu s'appelle

Ludger Duvernay. Je ne sais pas où il se trouve actuellement.

— Avez-vous porté des armes ?

— Lorsque j'étais étudiant, oui.

— Vos chefs en portaient-ils ?

— De quels chefs parlez-vous ?

Les Anglais se jetaient de brefs regards. Frédéric pensa à Adeline. Elle aurait forcément eu un avis sur ce qu'il convenait de dire. Il lui sembla qu'elle approuvait. L'officiant écrivait lentement, sa plume crissait désagréablement sur le papier. Le militaire se leva, s'approcha de Frédéric. Nous nous sommes peut-être croisés à distance sur la route de Saint-Eustache, ou sur quelque autre, songea le prisonnier. Et si je t'ai tiré dessus à Saint-Denis, quelles étranges retrouvailles !

— Vous avez séjourné plusieurs mois au Vermont. Aux côtés des chefs de la rébellion.

Dans son uniforme de major, l'homme avait de l'allure ; un regard intensément bleu, des traits acérés, des cuisses épaisses de cavalier.

— C'est vous qui l'affirmez. Au nom de qui me posez-vous cette question ?

— Je ne sais pas.

La consigne était étrange. L'Angleterre avide de justice devenait une fiction sans nom, dans un bureau, au milieu d'une prison. Frédéric eut soudain la certitude que ses hôtes ne possédaient pas de réelles preuves contre lui. Avait-il traversé la guerre comme une ombre anonyme ? Il se souvint qu'il n'avait à aucun moment fait prêter le serment secret. Les prisonniers anxieux de se défausser de leurs fautes sur les autres n'avaient pas dû manquer de signaler qu'on les avait forcés. Et qui. Heureux Jérôme Desrouets, reparti libre vers la frontière américaine. On l'eût sûrement confondu par cette sorte de témoignage.

— Avant de fuir aux États, avez-vous côtoyé le nommé Chénier à Saint-Eustache ?

Le major le scrutait, guettant ses hésitations. Frédéric haussa les épaules. Au Parti patriote, autrefois, peut-être.

— Le travail d'un journaliste est de connaître tout le monde. Cette question est-elle importante ?

— Je ne sais pas.

Frédéric ne put s'empêcher de sourire. Ses questionneurs étaient dressés à donner cette réponse comme une pendule donne l'heure. Le second civil, qui ne s'était pas manifesté jusque-là, pointa le doigt vers lui.

— Avez-vous prêté le serment secret ?

— De quel serment parlez-vous ?

— Pourquoi vous êtes-vous dénoncé ?

— Je l'ai déjà expliqué. Parce que j'ai appartenu au Parti patriote et qu'à ce titre j'ai connu et soutenu Louis-Joseph Papineau. Savez-vous qu'au fond il n'était pas favorable à l'insurrection ? Sans doute avait-il raison.

Il se dit que l'entretien touchait à sa fin. Les officiants faisaient leur travail calibré avec application, sans fantaisie ni excès de zèle. Il pâlit, soudain. Tout était peut-être bien joué d'avance, écrit comme une partition de musique. Colborne avait rapporté dans ses filets une pêche variée. Des gros poissons, de l'ordinaire et du menu fretin. Dans quelle catégorie Frédéric Fonteneau serait-il rangé ?

Les Chasseurs interrogés par centaines avaient à peu près tous tenu le même discours. Des Castors ou des Raquettes étaient passés par chez eux. « Il faut marcher avec nous, maintenant. » Alors, ils s'étaient mis en route et s'étaient joints aux autres. Les chefs ? Oui, ils en connaissaient quelques-uns. Mais ils n'avaient pas prêté le serment et ne savaient ni lire ni écrire. Frédéric ferma les yeux. Les seuls hommes qu'il avait commandés avaient dû repasser la frontière avec Nelson. Ailleurs, il était passé telle une ombre ; étrange guerrier, dont le souci majeur avait été, à l'occasion, de retrouver quelque part sa femme.

— Signez.

Il lut, s'exécuta. Rien dans ce qui avait été écrit ne le désignait comme combattant. Mais la suppression de l'habeas corpus britannique mettait les prisonniers en état d'extrême infériorité. Il prierait. Les prélats canadiens avaient trahi, à ses yeux. Dieu veillait peut-être, tout seul, sur ses enfants.

Le tribunal de guerre se tenait à l'intérieur du Pied-du-Courant. Une salle nue lui avait été dévolue. Lorsqu'il y pénétra, Frédéric frissonna. Face à lui siégeait une vraie hiérarchie militaire, autre chose que l'aimable désordre civil des Patriotes. Des Chasseurs et des Raquettes distraits de leurs occupations notariales, commerçantes, chirurgicales, face aux majors et aux généraux de l'armée anglaise ; comment avait-on pu penser que la partie n'était pas perdue d'avance ?

L'un des juges ressemblait à Louis Fonteneau, le même front plissé assombrissant la mine, la même carrure, et ce regard incisif planté dans celui des accusés. Frédéric choisit d'affronter celui-là, sans morgue, sans ciller non plus. Il vit son dossier sur la longue table ; on l'avait enrichi de coupures de presse, de feuillets écrits pour *La Minerve* et emportés lors de la perquisition. Il n'avait rien laissé d'autre derrière lui depuis son départ pour Saint-Denis, ses écrits américains étaient restés à Plattsburg.

Le président lut l'acte d'accusation. Par ses prises de position publiques, Fonteneau avait participé à la montée des sentiments de révolte dans la population du Bas-Canada. Il avait également séjourné aux États-Unis, où se préparait la seconde phase de l'insurrection. Complice de chefs patriotes en exil ou en prison, il s'était cependant livré aux autorités. Aucune preuve n'existait montrant son engagement dans les combats, mis à part le fait qu'il connaissait Lorimier et que l'on avait remarqué sa présence à Beauharnois avant la fuite des insurgés.

Un avocat anglais avait été commis d'office pour défendre le journaliste. Frédéric l'avait rencontré dans sa cellule. Quelques brefs et plutôt raides dialogues entre les deux hommes avaient accouché d'une stratégie sommaire de non-culpabilité. L'homme se contenta de rappeler qu'en se livrant l'accusé avait manifesté sa confiance dans la justice de Sa Majesté. Puis il se rassit, sa mission accomplie.

Le président demanda à Frédéric s'il avait quelque chose à déclarer pour conclure. Frédéric inspira profondément.

— Je suis resté fidèle à mes amitiés, dit-il. Je le suis aujourd'hui encore. Je n'ai en moi ni haine ni désir de vengeance. Je crois en la démocratie et en la liberté des hommes, je reste persuadé que les Canadiens français méritent mieux que le sort qui leur est fait, et je ne renie aucun des écrits parus avant le mois de novembre de l'année dernière.

Le visage du soldat foudroyé gisant dans la neige de Saint-Eustache s'imposa à lui, tenace compagnie au moment où il allait devoir payer pour cela aussi. Le président referma le dossier, murmura quelques mots à l'oreille de ses voisins. Puis, s'adressant au prisonnier :

— En vertu de la loi martiale proclamée dans le pays, compte tenu de ses crimes commis au nom de la prétendue République du Bas-Canada, le nommé Frédéric Fonteneau est condamné à une peine de quatre années d'emprisonnement. Cette peine est susceptible d'être amendée par un cautionnement fixé à la somme de quinze mille dollars.

Une fortune ! Frédéric avala péniblement sa salive. Il sauvait sa tête et ne ferait pas partie de la soixantaine d'insurgés expédiés en Australie. Quatre années... Assez de temps pour réfléchir aux vicissitudes des grands feux de la jeunesse. L'affaire avait duré une demi-douzaine de minutes. Assommé, il se laissa emmener.

15 février 1839

« Il serait ridicule d'engraisser cela tout l'hiver pour le conduire plus tard à la potence. » Adam Thom et sa rédaction du *Herald* n'y étaient pas allés par quatre chemins. La chiourme française pensionnaire du Pied-du-Courant profitait assez largement de la royale bonté, laquelle pouvait se dispenser de nourrir plus longtemps les parasites accrochés à ses réserves de viande fumée.

Alors, pour fêter la fin de cette anomalie, une foule impatiente s'était rassemblée aux abords de la prison et à l'intérieur même de celle-ci, le spectacle lui étant offert, via l'administration coloniale, par la reine Victoria en personne.

Jérôme Desrouets avait décidé de se mêler au peuple. Clandestin à Montréal, le frère chasseur de Stanfold avait vécu les derniers soubresauts de la rébellion. Il y avait eu quelques combats d'arrière-garde aux abords de la frontière américaine. On avait, sur le modèle anglais, brûlé des fermes, incendié des granges, terrorisé quelques hameaux. Des actions désespérées, rageuses, des coups de main inutiles sauf à soigner les frustrations et les rancœurs. Maintenant, tout était bel et bien terminé. Il fallait à cette pièce en plusieurs actes un épilogue ; c'était cela que Jérôme ne voulait pas manquer.

Il n'était pas monnaie courante d'assister à une exécution collective sur les rives du Saint-Laurent. Cheminant au milieu des gens, Jérôme se disait qu'il allait fouiller là les fondements de sa haine. Sept hommes, et des meilleurs, avaient déjà payé leur engagement de leur vie. La justice martiale procédait par chapitres, comme si elle désirait marquer les esprits, à la manière des horloges sonnant à intervalles réguliers le cours inexorable du temps.

Cinq condamnés, les derniers, étaient toujours en vie, attendant leur exécution. Leur crime ? Avoir cru en l'avènement d'un monde meilleur, avoir prononcé des mots comme « liberté », « indépendance », « démocratie ». République ! Et s'être battus pour eux.

On allait au théâtre en plein air, au mime, au spectacle, pour de bon. Jérôme éprouva un sentiment étrange, lui qui avait porté les armes contre ceux-là mêmes qui l'entouraient, à se trouver au milieu de cohortes civiles en marche vers un décor assez sinistre de hauts murs, de meurtrières et de barreaux.

« Golgotha ». On ne crucifiait plus, encore que parmi les badauds bon nombre d'honnêtes pères de famille, de gargotiers, de manœuvres n'eussent pas vu d'un mauvais œil les papistes de Nelson et de Lorimier cloués, bras écartés, sur des planches. Quitte à proposer des émotions à leurs royaux sujets, les autorités auraient pu songer à du grandiose. Elles avaient préféré l'austère exemplarité du chanvre noué ; certains le regrettaient publiquement.

Jérôme se laissa porter par le flot. La veille de son assassinat, Lorimier avait écrit à ses partisans une lettre-testament admirable de sereines certitudes. Quitter les siens lui déchirait le cœur, savoir que la cause était juste lui donnait le courage d'affronter le bourreau.

« Depuis dix-huit ans j'ai pris une part active dans presque toutes les mesures populaires, et toujours avec conviction et sincérité. Mes efforts ont été pour l'indépendance de mes compatriotes. Nous avons été malheureux jusqu'à ce jour. La mort a déjà décimé plusieurs de mes collaborateurs. Beaucoup gémissent dans les fers, un plus grand nombre sur la terre de l'exil, avec leurs propriétés détruites et leurs familles abandonnées sans ressources aux rigueurs d'un hiver canadien. Malgré tant d'infortune, mon cœur entretient encore son courage et des espérances pour l'avenir. Mes amis et mes enfants verront de meilleurs jours, ils seront libres. Un pressentiment certain, ma conscience tranquille me l'assurent. »

Lorsqu'il aperçut la masse trapue de la prison, Jérôme eut envie de s'en détourner et de disparaître. Il vit les autres Canadiens ou, plutôt, les reconnut, à leur air un peu absent, à la manière dont ils considéraient l'enjouement obscène des vainqueurs. Car il s'agissait bien de cela. On avait gagné une guerre, une de plus, et la morgue anglaise s'en trouvait affermie. Repu, digérant son triomphe, le parti des Bureaucrates et de ses féaux avait cessé la chasse aux suspects ; à défaut d'être amnistiés, les anciens des compagnies rebelles pouvaient se risquer en ville.

Jérôme cracha par terre. Sous son chapeau à large bord, ses favoris, ses cheveux en liberté sur ses épaules, il ressemblait aux portefaix des quais de Montréal. Une ombre dans le crépuscule français. Il décida d'aller au bout, de demeurer indifférent à la joie bestiale de certains, à la curiosité presque joyeuse des autres. C'était une épreuve, d'où il sortirait plus fort.

Lorsque la foule s'arrêta à quelque distance de l'échafaud où bourreaux et soldats attendaient la livraison, il sentit son cœur battre plus fort. Les cordes se balançaient dans le vent glacé, telles des cloches muettes actionnées par un bedeau invisible. Il y eut un long murmure lorsque s'ouvrit la grande porte de la prison.

Les gens se haussaient du col. On riait fort. Des braillards laissaient aller sans retenue leur humeur guerrière, toisant les Canadiens présents là, les citant du menton et du rictus, l'air de leur dire : « Eh bien, voilà, vous allez savoir maintenant ce qu'il en coûte de jouer aux vainqueurs. » La veille, dans son journal, Adam Thom avait invité les Montréalais à ce qu'il nommait une « nouvelle partie de pendaison », espérant même qu'elle serait, selon ses propres termes, « la préface à un plus gros volume ».

Jérôme enfonça ses mains dans ses poches, sa tête dans ses épaules. Un pays, que cette saloperie ? pensa-t-il. Peuplé de gens égaux en droits ? Fraternel malgré les différences héritées de l'Histoire ? Tel était le discours officiel ; la réconciliation naîtrait de cette purge nécessaire.

— Allez au diable, tous autant que vous êtes, murmura-t-il.

Enfin les cinq condamnés se montrèrent. Le verdict était tombé deux jours auparavant. D'autres, plus chanceux ou moins exposés à la vengeance anglaise, avaient vu leur peine commuée en exil en Australie.

Ils étaient en chemise, le col ouvert, visages blêmes, regards perdus vers le mur mouvant, coloré, de la foule. L'un d'entre eux souriait pourtant, semblant encourager ses compagnons, leur parlant : un Français[1] recruté au Vermont par Duvernay, un volontaire venu de loin pour se battre aux côtés des insurgés. Souriant, il grimpa les marches de l'échafaud d'un pas ferme, se campa sur ses jambes, affrontant le public, encourageant ses compagnons. Jérôme vit les autres le rejoindre dans le silence soudain tombé sur l'assistance comme un voile de brume sur le fleuve.

Cristi, il vous faut donc du courage, songea Jérôme. Il n'avait plus prié depuis longtemps. Les mots à Marie lui vinrent aux lèvres, un flot de compassion, d'intense et profonde ferveur. D'autres priaient aussi, mains jointes, paupières closes, tremblants. Déjà les cordes étaient ajustées, à chacun sa cravate épaisse, son destin serré sous le menton. Tambours. Les condamnés priaient eux aussi, leurs lèvres remuaient. Les trappes s'ouvrirent, la valse des pantins commença, des cris fusèrent. Les encordeurs avaient gâché ici ou là la besogne. Un corps refusa de s'immobiliser au bout du délai de grâce ordinaire.

« Narbonne ». Un huissier dont la femme était morte tandis qu'il portait les armes. Sa corde avait été mal ajustée. Son corps se mit à gigoter, heurtant avec violence les parois métalliques de l'échafaud. Bientôt, le sang se mit à couler de la bouche, des narines, des yeux, même. L'homme était manchot. Dans un effort désespéré, il réussit pourtant, de sa main valide, à empoigner la corde et à soulever quelque peu son corps massif. Une grêle de coups de crosse et de bâton l'en

1. Charles Hindelang.

dissuada ; le temps de reprendre ses esprits et il essaya à nouveau, déclenchant la colère d'une partie du public et les supplications de l'autre.

Jérôme eut une nausée subite. Des gens s'évanouirent tandis que les bourreaux s'acharnaient derechef sur le supplicié, cognant de toutes leurs forces sa face tuméfiée sur quoi le sang, giclant de partout, coulait. Des cris retentirent, en français, en anglais aussi. « Achevez-le ! » Les soldats tentèrent de le stabiliser, en vain. Au bout d'une dizaine de minutes de cette ignominie, il fut enfin possible de lui passer une deuxième corde autour du cou. Le supplicié n'avait plus de visage, juste une outre énorme, lilas, prolongée par une langue de monstre. Mais il vivait et il convenait, en effet, de l'achever selon les règles. On le lança donc à nouveau dans le vide, où il continua à gigoter. Cela n'en finissait plus ; il fallut une troisième corde pour achever enfin la besogne.

Jérôme tomba à genoux. Il s'en voulait d'être venu assister à ça. Les condamnés n'avaient sans doute que faire des gens rassemblés devant eux, nul ne leur avait été du moindre secours. Ils avaient emporté avec eux des visions d'horreur, des rires, de la joie, des insultes, des crachats mais des prières aussi, une ardente communion pour humaniser un peu le spectacle offert en pâture aux appétits morbides d'un public déshonoré.

Lorimier avait écrit :

« Quant à vous, mes compatriotes ! Puissent mon exécution et celle de mes compagnons d'échafaud vous être utiles. Puissent-elles vous démontrer ce que vous devez attendre du gouvernement anglais. Je n'ai plus que quelques heures à vivre, mais j'ai voulu partager ce temps précieux entre mes devoirs religieux et ceux dus à mes compatriotes. Pour eux, je meurs sur le gibet de la mort infâme du meurtrier, pour eux je me sépare de mes jeunes enfants, de mon épouse, sans autre appui que mon industrie, et pour eux je meurs en m'écriant : Vive la Liberté, Vive l'indépendance ! »

Jérôme se releva. Il ne restait plus devant la prison que quelques Canadiens hébétés face à l'échafaud débarrassé de sa viande morte. Les scènes d'agonie demeureraient dans leur mémoire jusqu'à leur dernier jour. Jérôme se prit à espérer qu'il y aurait parmi eux des écrivains capables de raconter ce qui venait de se passer dans la belle colonie américaine de Sa Majesté la reine Victoria, une abomination suivant des parodies de justice, un règlement de comptes d'une absolue bassesse conclu par des bourreaux maladroits à la place d'un peloton de soldats.

— On appelle ça l'Histoire, dit quelqu'un.

C'en était bien fini de la révolte des Patriotes et des Patriotes eux-mêmes. Ils avaient perdu les quelques droits chichement accordés aux leurs depuis la conquête, laissé dans l'aventure leur fortune, leurs espérances, leurs enfants à l'abandon. Des voix s'élevaient déjà, nombreuses, pour réclamer qu'on assimilât le reliquat de leur maudite culture au creuset anglais ; comme une pâte ou une bouillie, comme du sable à ciment.

Des deux côtés, l'on s'était exprimé entre ultras. Il fallait, comme toujours dans ce genre d'affaires, un vainqueur posant pour la postérité, le pied sur un cadavre de bête. Maintenant que le rideau était tiré sur sept années d'une comédie achevée dans le sang, les peintres officiels pouvaient ranger leurs pinceaux et plier leurs chevalets.

Frédéric détourna les yeux, s'appuya contre le mur de la cellule. Ses geôliers avaient poussé le souci de l'équité jusqu'à lui permettre, ainsi qu'à quelques autres, d'assister à l'exécution depuis l'intérieur de la prison. Il avait reconnu, de loin, la silhouette déliée de Lorimier, le corps massif de Narbonne, la stature de soldat du Français Hindelang, entendu les cris de la foule, ses encouragements obscènes, sa joie bestiale. Il eut l'impression d'être souillé de boue.

25

La première chose que vit Frédéric fut le ventre arrondi d'Adeline, sous la cape de tissu bleu. Quatre mois après son jugement, la visite de sa femme fut pour lui le rayon de lumière qu'un printemps paresseux refusait aux habitants de Montréal.

— Tu es magnifique, ma jolie. La plus belle femme de cette ville, assurément. Comment va ma future héritière ? Car c'est une fille, j'en suis sûr.

Elle s'assit face à lui, de l'autre côté de la table. La pièce du Pied-du-Courant où l'on autorisait les rencontres était à l'image de l'établissement, austère, froide et plus que sommairement meublée.

— Elle va bien, et commence à remuer.

— J'ai reçu tes lettres, dit-il. Tu fais des progrès assez remarquables.

Elle avait lu les siennes, longues songeries d'un homme acceptant son sort, regrettant ses amitiés dispersées ou anéanties, soulagé de savoir que sa petite famille avait trouvé l'asile et le repos à Stanfold.

— Parle-moi de toi, comment vis-tu ?

Elle n'avait pas grand-chose à raconter. Les travaux habituels, les veillées à coudre en silence, la lecture des quelques livres emportés de la rue Bonsecours.

Joachim se languissait de son père, quant à Jérôme, il avait réintégré la ferme dès que les premières libérations de prisonniers avaient été annoncées.

— Il n'a pas eu de mal à demeurer caché, dit-elle. Il reste assez de vos amis dans les villages, et puis c'était l'hiver.

Les Anglais s'étaient dispensés de courir après leurs dernières proies, comme si l'éclat de leur victoire suffisait à leur contentement. Adeline eut un pâle sourire. Étrangement, leur triomphe les laissait comme sidérés eux aussi. Des prisonniers, nombreux, avaient été libérés, des proscrits étaient rentrés au pays sans être davantage inquiétés. Il semblait que la modération prenait le pas sur les fureurs des premiers temps.

— On dit que beaucoup de colons vont arriver de chez eux, et aussi que les Canadiens deviendront de bons sujets britanniques. Il y a un mot pour ça.

— Assimilés.

— Oui.

Il eut une moue fataliste. Le prix à payer n'était pas encore fixé. Il serait lourd, de toute façon. Un émissaire anglais, lord Durham, avait établi un rapport sur les Canadiens, peuple inculte, inefficace et plutôt paresseux, enfin mûr pour se fondre dans la civilisation impériale britannique. On ne pouvait rêver circonstances plus favorables pour cela.

Il se pencha vers elle.

— Tout ça n'a plus trop d'importance, enfin, pour le moment. Je me demande souvent si je ne t'ai pas découragée pour toujours de m'aimer. C'est la seule vraie question, à c't'heure, le reste peut attendre.

Il la scrutait. Elle revenait de la campagne vêtue comme une citadine, portait chapeau et dentelles. Des mèches de cheveux bouclées, charmant décorum de son front, égayaient son visage et le rajeunissaient. Une femme différente. L'idée le traversa qu'elle avait envie d'une autre existence et se préparait pour cela.

— La prison a arrêté net ma course, dit-il. Si je regarde mon itinéraire de rebelle, j'aperçois une courbe sans cesse brisée, incohérente au point que, parfois, je me demande si c'est bien moi qui l'ai tracée. J'ai eu de la chance, sais-tu, de ne pas me noyer en route. Je survis, mais je t'ai peut-être bien perdue en chemin.

Elle le considéra en souriant, secoua doucement sa jolie tête. Il parlait de lui, de ses inquiétudes de mari absent. Était-il malaisé pour les hommes, au Canada des années 1830, de parler d'autre chose que d'eux-mêmes !

— J'ai déjà répondu à cette question, il y a longtemps, dit-elle. Tu devrais t'en souvenir. Je n'ai pas changé d'avis depuis.

Il joignit les mains devant ses lèvres, contempla le miracle illuminant sa solitude de prisonnier. Je vis et elle aussi, pensa-t-il. On lui avait décrit les derniers instants des suppliciés, le départ des exilés pour des vies d'esclaves en Australie, la ruine de centaines de familles, la désolation d'un peuple assommé, laissé pour compte, désormais officiellement nié. Et voilà que le soleil pénétrait au cœur de la grisaille, pour le chauffer. Son cœur se mit à bondir dans sa poitrine, à un rythme fou, et ce n'était point de terreur ou d'épuisement comme à Saint-Eustache et à Beauharnois.

— Nous avons foncé tête baissée vers un mur de briques rouges, dit-il d'une voix assourdie. Nous courions comme des enfants derrière une balle de chiffon.

Il était bien obligé de conclure de tout cela que les doutes d'Adeline étaient fondés. Elle avait bien vu les faiblesses de la rébellion, son romantisme par maints aspects puéril. Comme les avait repérés, bien avant elle, Louis Fonteneau. Qui donc détenait la vérité dans cette histoire ? Papineau le modéré, qui parlait d'aller chercher le secours du roi de France ? Chénier le guerrier, tiré au vol comme un canard et disséqué, encore chaud, sur une table ? Julien Fonteneau le bien placé, de retour d'une chasse et goûtant la quiétude de son domaine, les pieds nus devant sa cheminée ?

Restaient la misère et la répression pour les vaincus, l'arbitraire et le mépris orgueilleux des vainqueurs, les morts pour pas grand-chose, l'infinie tristesse face au gâchis, par-dessus tout.

— Je ne suis plus tourmenté, sais-tu, ma jolie.

Elle eut envie de le toucher, de le caresser, de se couvrir de son corps amaigri. Elle le désirait.

— C'est bien, murmura-t-elle, en tentant de masquer un trouble qu'il perçut cependant.

— J'ai des pensées inavouables, ma chère, dit-il, disert. Des pensées de prisonnier que je confonds souvent avec des rêves. J'en conclus que mes geôliers me mettent à l'épreuve, pour savoir de quel bois je suis fait. Eh bien, j'ai la réponse. D'un bois dur créé pour toi, d'une clef de chair tendue capable à elle seule d'ouvrir une à une les portes de cette prison. J'ai assez de vie en réserve pour cent années de notre amour.

Elle rit. Le temps qui passait, la grossesse brunissant sa peau l'embellissaient, si cela était encore possible. Le tête-à-tête touchait à sa fin. On donnerait à Frédéric le panier de douceurs qu'elle avait apporté. Des gâteaux, du pain frais et de cette tire d'érable qu'il prisait tant. Il se leva. L'entrevue lui faisait soudain mal, au thorax, au ventre, à la tête.

— Quand reviendras-tu, Adeline ?

Elle ne savait pas. Il lui serait difficile de retourner à Stanfold, les pluies accompagnant le dégel avaient tout défoncé.

— Ton frère est bon navigateur, lui dit-il.

Puis, s'étant brusquement détourné, il lui ordonna de le laisser seul.

Il reçut la visite de sa mère, accompagnée de Catherine et de son mari. On parla de choses et d'autres. Colborne avait hérité de surnoms de circonstance, « le Vieux Brûlot » ici, « le Boucher » là. Les gens subissaient des fortunes diverses. Certains avaient déjà repris des existences normales, d'autres essuyaient encore les rigueurs de la loi, très loin du Bas-Canada. Il était vaguement question d'une amnistie mais, comme pour les quatre-vingt-douze propositions des Patriotes, la décision de Londres prenait son temps pour traverser les mers.

Des centaines de familles avaient été ruinées par la guerre. Madame de Lorimier vivait d'expédients avec ses cinq enfants. Les villages se reconstruisaient tant bien que mal, quant à la destinée des Canadiens français, elle demeurait suspendue entre assimilation forcée et vagues promesses de progrès social. L'union des deux provinces était désormais un fait acquis, bientôt, ce serait de nouveau aux politiciens de la façonner. Le comptable Champagne savait des choses.

— Les prêtres nous font connaître discrètement que nous devons croître et nous multiplier pour espérer survivre en tant que nation.

— Ils se comptent parmi les géniteurs ? ironisa Frédéric.

Champagne eut l'air gêné. Il posa à Frédéric une question déjà ancienne :

— Nous avons l'argent de la caution, enfin, presque tout, ne veux-tu pas en profiter ?

— Gardez-le, l'interrompit Frédéric.

Il voulait ne plus rien devoir à personne. Payer les frais et les conséquences de sa guerre, à sa façon. Demeurer en compagnie des derniers reclus de Sa Majesté. Écrire, enfin, dans le silence assourdissant des nuits carcérales.

— Avoir poussé des centaines de braves gens dans le vide a un prix, dit-il.

— Tu as couru à leurs côtés, Frédéric, tempéra son beau-frère. À égalité avec eux. Vous vous êtes jetés ensemble contre un mur.

— Peut-être. Mais je suis vivant, moi. Combien vaut ce privilège ? Certainement plus que quinze mille piastres.

Janvier 1843

La neige scintillait sous le soleil de janvier. Il faisait un froid intense, la cour intérieure du Pied-du-Courant était prise dans un étau de glace, figée.

Frédéric cligna des yeux. La lumière n'entrait que fort peu généreusement à l'intérieur de la prison. Il fit quelques pas vers l'enceinte de pierre trouée en son milieu par un portail en ogive.

— Lorimier, murmura-t-il.

Et les onze autres, pareillement menés à l'échafaud. Il se souvint. La scène en bois posée au sommet de la muraille, les étais suffisamment hauts pour offrir le spectacle à un maximum de gens. Sa gorge se serra.

Il se retourna vers le bâtiment. À son arrivée, il n'avait guère pris le temps d'en apprécier l'architecture. Les étudiants du petit séminaire, tout comme les Montréalais, préféraient d'autres lieux de promenade à ce bord de rivière excentré.

Le Pied-du-Courant, quoique massif, n'était pas disgracieux. Deux ailes percées de fenêtres ogivales, sur trois étages, entouraient un avant-corps doté d'un fronton triangulaire. Un petit air néoclassique... Frédéric ne s'attarda pas. Un garde lui tendit le sac contenant ses affaires. Comme quelques autres, le détenu y avait enfourné davantage de feuillets que de vêtements.

— Bonne route, Fonteneau.

Il y avait de ces familiarités entre gardiens et prisonniers. On coexistait sans heurts, entre gens supposés bien élevés.

La porte en bois s'ouvrit. Frédéric revit en un éclair le coche militaire s'arrêtant devant elle pour qu'il en descendît. C'était loin dans le temps. Il fit quelques pas sur la place gelée, manqua plusieurs fois perdre l'équilibre. « Tabernacle ! Je ne sais donc plus marcher sur la glace ? » Il aperçut, esseulées, les silhouettes venant vers lui ; une femme accompagnée d'un garçonnet et d'une toute petite emmitouflée dans un épais manteau de peau. Son cœur battit plus fort. Il voulut presser le pas, chuta de tout son long, jura de plus belle.

Le garçon s'était mis à courir. À peine relevé, Frédéric le reçut dans ses bras comme on reçoit le soleil en plein visage, une fois un lourd rideau tiré. La fille gardait sa main dans celle de sa mère. Elle a presque trois ans et je ne la connais pas, se dit Frédéric, qui posa Joachim sur le sol, attendit. Ces quelques secondes-là dureraient toute une vie. Lorsqu'elle fut parvenue à une dizaine de pas de Frédéric, Adeline se pencha vers Marie, lui dit quelques mots à l'oreille, puis elle la poussa devant elle avec douceur.

L'enfant s'avança, indécise.

— Viens donc, c'est papa ! cria son frère.

Elle se retourna vers sa mère, qui la rejoignit et la prit de nouveau par la main. Les quelques visites autorisées n'avaient pas suffi à la persuader que l'homme entrevu au parloir de la prison était à ce point important pour elle. Frédéric s'accroupit, caressa son visage. Puis, s'étant relevé, il enlaça longuement Adeline.

— Je lui ai tant parlé de toi, mon joli.

— Je sais. Nous serons vite amis, elle et moi.

Ils demeurèrent rivés les uns aux autres, la fille contre la jupe de sa mère, Joachim serrant fort la cuisse de Frédéric. Adeline recula son buste, intriguée.

— Tu as du fil blanc dans les cheveux, à c't' heure.

— Comment va ta classe d'écriture ? éluda-t-il.

À l'image de quelques citadines altruistes, elle avait créé une sorte d'école dans le désert de Stanfold, où elle enseignait aux enfants des fermiers.

— Je n'ai pas besoin de les laver avant de les renvoyer chez eux. Le marais s'en charge.

Il rit. L'espace d'un instant, il ressentit un vertige.

— Nous irons chez ta sœur Catherine, reprit-elle, je crois que ta maman y sera. Je l'ai vue, sais-tu, elle nous attend.

Tout était dit.

Le fleuve reposait, immobile, sous sa fourrure de glace, des mouettes se tenaient par dizaines le long des quais, pareillement figées. Tout était silence, paix, hiver.

Frédéric contempla longuement les horizons sans relief de la rive opposée. Il se sentait étrangement vide, libéré en même temps d'une tension longtemps entretenue par sa propre mémoire. Tout était-il vraiment réel dans ce paysage où rien ne bougeait, pas même le couvercle uniforme du ciel vaguement éclairé par un soleil mort ?

Un cortège l'accompagnait, muet, dans sa promenade. On n'y montrait guère de joie, sauf peut-être le docteur Xavier Maurin. « Il convient de vivre vite, Frédéric, et bien, avant tout. Ce pays apparemment endormi sous sa forêt est violent, depuis toujours. Cette violence, on peut la subir et s'y accoutumer, on peut aussi vouloir la dominer ou pour le moins la réduire au silence, et pour cela, il n'est d'autre solution que de lui faire front. »

Notaire. Frédéric ne put s'empêcher de sourire. La boucle était bouclée, l'étude Fonteneau avait retrouvé son clerc et tout rentrait dans l'ordre. Les politiques, un temps contraints au silence, commençaient à s'exprimer à nouveau, l'amnistie était une rumeur persistante, les tribuns en exil reviendraient au pays et repartiraient à l'assaut des électeurs. Frédéric serait peut-être député, un jour ou l'autre, il y avait pour cela quelques vides à combler.

Il s'arrêta, observa les oiseaux à la halte forcée. Immobiles, la plume frissonnante sous le vent léger, ils semblaient méditer sur les vicissitudes de leur condition animale. Ou alors ils dormaient, peut-être, attendant que quelqu'un, ou quelque chose, déclenchât le dégel.

Au fond, le peuple n'avait pas vraiment suivi l'élan patriote. Dans son cœur, sans doute lui avait-il été largement favorable, mais dès qu'il s'était agi de prendre les armes, son apparente unité s'était fragmentée avant de se dissoudre. Il devait être dans sa nature de finir, toujours, par se contenter de ce qui lui était autorisé.

Nous l'empêcherons de s'endormir, songea Frédéric. Pour cela, il fallait repartir d'un pays français ressemblant tout entier à la savane de Stanfold ; d'un espace à l'abandon où avaient pourtant vibré la ferveur d'une nation, son espérance, son désir d'exister et de se faire encore entendre.

Il poursuivit sa promenade le long des quais. Il allait y avoir une rencontre. Elle vint. Il ne s'agissait pas cette fois d'écouter craquer le fleuve, mais de se pénétrer de sa masse immobile, de contempler sa blancheur, de rêver devant sa force de colosse enchaîné par les glaces.

Des femmes précédées d'enfants rieurs. On avait fait la paix chez les Fonteneau, avoir survécu impliquait que l'on ouvrît suffisamment son cœur. Les temps redevenaient ceux de la parole, cette arme des justes qui évite au sang de couler.

Frédéric ferma à demi les yeux. Quelques acteurs manquaient à cette scène-là, des hommes, disparus dont on honorerait la mémoire, vivants terrés dans leur orgueil, leurs certitudes, leur soif d'action ou leurs nostalgies. Cela n'avait plus guère d'importance.

Il écarta les bras, attendit. Il avait grand besoin de chaleur, sous le soleil gelé dont le reflet se perdait, en ce matin de janvier 1843, sur le fleuve Saint-Laurent.

ANNEXES

Répression de la révolte des Patriotes

Bilan

Près de quinze mille hommes ont participé à la résistance en 1837 et à l'insurrection en 1838. Au bout de leur aventure :

— Suspension de la Constitution et des libertés civiques pour quatre ans.

— Trois mille Patriotes réfugiés aux États-Unis, dont les principaux chefs.

Mille quatre cents prisonniers.

Cent huit passages devant la cour martiale.

Quatre-vingt-dix-neuf condamnations à mort.

Douze pendaisons :

— Amable Daunais, cultivateur, 20 ans ;

— Joseph-Narcisse Cardinal, avocat et député, 30 ans ;

— Pierre-Théophile Decoigne, hôtelier et notaire, 30 ans ;

— Joseph Duquette, étudiant en notariat, 22 ans ;

— François-Xavier Hamelin, cultivateur, 18 ou 23 ans ;

— Charles Hindelang, marchand français et officier militaire, 29 ans ;

— François-Marie-Thomas Chevalier de Lorimier, notaire, 30 ans ;

— François Nicolas, instituteur, 41 ans ;

— Pierre-Rémi Narbonne, peintre et huissier, 36 ans ;

— Joseph-Jacques Robert, cultivateur, 54 ans ;

— Ambroise Sanguinet, cultivateur, 38 ans ;

— Charles Sanguinet, cultivateur, 36 ans.

Cinquante-huit déportations en Australie.

Huit exils aux Bermudes.

Trois cent soixante-quinze morts dénombrés sur les champs de bataille.

Trois villages totalement anéantis.

Quelques destinées…

Amury Girod se suicida quelques heures après avoir fui les combats à Saint-Charles.

Louis-Joseph Papineau tenta en vain d'impliquer la France de Lamartine dans les affaires du Canada. Rentré au pays en 1845, il fut élu député, affirma ses convictions républicaines et rejoignit, en réaction à l'Acte d'Union, le camp des annexionnistes. Retiré de la vie politique en 1854, il est mort à Montebello en 1871.

Exilé à Burlington, dans le Vermont, Ludger Duvernay dut attendre l'amnistie pour rentrer au Canada, où il reprit très vite la publication de *La Minerve*. Politiquement, il rejoignit les modérés de Louis-Hippolyte La Fontaine, s'éloignant ainsi de Papineau.

Le docteur Robert Nelson, Grand Aigle des Frères chasseurs (son frère Wolfred ne participa pas aux événements de 1838), demeura aux États-Unis, en Californie puis à New York, jusqu'à sa mort, en 1873. Il publia de nombreux articles traitant du choléra et de son traitement.

Le père Étienne Chartier fut éloigné du Canada sur ordre de monseigneur Lartigue. Il pratiqua son sacerdoce aux États-Unis avant de revenir à Québec pour y décéder, en 1853.

Le notaire Jean-Joseph Girouard, traumatisé par les exactions commises à Saint-Benoît, tenta en vain de faire reconnaître la responsabilité du général Colborne dans l'affaire. Par la suite, il fonda l'hospice d'Youville.

Le général John Colborne fut gouverneur transitoire du Bas-Canada, après avoir maté l'insurrection patriote. Rentré en Angleterre en 1839, il se vit récompensé par la reine Victoria et nommé lord (Seaton), ajoutant ainsi à son florilège de surnoms celui de lord Satan. Élevé au plus haut grade de l'armée anglaise (feld-maréchal), il rejettera jusqu'au bout la responsabilité des exactions sur les volontaires des milices.

Lord Durham (John George Lambton), brièvement évoqué dans ce livre, livrera à Londres son fameux rapport préconisant l'union des Canadas et l'assimilation des Canadiens français. Avec pour philosophie la phrase mise en exergue de ce livre.

Adam Thom, fondateur du *Montreal Herald*, devint gouverneur de la Compagnie de la baie d'Hudson. À ce titre, il entra en conflit avec les métis franco-indiens de l'Ouest canadien, chasseurs de castors et de bisons. Son attitude hostile à la liberté de chasse des métis l'obligea à démissionner et à rentrer en Écosse, son pays natal.

Chronologie

1534 : Jacques Cartier explore le Saint-Laurent.

1580 : Premières expéditions françaises pour le commerce de la fourrure.

1599 : Tadoussac, premier comptoir permanent sur le Saint-Laurent.

1604 : Pierre du Gua de Monts fonde Port-Royal. Naissance de l'Acadie.

1608 : Champlain fonde l'« habitation » de Québec.

1642 : Fondation de Montréal.

1620-1713 : Développement de la Nouvelle-France, de la baie d'Hudson au delta du Mississippi. Conflits commerciaux franco-anglais, escarmouches militaires, stratégies indiennes.

1701 : Grande Paix de Montréal. Entente franco-indienne.

1750 : Quatre-vingt mille Français en Amérique du Nord, un million deux cent mille Britanniques dans les Treize Colonies.

1713 : Traité d'Utrecht. La France perd l'Acadie.

1755 : Déportation massive des Acadiens.

1756 : Début de la guerre de Sept Ans.

1759 : Chute de Québec.

1760 : Prise de Montréal par les Anglais. Fin du Canada français.

1774 : Acte de Québec. Droits accordés aux Français. Intégration des Canadiens dans l'empire. Prééminence économique anglaise.

1775 : Guerre anglo-américaine. Offensive militaire américaine repoussée.

1791 : Création du Bas-Canada et du Haut-Canada. Premières élections. Alliances Seigneurs/Bureaucratie contre bourgeoisie moyenne.

1805 : Naissance du journal anglais *Quebec Mercury.*

1806 : Papineau et Bédard lancent *Le Canadien.*

1810-1820 : Déclin du commerce des fourrures. Développement de celui du bois. Extension du capitalisme industriel et d'affaires. Tensions patrons-ouvriers. Grèves. Spéculation sur les terres. Appauvrissement rural.

1820-1837 : Conflits parlementaires. Création du Parti patriote. Raidissement des positions. Enlisement de l'État. Émeutes réprimées à Montréal.

1837-1838 : Soulèvements patriotes écrasés par l'armée anglaise et les milices volontaires.

1838 : Rapport de lord Durham : majorité politique anglaise, anglicisation des Canadiens, union des Canadas.

1839 : Dissolution de la Chambre. Loi martiale.

1841 : Loi de l'Union. Nouvelle donne politique. Proscription de la langue française.

1843 : Amnistie des Patriotes. Les exilés rentrent.

1841-1850 : Combat parlementaire des Canadiens. Hippolyte La Fontaine prône l'entente franco-anglaise. Le français est légalement rétabli. Avancées significatives pour les Canadiens, dès lors appelés Canadiens français. Réaction anglaise : incendie du Parlement.

Naissance de l'idée d'un État canadien. Entrée dans une autre ère.

Sites de recherche et sources

Il existe un grand nombre de sites permettant un accès facile à l'histoire des Patriotes ainsi qu'aux modes de vie canadiens au milieu du XIXe siècle. Parmi ceux-ci :

cgi2.cvm.qc.ca (Patriotes, 1837-1838)
museevirtuel.ca
forum.weed-land.net (chronologie)
grandquebec.com
vieux.montreal.qc.ca
collectionscanada.gc.ca
monquebec.net (dictionnaire québécois)
encyclobec.ca
www.histoirequebec.qc.ca
fr.wikipedia.org (personnages réels)

Un ouvrage de référence :
Histoire des Patriotes, de Gérard Filteau (Éditions Septentrion).

Les expressions québécoises sont tirées de l'excellent et jubilatoire *Petit Guide du parler québécois*, de Mario Bélanger (Éditions Stanké).

Composé par Nord Compo
à Villeneuve-d'Ascq (Nord)

Imprimé en Espagne par Liberdúplex
à Sant Llorenç d'Hortons (Barcelone)
en septembre 2010

POCKET – 12, avenue d'Italie – 75627 Paris cedex 13

N° d'impression :19841
Dépôt légal : octobre 2010
S20445/01